Harry Potter

ハリー・ポッターと炎のゴブレット

上

J.K.ローリング

松岡佑子＝訳

Harry Potter and the Goblet of Fire

静山社

ハリー・ポッターと炎のゴブレット　上

J・K・ローリング
松岡佑子＝訳

Harry Potter and the Goblet of Fire

静山社

ハリー・ポッターと炎のゴブレット 上 ✶ 目次

主な登場人物

✶ハリー・ポッター

主人公。ホグワーツ魔法魔術学校の四年生。
緑の目に黒い髪、額には稲妻形の傷

✶ロン・ウィーズリー

ハリーの親友。大家族の末息子で、一緒にホグワーツに通う兄妹は、
双子でいたずら好きのフレッドとジョージ、妹のジニーがいる

✶ハーマイオニー・グレンジャー

ハリーの親友。マグル（人間）の子なのに、魔法学校の優等生

✶ドラコ・マルフォイ

スリザリン寮の生徒。ハリーのライバル

✶アルバス・ダンブルドア

ホグワーツの校長先生

✶ミネルバ・マクゴナガル

ホグワーツの副校長で変身術の先生

✶セブルス・スネイプ

魔法薬学の先生

✴ ルビウス・ハグリッド
ホグワーツの森の番人。やさしく不器用な大男

✴ シリウス・ブラック
ハリーの亡き父、ジェームズの親友で、ハリーの名付け親

✴ セドリック・ディゴリー
ハッフルパフ寮の監督生でクィディッチのシーカー

✴ パーシー・ウィーズリー
ロンの兄で魔法省に勤めはじめたばかり

✴ チョウ・チャン
ホグワーツの五年生。レイブンクロー寮のシーカー

✴ ドビー
ハリーが助けられた元屋敷しもべ妖精

✴ ダーズリー一家（バーノンおじさん、ペチュニアおばさん、ダドリー）
ハリーの親せきで育ての親とその息子。
まともじゃないことを毛嫌いする

✴ ワームテール
またの名をピーター・ペティグリュー。闇の帝王の下僕

✴ ヴォルデモート（例のあの人）
最強の闇の魔法使い。多くの魔法使いや魔女を殺した

To Peter Rowling
in memory of Mr. Ridley
and to Susan Sladden,
who helped Harry out of his cupboard

ロナルド・リドリー氏の追悼のために、
父、ピーター・ローリングに。
そして、ハリーを物置から引っ張り出してくれた
スーザン・スラドンに

Original Title: HARRY POTTER AND THE GOBLET OF FIRE

First published in Great Britain in 2000
by Bloomsbury Publishing Plc, 50 Bedford Square, London WC1B 3DP

Japanese edition first published in 2002

This book is published in Japan by arrangement with
the author through The Blair Partnership

第一章　リドルの館

リドル家の人々がそこに住んでいたのはもう何年も前のことなのに、リトル・ハングルトンの村では、まだその家を「リドルの館」と呼んでいた。村を見下ろす小高い丘の上に建つ館は、窓のあちこちに板が打ちつけられ、屋根瓦ははがれ、蔦がからみ放題になっていた。かつては見事な館だった。その近辺何キロにもわたって、これほど大きく豪華な屋敷はなかったものを、いまやぼうぼうと荒れはて、住む人もない。

リトル・ハングルトンの村人は、誰もがこの古屋敷を「不気味」に思っていた。五十年前、この館で起きた、なんとも不可思議で恐ろしい出来事のせいだ。昔からの村人たちは、うわさ話の種が尽きてくると、いまでも好んでその話を持ち出した。くり返し語り継がれ、あちこちで尾ひれがついたので、何がほんとうなのか、いまでは誰もわからなくなっていた。

しかし、どの話も始まりはみな同じだった。五十年前、リドルの館がまだきちんと手入れされた

壮大な屋敷だったころのこと。ある晴れた夏の日の明け方、居間に入ったメイドが、リドル家の三人が全員息絶えているのを見つけたのだ。メイドは悲鳴を上げて丘の上から村まで駆け下り、片っ端から村人を起こして回った。

「目ん玉ひんむいたまんま倒れてる！　氷みたいに冷たいよ！　ディナーの正装したまんまだ！」

警察が呼ばれ、リトル・ハングルトンの村中が、ショックに好奇心がからみ合い、隠しきれない興奮で沸き返った。誰一人としてリドル一家のために悲しみにくれるようなむだはしなかった。何しろこの一家はこの上なく評判が悪かった。年老いたリドル夫妻は、金持ちで、高慢ちきで、礼儀知らずだったし、成人した息子のトムはさらにひどかった。村人の関心事は、殺人犯が誰か、にしぼられていた――どう見ても、あたりまえに健康な三人が、そろいもそろってひと晩にコロリと逝くはずがない。

村のパブ「首吊り男」は、その晩大繁盛だった。村中が寄り集まり、犯人は誰か、の話で持ち切りだった。そこへリドル家の女料理人が物々しく登場し、一瞬静まり返ったパブに向かって、フランク・ブライスという人物が逮捕されたと言い放った。村人にとっては、家の炉端を離れてわざわざパブに来たかいがあったというものだ。

「フランクだって！」

何人かが叫んだ。

「まさか！」

フランク・ブライスはリドル家の庭番だった。屋敷内のボロ小屋に一人で寝泊まりしていた。戦争から引き揚げてきたとき、片足がこわばり、人混みと騒音をひどく嫌うようになっていたが、その時以来ずっとリドル家に仕えてきた。

村人は我も我もと料理人に酒をおごり、もっとくわしい話を聞き出そうとした。

「あの男、どっかヘンだと思ってたわ」

シェリー酒を四杯引っかけたあと、うずうずしている村人たちに向かって料理人はそう言った。

「愛想なし、っていうか。たとえばお茶でもどうって勧めたとするじゃない。何百回勧めてもダメさね。つき合わないんだから、絶対」

「でもねえ」カウンターにいた女が言った。「戦争でひどい目にあったのよ、フランクは。静かに暮らしたかったんだよ。なんにも疑う理由なんか――」

「ほかに誰が勝手口の鍵を持ってたっていうのさ？」料理人がかみついた。「あたしが覚えてるかぎり、とうの昔っから、あの庭番の小屋に合い鍵がぶら下がってた！　きのうの晩は誰も戸をこじ開けちゃいないんだ！　窓も壊れちゃいない！　フランクは、あたしたちみんなが寝てる間にこっそりお屋敷に忍び込みゃあよかった……」

村人たちは暗い顔で目を見交わした。

「あいつはどっかうさんくさいとにらんでた。そうだとも」カウンターの男がつぶやいた。

「戦争がそうさせたんだ。そう思うね」パブのおやじが言った。

「言ったよね。あたしゃあいつの気にさわることはしたくないって。ねえ、ドット、そう言っただろ？」隅っこの女が興奮してそう言った。

「ひどいかんしゃく持ちなのさ」

ドットがしきりにうなずきながら言った。

「あいつがガキのころ、そうだったわ……」

翌朝には、リトル・ハングルトンの村でフランク・ブライスがリドル一家を殺したことを疑う者はほとんどいなくなっていた。

しかし、隣村のグレート・ハングルトンの暗く薄汚い警察では、フランクが、自分は無実だと何度も頑固に言い張っていた。リドル一家が死んだあの日、館の付近で見かけたのは、たった一人。黒い髪で青白い顔をした、見たこともない十代の少年だけだったと、フランクはそう言い張った。ほかの村人は、ほかにだれもそんな男の子は見ていない。警察はフランクの作り話にちがいないと信じきっていた。

そんなふうに、フランクにとっては深刻な事態になりかけたその時、リドル一家の検死報告が警察に届き、すべてがひっくり返った。

警察でもこんな奇妙な報告は見たことがなかった。死体を調べた医師団の結論は、リドル一家のどの死体にも、毒殺、刺殺、射殺、絞殺、窒息の痕もなく、(医師の診るかぎり)まったく傷つけられた様子がないということだった。さらに報告書には、リドル一家は全員健康そのものである――死んでいるということ以外は――と明らかに困惑を隠しきれない調子で書き連ねられていた。医師団は、(死体になんとか異常を見つけようと決意したかのように)リドル一家のそれぞれの顔には恐怖の表情が見られた、と記していた。

――とはいえ、警察がいらいらしながら言っているように、**恐怖が**死因だなんて話を誰が聞いたことがあるものか?

リドル一家が殺害されたという証拠がない以上、警察はフランクを釈放せざるをえなかった。リドル一家の遺体はリトル・ハングルトンの教会墓地に葬られ、それからしばらくはその墓が好奇の的になった。村人の疑いがもやもやする中、驚いたことにフランク・ブライスは、リドルの館の敷地内にある自分の小屋に戻っていった。

「なんてったって、あたしゃあいつが殺したと思う。警察の言うことなんかくそくらえだよ」

パブ「首吊り男」でドットが息巻いた。

「あいつに自尊心のかけらでもありゃ、ここを出ていくだろうに。わかってるはずだよ。あいつが殺ったのを、あたしらが知ってるってことをね」

しかし、フランクは出ていかなかった。リドルの館に次に住んだ家族のために庭の手入れをしたし、その次の家族にも——そのどちらも長くは住まなかったが……もしかしたらフランクのせいもあったかもしれない。どちらの家族も、この家は何かいやぁな雰囲気があると言った。誰も住まなくなると、屋敷は荒れ放題になった。

「リドルの館」のいまの持ち主は大金持ちで、屋敷に住んでもいなかったし、別に使っているわけでもなかった。村人たちは「税金対策」で所有しているだけだと言ったが、それがどういう意味なのか、はっきりわかっている者はいなかった。

大金持ちは、フランクに給料を払って庭仕事を続けさせていたが、もう七十七歳の誕生日が来ようというフランクは、耳も遠くなり、不自由な足はますますこわばっていた。それでも天気のよい日には、だらだらと花壇の手入れをする姿が見られたが、いつのまにか雑草が、おかまいなしに伸びはじめているのだった。

フランクの戦う相手は雑草だけではなかった。村の悪ガキどもが屋敷の窓にしょっちゅう石を投げつけたし、フランクがせっかくきれいに刈り込んだ芝生の上で自転車を乗り回した。一度か二度、肝試しに屋敷に忍び込んできたこともあった。悪ガキどもは、年老いた庭番がこの館と庭に執着しているのを知っていて、フランクがステッキを振り回し、しわがれ声を張り上げて、庭のむこうから足を引きずりながらやってくるのを見ておもしろがっていた。フランクのほうは、子供たちが自分を苦しめるのは、その親や祖父母と同じように、自分を殺人者だと思っているからだと考えていた。

だから、ある八月の夜、ふと目を覚まして、古い屋敷の中に何か奇妙なものが見えたときも、フランクは、悪ガキどもが自分を懲らしめるために、また一段と質の悪いことをやらかしているのだろう、くらいにしか思わなかった。

目が覚めたのは足が痛んだからだった。年とともに痛みはますますひどくなっていた。ひざの痛みをやわらげるのに、湯たんぽのお湯を入れ替えようと、フランクは起き上がって、一階の台所まで足を引きずりながら下りていった。

流し台の前でやかんに水を入れながら屋敷を見上げると、二階の窓にチラチラと灯りが見えた。フランクはすぐにピンときた。ガキどもがまた屋敷内に入り込んでいる。あの灯りのちらつきようから見ると、火をたきはじめたのだ。

フランクの所に電話はなかった。どのみち、リドル一家の死亡事件で警察に引っ張られ、尋問されて以来、フランクはまったく警察を信用していなかった。フランクはやかんをその場にうっちゃり、痛む足の許すかぎり急いで寝室に駆け上がり、服を着替えてすぐに台所に戻ってきた。そして、ドアの脇にかけてあるさびた古い鍵を取りはずし、壁に立てかけてあったステッキをつかんで、夜の闇へと出ていった。

「リドルの館」の玄関は、こじ開けられた様子がない。どの窓にもそんな様子はない。フランクは足を引きずりながら屋敷の裏に回り、ほとんどすっぽり蔦の陰に隠れている勝手口まで行くと、古い鍵を鍵穴に差し込み、音を立てずにドアを開けた。

中はだだっ広い台所だった。もう何年もそこに足を踏み入れてはいなかったのに、しかも真っ暗だったにもかかわらず、フランクは玄関の広間に向かうドアがどこにあるかを覚えていた。むっとするほどのかび臭さをかぎながら、上階から足音や人声が聞こえないかと耳をそばだて、手探りでそのドアに向かった。

広間は、正面玄関の両側にある大きな格子窓のおかげで少しは明るかった。石造りの床を厚く覆ったほこりが、足音もステッキの音も消してくれるのをありがたく思いながら、フランクは階段を上りはじめた。

階段の踊り場で右に曲がると、すぐに侵入者がどこにいるかがわかった。廊下の一番奥のドアが半開きになって、すきまから灯りがチラチラもれ、黒い床に金色の長い筋を描いていた。フランクはステッキをしっかり握りしめ、じりじりと近づいていった。ドアから数十センチの所で、細長く切り取られたように部屋の中が見えた。

火は、初めてそこから見えたが、暖炉の中で燃えていた。意外だった。フランクは立ち止まり、じっと耳を澄ました。男の声が部屋の中から聞こえてきたからだ。おどおどと、おののいている声だった。

「ご主人様、まだお腹がお空きでしたら、瓶にいま少しは残っておりますが」

「あとにする」

別の声が言った。これも男の声だった――が、不自然にかん高い、しかもひやりと吹き抜ける風のような冷たい声だ。なぜかその声は、まばらになったフランクの後頭部の毛を逆立たせた。

「ワームテール、俺様をもっと火に近づけるのだ」

フランクは右の耳をドアのほうに向けた。ましなほうの耳だ。瓶を何か硬いものの上に置く音がして、それから重い椅子が床をこする鈍い音がした。椅子を押している小柄な男の背中がちらりとフランクの目に入った。長い黒いマントを着ている。後頭部にはげがあるのが見えた。そして再び小男の姿は視界から消えた。

「ナギニはどこだ？」冷たい声が言った。

「わ――わかりません。ご主人様」びくびくした声が答えた。「家の中を探索に出かけたのではないかと……」

「寝る前にナギニのエキスをしぼるのだぞ、ワームテール」別の声が言った。

「夜中に飲む必要がある。この旅でずいぶんとつかれた」

眉根を寄せながら、フランクは聞こえるほうの耳をもっとドアに近づけた。一瞬間を置いて、ワームテールと呼ばれた男がまた口を開いた。

「ご主人様、ここにはどのくらいご滞在のおつもりか、うかがってもよろしいでしょうか?」

「一週間だ」

冷たい声が答えた。

「もっと長くなるかもしれぬ。ここはまあまあ居心地がよいし、まだ計画を実行はできぬ。クィディッチのワールドカップが終わる前に動くのは愚かであろう」

フランクは節くれだった指を耳に突っ込んで、かっぽじった。耳糞がたまったせいにちがいない。「クィディッチ」なんて、言葉とはいえない言葉が聞こえたのだから。

「ご主人様、ク――クィディッチ・ワールドカップと?」

ワームテールが言った(フランクはますますグリグリと耳をほじった)。

「お許しください。しかし――わたくしめにはわかりません――どうしてワールドカップが終わるまで待たなければならないのでしょう?」

「愚か者めが。いまこの時こそ、世界中から魔法使いがこの国に集まり、魔法省のおせっかいどもがこぞって警戒に当たり、不審な動きがないかどうか、鵜の目鷹の目で身元の確認をしている。マグルが何も気づかぬようにと、安全対策に血眼だ。だから待つのだ」

フランクは耳をほじるのをやめた。紛れもなく、「魔法省」「魔法使い」「マグル」という言葉を聞いた。どの言葉も何か秘密の意味があることは明白だ。こんな暗号を使う人種は、フランクには二種類しか思いつかない――スパイと犯罪者だ。フランクはもう一度ステッキを固く握りしめ、ますます耳をそばだてた。

「それでは、あなた様は、ご決心がお変わりにならないと？」

ワームテールがひっそりと言った。

「ワームテールよ。もちろん、変わらぬ」

冷たい声に脅すような響きがこもっていた。

一瞬会話がとぎれた――そしてワームテールが口を開いた。言葉があわてて口から転げ出てくるようで、まるで気がくじけないうちに無理にでも言ってしまおうとしているようだった。

「ご主人様、ハリー・ポッターなしでもお出来になるのではないでしょうか」

また言葉がとぎれた。今度は少し長い間があいた。

「ハリー・ポッターなしでだと？」

別の声がささやくように言った。

「なるほど……」

「ご主人様、わたくしめは何も、あの小僧のことを心配して申し上げているのではありません！」

ワームテールの声がキーキーと上ずった。

「あんな小僧っこ、わたくしめはなんとも思っておりません！　ただ、誰かほかの魔女でも魔法使いでも使えば——どの魔法使いでも——事はもっと迅速に行えますでございましょう！　ほんのしばらくおそばを離れさせていただきますならば——ご存じのようにわたくしめはいとも都合のよい変身ができますので——ほんの二日もあれば、適当な者を連れて戻って参ることができましょう——」

「確かに、ほかの魔法使いを使うこともできよう」

もう一人が低い声で言った。

「確かに……」

「ご主人様、そうでございますとも」

ワームテールがいかにもホッとした声で言った。

「ハリー・ポッターは何しろ厳重に保護されておりますので、手をつけるのは非常に難しいかと——」

「だから貴様は、進んで身代わりの誰かを捕まえにいくというのか？　はたしてそうなのか……ワームテールよ。俺様の世話をするのが面倒になってきたのではないのか？　計画を変えようというおまえの意図は、俺様を置き去りにしようとしているだけではないのか？」

「滅相もない！――わ、わたくしめがあなた様を置き去りになど、けっしてそんな――」

「俺様に向かってうそをつくな！」

別の声が歯がみしながら言った。

「俺様にはお見透しだぞ、ワームテール！　貴様は俺様の所に戻ったことを後悔しているな。貴様は俺様を見ると反吐が出るのだろう。おまえは俺様を見るたびにたじろぐし、俺様に触れるときも身震いしているだろう……」

「ちがいます！　わたくしめはあなた様に献身的に――」

「貴様の献身は臆病以外の何物でもない。どこかほかに行く所があったら、貴様はここにはおるまい。俺様は数時間ごとに食事をせねばならぬ。おまえがいなければ生き延びることはできまい？誰がナギニのエキスをしぼるというのだ！」

「しかし、ご主人様、前よりずっとお元気におなりでは――」

「うそをつくな」

別の声が低く唸った。

「元気になってなどいるものか。二、三日も放置されれば、おまえの不器用な世話でなんとか取り戻したわずかな力もすぐ失ってしまうわ。だまれ！」

アワアワと言葉にもならない声を出していたワームテールは、すぐにだまった。

数秒間、フランクの耳には火のはじける音しか聞こえなかった。

それからまた先ほどの声が話した。シューッ、シューッと息がもれるようなささやき声だ。

「あの小僧を使うには、おまえにももう話したように、俺様なりの理由がある。ほかのやつは使わぬ。十三年も待った。あと数か月がなんだというのだ。あの小僧の周辺が護られている件だが、俺様の計画はうまくいくはずだ。あとは、ワームテール、おまえがわずかな勇気を持てばよい――ヴォルデモート卿の極限の怒りに触れたくなければ、勇気を振りしぼるがよい――」

「ご主人様、お言葉を返すようですが！」

ワームテールの声はいまやおびえきっていた。

「この旅の間ずっと、わたくしめは頭の中でこの計画を考え抜きました――ご主人様、バーサ・ジョーキンズが消えたことは早晩気づかれてしまいます。もしこのまま実行し、もしわたくしめが死の呪いをかければ――」

「もし？」

ささやき声が言った。

「もし？　ワームテール、おまえがこの計画どおり実行すれば、魔法省はほかの誰が消えようとけっして気づきはせぬ。おまえはそっと、下手に騒がずにやればよい。俺様自身が手を下せればよいものを、いまのこのありさまでは……。さあ、ワームテール。あと一人邪魔者を消せば、ハリー・ポッターへの道は一直線だ。おまえに一人でやれとは言わぬ。その時までには忠実なる下僕が再び我々に加わるであろう――」

「わたくしめも忠実な下僕でございます」

　ワームテールの声がかすかにすねていた。

「ワームテールよ、俺様には頭のある人物が必要なのだ。揺らぐことなき忠誠心を持った者が。貴様は、不幸にして、どちらの要件も満たしてはおらぬ」

「わたくしがあなた様を見つけました」

　ワームテールの声には、今度ははっきりと口惜しさが漂っていた。

「あなた様を見つけたのはこのわたくしめです。バーサ・ジョーキンズを連れてきたのはわたくしめです」

「確かに」

　別の声が、楽しむように言った。

「わずかなひらめき――ワームテール、貴様にそんな才覚があろうとは思わなかったわ――しかし、本音を明かせば、あの女を捕らえたときには、どんなに役に立つ女か、おまえは気づいていなかったであろうが？」

「わ――わたくしめはあの女が役に立つだろうと思っておりました、ご主人様」

「うそつきめが」

声には残酷な楽しみの色が、これまで以上にはっきりと出ていた。

「しかしながら、あの女の情報は価値があった。あれなくして我々の計画を練ることはできなかったであろう。そのことで、ワームテール、おまえにはほうびを授けよう。俺様のために一つ重要な仕事をはたすことを許そう。我につき従う者の多くが、諸手を挙げて馳せ参ずるような仕事を……」

「ま、まことでございますか？　ご主人様。どんな――？」

ワームテールがまたしてもおびえた声を出した。

「ああ、ワームテールよ。せっかく驚かしてやろうという楽しみをだいなしにする気か？　おまえの役目は最後の最後だ……しかし、約束する。おまえはバーサ・ジョーキンズと同じように役に立つという名誉を与えられるであろう」

「あ……あなた様は……」

まるで口がカラカラになったかのようにワームテールの声が突然かすれた。

「あなた様は……わたくしめも……殺すと？」

「ワームテール、ワームテールよ」

冷たい声が猫なで声になった。

「なんでおまえを殺す？　バーサを殺したのは、そうしなければならなかったからだ。俺様が聞き出したあとは、あの女は用済みだ。なんの役にも立たぬ。いずれにせよあの女が魔法省に戻って、休暇中におまえに出会ったなどとしゃべったら、やっかいな疑念を引き起こすはめになったろう。死んだはずの魔法使いが片田舎の旅籠で魔法省の魔女に出くわすなど、そんなことは起こらぬほうがよかろう……」

ワームテールは何か小声でつぶやいたが、フランクには聞き取れなかった。しかし別の声が笑った――話すときと同じく冷酷そのものの笑いだった。

「記憶を消せばよかっただと？　しかし、『忘却術』は強力な魔法使いなら破ることができる。俺様があの女を尋問したときのようにな。せっかく聞き出した情報を利用しなければ、ワームテールよ、それこそあの死んだ女の『記憶』に対して失礼であろうが」

外の廊下で、フランクは突然、ステッキを握りしめた手が汗でつるつるすべるのを感じた。冷たい声の主は女を一人殺した。それを後悔のかけらもなく話している――**楽しむように**。危険人物だ――狂っている。それにまだ殺すつもりだ――誰か知らないが、ハリー・ポッターとかいう子供が――危ない――。

何をすべきか、フランクにはわかっていた。警察に知らせる時があるとするなら、いまだ。いましかない。こっそり屋敷を抜け出し、まっすぐに村の公衆電話の所に行くのだ……。しかし、またしても冷たい声がして、フランクはその場に凍りついたようになって全身を耳にした。

「もう一度死の呪いを……わが忠実なる下僕はホグワーツに……。ワームテールよ、ハリー・ポッターはもはやわが手の内にある。決定したことだ。議論の余地はない。シッ、静かに……あの音はナギニらしい……」

男の声が変わった。フランクがいままで聞いたことのないような音を立てはじめた。息を吸い込むことなしに、シューッ、シャーッ、シャーッと息を吐いている。フランクは男がひきつけの発作か何かを起こしたと思った。

次にフランクが聞いたのは、背後の暗い通路で何かがうごめく音だった。振り返ったとたん、フランクは恐怖で金縛りにあった。

暗い廊下を、ずるずると何かがフランクのほうへと這ってくる。ドアのすきまから細長くもれる暖炉の灯りに近づくその「何か」を見て、フランクは震え上がった。ゆうに四メートルはある巨大な蛇だった。床を厚く覆ったほこりの上に太い曲がりくねった跡を残しながら、くねくねと近づいてくるその姿を、フランクは恐怖で身動きもできずに見つめていた——どうすればよいのだろう？逃げ道は一つ、二人の男が殺人をくわだてているその部屋しかない。このまま動かずにいれば、まちがいなく蛇に殺される——。

決めかねている間に、蛇はそばまでやってきた。そして、信じられないことに、奇跡的にそのまま通り過ぎていった。ドアのむこうの冷たい声の主が出す、シューッ、シャーッ、シャーッという音をたどり、菱形模様の尾はたちまちドアのすきまから中へと消えていった。

フランクの額には汗が噴き出し、ステッキを握った手が震えていた。部屋の中では冷たい声がシューシュー言い続けている。フランクはふと奇妙な、ありえない考えにとらわれた……**この男は蛇と話ができるのではないか。**

何事が起こっているのか、フランクにはわからなかった。湯たんぽを抱えてベッドに戻りたいと、ひたすらそれだけを願った。自分の足が動こうとしないのが問題だった。震えながらその場に突っ立ち、なんとか自分を取り戻そうとしていたその時、冷たい声が急に普通の言葉に変わった。

「**ワームテール、ナギニがおもしろい報せを持ってきたぞ**」

「さ――さようでございますか、ご主人様」ワームテールが答えた。

「**ああ、そうだとも**」

冷たい声が言った。

「**ナギニが言うには、この部屋のすぐ外に老いぼれマグルが一人立っていて、我々の話を全部聞いているそうだ**」

身を隠す間もなかった。足音がして、部屋のドアがパッと開いた。

フランクの目の前に、鼻のとがった、色の薄い小さい目をした白髪まじりのはげた小男が、恐れと驚きの入りまじった表情で立っていた。

「中にお招きするのだ。ワームテールよ。礼儀を知らぬのか？」

冷たい声は暖炉前の古めかしいひじかけ椅子から聞こえていたが、声の主は見えなかった。蛇は、朽ちかけた暖炉マットにとぐろを巻いてうずくまり、まるで恐ろしい姿のペット犬のようだった。

ワームテールは部屋に入るようにとフランクに合図した。ショックを受けてはいたが、フランクはステッキをしっかり握りなおし、足を引きずりながら敷居をまたいだ。

部屋の明かりは暖炉の火だけだった。その灯りが壁にクモのような影を長く投げかけている。フランクはひじかけ椅子の背を見つめたが、男の後頭部さえ見えなかった。座っている男は、召使いの小男より小さいにちがいない。

「マグルよ。すべて聞いたのだな？」冷たい声が言った。

「俺のことをなんと呼んだ？」

フランクは食ってかかった。もう部屋の中に入ってしまった以上、何かしなければならない。フランクは大胆になっていた。戦争でもいつもそうだった。

「おまえをマグルと呼んだ」

声が冷たく言い放った。

「つまりおまえは魔法使いではないということだ」

「おまえさまが魔法使いと言いなさる意味はわからねえ」

フランクの声がますますしっかりしてきた。

「ただ、俺は、今晩警察の気を引くのに充分のことを聞かせてもらった。ああ、聞いたとも。おまえさまは人殺しをした。しかもまだ殺すつもりだ！　それに、言っとくが」

フランクは急に思いついたことを言った。

「かみさんは、俺がここに来たことを知ってるぞ。もし俺が戻らなかったら――」

「おまえに妻はいない」

冷たい声は落ち着き払っていた。

「おまえがここにいることは誰も知らぬ。ここに来ることを、おまえは誰にも言っていない。ヴォルデモート卿にうそをつくな。マグルよ、俺様にはお見透しだ……すべてが……」

「へえ？」

フランクはぶっきらぼうに言った。

「『卿』だって？　はて、卿にしちゃ礼儀をわきまえていなさらん。こっちを向いて、一人前の男らしく俺と向き合ったらどうだ。できないのか？」

「マグルよ。俺様は人ではない」

冷たい声は、暖炉の火のはじける音でほとんど聞き取れないほどだった。

「人よりずっと上の存在なのだ。しかし……よかろう。おまえと向き合おう……ワームテール、ここに来て、この椅子を回すのだ」

召使いはヒーッと声を上げた。

「ワームテール、聞こえたのか」

ご主人様や蛇のうずくまる暖炉マットのほうへ行かなくてすむのなら、なんだってやるとでも言うように、そろそろと、顔をゆがめながら小男が進み出て椅子を回しはじめた。椅子の脚がマットに引っかかり、蛇が醜悪な三角の鎌首をもたげてかすかにシューッと声を上げた。

そして、椅子がフランクのほうに向けられ、そこに座っているものを、フランクは見た。ステッキがポロリと床に落ち、カタカタと音を立てた。フランクは口を開け、叫び声を上げた。あまりに大声で叫んだので、椅子に座っている何ものかが杖を上げて何か言ったのも聞こえなかった。緑色の閃光が走り、音がほとばしり、フランク・ブライスはグニャリとくずおれた。床に倒れる前にフランクは事切れていた。

そこから三百キロ離れた所で、一人の少年、ハリー・ポッターがハッと目を覚ました。

第二章　傷痕

仰向けに横たわったまま、ハリーは全力疾走したあとのように荒い息をしていた。生々しい夢で目が覚め、ハリーは両手を顔にギュッと押しつけていた。その指の下で、稲妻の形をした額の古傷が、いましがた白熱した針金を押しつけられたかのように痛んだ。

ベッドに起き上がり、片手で傷を押さえながら、暗がりで、ハリーはもう一方の手をベッド脇の小机に置いてあっためがねに伸ばした。めがねをかけると寝室の様子がよりはっきり見えてきた。街灯の明かりが、窓の外からカーテン越しに、ぼんやりとかすんだオレンジ色の光で部屋を照らしていた。

ハリーはもう一度指で傷痕をなぞった。まだうずいている。枕元の灯りをつけ、ベッドから這い出して、部屋の奥にある洋だんすを開け、ハリーはたんすの扉裏の鏡をのぞき込んだ。やせた十四歳の自分が見つめ返していた。くしゃくしゃの黒髪の下で、輝く緑の目が戸惑った表情をしてい

る。ハリーは鏡に映る稲妻形の傷痕をじっくり調べた。いつもと変わりはない。しかし、傷はまだ刺すように痛かった。

目が覚める前にどんな夢を見ていたのか、思い出そうとした。あまりにも生々しかった……二人は知っている。三人目は知らない……ハリーは顔をしかめ、夢を思い出そうと懸命に集中した……。

暗い部屋がぼんやりと思い出された……暖炉マットに蛇がいた……小男はピーター、別名ワームテールだ……そして、冷たいかん高い声……ヴォルデモート卿の声だ。そう思っただけで、胃袋に氷の塊がすべり落ちるような感覚が走った……。

ハリーは固く目を閉じて、ヴォルデモートの姿を思い出そうとしたが、できない……ヴォルデモートの椅子がくるりとこちらを向き、そこに座っている何ものかが見えた。ハリー自身がそれを見た瞬間、恐ろしい戦慄で目が覚めた。それだけは覚えている……それとも傷痕の痛みで目が覚めたのだろうか？

それに、あの老人は誰だったのだろう？　確かに年老いた男がいた。その男が床に倒れるのを、ハリーは見た。なんだかすべて混乱している。ハリーは両手に顔をうずめ、いま自分がいる寝室の様子をさえぎるようにして、あの薄明かりの部屋のイメージをしっかりとらえようとした。

しかし、とらえようとすればするほど、まるで両手にくんだ水がもれるように、細かなことが指の間からこぼれ落ちていった……ヴォルデモートとワームテールが誰かを殺したと話していた。誰だったか、ハリーは名前を思い出せなかった……それにほかの誰かを殺す計画を話していた……**僕を……**。

ハリーは顔から手を離し、目を開けて自分の部屋をじっと見回した。何か普通ではないものを見つけようとするかのように。たまたまこの部屋には、異常なほどたくさん、普通ではないものがある。大きな木のトランクが開けっ放しでベッドの足元に置いてあり、中から大鍋や箒、黒いローブの制服、呪文集が数冊のぞいていた。机の上に大きな鳥かごがあり、いつもなら雪のように白いふくろうのヘドウィグが止まっているのだが、いまはからっぽだった。鳥かごに占領されていない机の隅に、羊皮紙の巻紙が散らばっている。

ベッド脇の床に、寝る前に読んでいた本が開いたまま置かれていた。本の中の写真はみな動き回っている。鮮やかなオレンジ色のローブを着た選手たちが、箒に乗り赤いボールを投げ合いながら、写真から出たり入ったりしていた。

ハリーは本の所まで歩いていき、拾い上げた。ちょうど選手の一人が十五メートルの高さにあるゴールリングに鮮やかなシュートを決めて得点したところだった。ハリーはピシャリと本を閉じた。クィディッチでさえ——ハリーがこれぞ最高のスポーツだと思っているものでさえ——いまはハリーの気をそらしてはくれなかった。『キャノンズと飛ぼう』をベッド脇の小机に置くと、ハリーは部屋を横切り、窓のカーテンを開けて下の通りの様子をうかがった。

プリベット通りは、土曜日の明け方のきちんとした郊外の町並みはこうでなければならない、といった模範的なたたずまいだった。どの家のカーテンも閉まったままだ。まだ暗い街には、見渡すかぎり、人っ子一人、猫の子一匹いなかった。

でも、何かおかしい……なにかが……ハリーはなんだか落ち着かないままベッドに戻り、座り込んでもう一度傷痕を指でなぞった。痛みが気になったわけではない。痛みやけがなら、ハリーはいやというほど味わってきた。一度は右腕の骨が全部なくなり、ひと晩中痛い思いをして再生させたこともある。それからほどなく、その同じ右腕を、三十センチもある毒牙が刺し貫いた。飛行中の箒から十五メートルも落下したのはほんの一年前のことだ。とんでもない事故やけがなら、もう慣れっこだった。ホグワーツ魔法魔術学校に学び、しかも、なぜか知らないうちに事件を呼び寄せてしまうハリーにとって、それはさけられないことだった。

ちがうんだ。何か気になるのは、傷の痛む原因だ。前回は、ヴォルデモートが近くにいたからだった……しかし、ヴォルデモートがいま、ここにいるはずがない……ヴォルデモートがプリベット通りにひそんでいるなんて、ばかげた考えだ。ありえない……。

ハリーは静寂の中で耳を澄ました。階段のきしむ音、マントのひるがえる音が聞こえるのではないかと、どこかでそんな気がしたのだろうか？　ちょうどその時、隣の部屋から、いとこのダドリーが巨大ないびきをかく音が聞こえ、ハリーはびくりとした。

ハリーは心の中で頭を振った。なんてばかなことを……この家にいるのは、ハリーのほかにバーノンおじさん、ペチュニアおばさんとダドリーだけだ。悩みも痛みもない夢を貪り、全員まだ眠りこけている。

ハリーは、ダーズリー一家が眠っているときが一番気に入っていた。起きていたからといって、ハリーのために何かしてくれるわけではない。

バーノンおじさん、ペチュニアおばさん、ダドリーは、ハリーにとって唯一の親せきだった。一家はマグル（魔法族ではない）で、魔法と名がつくものはなんでも忌み嫌っていた。つまり、ハリーはまるで犬のクソ扱いだった。

この三年間、ハリーがホグワーツに行って長期間不在だったことは、「セント・ブルータス更生不能非行少年院」に行ったと言いふらして取りつくろっていた。ハリーのように半人前の魔法使いは、ホグワーツの外では魔法を使ってはいけないことを、一家はよく知っていた。それでもこの家で何かがおかしくなると、やはりハリーがとがめられるはめになった。

魔法世界での生活がどんなものか、ハリーはただの一度も、この一家に打ち明けたり話したりできなかった。この連中が朝になって起きてきたときに、傷が痛むだとか、ヴォルデモートのことが心配だとか打ち明けるなんて、まさにお笑いぐさだ。

だが、そのヴォルデモートこそ、そもそもハリーがダーズリー一家と暮らすようになった原因なのだ。ヴォルデモートがいなければ、ハリーは額に稲妻形の傷を受けることもなかったろう。ヴォルデモートがいなければ、ハリーはいまでも両親と一緒だったろうに……。

あの夜、ハリーはまだ一歳だった。ヴォルデモート――十一年間、徐々に勢力を集めていった、今世紀最強の闇の魔法使い――が、ハリーの家にやってきて父親と母親を殺したあの夜、ヴォルデモートは杖をハリーに向け、呪いをかけた。勢力を伸ばす過程で、何人もの大人の魔法使いや魔女を処分した、その呪いを。

ところが――信じられないことに、呪いが効かなかった。幼子を殺すどころか、呪いはヴォルデモート自身に跳ね返った。ハリーは、額に稲妻のような切り傷を受けただけで生き残り、ヴォルデモートはかろうじて命を取りとめるだけの存在になった。力は失せ、命も絶えなんとする姿で、ヴォルデモートは逃げ去った。隠された魔法社会で、魔法使いや魔女が何年にもわたり戦々恐々と生きてきた、その恐怖が取り除かれ、ヴォルデモートの家来は散り散りになり、ハリー・ポッターは有名になった。

十一歳の誕生日に、初めて自分が魔法使いだとわかったことだけでも、ハリーにとっては充分なショックだった。その上、隠された社会である魔法界では、誰もが自分の名前を知っているのだとわかったときは、さらに面食らった。ホグワーツ校に着くと、どこに行ってもみんながハリーを振り返り、ささやき交わした。しかし、いまではハリーもそれに慣れっこになっていた。この夏が終われば、ハリーはホグワーツ校の四年生になる。ホグワーツのあの城に戻れる日を、ハリーはいまから指折り数えて待っていた。

しかし、学校に戻るまでにまだ二週間もあった。ハリーはやりきれない気持ちで部屋の中を見回し、誕生祝いカードに目をとめた。七月末の誕生日に二人の親友から送られたカードだ。あの二人に手紙を書いて、傷痕が痛むと言ったら、なんと言うだろう？

たちまち、ハーマイオニー・グレンジャーが驚いてかん高く叫ぶ声が、ハリーの頭の中で鳴り響いた。

「傷痕が痛むんですって？　ハリー、それって、大変なことよ……ダンブルドア先生に手紙を書かなきゃ！　それから、私、『よくある魔法病と傷害』を調べるわ……呪いによる傷痕に関して、何か書いてあるかもしれない……」

そう、それこそハーマイオニーらしい忠告だ。すぐホグワーツの校長の所に行くこと、その間に本で調べること。ハリーは窓から群青色に塗り込められた空を見つめた。この場合、本が役に立つとはとうてい思えなかった。ハリーの知るかぎり、ヴォルデモートの呪いほどのものを受けて生き残ったのは、自分一人だけだ。つまり、ハリーの症状が、『よくある魔法病と傷害』にのっているとはほとんど考えられない。校長先生に知らせるといっても、ダンブルドアが夏休みをどこで過ごしているのか、ハリーには見当もつかない。長い銀色のひげを蓄えたダンブルドアが、あのかかとまで届く丈長のローブを着て三角帽子をかぶり、どこかのビーチに寝そべって、あの曲がった鼻に日焼けクリームを塗り込んでいる姿を一瞬想像して、ハリーはおかしくなった。ダンブルドアがどこにいようとも、ハリーのペットふくろうのヘドウィグはきっと見つけるにちがいない。たとえ住所がわからなくても、ヘドウィグはいままで一度も手紙を届けそこなったことはない。でも、なんと書けばいいんだろう？

ダンブルドア先生

休暇中にお邪魔してすみません。でも今朝、傷痕がうずいたのです。

では、また。

ハリー・ポッター

頭の中で考えただけでも、こんな文句はばかげている。

ハリーはもう一人の親友、ロン・ウィーズリーがどんな反応を示すか想像してみた。そばかすだらけの、鼻の高いロンの顔が、ふわっと目の前に現れた。当惑した表情だ。

「傷が痛いって？　だけど……だけど『例のあの人』がいま、君のそばにいるわけないよ。そうだろ？　だって……もしいるなら、君、わかるはずだろ？　また君を殺そうとするはずだろ？　ハリー、僕、わかんないけど、呪いの傷痕って、いつでも少しはずきずきするものなんじゃないかなぁ……。パパに聞いてみるよ……」

ロンの父親は魔法省の「マグル製品不正使用取締局」に勤めるれっきとした魔法使いだが、ハリーの知るかぎり、呪いに関しては特に専門家ではなかった。いずれにせよ、たった数分間傷がうずいたからといって自分がびくびくしているなどと、ウィーズリー家のみんなに知れわたるのは困る。ウィーズリー夫人はハーマイオニーよりも大騒ぎして心配するだろうし、ロンの双子の兄、十六歳になるフレッドとジョージは、ハリーが意気地なしだと思うかもしれない。

ウィーズリー一家はハリーが世界中で一番好きな家族だった。明日にもウィーズリー家から、泊まりにくるようにと招待が来るはずだ（ロンが何かクィディッチ・ワールドカップのことを話していたし）。せっかくの滞在中に、傷痕はどうかと心配そうに何度も聞かれたりするのは、ハリーはなんだかいやだった。

ハリーは拳で額をもんだ。ほんとうは（自分でそうだと認めるのは恥ずかしかったが）、誰か――

父親や母親のような人が欲しかった。大人の魔法使いで、そんなばかなことを、などと思わずに相談できる誰か、自分のことを心配してくれる誰か、闇の魔術の経験がある誰か……。

すると、ふっと答えが思い浮かんだ。こんな簡単な、こんな明白なことを思いつくのに、こんなに時間がかかるなんて――**シリウスだ**。

ハリーはベッドから飛び降り、急いで部屋の反対側にある机に座った。羊皮紙をひと巻引き寄せ、鷲羽根ペンにインクをふくませ、「シリウス、元気ですか」と書きだした。そこでペンが止まった。どうやったらうまく説明できるのだろう。はじめからシリウスを思い浮かべなかったことに、ハリーは自分でもまだ驚いていた。しかし、そんなに驚くことではないのかもしれない――そもそも、シリウスが自分の名付け親だと知ったのはほんの二か月前のことなのだから。

シリウスが、それまでハリーの人生にまったく姿を見せなかった理由は、簡単だった――シリウスはアズカバンにいたのだ。吸魂鬼という、目を持たない、魂を吸い取る鬼に監視された、恐ろしい魔法界監獄、アズカバンだ。

そこを脱獄したシリウスを追って、吸魂鬼はホグワーツにやってきた。しかし、シリウスは無実だった――殺人の罪に問われていたが、真にその殺人を犯したのはヴォルデモートの家来、ワームテールだった。ワームテールは死んだと、ほとんどみんながそう思っている。

しかし、ハリー、ロン、ハーマイオニーは、そうではないことを知っている。夏休み前、三人は真正面からワームテールと対面したのだ。でも三人の話を信じたのはダンブルドア校長だけだった。

あの輝かしい一時間の間だけ、ハリーはついにダーズリーたちと別れることができると思った。シリウスが、汚名をそそいだら一緒に暮らそうとハリーに言ってくれたからだ。しかし、そのチャンスはたちまち奪われてしまった――ワームテールを、魔法省に引き渡す前に逃がしてしまったのだ。

シリウスは身を隠さなければ命を落とすところだった。ハリーは、シリウスがバックビークという名のヒッポグリフの背に乗って逃亡するのを助けた。それ以来ずっと、シリウスは逃亡生活を続けている。ワームテールさえ逃がさなかったら、シリウスと暮らせたのにという思いが、夏休みに入ってからずっとハリーの頭を離れなかった。もう少しでダーズリーの所から永久に逃れることができたのにと思うと、この家に戻るのは二倍もつらかった。

一緒に暮らせはしないが、それでも、シリウスはハリーの役に立っていた。学用品を全部自分の部屋に持ち込むことができたのもシリウスのおかげだった。これまではダーズリー一家がけっしてそれを許してくれなかった。常々ハリーをなるべくみじめにしておきたいという思いもあり、その上ハリーの力を恐れていたので、ダーズリーたちは夏休みになると、ハリーの学校用のトランクを階段下の物置に入れて鍵をかけておいたものだった。ところが、あの危険な殺人犯がハリーの名付け親だとわかると、ダーズリーたちの態度が一変した――シリウスは無実だとダーズリーたちに告げるのを、ハリーは都合よく忘れることにした。

プリベット通りに戻ってから、ハリーはシリウスの手紙を二通受け取った。二回とも、ふくろうが届けたのではなく（魔法使いは普通、ふくろうを使う）、派手な色をした大きな南国の鳥が持ってきた。ヘドウィグはけばけばしい侵入者が気に入らず、鳥が帰路に着く前に自分の水受け皿から水を飲むのをなかなか承知しなかった。ハリーは、この鳥たちが気に入っていた。椰子の木や白い砂浜の気分にさせてくれるからだ。シリウスがどこにいようとも（手紙が途中で他人の手に渡ることも考えられるので、シリウスは居場所を明かさなかった）、元気で暮らしていてほしいとハリーは願った。強烈な太陽の光の下では、なぜか吸魂鬼は長生きしないような気がした。たぶん、それでシリウスは南へ行ったのだろう。

シリウスの手紙は、ベッド下の床板のゆるくなった所に隠してあった。このすきまはとても役に立つ。二通とも元気そうで、必要なときにはいつでも連絡するようにと念を押していた。そうだ。いまこそシリウスが必要だ。よし……。

夜明け前の冷たい灰色の光が、ゆっくりと部屋に忍び込み、机の灯りが薄暗くなるように感じられた。太陽が昇り、部屋の壁が金色に映え、バーノンおじさんとペチュニアおばさんの部屋から人の動く気配がしはじめたとき、ハリーはくしゃくしゃに丸めた羊皮紙を片づけ、机をきれいにして、いよいよ書き終えた手紙を読みなおした。

シリウスおじさん、元気ですか。

この間はお手紙をありがとう。あの鳥はとても大きくて、窓から入るのがやっとでした。

こちらは何も変わっていません。ダドリーのダイエットはあまりうまくいっていません。きのう、ダドリーがこっそりドーナツを部屋に持ち込もうとするのを、おばさんが見つけました。こんなことが続くようならこづかいを減らさないといけなくなると、二人がダドリーに言うと、ダドリーはものすごく怒って、プレイステーションを窓から投げ捨てました。これはゲームをして遊ぶコンピュータのようなものです。ばかなことをしたものです。だって、もうダドリーの気を紛らすものは何もないんです。メガ・ミューチレーション・パート3で遊べなくなってしまったのですから。

僕は大丈夫です。それというのも、僕が頼めばあなたがやってきて、ダーズリー一家をコウモリに変えてしまうかもしれないと、みんな怖がっているからです。

でも、今朝、気味の悪いことが起こりました。傷痕がまた痛んだのです。この前痛んだのは、ヴォルデモートがホグワーツにいたからでした。でも、いまは僕の身近にいるとは考えられません。そうでしょう？　呪いの傷痕って、何年もあとに痛むことがあるのですか？

ヘドウィグが戻ってきたら、この手紙を持たせます。いまは餌を捕りに出かけています。
バックビークによろしく。

ハリーより

よし、これでいい、とハリーは思った。夢のことを書いてもしょうがない。ハリーは、あんまり心配しているように思われたくはなかった。

羊皮紙をたたみ、机の脇に置き、ヘドウィグが戻ったらいつでも出せるようにした。それから立ち上がり、伸びをして、もう一度洋だんすを開けた。扉裏の鏡に映る自分を見もせず、ハリーは朝食に下りていくために着替えはじめた。

第三章 招待状

ハリーがキッチンに下りてきたときには、ダーズリー一家はもうテーブルに着いていた。ハリーが入ってきても、座っても、誰も見向きもしない。バーノンおじさんのでっかい赤ら顔は「デイリー・メール新聞」の陰に隠れたままだったし、ペチュニアおばさんは馬のような歯の上で唇をきっちり結び、グレープフルーツを四つに切っているところだった。

ダドリーは怒って機嫌が悪く、なんだかいつもより余計に空間を占領しているようだった。これはただ事ではない。何しろいつもだって四角いテーブルの一辺を、ダドリー一人でまるまる占領しているのだから。ペチュニアおばさんがおろおろ声で「さあ、かわいいダドちゃん」と言いながら、グレープフルーツの四半分を砂糖もかけずにダドリーの皿に取り分けると、ダドリーはおばさんを怖い顔でにらみつけた。夏休みで学校から通信簿を持って家に帰ってきたとき以来、ダドリーの生活は一変して最悪の状態になっていた。

おじさんもおばさんも、ダドリーの成績が悪いことに関しては、いつものように都合のよい言い訳で納得していた。ペチュニアおばさんは、ダドリーの才能の豊かさを先生が理解していないと言い張ったし、バーノンおじさんは、ガリ勉の女々しい男の子なんか息子に持ちたくないと主張した。いじめをしているという叱責も、二人は難なくやり過ごした――「ダドちゃんは元気がいいだけよ。ハエ一匹殺せやしないわ！」とおばさんは涙ぐんだ。

ところが、通信簿の最後に、短く、しかも適切な言葉で書かれていた養護の先生の報告だけには、さすがのおじさんおばさんもグウの音も出なかった。ペチュニアおばさんは、ダドリーが骨太なだけで、体重だって子犬がころころ太っているのと同じだし、育ち盛りの男の子はたっぷり食べ物が必要だと泣き叫んだ。しかし、どうわめいてみても、もはや学校には、ダドリーに合うようなサイズのニッカーボッカーの制服がないのは確かだった。

養護の先生には、おばさんの目には見えないものが見えていたのだ。ピカピカの壁に指紋を見つけるとか、お隣さんの動きに関しては、おばさんの目の鋭いことといったら――そのおばさんの目が見ようとしなかっただけなのだが、養護の先生は、ダドリーがこれ以上栄養をとる必要がないどころか、体重も大きさも若いシャチ並みに育っていることを見抜いていた。

そこで――さんざんかんしゃくを起こし、ハリーの部屋の床がぐらぐら揺れるほどの言い争いをし、ペチュニアおばさんがたっぷり涙を流したあと、食事制限が始まった。スメルティングズ校の養護の先生から送られてきたダイエット表が、冷蔵庫に貼りつけられた。ダドリーの好物――ソフト・ドリンク、ケーキ、チョコレート、バーガー類――は、全部冷蔵庫から消え、かわりに果物、野菜、その他バーノンおじさんが「ウサギの餌」と呼ぶものが詰め込まれた。

ダドリーの気分がよくなるように、ペチュニアおばさんは家族全員がダイエットするよう主張した。今度はグレープフルーツの四半分がハリーに配られた。ダドリーのよりずっと小さいことにハリーは気づいた。ペチュニアおばさんは、ダドリーのやる気を保つ一番よい方法は、少なくとも、ハリーよりダドリーのほうがたくさん食べられるようにすることだと思っているらしい。ただし、ペチュニアおばさんは、二階の床板のゆるくなった所に何が隠されているかを知らない。ハリーが全然ダイエットなどしていないことを、おばさんはまったく知らないのだ。

この夏をニンジンの切れっ端だけで生き延びるはめになりそうだとの気配を察したハリーは、すぐにヘドウィグを飛ばして友達の助けを求めた。友達はこの一大事に敢然と立ち上がった。ハーマイオニーの家から戻ったヘドウィグは、「砂糖なし」スナックのいっぱい詰まった大きな箱を持ってきた（ハーマイオニーの両親は歯医者なのだ）。ホグワーツの森番、ハグリッドは、わざわざお手製のロックケーキを袋いっぱい送ってよこした（ハリーはこれには手をつけなかった。ハグリッドのお手製はいやというほど経験済みだった）。

一方、ウィーズリーおばさんは、家族のペットふくろうのエロールに、大きなフルーツケーキといろいろなミートパイを持たせてよこした。年老いてよぼよぼのエロールは、哀れにもこの大旅行から回復するのにまるまる五日もかかった。そしてハリーの誕生日には（ダーズリー一家は完全に無視していたが）、最高のバースデーケーキが四つも届いた。ロン、ハーマイオニー、ハグリッド、そしてシリウスからだった。まだ二つ残っている。

そんなわけで、ハリーは早く二階に戻ってちゃんとした朝食をとりたいと思いながら、愚痴もこぼさずにグレープフルーツを食べはじめた。

バーノンおじさんは、気に入らんとばかり大きくフンと鼻を鳴らし、新聞を脇に置くと、四半分のグレープフルーツを見下ろした。

「これっぽっちか？」

おじさんはおばさんに向かって不服そうに言った。

ペチュニアおばさんはおじさんをキッとにらみ、ダドリーのほうをあごで指してうなずいてみせた。ダドリーはもう自分の四半分を平らげ、豚のような目でハリーの分を意地汚く眺めていた。

バーノンおじさんは、巨大なもじゃもじゃの口ひげがざわつくほど深いため息をついて、スプーンを手にした。

玄関のベルが鳴った。バーノンおじさんが重たげに腰を上げ、廊下に出ていった。電光石火、母親がやかんに気を取られているすきに、ダドリーはおじさんのグレープフルーツの残りをかすめ取った。

玄関先で誰かが話をし、笑い、バーノンおじさんが短く答えているのがハリーの耳に入ってきた。それから玄関の戸が閉まり、廊下から紙を破る音が聞こえてきた。

ペチュニアおばさんはテーブルにティーポットを置き、おじさんはどこに行ったのかと、きょろきょろとキッチンを眺め回した。待つほどのこともなく、約一分後におじさんが戻ってきた。カンカンになっている様子だ。

「来い」ハリーに向かっておじさんが吠えた。「居間に。すぐにだ」

わけがわからず、いったい今度は自分が何をやったのだろうと考えながら、ハリーは立ち上がり、おじさんについてキッチンの隣の部屋に入った。入るなり、バーノンおじさんはドアをピシャリと閉めた。

「それで」

暖炉のほうに突進し、くるりとハリーに向きなおると、いまにもハリーを逮捕しそうな剣幕でおじさんが言った。

「**それで**」

「それでなんだって言うんだ？」と言えたらどんなにいいだろう。

しかし、こんな朝早くから、バーノンおじさんの虫の居所を試すのはよくない、と思った。それでなくとも欠食状態でかなりいらいらしているのだから。そこでハリーは、おとなしく驚いたふうをしてみせるだけでがまんすることにした。

「こいつがいま届いた」

おじさんはハリーの鼻先で紫色の紙切れをひらひら振った。

「おまえに関する手紙だ」

ハリーはますますこんがらがった。いったい誰が、僕についての手紙をおじさん宛に書いたのだろう？　郵便配達を使って手紙をよこすような知り合いがいたかな？

おじさんはハリーをギロリとにらむと、手紙を見下ろし、読み上げた。

親愛なるダーズリー様、御奥様

私どもはまだ面識がございませんが、ハリーから息子のロンのことはいろいろお聞きおよびでございましょう。

ハリーがお話ししたかと思いますが、クィディッチ・ワールドカップの決勝戦が、次の月曜の夜、行われます。夫のアーサーが、魔法省のゲーム・スポーツ部につてがございまして、とてもよい席を手に入れることができました。

つきましては、ハリーを試合に連れていくことをお許しいただけませんでしょうか。これは一生に一度のチャンスでございます。イギリスが開催地になるのは三十年ぶりのことで、切符はとても手に入りにくいのです。もちろん、それ以後、夏休みの間ずっと、喜んでハリーを家にお預かりいたしますし、学校に戻る汽車に無事乗せるようにいたします。

お返事は、なるべく早く、ハリーから普通の方法で私どもにお送りいただくのがよろしいかと存じます。何しろマグルの郵便配達は、私どもの家に配達にきたことがございませんし、家がどこにあるかを知っているかどうかも確かじゃございませんので。

ハリーにまもなく会えることを楽しみにしております。

敬具

モリー・ウィーズリーより

追伸　切手は不足していないでしょうね。

読み終えると、おじさんは胸ポケットに手を突っ込んで何か別のものを引っ張り出した。

「これを見ろ」おじさんが唸った。

おじさんは、ウィーズリー夫人の手紙が入っていた封筒を掲げていた。

ハリーは噴き出したいのをやっとこらえた。封筒いっぱいに一分のすきもなく切手が貼り込んであり、真ん中に小さく残った空間に詰め込むように、ダーズリー家の住所が細々した字で書き込まれていた。

「切手は不足していなかったね」

ハリーは、ウィーズリー夫人がごくあたりまえのまちがいを犯しただけだというような調子を取りつくろった。おじさんの目が一瞬光った。

「郵便配達は感づいたぞ」おじさんが歯がみをした。「手紙がどこから来たのか、やけに知りたがっていたぞ、やつは。だから玄関のベルを鳴らしたのだ。『**奇妙だ**』と思ったらしい」

ハリーは何も言わなかった。ほかの人には、切手を貼りすぎたくらいでバーノンおじさんがなぜ目くじらを立てるのかがわからなかったろう。しかしずっと一緒に暮らしてきたハリーには、いやというほどわかっていた。ほんのちょっとでもまともな範囲からはずれると、この一家はピリピリするのだ。ウィーズリー夫人のような連中と関係があると誰かに感づかれることを（どんなに遠い関係でも）、ダーズリー一家は一番恐れていた。

バーノンおじさんはまだハリーをねめつけていた。ハリーはなるべく感情を顔に表さないように努力した。何もばかなことを言わなければ、人生最高の楽しみが手に入るかもしれないのだ。バーノンおじさんが何か言うまで、ハリーはだまっていた。しかし、おじさんはにらみ続けるだけだった。ハリーのほうから沈黙を破ることにした。

「それじゃ——僕、行ってもいいですか？」

　バーノンおじさんのでっかい赤ら顔が、かすかにビリリと震えた。口ひげが逆立った。口ひげの陰で何が起こっているか、ハリーにはわかる気がした。おじさんの最も根深い二種類の感情が対立して、激しく闘っている。ハリーを行かせることは、ハリーを幸福にすることだ。この十三年間、おじさんはそれを躍起になって阻止してきた。しかし、夏休みの残りを、ハリーがウィーズリー家で過ごすことを許せば、期待したより二週間も早くやっかい払いができる。ハリーがこの家にいるのは、バーノンおじさんにとっておぞましいことだった。考える時間をかせぐために、という感じで、おじさんはウィーズリー夫人の手紙にもう一度視線を落とした。

「この女は誰だ？」

　名前の所を汚らわしそうに眺めながら、おじさんが聞いた。

「おじさんはこの人に会ったことがあるよ。僕の友達のロンのお母さんで、ホグ――学校から学期末に汽車で帰ってきたとき、迎えに来てた人」

　うっかり「ホグワーツ特急」と言いそうになったが、そんなことをすれば確実におじさんを怒らせてしまう。ダーズリー家では、ハリーの学校の名前は、誰も、ただの一度も口に出したことはなかった。

　バーノンおじさんはひどく不ゆかいなものを思い出そうとしているかのように、巨大な顔をゆがめた。

「ずんぐりした女か？」しばらくしておじさんが唸った。「赤毛の子供がうじゃうじゃの？」

ハリーは眉をひそめた。自分の息子を棚に上げて、バーノンおじさんが誰かを「ずんぐり」と呼ぶのはあんまりだと思った。ダドリーは、三歳のときからいまかいまかと恐れられていたことをついに実現し、いまでは縦より横幅のほうが大きくなっていた。

おじさんはもう一度手紙を眺め回していた。

「クィディッチ」

おじさんが声をひそめて吐き出すように言った。

「**クィディッチ**――このくだらんものはなんだ？」

ハリーはまたむかむかした。

「スポーツです」簡潔に答えた。

「競技は、箒に――」

「もういい、もういい！」

おじさんが声を張り上げた。かすかにうろたえたのを見て取って、ハリーは少し満足した。自分の家の居間で、「箒」などという言葉が聞こえるなんて、おじさんにはがまんできないらしい。逃げるように、おじさんはまた手紙を眺め回した。おじさんの唇の動きを、ハリーは「普通の方法で私どもにお送りいただくのがよろしいかと」と読み取った。おじさんがしかめっ面をした。

「どういう意味だ、この『**普通の方法**』っていうのは？」

吐きすてるようにおじさんが言った。

「僕たちにとって普通の方法」

おじさんが止める間も与えず、ハリーは言葉を続けた。

「つまり、ふくろう便のこと。それが魔法使いの普通の方法だよ」

バーノンおじさんは、まるでハリーが汚らしいののしりの言葉でも吐いたかのように、カンカンになった。怒りで震えながら、おじさんは神経をとがらせて窓の外を見た。まるで隣近所が窓ガラスに耳を押しつけて聞いていると思っているかのようだった。

「何度言ったらわかるんだ？　この屋根の下で『不自然なこと』を口にするな」

赤ら顔を紫にして、おじさんがすごんだ。

「恩知らずめが。わしとペチュニアのおかげで、そんなふうに服を着ていられるものを――」

「ダドリーが着古したあとにだけどね」ハリーは冷たく言った。

まさに、お下がりのコットンシャツは大きすぎて、そでを五つ折りにしてたくし上げないと手が使えなかったし、シャツの丈はぶかぶかなジーンズのひざ下まであった。

「わしに向かってその口のききようはなんだ！」おじさんは怒り狂って震えていた。

しかしハリーは引っ込まなかった。ダーズリー家のばかばかしい規則を、一つ残らず守らなければならなかったのはもう昔のことだ。ハリーはダーズリー一家のダイエットに従ってはいなかったし、バーノンおじさんがクィディッチ・ワールドカップに行かせまいとしても、そうはさせないつもりだった。うまく抵抗できればの話だが。

ハリーは深く息を吸って気持ちを落ち着けた。

「じゃ、僕、ワールドカップを見にいけないんだ。もう行ってもいいですか？　シリウスに書いてる手紙を書き終えなきゃ。ほら――僕の名付け親」

やったぞ。殺し文句を言ってやった。バーノンおじさんの顔から紫色がブチになって消えていくのが見えた。まるで混ぜそこなったクロスグリ・アイスクリーム状態だ。

「おまえ――おまえはヤツに手紙を書いているのか？」

おじさんの声は平静を装っていた――しかし、ハリーは、もともと小さいおじさんの瞳が、恐怖でもっと縮んだのを見た。

「ウン――まあね」ハリーはさりげなく言った。

「もうずいぶん長いこと手紙を出してなかったから。それに、僕からの便りがないと、ほら、何か悪いことが起こったんじゃないかって心配するかもしれないし」

ハリーはここで言葉を切り、言葉の効果を楽しんだ。きっちり分け目をつけたバーノンおじさんのたっぷりした黒髪の下で、歯車がどう回っているかが見えるようだった。シリウスに手紙を書くのをやめさせれば、シリウスはハリーが虐待されていると思うだろう。クィディッチ・ワールドカップに行ってはならんとハリーに言えば、ハリーは手紙にそれを書き、ハリーが虐待されていることをシリウスが**知ってしまう**。バーノンおじさんの採るべき道はただ一つだ。巨大な口ひげのついた頭の中が透けて見えるかのように、ハリーにはおじさんの頭の中でその結論が出来上がっていくのが見えるようだった。ハリーはニンマリしないよう、なるべく無表情でいるように努力した。すると——。

「まあ、よかろう。そのいまいましい……そのバカバカしい……そのワールドカップとやらに行ってよい。手紙を書いて、この連中——この**ウィーズリー**とかに、迎えにくるように言え。いいか。わしはおまえをどこへやらわからん所へ連れていくひまはない。それから、夏休みはあとずっとそこで過ごしてよろしい。それから、おまえの——おまえの名付け親に……そやつに言うんだな……おまえが行くことになったと、言え」

「オッケーだよ」ハリーはほがらかに言った。

ハリーは居間のドアのほうに向きなおり、飛び上がって「ヤッタ！」と叫びたいのをこらえながら歩きだした。行けるんだ……ウィーズリー家に行けるんだ。クィディッチ・ワールドカップに行けるんだ！

居間から廊下に出ると、ダドリーにぶつかりそうになった。ドアの陰にひそんで、ハリーが叱られるのを盗み聞きしようとしていたにちがいない。ハリーがニッコリ笑っているのを見て、ダドリーはショックを受けたようだった。

「**すばらしい**朝食だったね？　僕、満腹さ。君は？」ハリーが言った。

ダドリーが驚いた顔をするのを見て笑いながら、ハリーは階段を一度に三段ずつ駆け上がり、飛ぶように自分の部屋に戻った。

最初に目に入ったのは帰宅していたヘドウィグだった。かごの中から、大きな琥珀色の目でハリーを見つめ、何か気に入らないことがあるような調子でくちばしをカチカチ鳴らした。いったい何が気に入らないのかはすぐにわかった。

「**アイタッ！**」

小さな灰色のふかふかしたテニスボールのようなものが、ハリーの頭の横にぶつかった。ハリーは頭をもんだりさすったりしながら、何がぶつかったのかを探した。豆ふくろうだ。片方の手のひらに収まるくらい小さなふくろうが、迷子の花火のように、興奮して部屋中をヒュンヒュン飛び回っている。気がつくと、豆ふくろうはハリーの足元に手紙を落としていた。かがんで見ると、ロンの字だ。封筒を破ると、走り書きの手紙が入っていた。

ハリー――パパが切符を手に入れたぞ――アイルランド対ブルガリア。月曜の夜だ。ママがマグルに手紙を書いて、君が家に泊まれるよう頼んだよ。もう手紙が届いているかもしれない。マグルの郵便ってどのくらい速いか知らないけど。どっちにしろ、ピッグにこの手紙を持たせるよ。

ハリーは「ピッグ」という文字を眺めた。それから豆ふくろうを眺めた。今度は天井のランプの傘の周りをブンブン飛び回っている。こんなに「豚」らしくないふくろうは見たことがない。ロンの文字を読みちがえたのかもしれない。ハリーはもう一度手紙を読んだ。

マグルがなんと言おうと、僕たち、君を迎えにいくよ。ワールドカップを見逃す手はないからな。ただ、パパとママは一応マグルの許可をお願いするふりをしたほうがいいと思ったんだ。連中がイエスと言ったら、そう書いてピッグをすぐ送り返してくれ。日曜の午後五時に迎えにいくよ。連中がノーと言っても、ピッグをすぐ送り返してくれ。やっぱり日曜の午後五時に迎えにいくよ。

ハーマイオニーは今日の午後に来るはずだ。パーシーは就職した――魔法省の国際魔法協力部だ。家にいる間、外国のことはいっさい口にするなよ。さもないと、うんざりするほど聞かされるからな。

じゃあな。

ロン

「落ち着けよ！」豆ふくろうに向かってハリーが言った。今度はハリーの頭の所まで低空飛行して、ピーピー狂ったように鳴いている。受取人にちゃんと手紙を届けたことが誇らしくて仕方がないらしい。

「ここへおいで。返事を出すのに君が必要なんだから！」

豆ふくろうはヘドウィグのかごの上にパタパタ舞い降りた。ヘドウィグは、それ以上近づけるものなら近づいてごらん、と言うかのように冷たい目で見上げた。

ハリーはもう一度鷲羽根ペンを取り、新しい羊皮紙を一枚つかみ、こう書いた。

ロン。すべてオッケーだ。マグルは僕が行ってもいいって言った。明日の午後五時に会おう。待ち遠しいよ。

ハリー

ハリーはメモ書きを小さくたたみ、豆ふくろうの脚にくくりつけたが、興奮してピョンピョン飛び上がるものだから、結ぶのにひと苦労だった。メモがきっちりくくりつけられると、豆ふくろうは出発した。窓からブーンと飛び出し、姿が見えなくなった。

ハリーはヘドウィグの所に行った。

「長旅できるかい？」

ヘドウィグは威厳たっぷりにホーと鳴いた。

「これをシリウスに届けられるかい？」

ハリーは手紙を取り上げた。

「ちょっと待って……一言書き加えるから」

羊皮紙をもう一度広げ、ハリーは急いで追伸を書いた。

僕に連絡を取りたければ、僕、これから夏休み中ずっと、友達のロン・ウィーズリーの所にいます。ロンのパパがクィディッチ・ワールドカップの切符を手に入れてくれたんだ！

書き終えた手紙を、ハリーはヘドウィグの脚にくくりつけた。ヘドウィグはいつにも増してじっとしていた。本物の「伝書ふくろう」がどう振る舞うべきかを、ハリーにしっかり見せてやろうとしているようだった。

「君が戻るころ、僕、ロンの所にいるから。わかったね？」

ヘドウィグは愛情を込めてハリーの指をかみ、やわらかいシュッという羽音をさせて大きな翼を広げ、開け放った窓から高々と飛び立っていった。

ハリーはヘドウィグの姿が見えなくなるまで見送り、それからベッド下に這い込んで、ゆるんだ床板をこじ開け、バースデーケーキの大きな塊を引っ張り出した。床に座ってそれを食べながら、ハリーは幸福感がひたひたとあふれてくるのを味わった。ハリーにはケーキがある。ダドリーにはグレープフルーツしかない。明るい夏の日だ。明日にはプリベット通りを離れる。傷痕はもうなんともない。それに、クィディッチ・ワールドカップを見にいくのだ。いまは、何かを心配しろというほうが無理だ――たとえ、ヴォルデモート卿のことだって。

第四章　再び「隠れ穴」へ

翌日十二時までには、学用品やらそのほか大切な持ち物が全部、ハリーのトランクに詰め込まれた――父親から譲り受けた「透明マント」やシリウスにもらった箒、ウィーズリー家のフレッドとジョージから去年もらったホグワーツ校の「忍びの地図」などだ。ゆるんだ床板の下の隠し場所から、食べ物を全部出してからっぽにし、呪文集や羽根ペンを忘れていないかどうか部屋の隅々まで念入りに調べ、九月一日までの日にちを数えていた壁の表もはがした。ホグワーツに帰る日まで、表の日付に毎日×印をつけるのがハリーには楽しみだった。

プリベット通り四番地には極度に緊張した空気がみなぎっていた。魔法使いの一行がまもなくこの家にやってくるというので、ダーズリー一家はガチガチに緊張し、いらいらしていた。ウィーズリー一家が日曜の五時にやってくるとハリーが知らせたとき、バーノンおじさんはまちがいなく度胆を抜かれた。

「きちんとした身なりで来るように言ってやったろうな。連中に」

おじさんはすぐさま歯をむき出してどなった。

「おまえの仲間の服装を、わしは見たことがある。まともな服を着てくるぐらいの礼儀は持ち合わせたほうがいいぞ。それだけだ」

ハリーはちらりと不吉な予感がした。ウィーズリー夫妻が、ダーズリー一家が「まとも」と呼ぶような格好をしているのを見たことがない。子供たちは、休み中はマグルの服を着ることもあるが、ウィーズリー夫妻はいつも、よれよれの度合いこそちがえ、着古した長いローブを着ていた。隣近所がなんと思おうと、ハリーは気にならなかった。ただ、もし、ウィーズリー一家が、ダーズリーたちが持つ「魔法使い」の最悪のイメージそのものの姿で現れたら、ダーズリーたちがどんなに失礼な態度を取るかと思うと心配だった。

バーノンおじさんは一張羅の背広を着込んでいた。他人が見たら、これは歓迎の気持ちの表れだと思うかもしれない。しかし、ハリーにはわかっていた。おじさんは威風堂々、威嚇的に見えるようにしたかったのだ。

一方ダドリーは、なぜか縮んだように見えた。ついにダイエット効果が表れた、というわけではなく、恐怖のせいだった。ダドリーがこの前に魔法使いに出会ったときは、ズボンの尻から豚のしっぽがくるりと飛び出す結末になり、おじさんとおばさんはロンドンの私立病院でしっぽを取ってもらうのに高いお金を払った。だから、ダドリーが尻のあたりをしょっちゅうそわそわなでながら、前回と同じ的を敵に見せまいと、蟹歩きで部屋から部屋へと移動するというありさまも、まったく変だというわけではない。

昼食の間、ほとんど沈黙が続いた。ダドリーは（カッテージチーズにセロリおろしの）食事に文句も言わなかった。ペチュニアおばさんはなんにも食べない。腕を組み、唇をギュッと結び、ハリーに向かってさんざん投げつけたい悪口雑言をかみ殺しているかのように、舌をもごもごさせているようだった。

「当然、車で来るんだろうな？」

テーブル越しにおじさんが吠えた。

「えーと」

ハリーは考えてもみなかった。ウィーズリー一家は**どうやって**ハリーを迎えにくるのだろう？もう車は持っていない。昔持っていた中古のフォード・アングリアは、いまはホグワーツの「禁じられた森」で野生化している。でも、ウィーズリーおじさんは昨年、魔法省から車を借りているし、また今日も借りるのかな？

「そうだと思うけど」ハリーは答えた。

バーノンおじさんはフンと口ひげに鼻息をかけた。いつもなら、ウィーズリー氏はどんな車を運転しているのかと聞くところだ。おじさんは、どのくらい大きい、どのくらい高価な車を持っているかで他人の品定めをするのが常だ。しかし、たとえフェラーリを運転していたところで、それでおじさんがウィーズリー氏を気に入るとは思えなかった。

ハリーはその日の午後、ほとんど自分の部屋にいた。まるで動物園からサイが逃げたと警告があったかのように、ペチュニアおばさんが数秒ごとにレース編みのカーテンから外をのぞくのを、見るにたえなかったからだ。やっと、五時十五分前に、ハリーは二階から下りて居間に入った。

ペチュニアおばさんは、強迫観念にとらわれたようにクッションのしわを伸ばしていた。バーノンおじさんは新聞を読むふりをしていたが、小さい目はじっと止まったままだ。ほんとうは全神経を集中して車の近づく音を聞き取ろうとしているのが、ハリーにはよくわかった。ダドリーはひじかけ椅子に体を押し込み、ぶくぶくした両手を尻に敷き、両脇から尻をがっちり固めていた。ハリーはこの緊張感にたえられず、居間を出て玄関の階段に腰かけ、時計を見つめた。興奮と不安で心臓がドキドキしていた。

ところが、五時になり、五時が過ぎた。背広を着込んだバーノンおじさんは汗ばみはじめ、玄関の戸を開けて通りを端から端まで眺め、それから急いで首を引っ込めた。

「連中は遅れとる！」

ハリーに向かっておじさんがどなった。

「わかってる。たぶん——えーと——道が混んでるとか、そんなんじゃないかな」

五時十分が過ぎ……やがて五時十五分が過ぎ……ハリー自身も不安になりはじめた。五時半、おじさんとおばさんが居間でブツブツと短い言葉を交わしているのが聞こえた。

「失礼ったらありゃしない」

「わしらにほかの約束があったらどうしてくれるんだ」

「遅れてくれれば夕食に招待されるとでも思ってるんじゃないかしら」

「そりゃ、絶対にそうはならんぞ」

そう言うなり、おじさんが立ち上がって居間を往ったり来たりする足音が聞こえた。

「連中はあいつめを連れてすぐ帰る。長居は無用。もちろんやつらが来ればの話だが。日をまちがえとるんじゃないか。まったく、**あの連中ときたら**時間厳守など念頭にありゃせん。さもなきゃ、安物の車を運転していて、ぶっ壊れ——**ああああああああ——っ！**」

ハリーは飛び上がった。居間のドアのむこう側で、ダーズリー一家三人がパニックして、部屋の隅に逃げ込む音が聞こえる。次の瞬間、ダドリーが恐怖で引きつった顔をして廊下に飛び出してきた。

「どうした？　何が起こったんだ？」ハリーが聞いた。

しかし、ダドリーは口もきけない様子だ。両手でぴったり尻をガードしたまま、ダドリーはドタドタと、それなりに急いでキッチンに駆け込んだ。ハリーは急いで居間に入った。

板を打ちつけてふさいだ暖炉の中から、バンバンたたいたり、ガリガリこすったり、大きな音がしていた。暖炉の前には石炭を積んだ形の電気ストーブが置いてあるのだ。

「あれはなんなの？」

ペチュニアおばさんは、あとずさりして壁に張りつき、こわごわ暖炉を見つめ、あえぎながら言った。

「バーノン、なんなの？」

二人の疑問は、一秒もたたないうちに解けた。ふさがれた暖炉の中から声が聞こえてきた。

「イタッ！　だめだ、フレッド――戻って、戻って。何か手ちがいがあった――ジョージにだめだって言いなさい――**痛い！**　ジョージ、だめだ。場所がない。早く戻って、ロンにそう言いなさい――」

「パパ、ハリーには聞こえてるかもしれないぜ――ハリーがここから出してくれるかもしれない――」

電気ストーブの後ろから、板をドンドンとこぶしでたたく大きな音がした。

「ハリー？　聞こえるかい？　ハリー？」

ダーズリー夫妻が、怒り狂ったクズリのつがいのごとくハリーのほうを振り向いた。

「これはなんだ？」おじさんが唸った。「何事なんだ？」

「みんなが――煙突飛行粉でここに来ようとしたんだ」

ハリーは噴き出しそうになるのをぐっとこらえた。

「みんなは暖炉の火を使って移動できるんだ――でも、この暖炉はふさがれてるから――ちょっと待って――」

ハリーは暖炉に近づき、打ちつけた板越しに声をかけた。

「ウィーズリーおじさん？　聞こえますか？」

バンバンたたく音がやんだ。煙突の中の誰かが「シーッ！」と言った。

「ウィーズリーおじさん。ハリーです……この暖炉はふさがれているんです。ここからは出られません」

「バカな！」ウィーズリー氏の声だ。「暖炉をふさぐなんて、まったくどういうつもりなんだ？」

「電気の暖炉なんです」ハリーが説明した。

「ほう？」ウィーズリー氏の声がはずんだ。「『気電』、そう言ったかね？　**プラグ**を使うやつ？　そりゃまた、ぜひ見ないと……どうすりゃ……アイタッ！　ロンか！」

ロンの声が加わって聞こえてきた。

「ここで何をもたもたしてるんだい？　何かまちがったの？」

「どういたしまして、ロン」

フレッドの皮肉たっぷりな声が聞こえた。

「ここは、まさに俺たちの目指したドンヅマリさ」

「ああ、まったく人生最高の経験だよ」

ジョージの声は、壁にべったり押しつけられているかのようにつぶれていた。

「まあ、まあ……」

ウィーズリー氏が誰に言うともなく言った。

「どうしたらよいか考えているところだから……うむ……これしかない……ハリー、下がっていなさい」

ハリーはソファの所まで下がった。バーノンおじさんは逆に前に出た。

「ちょっと待った！」

おじさんが暖炉に向かって声を張り上げた。

「一体全体、何をやらかそうと――？」

バーン。

暖炉の板張りが破裂し、電気ストーブが部屋を横切って吹っ飛んだ。瓦礫や木っ端と一緒くたに、ウィーズリー氏、フレッド、ジョージ、ロンが吐き出されてきた。ペチュニアおばさんは悲鳴を上げ、コーヒーテーブルにぶつかって仰向けに倒れたが、床に倒れ込む寸前、バーノンおじさんがそれをかろうじて支え、大口を開けたまま、物も言えずにウィーズリー一家を見つめた。そろいもそろって燃えるような赤毛一家で、フレッドとジョージはそばかすの一つ一つまでそっくりだ。

「これでよし、と」

ウィーズリー氏が息を切らし、長い緑のローブのほこりを払い、ずれためがねをかけなおした。

「ああ――ハリーのおじさんとおばさんでしょうな！」

やせて背が高く、髪が薄くなりかかったウィーズリー氏が、手を差し出してバーノンおじさんに近づいた。おじさんは、おばさんを引きずって、二、三歩あとずさりした。口をきくどころではない。一張羅の背広はほこりで真っ白、髪も口ひげもほこりまみれで、おじさんは急に三十歳も老けて見えた。

「あぁ――いや――申し訳ない」

手を下ろし、吹っ飛んだ暖炉を振り返りながら、ウィーズリー氏が言った。

「すべて私のせいです。まさか到着地点で出られなくなるとは思いませんでしたよ。実は、お宅の暖炉を、『煙突飛行ネットワーク』に組み込みましてね――なに、ハリーを迎えにくるために、今日の午後にかぎってですがね。マグルの暖炉は、厳密には結んではいかんのですが――しかし、『煙突飛行規制委員会』にちょっとしたコネがありましてね、その者が細工してくれましたよ。なに、あっという間に元どおりにできますので、ご心配なく。子供たちを送り返す火をおこして、それからお宅の暖炉を直して、そのあとで私は『姿くらまし』いたしますから」

賭けてもいい、ダーズリー夫妻には、一言もわからなかったにちがいない、とハリーは思った。夫妻は雷に打たれたように、あんぐり大口を開け、ウィーズリー氏を見つめたままだった。ペチュニアおばさんはよろよろと立ち上がり、おじさんの陰に隠れた。

「やあ、ハリー！」

ウィーズリー氏がほがらかに声をかけた。

「トランクは準備できているかね？」

「二階にあります」ハリーもニッコリした。

「俺たちが取ってくる」

そう言うなり、フレッドはハリーにウィンクし、ジョージと一緒に部屋を出ていった。一度、真夜中にハリーを救い出したことがあるので、二人はハリーの部屋がどこにあるかを知っていた。たぶん、二人ともダドリーを――ハリーからいろいろ話を聞いていたダドリーを――ひと目見たくて出ていったのだろうと、ハリーはそう思った。

「さーて」

ウィーズリー氏は、なんとも気まずい沈黙を破る言葉を探して、腕を少しぶらぶらさせながら言った。

「なかなか――エヘン――なかなかいいお住まいですな」

いつもはしみ一つない居間が、ほこりとれんがのかけらで埋まっているいま、ダーズリー夫妻にはこのセリフがすんなり納得できはしない。バーノンおじさんの顔にまた血が上り、ペチュニアおばさんは口の中で舌をごにょごにょやりはじめた。それでも怖くて何も言えないようだった。

ウィーズリー氏はあたりを見回した。マグルに関するものはなんでも大好きなのだ。テレビとビデオのそばに行って調べてみたくてむずむずしているのが、ハリーにはわかった。

「みんな『気電』で動くのでしょうな？」

ウィーズリー氏が知ったかぶりをした。

「ああ、やっぱり。プラグがある。私はプラグを集めていましてね」

ウィーズリー氏はおじさんに向かってそうつけ加えた。

「それに電池も。電池のコレクションは相当なものでして。妻などは私がどうかしてると思ってるらしいのですがね。でもこればっかりは」

ダーズリーおじさんもウィーズリー氏を奇人だと思ったにちがいない。ペチュニアおばさんを隠すようにして、ほんのわずか右のほうにそろりと体を動かした。まるでウィーズリー氏がいまにも二人に飛びかかって攻撃すると思ったかのようだった。

ダドリーが突然居間に戻ってきた。トランクがゴツンゴツン階段に当たる音が聞こえたので、音におびえてキッチンから出てきたのだと、ハリーには察しがついた。

ダドリーはウィーズリー氏をこわごわ見つめながら壁伝いにそろそろと歩き、母親と父親の陰に隠れようとした。残念ながら、バーノンおじさんの図体でさえ、ペチュニアおばさんを隠すのには充分でも、ダドリーを覆い隠すにはとうてい間に合わない。

「ああ、この子が君のいとこか。そうだね、ハリー？」

ウィーズリー氏はなんとかして会話を成り立たせようと、勇敢にもう一言突っ込みを入れた。

「そう。ダドリーです」ハリーが答えた。

ハリーはロンと目を見交わし、急いで互いに顔を背けた。噴き出したくてがまんできなくなりそうだった。ダドリーは尻が抜け落ちるのを心配しているかのように、しっかり尻を押さえたままだった。ところがウィーズリー氏は、この奇怪な行動を心から心配したようだった。

ウィーズリー氏が次に口を開いたとき、その口調に気持ちが表れていた。ダーズリー夫妻がウィーズリー氏を変だと思ったと同じように、ウィーズリー氏もダドリーを変だと思ったらしい。それがハリーにははっきりわかった。ただ、ウィーズリー氏の場合は、恐怖心からではなく、気の毒に思う気持ちからだというところがちがっていた。

「ダドリー、夏休みは楽しいかね？」

ウィーズリー氏がやさしく声をかけた。

ダドリーはヒッと低い悲鳴を上げた。巨大な尻に当てた手が、さらにきつく尻をしめつけたのをハリーは見た。

フレッドとジョージがハリーの学校用のトランクを持って居間に戻ってきた。入るなり部屋をサッと見渡し、ダドリーを見つけると、二人はそっくり同じ顔で、ニヤリといたずらっぽく笑った。

「あー、では」ウィーズリー氏が言った。

「そろそろ行こうか」

ウィーズリー氏がローブのそでをたくし上げて、杖を取り出すと、ダーズリー一家がひと塊になって壁に張りついた。

「インセンディオ！　燃えよ！」

ウィーズリー氏が背後の壁の穴に向かって杖を向けた。

たちまち暖炉に炎が上がり、何時間も燃え続けていたかのように、パチパチと楽しげな音を立てた。ウィーズリー氏はポケットから小さな巾着袋を取り出し、ひもを解き、中の粉をひとつまみ炎の中に投げ入れた。すると炎はエメラルド色に変わり、いっそう高く燃え上がった。

「さあ、フレッド、行きなさい」ウィーズリー氏が声をかけた。

「いま行くよ。あっ、しまった――ちょっと待って――」フレッドが言った。

フレッドのポケットから、菓子袋が落ち、中身がそこら中に転がりだした——色鮮やかな紙に包まれた、大きなうまそうなヌガーだった。

フレッドは急いで中身をかき集め、ポケットに突っ込み、ダーズリー一家に愛想よく手を振って炎に向かってまっすぐ進み、火の中に入ると「隠れ穴！」と唱えた。ペチュニアおばさんが身震いしながらあっと息をのんだ。ヒュッという音とともに、フレッドの姿が消えた。

「よし。次はジョージ。おまえとトランクだ」ウィーズリー氏が言った。

ジョージがトランクを炎の所に運ぶのをハリーが手伝い、トランクを縦にして抱えやすくした。ジョージが「隠れ穴！」と叫び、もう一度ヒュッという音がして、消えた。

「ロン、次だ」ウィーズリー氏が言った。

「じゃあね」

ロンがダーズリー一家に明るく声をかけた。ハリーに向かってニッコリ笑いかけてから、ロンは火の中に入り、「隠れ穴！」と叫び、そして姿を消した。

ハリーとウィーズリー氏だけがあとに残った。

「それじゃ……さよなら」ハリーはダーズリー一家に挨拶した。

ダーズリー一家は何も言わない。ハリーは炎に向かって歩いた。暖炉の端の所まで来たとき、ウィーズリー氏が手を伸ばしてハリーを引き止めた。ウィーズリー氏はあぜんとしてダーズリーたちの顔を見ていた。

「ハリーがさよならと言ったんですよ。聞こえなかったんですか？」

「いいんです」

ハリーがウィーズリー氏に言った。

「ほんとに、そんなことどうでもいいんです」

ウィーズリー氏はハリーの肩をつかんだままだった。

「来年の夏まで甥ごさんに会えないんですよ」

ウィーズリー氏は軽い怒りを込めてバーノンおじさんに言った。

「もちろん、さよならと言うのでしょうね」

バーノンおじさんの顔が激しくゆがんだ。居間の壁を半分吹っ飛ばしたばかりの男から、礼儀を説教されることに、ひどく屈辱を感じているらしい。

しかしウィーズリー氏の手には杖が握られたままだ。バーノンおじさんの小さな目がちらっと杖を見た。それから無念そうに「それじゃ、さよならだ」と言った。

「じゃあね」

ハリーはそう言うと、エメラルド色の炎に片足を入れた。温かい息を吹きかけられるような心地よさだ。そのとき、突然背後で、ゲエゲエとひどく吐く声が聞こえ、ペチュニアおばさんの悲鳴が上がった。

ハリーが振り返ると、ダドリーはもはや両親の背後に隠れてはいなかった。コーヒーテーブルの脇にひざをつき、三十センチほどもある紫色のぬるぬるしたものを口から突き出して、ゲエゲエ、ゲホゲホむせ込んでいた。一瞬なんだろうと当惑したが、ハリーはすぐにその三十センチの何やらがダドリーの舌だとわかった――そして、色鮮やかなヌガーの包み紙が一枚、ダドリーのすぐ前の床に落ちているのを見つけた。

ペチュニアおばさんはダドリーの脇に身を投げ出し、ふくれ上がった舌の先をつかんでもぎ取ろうとした。当然、ダドリーはわめき、いっそうひどくむせ込み、母親を振り放そうともがいた。

バーノンおじさんが大声でわめくわ、両腕を振り回すわで、ウィーズリー氏は、何を言おうにも大声を張り上げなければならなかった。

「ご心配なく。私がちゃんとしますから！」

そう叫ぶと、ウィーズリー氏は手を伸ばし、杖を掲げてダドリーのほうに歩み寄った。しかし、ペチュニアおばさんがますますひどい悲鳴を上げ、ダドリーに覆いかぶさってウィーズリー氏からかばおうとした。

「ほんとうに、大丈夫ですから！」

ウィーズリー氏は困りはてて言った。

「簡単な処理ですよ――ヌガーなんです――息子のフレッドが――しょうのないやんちゃ者で――しかし、単純な『肥らせ術』です――まあ、私はそうじゃないかと……どうかお願いです。元に戻せますから――」

ダーズリー一家はそれで納得するどころか、ますますパニック状態におちいった。おばさんはヒステリーを起こして、泣きわめきながらダドリーの舌をちぎり取ろうとがむしゃらに引っ張り、ダドリーは母親と自分の舌の重みで窒息しそうになり、おじさんは完全にキレて、サイドボードの上にあった陶器の飾り物をひっつかみ、ウィーズリー氏めがけて力まかせに投げつけた。ウィーズリー氏が身をかわしたので、陶器は爆破された暖炉にぶつかって粉々になった。

「まったく！」

ウィーズリー氏は怒って杖を振り回した。

「私は**助けようと**しているのに！」

手負いのカバのように唸りを上げ、バーノンおじさんがまた別の飾り物を引っつかんだ。

「ハリー、行きなさい！　いいから早く！」

杖をバーノンおじさんに向けたまま、ウィーズリー氏が叫んだ。

「私がなんとかするから！」

こんなおもしろいものを見逃したくはなかったが、バーノンおじさんの投げた二つ目の飾り物が耳元をかすめたし、結局はウィーズリーおじさんに任せるのが一番よいとハリーは思った。

火に足を踏み入れ、「隠れ穴！」と叫びながら後ろを振り返ると、居間の最後の様子がちらりと見えた。バーノンおじさんがつかんでいた三つ目の飾り物を、ウィーズリー氏が杖で吹き飛ばし、ペチュニアおばさんはダドリーの上に覆いかぶさって悲鳴を上げ、ダドリーの舌はぬめぬめした二シキヘビのようにのたくっていた。

次の瞬間、ハリーは急旋回をはじめた。エメラルド色の炎が勢いよく燃え上がり、そして、ダーズリー家の居間はサッと視界から消えていった。

第五章 ウィーズリー・ウィザード・ウィーズ

ハリーはひじをぴったりわきにつけ、ますますスピードを上げて旋回した。ぼやけた暖炉の影が次々と矢のように通り過ぎ、やがてハリーは気持ちが悪くなって目を閉じた。しばらくして、スピードが落ちるのを感じ、止まる直前に手を突き出したので、顔からつんのめらずにすんだ。そこはウィーズリー家のキッチンの暖炉だった。

「やつは食ったか？」

フレッドがハリーを助け起こしながら、興奮して聞いた。

「ああ」ハリーは立ち上がりながら答えた。

「**いったい**なんだったの？」

「ベロベロ飴さ」フレッドがうれしそうに言った。

「ジョージと俺とで発明したんだ。誰かに試したくて夏休み中カモを探してた……」

狭い台所に笑いがはじけた。ハリーが見回すと、洗い込まれた白木のテーブルに、ロンとジョージが座り、ほかにもハリーの知らない赤毛が二人座っていた。すぐに誰だか察しがついた。ビルとチャーリー、ウィーズリー家の長男と次男だ。

「やあ、ハリー、調子はどうだい？」

ハリーに近いほうの一人がニコッと笑って大きな手を差し出した。ハリーが握手すると、タコや水ぶくれが手に触れた。ルーマニアでドラゴンの仕事をしているチャーリーにちがいない。

チャーリーは双子の兄弟と同じような体つきで、ひょろりと背の高いパーシーやロンに比べると背が低く、がっしりしていた。人のよさそうな大振りの顔は、雨風にきたえられ、顔中そばかすだらけで、それがまるで日焼けのように見えた。両腕は筋骨隆々で、片腕に大きなテカテカした火傷の痕があった。

ビルがほほえみながら立ち上がって、ハリーと握手した。

ビルにはちょっと驚かされた。魔法銀行のグリンゴッツに勤めていること、ホグワーツでは首席だったことを知っているハリーは、パーシーがやや年を取ったような感じだろうと、ずっとそう思っていた。規則を破るとうるさくて、周囲を仕切るのが好きなタイプだ。ところが、ビルは――ぴったりの言葉はこれしかない――**かっこいい**。背が高く、髪を伸ばしてポニーテールにしていた。片耳に牙のようなイヤリングをぶら下げている。服装は、ロックコンサートに行っても場ちがいの感がないだろう。ただし、ブーツは牛革ではなくドラゴン革なのにハリーは気づいた。

みんながそれ以上言葉を交わさないうちに、ポンと小さな音がして、ジョージの肩のあたりに、ウィーズリーおじさんがどこからともなく現れた。ハリーがこれまで見たことがないほど怒った顔をしている。

「フレッド！　**冗談じゃすまんぞ！**」おじさんが叫んだ。

「あのマグルの男の子に、いったい何をやった？」

「俺、なんにもやらなかったよ」

フレッドがまたいたずらっぽくニヤッとしながら答えた。

「俺、**落としちゃった**だけだよ……拾って食べたのはあの子が悪いんだ。俺が食えって言ったわけじゃない」

「わざと落としたろう！」

ウィーズリーおじさんが吠えた。

「あの子が食べると、わかっていたはずだ。おまえは、あの子がダイエット中なのを知っていただろう――」

「あいつのベロ、どのくらい大きくなった？」ジョージが熱っぽく聞いた。

「ご両親がやっと私（わたし）に縮（ちぢ）めさせてくれたときには、一メートルを超（こ）えていたぞ！」

ハリーもウィーズリー家の息子（むすこ）たちも、また大爆笑（だいばくしょう）だった。

「**笑い事じゃない！**」

ウィーズリーおじさんがどなった。

「こういうことがマグルと魔法使（まほうつか）いの関係をいちじるしくそこなうのだ！　父さんが半生かけてマグルの不当な扱（あつか）いに反対する運動をしてきたというのに、よりによってわが息子（むすこ）たちが――」

「俺（おれ）たち、あいつがマグルだからあれを食わせたわけじゃない！」フレッドが憤慨（ふんがい）した。

「そうだよ。あいつがいじめっ子のワルだからやったんだ。そうだろ、ハリー？」ジョージがあいづちを打った。

「うん、そうですよ、ウィーズリーおじさん」ハリーも熱を込（こ）めて言った。

「それとこれとはちがう！」

ウィーズリーおじさんが怒（おこ）った。

「母さんに言ったらどうなるか――」

「私（わたし）に何をおっしゃりたいの？」

後ろから声がした。

ウィーズリーおばさんが台所に入ってきたところだった。小柄（こがら）なふっくらしたおばさんで、とても面倒見のよさそうな顔をしていたが、いまはいぶかしげに目を細めていた。

「まあ、ハリー、こんにちは」

ハリーを見つけるとおばさんは笑いかけた。それからまたすばやくその目を夫に向けた。

「アーサー、**何事なの？** 聞かせて」

ウィーズリーおじさんはためらった。ジョージとフレッドのことでどんなに怒っても、実は何が起こったかをウィーズリーおばさんに話すつもりはないのだと、ハリーにはわかった。

ウィーズリーおじさんがおろおろとおばさんを見つめ、沈黙が漂った。

その時、キッチンの入口に、おばさんの陰から女の子が二人現れた。一人はたっぷりした栗色の髪、前歯がちょっと大きい女の子、ハリーとロンの仲良しのハーマイオニー・グレンジャーだ。もう一人は、小柄な赤毛で、ロンの妹、ジニーだ。二人ともハリーに笑いかけ、ハリーもニッコリ笑い返した。するとジニーが真っ赤になった――ハリーがはじめて「隠れ穴」に来たとき以来、ジニーはハリーにお熱だった。

「アーサー、**いったいなんなの？** 言ってちょうだい」

ウィーズリーおばさんの声が、今度は険しくなっていた。

「モリー、たいしたことじゃない」

おじさんがもごもご言った。

「フレッドとジョージが、ちょっと——だが、もう言って聞かせた——」

「今度は何をしでかしたの？　まさか、**ウィーズリー・ウィザード・ウィーズ**じゃないでしょうね——」

　ウィーズリーおばさんが詰め寄った。

「ロン、ハリーを寝室に案内したらどう？」

　ハーマイオニーが入口から声をかけた。

「ハリーはもう知ってるよ」ロンが答えた。「僕の部屋だし、前のときもそこで——」

「みんなで行きましょう」

　ハーマイオニーが語気を強めた。

「あっ」ロンもピンときた。「オッケー」

「ウン、俺たちも行くよ」ジョージが言ったが——。

「**あなたたちはここにいなさい！**」おばさんがすごんだ。

　ハリーとロンはそろそろと台所から抜け出し、ハーマイオニー、ジニーと一緒に狭い廊下を渡り、ぐらぐらする階段を上の階へ、ジグザグと上っていった。

「**ウィーズリー・ウィザード・ウィーズ**って、なんなの？」

階段を上りながらハリーが聞いた。

ロンもジニーも笑いだしたが、ハーマイオニーは笑わなかった。

「ママがね、フレッドとジョージの部屋を掃除してたら、注文書が束になって出てきたんだ」

ロンが声をひそめた。

「二人が発明したものの価格表で、ながーいリストさ。いたずらおもちゃの。『だまし杖』とか、『ひっかけ菓子』だとか、いっぱいだ。すごいよ。僕、あの二人があんなにいろいろ発明してたなんて知らなかった……」

「昔っからずっと、二人の部屋から爆発音が聞こえてたけど、何か**作ってる**なんて考えもしなかったわ。あの二人はうるさい音が好きなだけだと思ってたの」とジニーが言った。

「ただ、作ったものがほとんど――っていうか、全部だな――ちょっと危険なんだ」

ロンが続けた。

「それに、ね、あの二人、ホグワーツでそれを売ってかせごうと計画してたんだ。ママがカンカンになってさ。もう何も作っちゃいけません、って二人に言い渡して、注文書を全部焼き捨てちゃった……ママったら、その前からあの二人にさんざん腹を立ててたんだ。二人が『O・W・L試験』でママが期待してたような点を取らなかったから」

O・W・Lは、「普通魔法使いレベル」試験の略だ。ホグワーツ校の生徒は十五歳でこの試験を受ける。

「それから大論争があったの」

ジニーが続けた。

「ママは二人に、パパみたいに『魔法省』に入ってほしかったの。でも二人はどうしても『いたずら専門店』を開きたいって、ママに言ったの」

ちょうどその時、二つ目の踊り場のドアが開き、角縁めがねをかけた、迷惑千万という顔がひょこっと飛び出した。

「やあ、パーシー」ハリーが挨拶した。

「ああ、しばらく、ハリー」パーシーが言った。

「誰がうるさく騒いでいるのかと思ってね。僕、ほら、ここで仕事中なんだ——役所の仕事で報告書を仕上げなくちゃならない——階段でドスンドスンされたんじゃ、集中しにくくってかなわない」

「**ドスンドスン**なんかしてないぞ」ロンがいらいらと言い返した。

「僕たち、歩いてるだけだ。すみませんね、魔法省極秘のお仕事のお邪魔をいたしまして」

「なんの仕事なの？」ハリーが聞いた。

「『国際魔法協力部』の報告書でね」

パーシーが気取って言った。

「大鍋の厚さを標準化しようとしてるんだ。輸入品にはわずかに薄いのがあってね――漏れ率が年間約三パーセント増えてるんだ――」

「世界がひっくり返るよ。その報告書で」ロンが言った。「『日刊予言者新聞』の一面記事だ。きっと。『鍋が漏る』って」

パーシーの顔に少し血が上った。

「ロン、おまえはばかにするかもしれないが」

パーシーが熱っぽく言った。

「なんらかの国際法を敷かないと、いまに市場はぺらぺらの底の薄い製品であふれ、深刻な危険が――」

「はい、はい、わかったよ」

ロンはそう言うとまた階段を上がりはじめた。パーシーは部屋のドアをバタンと閉めた。ハリー、ハーマイオニー、ジニーがロンのあとについて、そこからまた三階上まで階段を上がっていくと、下の台所からガミガミどなる声が上まで響いてきた。ウィーズリーおじさんがおばさんに「ベロベロ飴」の一件を話してしまったらしい。

家の一番上にロンの寝室があり、ハリーが前に泊まったときとあまり変わってはいなかった。相変わらずロンのひいきのクィディッチ・チーム、チャドリー・キャノンズのポスターが、壁と切妻の天井に貼られ、飛び回ったり手を振ったりしているし、前にはカエルの卵が入っていた窓際の水槽には、とびきり大きなカエルが一匹入っていた。ロンの老ネズミ、スキャバーズはもうここにはいない。かわりに、プリベット通りのハリーに手紙を届けた灰色の豆ふくろうがいた。小さい鳥かごの中で、飛び上がったり飛び下りたり、興奮してさえずっている。

「**静かにしろ**、ピッグ」

部屋に詰め込まれた四つのベッドのうち二つの間をすり抜けながら、ロンが言った。

「フレッドとジョージがここで僕たちと一緒なんだ。だって、二人の部屋はビルとチャーリーが使っているし、パーシーは**仕事を**しなくちゃならないからって、自分の部屋をひとり占めしてるんだ」

「あの――どうしてこのふくろうのことピッグって呼ぶの？」ハリーがロンに聞いた。

「この子がバカなんですもの。ほんとは、ピッグウィジョンていう名前なのよ」ジニーが言った。

「ウン、名前はちっともバカじゃないんだけどね」

ロンが皮肉っぽく言った。

「ジニーがつけたんだ。かわいい名前だからってね」ロンがハリーに説明した。

「それで、僕は名前を変えようとしたんだけど、もう手遅れで、こいつ、ほかの名前だと応えないんだ。それでピッグになったわけさ。ここに置いとかないと、エロールやヘルメスがうるさがるんだ。それを言うなら僕だってうるさいんだけど」

ピッグウィジョンはかごの中でかん高くホッホッと鳴きながら、うれしそうに飛びまわっていた。ハリーはロンの言葉を真に受けはしなかった。ロンのことはよく知っている。老ネズミのスキャバーズのこともしょっちゅうボロクソに言っていたくせに、ハーマイオニーの猫、クルックシャンクスがスキャバーズを食ってしまったように見えたとき、ロンがどんなに嘆いたか。

「クルックシャンクスは？」

ハリーは今度はハーマイオニーに聞いた。

「庭だと思うわ。庭小人を追いかけるのが好きなのよ。はじめて見たものだから」

「パーシーは、それじゃ、仕事が楽しいんだね？」

ベッドに腰かけ、チャドリー・キャノンズが天井のポスターから出たり入ったりするのを眺めながら、ハリーが言った。

「楽しいかだって？」

ロンは憂鬱そうに言った。

「パパに帰れとでも言われなきゃ、パーシーは家に帰らないと思うな。ほとんど病気だね。パーシーのボスのことには触れるなよ。**クラウチ氏によれば……クラウチさんに僕が申し上げたよう**

に……クラウチ氏の意見では……クラウチさんが僕におっしゃるには……。きっとこの二人、近いうち婚約発表するぜ」

「ハリー、あなたのほうは、夏休みはどうだったの？」ハーマイオニーが聞いた。

「私たちからの食べ物の小包とか、いろいろ届いた？」

「うん、ありがとう。ほんとに命拾いした。ケーキのおかげで」

「それに、便りはあるのかい？　ほら――」

ハーマイオニーの表情を見て、ロンは言葉を切り、だまり込んだ。ロンがシリウスのことを聞きたかったのだと、ハリーにはわかった。ロンもハーマイオニーもシリウスが魔法省の手から逃れるのにずいぶん深くかかわったので、ハリーの名付け親であるシリウスのことを、ハリーと同じぐらい心配していた。しかし、ジニーの前でシリウスの話をするのはよくない。三人とダンブルドア先生以外は誰も、シリウスがどうやって逃げたのか知らなかったし、無実であることも信じていなかった。

「どうやら下での論争は終わったみたいね」

ハーマイオニーが気まずい沈黙をごまかすために言った。ジニーがロンからハリーへと何か聞きたそうな視線を向けていたからだ。

「下りていって、お母さまが夕食の支度をするのを手伝いましょうか？」

「ウン、オッケー」

ロンが答えた。四人はロンの部屋を出て、下りていった。キッチンにはウィーズリーおばさん一人しかいなかった。ひどくご機嫌斜めらしい。

「庭で食べることにしましたよ」

四人が入っていくと、おばさんが言った。

「ここじゃ十一人はとても入りきらないわ。お嬢ちゃんたち、お皿を外に持っていってくれる？　ビルとチャーリーがテーブルを準備してるわ。そこのお二人さん、ナイフとフォークをお願い」

おばさんがロンとハリーに呼びかけながら、流しに入っているジャガイモの山に杖を向けたが、どうやら杖の振り方が激しすぎたらしく、ジャガイモは弾丸のように皮から飛び出し、壁や天井にぶつかって落ちてきた。

「**まったく**、どうしようもないわ」

おばさんは腹立たしげに、杖をちりとりに向けた。食器棚にかかっていたちりとりがピョンと飛び降り、床をすべってジャガイモを集めて回った。

「あの二人ときたら！」

おばさんは今度は戸棚から鍋やフライパンを引っ張り出しながら、鼻息も荒くしゃべりだした。フレッドとジョージのことだなとハリーにはわかった。

「あの子たちがどうなるやら、私にはわからないわ。まったく。志ってものがまるでないんだから。できるだけたくさんやっかい事を引き起こそうってこと以外には……」

おばさんは大きな銅製のソース鍋を台所のテーブルにドンと置き、杖をその中で回しはじめた。かき回すにつれて、杖の先から、クリームソースが流れ出した。

「脳みそがないってわけじゃないのに」

おばさんはいらいらとしゃべりながら、ソース鍋をのせたかまどを、杖で突いて火をたきつけた。

「でも頭のむだ使いをしてるのよ。いますぐ心を入れ替えないと、あの子たち、ほんとにどうしようもなくなるわ。ホグワーツからあの子たちのことで受け取ったふくろう便ときたら、ほかの子のを全部合わせた数より多いんだから。このままいったら、ゆくゆくは『魔法不適正使用取締局』のごやっかいになることでしょうよ」

ウィーズリーおばさんが、杖をナイフやフォークの入った引き出しに向けてひと突きすると、引き出しが勢いよく開いた。包丁が数本引き出しから舞い上がり、台所を横切って飛んだので、ハリーとロンは飛びのいて道をあけた。包丁は、ちりとりが集めて流しに戻したばかりのジャガイモを、切り刻みはじめた。

「どこで育て方をまちがえたのかしらね」

ウィーズリーおばさんは杖を置くと、またソース鍋をいくつか引っ張り出した。

「もう何年もおんなじことのくり返し。次から次と。あの子たち、言うことを聞かないんだから――**ンまっ、まただわ！**」

おばさんがテーブルから杖を取り上げると、杖がチューチューと大きな声を上げて、巨大なゴム製のおもちゃのネズミになってしまったのだ。

「また『だまし杖』だわ！」

おばさんがどなった。

「こんなものを置きっぱなしにしちゃいけないって、あの子たちに何度言ったらわかるの？」

本物の杖を取り上げておばさんが振り向くと、かまどにかけたソース鍋が煙を上げていた。

「行こう」

引き出しからナイフやフォークをひとつかみ取り出しながら、ロンがあわてて言った。

「外に行ってビルとチャーリーを手伝おう」

二人はおばさんをあとに残して、勝手口から裏庭に出た。

二、三歩も行かないうちに、二人はハーマイオニーの猫、赤毛でガニマタのクルックシャンクスが裏庭から飛び出してくるのに出会った。瓶洗いブラシのようなしっぽをピンと立て、足の生えた泥んこのジャガイモのようなものを追いかけている。ハリーはそれが庭小人だとすぐにわかった。身の丈せいぜい三十センチの庭小人は、ゴツゴツした小さな足をパタパタさせて庭を疾走し、ドアのそばに散らかっていたゴム長靴にヘッドスライディングをした。クルックシャンクスがゴム長靴に前脚を一本突っ込み、捕まえようと引っかくのを、庭小人が中でゲタゲタ笑っている声が聞こえた。

一方、家の前のほうからは、何かがぶつかる大きな音が聞こえてきた。前庭に回ると、騒ぎの正体がわかった。ビルとチャーリーが二人とも杖をかまえ、使い古したテーブルを二つ、芝生の上に高々と飛ばし、お互いにぶっつけて落としっこをしていた。フレッドとジョージは応援し、ジニーは笑い、ハーマイオニーはおもしろいやら心配やら、複雑な顔で、生け垣のそばでハラハラしていた。

ビルのテーブルがものすごい音でぶちかましをかけ、チャーリーのテーブルの脚を一本もぎ取った。上のほうからカタカタと音がして、みんなが見上げると、パーシーの頭が三階の窓から突き出していた。

「静かにしてくれないか?」パーシーがどなった。

「ごめんよ、パース」ビルがニヤッとした。「鍋底はどうなったい?」

「最悪だよ」

パーシーは気難しい顔でそう言うと、窓をバタンと閉めた。ビルとチャーリーはクスクス笑いながら、テーブルを二つ並べて安全に芝生に降ろし、ビルが杖をひと振りして、もげた脚を元に戻し、どこからともなくテーブルクロスを取り出した。

七時になると、二卓のテーブルは、ウィーズリーおばさんの腕を振るったごちそうがいく皿もいく皿も並べられ、重みで唸っていた。紺碧に澄み渡った空の下で、ウィーズリー家の九人と、ハリー、ハーマイオニーとが食卓についた。ひと夏中、だんだん古くなっていくケーキで生きてきた者にとって、これは天国だった。はじめのうち、ハリーはしゃべるよりもっぱら聞き役に回り、チキンハム・パイ、ゆでたジャガイモ、サラダと食べ続けた。

テーブルの一番端で、パーシーが父親に鍋底の報告書について話していた。

「火曜日までに仕上げますって、僕、クラウチさんに申し上げたんですよ」

パーシーがもったいぶって言った。

「クラウチさんが思ってらしたより少し早いんですが、僕としては、何事も余裕を持ってやりたいので。クラウチさんは僕が早く仕上げたらお喜びになると思うんです。だって、僕たちの部はいまものすごく忙しいんですよ。何しろワールドカップの手配なんかがいろいろ。『魔法ゲーム・スポーツ部』からの協力があってしかるべきなんですが、これがないんですねぇ。ルード・バグマンが――」

「私はルードが好きだよ」

ウィーズリー氏がやんわりと言った。

「ワールドカップのあんなにいい切符を取ってくれたのもあの男だよ。ちょっと恩を売ってあってね。弟のオットーが面倒を起こして――不自然な力を持つ芝刈り機のことで――私がなんとか取りつくろってやった」

「まあ、もちろん、バグマンは**好かれる**くらいが関の山ですよ」

パーシーが一蹴した。

「でも、いったいどうして部長にまでなれたのか……クラウチさんと比べたら！　クラウチさんだったら、部下がいなくなったのに、どうなったのか調査もしないなんて考えられませんよ。バーサ・ジョーキンズがもう一か月も行方不明なのをご存じでしょう？　休暇でアルバニアに行って、それっきりだって？」

「ああ、そのことは私もルードに尋ねた」

ウィーズリーおじさんは眉をひそめた。

「ルードは、バーサは以前にも何度かいなくなったと言うのだ――もっとも、これが私の部下だったら、私は心配するだろうが……」

「まあ、バーサは確かに**救いようがない**ですよ」

パーシーが言った。

「これまで何年も、部から部へとたらい回しにされて、役に立つというよりやっかい者だし……しかし、それでもバグマンはバーサを探す努力をすべきですよ。クラウチさんが個人的にも関心をお持ちで――バーサは一度うちの部にいたことがあるんで。それに、僕はクラウチさんがバーサのことをなかなか気に入っていたのだと思うんですよ――それなのに、バグマンは笑うばかりで、バーサはたぶん地図を見まちがえて、アルバニアでなくオーストラリアに行ったのだろうって言うんですよ。しかし」

パーシーは、大げさなため息をつき、ニワトコの花のワインをぐいっと飲んだ。

「僕たちの『国際魔法協力部』はもう手いっぱいで、ほかの部の捜索どころではないんですよ。ご存じのように、ワールドカップのすぐあとに、もう一つ大きな行事を組織するのでね」

パーシーはもったいぶって咳払いをすると、テーブルの反対端のほうに目をやり、ハリー、ロン、ハーマイオニーを見た。

「**お父さんは**知っていますね、僕が言ってること」

ここでパーシーはちょっと声を大きくした。

「あの極秘のこと」

ロンはまたかという顔でハリーとハーマイオニーにささやいた。

「パーシーのやつ、仕事に就いてからずっと、なんの行事かって僕たちに質問させたくて、この調子なんだ。厚底鍋の展覧会か何かだろ」

テーブルの真ん中で、ウィーズリーおばさんがビルのイヤリングのことで言い合っていた。最近つけたばかりらしい。

「……そんなとんでもない大きい牙なんかつけて、まったく、ビル、銀行でみんななんと言ってるの？」

「ママ、銀行じゃ、僕がちゃんとお宝を持ち込みさえすれば、誰も僕の服装なんか気にしやしないよ」

ビルが辛抱強く話した。

「それに、あなた、髪もおかしいわよ」

ウィーズリーおばさんは杖をやさしくもてあそびながら言った。

「私に切らせてくれるといいんだけどねぇ……」

「あたし、好きよ」

ビルの隣に座っていたジニーが言った。

「ママったら古いんだから。それに、ダンブルドア先生のほうが断然長いわ……」

ウィーズリーおばさんの隣で、フレッド、ジョージ、チャーリーが、ワールドカップの話で持ち切りだった。

「絶対アイルランドだ」

チャーリーはポテトを口いっぱいほおばったまま、もごもご言った。

「準決勝でペルーをペチャンコにしたんだから」

「でも、ブルガリアにはビクトール・クラムがいるぞ」フレッドが言った。

「クラムはいい選手だが一人だ。アイルランドはそれが七人だ」チャーリーがきっぱり言った。

「イングランドが勝ち進んでりゃなぁ。あれはまったく赤っ恥だった。まったく」

「どうしたの？」

　ハリーが引き込まれて聞いた。プリベット通りでぐずぐずしている間、魔法界から切り離されていたことがとても悔やまれた。ハリーはクィディッチに夢中だった。グリフィンドール・チームでは一年生のときからずっとシーカーで、世界最高の競技用箒、ファイアボルトを持っていた。

「トランシルバニアにやられた。三九〇対一〇だ」

　チャーリーががっくりと答えた。

「なんてざまだ。それからウェールズはウガンダにやられたし、スコットランドはルクセンブルクにボロ負けだ」

　庭が暗くなってきたので、ウィーズリーおじさんがろうそくを創り出し、灯りをつけた。それからデザート（手作りのストロベリーアイスクリームだ）。みんなが食べ終わるころ、夏の蛾がテーブルの上を低く舞い、芝草とスイカズラの香りが暖かい空気を満たしていた。ハリーはとても満腹で、平和な気分に満たされ、クルックシャンクスに追いかけられてゲラゲラ笑いながらバラの茂みを逃げ回っている数匹の庭小人を眺めていた。

ロンがテーブルをずっと見渡し、みんなが話に気を取られているのを確かめてから、低い声でハリーに聞いた。

「それで――シリウスから、近ごろ便りは**あった**のかい？」

ハーマイオニーが振り向いて聞き耳を立てた。

「うん」ハリーもこっそり言った。

「二回あった。元気みたいだよ。僕、おととい手紙を書いた。ここにいる間に返事が来るかもしれない」

ハリーは突然シリウスに手紙を書いた理由を思い出した。そして、一瞬、ロンとハーマイオニーに傷痕がまた痛んだこと、悪夢で目が覚めたことを打ち明けそうになったが……いまは二人を心配させたくなかった。ハリー自身がとても幸せで平和な気持ちなのだから。

「もうこんな時間」

ウィーズリーおばさんが腕時計を見ながら急に言った。

「みんなもう寝なくちゃ。全員よ。ワールドカップに行くのに、夜明け前に起きるんですからね。ハリー、学用品のリストを置いていってね。明日、ダイアゴン横丁で買ってきてあげますよ。みんなの買い物もするついでがあるし。ワールドカップのあとは時間がないかもしれないわ。前回の試合なんか、五日間も続いたんだから」

「ワーッ――今度もそうなるといいな！」ハリーが熱くなった。

「あー、僕は逆だ」パーシーがしかつめらしく言った。

「五日間もオフィスを空けたら、未処理の書類の山がどんなになっているかと思うと、**ぞっとするね**」

「そうとも。また誰かがドラゴンのフンを忍び込ませるかもしれないし。な、パース？」

フレッドが言った。

「あれは、ノルウェーからの肥料のサンプルだった！」

パーシーが顔を真っ赤にして言った。

「僕への**個人的なもの**じゃなかったんだ！」

「個人的だったとも」

フレッドが、テーブルを離れながらハリーにささやいた。

「俺たちが送ったのさ」

第六章 移動キー

ウィーズリーおばさんに揺り動かされて目が覚めたとき、ハリーはたったいまロンの部屋で横になったばかりのような気がした。

「ハリー、出かける時間ですよ」

おばさんは小声でそう言うと、ロンを起こしに行った。

ハリーは手探りでめがねを探し、めがねをかけてから起き上がった。外はまだ暗い。ロンは母親に起こされると、わけのわからないことをブツブツつぶやいた。ハリーの足元のくしゃくしゃになった毛布の中から、ぐしゃぐしゃ頭の大きな体が二つ現れた。

「もう時間か？」フレッドがもうろうとしながら言った。

四人はだまって服を着た。眠くてしゃべるどころではない。それからあくびをしたり、伸びをしたりしながら、台所へと下りていった。

ウィーズリーおばさんはかまどにかけた大きな鍋をかき回していた。ウィーズリーおじさんはテーブルに座って、大きな羊皮紙の切符の束を検めていた。

四人が入っていくと、おじさんは目を上げ、両腕を広げて、着ている洋服がみんなによく見えるようにした。ゴルフ用のセーターのようなものと、よれよれのジーンズといういでたちで、ジーンズが少しだぶだぶなのを太い革のベルトで吊り上げている。

「どうかね？」

おじさんが心配そうに聞いた。

「隠密に行動しなければならないんだが――マグルらしく見えるかね、ハリー？」

「うん」ハリーはほほえんだ。「とってもいいですよ」

「ビルとチャーリーと、パぁ――パぁ――パぁーシーは？」

ジョージが大あくびをかみ殺しそこないながら言った。

「あぁ、あの子たちは『姿あらわし』で行くんですよ」

おばさんは大きな鍋をよいしょとテーブルに運び、みんなの皿にオートミールを分けはじめた。

「だから、あの子たちはもう少しお寝坊できるの」

ハリーは「姿あらわし」が難しい術だということは知っていた。ある場所から姿を消して、そのすぐあとに別の場所に現れる術だ。

「それじゃ、連中はまだベッドかよ？」

フレッドがオートミールの皿を引き寄せながら、不機嫌に言った。

「俺たちはなんで『姿あらわし』術を使っちゃいけないんだい？」

「あなたたちはまだその年齢じゃないのよ。テストも受けてないでしょ」

おばさんはピシャリと言った。

「ところで女の子たちは何をしてるのかしら？」

おばさんがせかせかとキッチンを出ていき、階段を上がる足音が聞こえてきた。

「『姿あらわし』はテストに受からないといけないの？」ハリーが聞いた。

「そうだとも」

切符をジーンズの尻ポケットにしっかりとしまい込みながら、ウィーズリーおじさんが答えた。

「この間も、無免許で『姿あらわし』術を使った魔法使い二人に、『魔法運輸部』が罰金を科した。そう簡単じゃないんだよ、『姿あらわし』は。きちんとやらないと、やっかいなことになりかねない。この二人は術を使ったはいいが、バラけてしまった」

ハリー以外のみんながぎくりとのけぞった。

「あの――**バラけた**って？」ハリーが聞いた。

「体の半分が置いてけぼりだ」

ウィーズリーおじさんがオートミールにたっぷり糖蜜をかけながら答えた。

「当然、にっちもさっちもいかない。どっちにも動けない。『魔法事故リセット部隊』が来て、なんとかしてくれるのを待つばかりだ。いやはや、事務的な事後処理が大変だったよ。置き去りになった体のパーツを目撃したマグルのことやらなんやらで……」

ハリーは突然、両脚と目玉が一個、プリベット通りの歩道に置き去りになっている光景を思い浮かべた。

「助かったんですか？」ハリーは驚いて聞いた。

「そりゃ、大丈夫」おじさんはこともなげに言った。

「しかし、相当の罰金だ。それに、あの連中はまたすぐに術を使うということもないだろう。『姿あらわし』はいたずら半分にやってはいけないんだよ。大の大人でも、使わない魔法使いが大勢いる。箒のほうがいいってね――遅いが、安全だ」

「でもビルやチャーリーやパーシーはできるんでしょう？」

「チャーリーは二回テストを受けたんだ」フレッドがニヤッとした。

「一回目はすべってね。姿を現す目的地より八キロも南に現れちゃってさ。気の毒に、買い物していたばあさんの上にだ。そうだったろ？」

「そうよ。でも、二度目に受かったわ」

みんなが大笑いのさなか、おばさんがきびきびとキッチンに戻ってきた。

「パーシーなんか、二週間前に受かったばかりだ」ジョージが言った。

「それからは毎朝、一階まで『姿あらわし』で下りてくるのさ。できるってことを見せたいばっかりに」

廊下に足音がして、ハーマイオニーとジニーがキッチンに入ってきた。二人とも眠そうで、血の気のない顔をしていた。

「どうしてこんなに早起きしなきゃいけないの？」

ジニーが目をこすりながらテーブルについた。

「けっこう歩かなくちゃならないんだ」おじさんが言った。

「歩く？」ハリーが言った。「え？　僕たち、ワールドカップの所まで、歩いていくんですか？」

「いやいや、それは何キロもむこうだ」ウィーズリーおじさんがほほえんだ。

「少し歩くだけだよ。マグルの注意を引かないようにしながら、大勢の魔法使いが集まるのは非常に難しい。私たちは普段でさえ、どうやって移動するかについては細心の注意を払わなければならない。ましてや、クィディッチ・ワールドカップのような一大イベントはなおさらだ――」

「ジョージ！」ウィーズリーおばさんの鋭い声が飛んだ。全員が飛び上がった。

「なんだい？」ジョージがしらばっくれたが、見え透いていた。

「ポケットにあるものは何？」

「なんにもないよ！」

「うそおっしゃい！」

おばさんは杖をジョージのポケットに向けて唱えた。

「アクシオ！　出てこい！」

鮮やかな色の小さいものが数個、ジョージのポケットから飛び出した。ジョージが捕まえようとしたが、その手をかすめ、小さいものはウィーズリーおばさんの伸ばした手にまっすぐ飛び込んだ。

「捨てなさいって言ったでしょう！」

おばさんはカンカンだ。紛れもなくあの「ベロベロ飴」を手に掲げている。

「全部捨てなさいって言ったでしょう！　ポケットの中身を全部お出し。さあ、二人とも！」

情けない光景だった。どうやら双子はこの飴を、隠密にできるだけたくさん持ち出そうとしたらしい。「呼び寄せ呪文」を使わなければ、ウィーズリーおばさんはとうてい全部を見つけ出すことができなかったろう。

「アクシオ！　出てこい！　アクシオ！」

おばさんは叫び、飴は思いもかけない所から、ピュンピュン飛び出してきた。ジョージのジャケットの裏地や、フレッドのジーンズの折り目からまで出てきた。

「俺たち、それを開発するのに六か月もかかったんだ！」

「ベロベロ飴」を放りすてる母親に向かって、フレッドが叫んだ。

「おや、ご立派な六か月の過ごし方ですこと！」

母親も叫び返した。

「『O・W・L試験』の点が低かったのも当然だわね！」

そんなこんなで、出発のときはとてもなごやかとは言えない雰囲気だった。ウィーズリーおばさんは、しかめっ面のままでおじさんのほおにキスしたが、双子はおばさんよりもっと恐ろしく顔をしかめていた。双子はリュックサックを背負い、母親に口もきかずに歩きだした。

「それじゃ、楽しんでらっしゃい」おばさんが言った。「**お行儀よくするのよ**」離れていく双子の背中に向かっておばさんが声をかけたが、二人は振り向きもせず、返事もしなかった。

「ビルとチャーリー、パーシーもお昼ごろそっちへやりますから」

おばさんがおじさんに言った。おじさんは、ハリー、ロン、ハーマイオニー、ジニーを連れて、ジョージとフレッドに続いて、まだ暗い庭へと出ていくところだった。

外は肌寒く、まだ月が出ていた。右前方の地平線が鈍い緑色に縁取られていることだけが、夜明けの近いことを示している。ハリーは、何千人もの魔法使いがクィディッチ・ワールドカップの地を目指して急いでいる姿を想像していたので、足を速めてウィーズリーおじさんと並んで歩きながら聞いた。

「マグルたちに気づかれないように、みんな**いったい**どうやってそこに行くの?」

「組織的な大問題だったよ」

おじさんがため息をついた。

「問題はだね、およそ十万人もの魔法使いがワールドカップに来るというのに、当然だが、全員を収容する広い魔法施設がないということでね。マグルが入り込めないような場所はあるにはある。でも、考えてもごらん。十万人もの魔法使いを、ダイアゴン横丁や九と四分の三番線にぎゅう詰めにしたらどうなるか。そこで人里離れた格好な荒れ地を探し出し、できるかぎりの『マグルよけ』対策を講じなければならなかったのだ。魔法省を挙げて、何か月もこれに取り組んできたよ。まずは、当然のことだが、到着時間を少しずつずらした。安い切符を手にした者は、二週間前に着いていないといけない。マグルの交通機関を使う魔法使いも少しはいるが、バスや汽車にあんまり大勢詰め込むわけにもいかない――何しろ世界中から魔法使いがやってくるのだから――」

「『姿あらわし』をする者ももちろんいるが、現れる場所を、マグルの目に触れない安全なポイントに設定しないといけない。確か、手ごろな森があって、『姿あらわし』ポイントに使ったはずだ。『姿あらわし』をしたくない者、またはできない者は、『移動キー』を使う。これは、あらかじめ指定された時間に、魔法使いたちをある地点から別の地点に移動させるのに使う鍵だ。必要とあれば、これで大集団を一度に運ぶこともできる。イギリスには二百個の移動キーが戦略的拠点に設置されたんだよ。そして、わが家に一番近い鍵が、ストーツヘッド・ヒルのてっぺんにある。いま、そこに向かっているんだ」

ウィーズリーおじさんは行く手を指差した。オッタリー・セント・キャッチポールの村のかなたに、大きな黒々とした丘が盛り上がっている。

「移動キーって、どんなものなんですか？」

ハリーは興味を引かれた。

「そうだな。なんでもありだよ」

ウィーズリーおじさんが答えた。

「当然、目立たないものだ。マグルが拾って、もてあそんだりしないように……マグルががらくただと思うようなものだ……」

一行は村に向かって、暗い湿っぽい小道をただひたすら歩いた。静けさを破るのは、自分の足音だけだった。村を通り抜けるころ、ゆっくりと空が白みはじめた。墨を流したような夜空が薄れ、群青色に変わった。ハリーは手も足も凍えついていた。おじさんが何度も時計を確かめた。

ストーツヘッド・ヒルを登りはじめると、息切れで話をするどころではなくなった。あちこちでウサギの隠れ穴につまずいたり、黒々と生い茂った草の塊に足を取られたりした。ひと息ひと息が、ハリーの胸に突き刺さるようだった。足が動かなくなりはじめたとき、やっとハリーは平らな地面を踏みしめた。

「フーッ」

ウィーズリーおじさんはあえぎながらめがねをはずし、セーターでふいた。

「やれやれ、ちょうどいい時間だ――あと十分ある……」

ハーマイオニーが最後に上ってきた。ハァハァと脇腹を押さえている。

「さあ、あとは移動キーがあればいい」

ウィーズリーおじさんはめがねをかけなおし、目を凝らして地面を見た。

「そんなに大きいものじゃない……さあ、探して……」

一行はバラバラになって探した。探しはじめてほんの二、三分もたたないうちに、大きな声がしんとした空気を破った。

「ここだ、アーサー！　息子や、こっちだ。見つけたぞ！」

丘の頂のむこう側に、星空を背に長身の影が二つ立っていた。

「エイモス！」

ウィーズリーおじさんが、大声の主のほうにニコニコと大股で近づいていった。みんなもおじさんのあとに従った。

おじさんは、褐色のごわごわしたあごひげの、血色のよい顔の魔法使いと握手した。男は左手にかびだらけの古いブーツをぶら下げていた。

「みんな、エイモス・ディゴリーさんだよ」おじさんが紹介した。

「『魔法生物規制管理部』にお勤めだ。みんな、息子さんのセドリックは知ってるね？」

セドリック・ディゴリーは十七歳のとてもハンサムな青年だった。ホグワーツでは、ハッフルパフ寮のクィディッチ・チームのキャプテンで、シーカーでもあった。

「やあ」セドリックがみんなを見回した。

みんなも「やあ」と挨拶を返したが、フレッドとジョージはだまって頭をこくりと下げただけだった。去年、自分たちの寮、グリフィンドールのチームを、セドリックがクィディッチ開幕戦で打ち負かしたことが、いまだに許しきれていないのだ。

「アーサー、ずいぶん歩いたかい？」セドリックの父親が聞いた。

「いや、まあまあだ」おじさんが答えた。

「村のすぐむこう側に住んでるからね。そっちは？」

「朝の二時起きだよ。なあ、セド？　まったく、こいつが早く『姿あらわし』のテストを受ければいいのにと思うよ。いや……愚痴は言うまい……クィディッチ・ワールドカップだ。たとえガリオン金貨ひと袋やるからと言われたって、それで見逃せるものじゃない——もっとも切符二枚で金貨ひと袋分くらいはしたがな。いや、しかし、私の所は二枚だから、まだ楽なほうだったらしいな……」

エイモス・ディゴリーは人のよさそうな顔で、ウィーズリー家の三人の息子と、ハリー、ハーマイオニー、ジニーを見回した。

「全部君の子かね、アーサー？」

「まさか。赤毛の子だけだよ」

ウィーズリーおじさんは子供たちを指差した。

「この子はハーマイオニー、ロンの友達だ——こっちがハリー、やっぱり友達だ——」

「おっと、どっこい」

エイモス・ディゴリーが目を丸くした。

「ハリー？　ハリー・**ポッター**かい？」

「あー……うん」ハリーが答えた。

誰かに会うたびにしげしげと見つめられることに、ハリーはもう慣れっこになっていたし、視線がすぐに額の稲妻形の傷痕に走るのにも慣れてはいたが、そのたびになんだか落ち着かない気持ちになった。

「セドが、もちろん、君のことを話してくれたよ」

エイモス・ディゴリーが言葉を続けた。

「去年、君と対戦したこともくわしく話してくれた……私は息子に言ったね、こう言った――セド、そりゃ、孫子の代まで語り伝えることだ。そうだとも……**おまえはハリー・ポッターに勝ったんだ！**」

ハリーはなんと答えてよいやらわからなかったので、ただだまっていた。フレッドとジョージの二人が、そろってまたしかめっ面になった。セドリックはちょっと困ったような顔をした。

「父さん、ハリーは箒から落ちたんだよ」セドリックが口ごもった。

「そう言ったでしょう……事故だったって……」

「ああ。でも**おまえは**落ちなかった。そうだろうが？」

エイモスは息子の背中をバシンとたたき、快活に大声で言った。

「うちのセドは、いつも謙虚なんだ。いつだってジェントルマンだ……しかし、最高の者が勝つんだ。ハリーだってそう言うだろう。そうだろうが、え、ハリー？　一人は箒から落ち、一人は落ちなかった。天才じゃなくったって、どっちがうまい乗り手かわかるってもんだ！」

「そろそろ時間だ」

ウィーズリーおじさんがまた懐中時計を引っ張り出しながら、話題を変えた。

「エイモス、ほかに誰か来るかどうか、知ってるかね？」

「いいや、ラブグッド家はもう一週間前から行ってるし、フォーセット家は切符が手に入らなかった」

エイモス・ディゴリーが答えた。

「この地域には、ほかには誰もいないと思うが、どうかね？」

「私も思いつかない」

ウィーズリーおじさんが言った。

「さあ、あと一分だ……準備しないと……」

おじさんはハリーとハーマイオニーのほうを見た。

「移動キーにさわっていればいい。それだけだよ。指一本でいい——」

背中のリュックがかさばって簡単ではなかったが、エイモス・ディゴリーの掲げた古ブーツの周りに九人がぎゅうぎゅうと詰め合った。

一陣の冷たい風が丘の上を吹き抜ける中、全員がぴっちりと輪になってただ立っていた。誰も何も言わない。マグルがいまここに上がってきてこの光景を見たら、どんなに奇妙に思うだろう。ハリーはちらっとそんなことを考えた。……薄明かりの中、大の男二人を含めて九人もの人間が、汚らしい古ブーツにつかまって、何かを待っている……。

「三秒……」

ウィーズリーおじさんが片方の目で懐中時計を見たままつぶやいた。

「二……一……」

突然だった。ハリーは、急にへその裏側がぐいっと前方に引っ張られるような感じがした。両足が地面を離れた。ロンとハーマイオニーがハリーの両脇にいて、互いの肩と肩がぶつかり合うのを感じた。風の唸りと色の渦の中を、全員が前へ前へとスピードを上げていった。ハリーの人差し指はブーツに張りつき、まるで磁石でハリーを引っ張り、前進させているようだった。そして――。

ハリーの両足が地面にぶつかった。ロンが折り重なってハリーの上に倒れ込んだ。ハリーの頭の近くに、移動キーがドスンと重々しい音を立てて落ちてきた。

見上げると、ウィーズリーおじさん、ディゴリーさん、セドリックはしっかり立ったままだったが、強い風に吹きさらされたあとがありありと見えた。三人以外はみんな地べたに転がっていた。

アナウンスの声が聞こえた。

「五時七ふーん。ストーツヘッド・ヒルからとうちゃーく」

第七章　バグマンとクラウチ

ハリーはロンとのもつれをほどいて立ち上がった。どうやら霧深い辺鄙な荒れ地のような所に到着したらしい。

目の前に、つかれて不機嫌な顔の魔法使いが二人立っていた。一人は大きな金時計を持ち、もう一人は太い羊皮紙の巻紙と羽根ペンを持っている。二人ともマグルの格好をしてはいたが、素人丸出しだった。時計を持ったほうは、ツイードの背広に、ふとももまでの長いゴムのオーバーシューズをはいていたし、相方はキルトにポンチョの組み合わせだった。

「おはよう、バージル」

ウィーズリーおじさんが古ブーツを拾い上げ、キルトの魔法使いに渡しながら声をかけた。受け取ったほうは、自分の脇にある「使用済み移動キー」用の大きな箱にそれを投げ入れた。ハリーが見ると、箱には古新聞やら、ジュースの空き缶、穴の開いたサッカーボールなどが入っていた。

「やあ、アーサー」

　バージルはつかれた声で答えた。

「非番なのかい、え？　まったく運がいいなあ……私らは夜通しここだよ……。さ、早くそこをどいて。五時十五分に黒い森から大集団が到着する。ちょっと待ってくれ。君のキャンプ場を探すから……ウィーズリー……ウィーズリーと……」

　バージルは羊皮紙のリストを調べた。

「ここから四百メートルほどあっち。歩いていって最初にでくわすキャンプ場だ。管理人はロバーツさんという名だ。ディゴリー……二番目のキャンプ場……ペインさんを探してくれ」

「ありがとう、バージル」

　ウィーズリーおじさんは礼を言って、みんなについてくるよう合図した。

　一行は荒涼とした荒れ地を歩きはじめた。霧でほとんど何も見えない。ものの二十分も歩くと、目の前にゆらりと、小さな石造りの小屋が見えてきた。その脇に門がある。そのむこうに、ゴーストのように白く、ぼんやりと、何百というテントが立ち並んでいるのが見えた。テントは広々としたなだらかな傾斜地に立ち、地平線上に黒々と見える森へと続いていた。そこでディゴリー父子にさよならを言い、ハリーたちは小屋の戸口へ近づいていった。

　戸口に男が一人、テントのほうを眺めて立っていた。ひと目見て、ハリーは、この周辺数キロ四方で、本物のマグルはこの人一人だけだろうと察しがついた。足音を聞きつけて男が振り返り、こっちを見た。

「おはよう！」ウィーズリーおじさんが明るい声で言った。

「おはよう」マグルも挨拶した。

「ロバーツさんですか？」

「あいよ。そうだが」ロバーツさんが答えた。

「そんで、おめえさんは？」

「ウィーズリーです――テントを二張り、二、三日前に予約しましたよね？」

「あいよ」

ロバーツさんはドアに貼りつけたリストを見ながら答えた。

「おめえさんの場所はあそこの森のそばだ。一泊だけかね？」

「そうです」ウィーズリーおじさんが答えた。

「そんじゃ、いますぐ払ってくれるんだろうな？」ロバーツさんが言った。

「え――ああ――いいですとも――」

ウィーズリーおじさんは小屋からちょっと離れ、ハリーを手招きした。

「ハリー、手伝っておくれ」

ウィーズリーおじさんはポケットから丸めたマグルの札束を引っ張り出し、一枚一枚はがしはじめた。

「これは――っと――十かね？　あ、なるほど、数字が小さく書いてあるようだ――すると、これは五かな？」

「二十ですよ」

ハリーは声を低めて訂正した。ロバーツさんが一言一句聞きもらすまいとしているので、気が気ではなかった。

「ああ、そうか。……どうもよくわからんな。こんな紙切れ……」

「おめえさん、外国人かね？」

ちゃんとした金額をそろえて戻ってきたおじさんに、ロバーツさんが聞いた。

「外国人？」

おじさんはキョトンとしてオウム返しに言った。

「金勘定ができねえのは、おめえさんがはじめてじゃねえ」

ロバーツさんはウィーズリーおじさんをじろじろ眺めながら言った。

「十分ほど前にも、二人ばっかり、車のホイールキャップぐれえのでっけえ金貨で払おうとしたな」

「ほう、そんなのがいたかね？」おじさんはどぎまぎしながら言った。

ロバーツさんは釣り銭を出そうと、四角い空き缶をゴソゴソ探った。

「いままでこんなに混んだこたぁねえ」

霧深いキャンプ場にまた目を向けながら、ロバーツさんが唐突に言った。

「何百ってぇ予約だ。客はだいたいふらっと現れるもんだが……」

「そうかね？」

ウィーズリーおじさんは釣り銭をもらおうと手を差し出したが、ロバーツさんは釣りをよこさなかった。

「そうよ」

ロバーツさんは考え深げに言った。

「あっちこっちからだ。外国人だらけだ。それもただの外国人じゃねえ。変わりもんよ。なあ？キルトにポンチョ着て歩き回ってるやつもいる」

「いけないのかね？」

ウィーズリーおじさんが心配そうに聞いた。

「なんていうか……その……集会かなんかみてえな」ロバーツさんが言った。

「お互いに知り合いみてえだし。大がかりなパーティかなんか」

その時、どこからともなく、ニッカーボッカーをはいた魔法使いが小屋の戸口の脇に現れた。

「オブリビエイト！　忘れよ！」

杖をロバーツさんに向け、鋭い呪文が飛んだ。

とたんにロバーツさんの目がうつろになり、八文字眉も解け、夢見るようなとろんとした表情になった。ハリーは、これが記憶を消された瞬間の症状なのだとわかった。

「キャンプ場の地図だ」

ロバーツさんはウィーズリーおじさんに向かっておだやかに言った。

「それと、釣りだ」

「どうも、どうも」おじさんが礼を言った。

ニッカーボッカーをはいた魔法使いがキャンプ場の入口まで付き添ってくれた。つかれきった様子で、無精ひげをはやし、目の下に濃いくまができていた。ロバーツさんには聞こえない所まで来ると、その魔法使いがウィーズリーおじさんにボソボソ言った。

「あの男はなかなかやっかいでね。『忘却術』を日に十回もかけないと機嫌が保てないんだ。しかもルード・バグマンがまた困り者で。あちこち飛び回ってはブラッジャーがどうの、クアッフルがどうのと大声でしゃべっている。マグル安全対策なんてどこ吹く風だ。まったく、これが終わったら、どんなにホッとするか。それじゃ、アーサー、またな」

「姿くらまし」術で、その魔法使いは消えた。

「バグマンさんて、『魔法ゲーム・スポーツ部』の部長さんでしょ？」

ジニーが驚いて言った。

「マグルのいる所でブラッジャーとか言っちゃいけないことぐらい、わかってるはずじゃないの？」

「そのはずだよ」

ウィーズリーおじさんはほほえみながらそう言うと、みんなを引き連れてキャンプ場の門をくぐった。

「しかし、ルードは安全対策にはいつも、少し……なんというか……**甘い**んでね。スポーツ部の部長としちゃ、こんなに熱心な部長はいないがね。何しろ、自分がクィディッチのイングランド代表選手だったし。それに、プロチームのウィムボーン・ワスプスじゃ最高のビーターだったんだ」

霧の立ちこめるキャンプ場を、一行は長いテントの列を縫って歩き続けた。ほとんどのテントはごくあたりまえに見えた。テントの主が、なるべくマグルらしく見せようと努力したことは確かだ。しかし、煙突をつけてみたり、ベルを鳴らす引きひもや風見鶏をつけたところでボロが出ている。しかも、あちこちにどう見ても魔法仕掛けと思えるテントがあり、これではロバーツさんが疑うのも無理はないとハリーは思った。キャンプ場の真ん中あたりに、縞模様のシルクでできた、まるで小さな城のような豪華絢爛なテントがあり、入口に生きた孔雀が数羽つながれていた。もう少し行くと、三階建てに尖塔が数本立っているテントがあった。そこから少し先に、前庭つきのテントがあり、鳥の水場や、日時計、噴水までそろっていた。

「毎度のことだ」

ウィーズリーおじさんがほほえんだ。

「大勢集まると、どうしても見栄を張りたくなるらしい。ああ、ここだ。ごらん、この場所が私たちのだ」

たどり着いた所は、キャンプ場の一番奥で、森の際だった。その空き地に小さな立て札が打ち込まれ、「**うーいづり**」と書いてあった。

「最高のスポットだ！」

ウィーズリーおじさんはうれしそうに言った。

「競技場はちょうどこの森の反対側だから、こんなに近い所はないよ」

おじさんは肩にかけていたリュックを下ろした。

「よし、と」

おじさんは興奮気味に言った。

「魔法は、厳密に言うと、許されない。これだけの数の魔法使いがマグルの土地に集まっているのだからな。テントは手作りでいくぞ！　そんなに難しくはないだろう……マグルがいつもやっていることだし……さあ、ハリー、どこから始めればいいと思うかね？」

ハリーは生まれてこの方、キャンプなどしたことがなかった。ダーズリー家では、休みの日にハリーをどこかへ連れていってくれたためしがない。いつも近所のフィッグばあさんの所へ預けて置き去りにした。だが、ハーマイオニーと二人で考え、柱や杭がどこに打たれるべきかを解明した。ウィーズリーおじさんは、木槌を使う段になると、完全に興奮状態だったので、役に立つどころか足手まといだった。それでもなんとかみんなで、二人用の粗末なテントを二張り立ち上げた。

みんなちょっと下がって、自分たちの手作り作品を眺め、大満足だった。誰が見たって、これが魔法使いのテントだとは気づくまい、とハリーは思った。しかし、ビル、チャーリー、パーシーが到着したら、全部で十人になってしまうのが問題だ。ハーマイオニーもこの問題に気づいたようだった。おじさんが四つんばいになってテントに入っていくのを見ながら、ハーマイオニーは「どうするつもりかしら」という顔でハリーを見た。

「ちょっと窮屈かもしれないよ」

おじさんが中から呼びかけた。

「でも、みんななんとか入れるだろう。入って、中を見てごらん」

ハリーは身をかがめて、テントの入口をくぐり抜けた。そのとたん、口があんぐり開いた。ハリーは、古風なアパートに入り込んでいた。寝室とバスルーム、キッチンの三部屋だ。おかしなことに、家具や置き物が、フィッグばあさんの部屋とまったく同じ感じだ。不ぞろいな椅子には、鉤針編みがかけられ、おまけに猫のにおいがプンプンしていた。

「あまり長いことじゃないし」

おじさんはハンカチで頭のはげた所をゴシゴシこすり、寝室に置かれた四個の二段ベッドをのぞきながら言った。

「同僚のパーキンズから借りたのだがね。やっこさん気の毒に、もうキャンプはやらないんだ。腰痛で」

おじさんはほこりまみれのやかんを取り上げ、中をのぞいて言った。

「水がいるな……」

「マグルがくれた地図に、水道の印があるよ」

ハリーに続いてテントに入ってきたロンが言った。テントの中が、こんなに不釣り合いに大きいのに、なんとも思わないようだった。

「キャンプ場のむこう端だ」

「よし、それじゃ、ロン、おまえはハリーとハーマイオニーの三人で、水をくみにいってくれないか——」

ウィーズリーおじさんはやかんとソース鍋を二つ三つよこした。

「——それから、ほかの者は薪を集めにいこう」

「でも、かまどがあるのに」ロンが言った。「簡単にやっちゃえば――?」

「ロン、マグル安全対策だ!」

ウィーズリーおじさんは期待に顔を輝かせていた。

「本物のマグルがキャンプするときは、外で火をおこして料理するんだ。そうやっているのを見たことがある!」

女子用テントをざっと見学してから――男子用より少し小さかったが、猫のにおいはしなかった――ハリー、ロン、ハーマイオニーの三人は、やかんとソース鍋をぶら下げ、キャンプ場を通り抜けていった。

朝日が初々しく昇り、霧も晴れ、いまはあたり一面に広がったテント村が見渡せた。三人は周りを見るのがおもしろくて、ゆっくり進んだ。世界中にどんなにたくさん魔法使いや魔女がいるのか、ハリーはやっと実感が湧いてきた。これまではほかの国の魔法使いのことなど考えてもみなかった。

ほかのキャンパーも次々と起きだしていた。最初にゴソゴソするのは、小さな子供のいる家族だ。ハリーはこんなに幼いチビッコ魔法使いを見たのははじめてだった。大きなピラミッド形のテントの前で、まだ二歳にもなっていない小さな男の子が、しゃがんで、うれしそうに杖で草地のナメクジをつっついていた。ナメクジは、ゆっくりとサラミ・ソーセージぐらいにふくれ上がった。

三人が男の子のすぐそばまで来ると、テントから母親が飛び出してきた。

「ケビン、**何度言ったら**わかるの？　いけません。**パパの――杖に――さわっちゃ――**きゃあ！」

母親が巨大ナメクジを踏みつけ、ナメクジが破裂した。母親の叱る声にまじって、小さな男の子の泣き叫ぶ声が、静かな空気を伝って三人を追いかけてきた――「ママがナメクジをつぶしちゃったぁ！　つぶしちゃったぁ！」

そこから少し歩くと、ケビンよりちょっと年上のおチビ魔女が二人、おもちゃの箒に乗っているのが見えた。つま先が露をふくんだ草々をかすめる程度までしか上がらない箒だ。魔法省の役人が一人、さっそくそれを見つけて、ハリー、ロン、ハーマイオニーの脇を急いで通り過ぎながら、困惑した口調でつぶやいた。

「こんな明るい中で！　親は朝寝坊を決め込んでいるんだ。きっと――」

あちこちのテントから、大人の魔法使いや魔女が顔をのぞかせ、朝餉の支度に取りかかっていた。何やらコソコソしていると思うと、杖で火をおこしていたり、マッチをすりながら、こんなことで絶対に火がつくものかとけげんな顔をしている者もいた。

三人のアフリカ魔法使いが、全員白い長いローブを着て、ウサギのようなものを鮮やかな紫の炎であぶりながら、まじめな会話をしていた。かと思えば、中年のアメリカ魔女たちが、テントとテントの間にピカピカ光る横断幕を張り渡し、その下に座り込んで楽しそうにうわさ話にふけっていた。幕には「**魔女裁判の町セーレムの魔女協会**」と書いてある。

テントを通り過ぎるたびに、中から聞き覚えのない言葉を使った会話が、断片的にハリーの耳に聞こえてきた。一言もわかりはしなかったが、どの声も興奮していた。

「あれっ――僕の目がおかしいのかな。それとも何もかも緑になっちゃったのかな？」

ロンが言った。

ロンの目のせいではなかった。三人は、シャムロック――三つ葉のクローバー――でびっしりと覆われたテントの群れに足を踏み入れていた。まるで、変わった形の小山がニョッキリと地上に生え出したかのようだった。テントの入口が開いている所からは、住人がニコニコしているのが見えた。その時、背後から誰かが三人を呼んだ。

「ハリー！　ロン！　ハーマイオニー！」

同じグリフィンドールの四年生、シェーマス・フィネガンだった。やはり三つ葉のクローバーで覆われたテントの前に座っている。そばにいる黄土色の髪をした女性はきっと母親だろう。それに親友の、同じくグリフィンドール生のディーン・トーマスも一緒だった。

三人はテントに近づいて挨拶した。

「この飾りつけ、どうだい？」シェーマスはニッコリした。

「魔法省は気に入らないみたいなんだ」

「あら、国の紋章を出して何が悪いっていうの？」

フィネガン夫人が口をはさんだ。

「ブルガリアなんか、**あちらさん**のテントに何をぶら下げているか見てごらんよ。あなたたちは、もちろん、アイルランドを応援するんでしょう？」

夫人はキラリと目を光らせてハリー、ロン、ハーマイオニーを見た。

フィネガン夫人に、ちゃんとアイルランドを応援するからと約束して、三人はまた歩きはじめた。もっともロンは「あの連中に取り囲まれてちゃ、ほかになんとも言えないよな？」と言った。

「ブルガリア側のテントに、何がいっぱいぶら下がってるのかしら」

ハーマイオニーが言った。

「見にいこうよ」

ハリーが大きなキャンプ群を指差した。そこには赤、緑、白のブルガリア国旗が翩翻とひるがえっていた。

こちらのテントには植物こそ飾りつけられてはいなかったが、どのテントにもまったく同じポスターがべたべた貼られていた。真っ黒なげじげじ眉の、無愛想な顔のポスターだ。もちろん顔は動いていたが、ただ瞬きして顔をしかめるだけだった。

「クラムだ」ロンがそっと言った。

「なあに?」とハーマイオニー。

「クラムだよ! ビクトール・クラム。ブルガリアのシーカーの!」

「とっても気難しそう」

ハーマイオニーは、三人に向かって瞬きしたりにらんだりしている大勢のクラムの顔を見回しながら言った。

「**『とっても気難しそう』だって?**」

ロンは目をグリグリさせた。

「顔がどうだって関係ないだろ? すっげぇんだから。それにまだほんとに若いんだ。十八かそこらだよ。**天才**なんだから。まあ、今晩、見たらわかるよ」

キャンプ場の隅にある水道にはもう、何人かが並んでいた。ハリー、ロン、ハーマイオニーも列に加わった。そのすぐ前で、男が二人、大論争をしていた。一人は年寄りの魔法使いで、花模様の長いネグリジェを着ている。もう一人はまちがいなく魔法省の役人だ。細縞のズボンを差し出し、困りはててて泣きそうな声を上げている。

「アーチー、とにかくこれをはいてくれ。聞き分けてくれよ。そんな格好で歩いたらダメだ。門番のマグルがもう疑いはじめてる――」

「わしゃ、マグルの店でこれを買ったんだ」

年寄り魔法使いが頑固に言い張った。

「マグルが着るものじゃろ」

「それはマグルの**女性**が着るものだよ、アーチー。男のじゃない。男は**こっちを**着るんだ」

魔法省の役人は、細縞のズボンをひらひら振った。

「わしゃ、そんなものは着んぞ」

アーチーじいさんが腹立たしげに言った。

「わしゃ、大事な所にさわやかな風が通るのがいいんじゃ。ほっとけ」

これを聞いて、ハーマイオニーはクスクス笑いが止まらなくなり、苦しそうに列を抜けた。戻ってきたときには、アーチーは水をくみ終わって、どこかに行ってしまったあとだった。

くんだ水の重みで、三人はいままでよりさらにゆっくり歩いてキャンプ場を引き返した。あちこちでまた顔見知りに出会った。ホグワーツの生徒やその家族たちだ。ハリーの寮のクィディッチ・チームのキャプテンだったオリバー・ウッドもいた。ウッドは卒業したばかりだったが、自分のテントにハリーを引っ張っていき、両親にハリーを紹介したあと、プロチームのパドルミア・ユナイテッドと二軍入りの契約を交わしたばかりだと、興奮してハリーに告げた。

次に出会ったのは、ハッフルパフの四年生、アーニー・マクミラン。それからまもなく、チョウ・チャンに出会った。とてもかわいい子で、レイブンクローのシーカーでもある。チョウ・チャンはハリーにほほえみかけて手を振り、ハリーも手を振り返したが、水をどっさりはねこぼして洋服の前をぬらしてしまった。ロンがニヤニヤするのをなんとかしたいばっかりに、ハリーは大急ぎで、いままで会ったことがないティーンエイジャーの一大集団を指差した。

「あの子たち、誰だと思う？」ハリーが聞いた。「ホグワーツの生徒、じゃないよね？」

「どっか外国の学校の生徒だと思うな」ロンが答えた。

「学校がほかにもあるってことは知ってるよ。ほかの学校の生徒に会ったことはないけど。ビルはブラジルの学校にペンフレンドがいたな……もう何年も前のことだけど……それでビルは学校同士の交換訪問旅行に行きたかったんだけど、家じゃお金が出せなくて。ビルが行かないって書いたら、ペンフレンドがすごく腹を立てて、帽子に呪いをかけて送ってよこしたんだ。おかげでビルの耳がしなびちゃってさ」

ハリーは笑ったが、魔法学校がほかにもあると聞いて驚いたことはだまっていた。キャンプ場にこれだけ多くの国の代表が集まっているのを見たいま、ホグワーツ以外にも魔法学校があるということに気づかなかった自分がばかだった、と思った。ハーマイオニーのほうをちらりと見ると、まったく平気な顔をしていた。ほかにも魔法学校があることを、何かの本で読んだにちがいない。

「遅かったなあ」

三人がやっとウィーズリー家のテントに戻ると、ジョージが言った。

「いろんな人に会ったんだ」

水を下ろしながらロンが言った。

「まだ火をおこしてないのか？」

「親父がマッチと遊んでてね」フレッドが言った。

ウィーズリーおじさんは火をつける作業がうまくいかなかったらしい。しかし、努力が足りなかったわけではない。折れたマッチが、おじさんの周りにぐるりと散らばっていた。しかも、おじさんは、わが人生最高の時、という顔をしていた。

「うわっ！」

おじさんは、マッチをすって火をつけたものの、驚いてすぐ取り落とした。

「ウィーズリーおじさん、こっちに来てくださいな」

ハーマイオニーがやさしくそう言うと、マッチ箱をおじさんの手から取り、正しいマッチの使い方を教えはじめた。

やっと火がついた。しかし、料理ができるようになるには、それから少なくとも一時間はかかった。それでも、見物するものには事欠かなかった。ウィーズリー家のテントは、いわば競技場への大通りに面しているらしく、魔法省の役人が気ぜわしく行き交った。通りがかりに、みんながおじさんにていねいに挨拶した。おじさんは、ひっきりなしに解説した。自分の子供たちは魔法省のことをいやというほど知っているので、いまさら関心はなく、主にハリーとハーマイオニーのための解説だった。

「いまのはカスバート・モックリッジ。『小鬼連絡室』の室長だ……いまやってくるのがギルバート・ウィンプル。『実験呪文委員会』のメンバーだ。あの角が生えてからもうずいぶんたつな……やあ、アーニー……アーノルド・ピーズグッドだ。『忘却術士』――ほら、『魔法事故リセット部隊』の隊員だ……そして、あれがボードとクローカー……『無言者』だ……」

「え？　なんですか？」

「『神秘部』に属している者だ。極秘部門でね。いったいあの部門は何をやっているのやら……」

ついに火の準備が整った。卵とソーセージを料理しはじめたとたん、ビル、チャーリー、パーシーが森のほうからゆっくりと歩いてきた。

「お父さん、ただいま『姿あらわし』ました」パーシーが大声で言った。

「ああ、ちょうどよかった。昼食だ！」

卵とソーセージの皿が半分ほどからになったとき、ウィーズリーおじさんが急に立ち上がってニコニコと手を振った。大股で近づいてくる魔法使いがいた。

「これは、これは！」おじさんが言った。「時の人！　ルード！」

ルード・バグマンはハリーがこれまでに出会った人の中でも――あの花模様ネグリジェのアーチーじいさんもふくめて――一番目立っていた。鮮やかな黄色と黒の太い横縞が入ったクィディッチ用の長いローブを着ている。胸の所に巨大なスズメバチが一匹描かれている。たくましい体つきの男が、少したるんだという感じだった。イングランド代表チームでプレーしていたころにはなかっただろうと思われる大きな腹のあたりで、ローブがパンパンになっていた。鼻はつぶれている(迷走ブラッジャーにつぶされたのだろうとハリーは思った)。しかし、丸いブルーの瞳、短いブロンドの髪、ばら色の顔が、育ちすぎた少年のような感じを与えていた。

「よう、よう！」

バグマンがうれしそうに呼びかけた。まるでかかとにバネがついているようにはずんで、完全に興奮しまくっている。

「わが友、アーサー」

バグマンはフーッフーッと息を切らしながら、たき火に近づいた。

「どうだい、この天気は。え？　どうだい！　こんな完全な日和はまたとないだろう？　今夜は雲一つないぞ……それに準備は万全……俺の出る幕はほとんどないな！」

バグマンの背後を、げっそりやつれた魔法省の役人が数人、遠くのほうで魔法火が燃えている印の火花を指差しながら、急いで通り過ぎた。魔法火は、六メートルもの上空に紫の火花を上げていた。

パーシーが急いで進み出て、握手を求めた。ルード・バグマンが担当の部を取り仕切るやり方が気に入らなくとも、それはそれ。バグマンに好印象を与えるほうが大切らしい。

「ああ――そうだ」

ウィーズリーおじさんはニヤッとした。

「私の息子のパーシーだ。魔法省に勤めはじめたばかりでね――こっちはフレッド――おっと、ジョージだ。すまん――**こっちが**フレッドだ――ビル、チャーリー、ロン――娘のジニーだ――それからロンの友人のハーマイオニー・グレンジャーとハリー・ポッターだ」

ハリーの名前を聞いて、バグマンがほんのわずかたじろぎ、目があのおなじみの動きで、ハリーの額の傷痕を探った。

「みんな、こちらはルード・バグマンさんだ。誰だか知ってるね。この人のおかげでいい席が手に入ったんだ――」

バグマンはニッコリして、そんなことはなんでもないというふうに手を振った。

「試合に賭ける気はないかね、アーサー？」

バグマンは黄色と黒のローブのポケットに入った金貨をチャラつかせながら、熱心に誘った。相当額の金貨のようだ。

「ロディ・ポントナーが、ブルガリアが先取点を上げると賭けた――いい賭け率にしてやったよ。アイルランドのフォワードの三人は、近来にない強豪だからね――それと、アガサ・ティムズ嬢は、試合が一週間続くと賭けて、自分の鰻養殖場の半分を張ったね」

「ああ……それじゃ、賭けようか」ウィーズリーおじさんが言った。

「そうだな……アイルランドが勝つほうにガリオン金貨一枚じゃどうだ？」

「一ガリオン？」

バグマンは少しがっかりしたようだったが、気を取りなおした。

「よし、よし……ほかに賭ける者は？」

「この子たちにギャンブルは早すぎる」おじさんが言った。「妻のモリーがいやがる――」

「賭けるよ。三十七ガリオン、十五シックル、三クヌートだ」

ジョージと二人で急いでコインをかき集めながら、フレッドが言った。

「まずアイルランドが勝つ――でも、ビクトール・クラムがスニッチを捕る。あ、それから、『だまし杖』も賭け金に上乗せするよ」

「バグマンさんに、そんなつまらないものをお見せしてはダメじゃないか――」

パーシーが口をすぼめて非難がましく言ったが、バグマンはつまらないものとは思わなかったらしい。それどころか、フレッドから杖を受け取ると、子供っぽい顔が興奮で輝き、杖がガアガア大きな鳴き声を上げてゴム製のおもちゃの鶏に変わると、大声を上げて笑った。

「すばらしい！　こんなに本物そっくりな杖を見たのは久しぶりだ。私ならこれに五ガリオン払ってもいい！」

パーシーは驚いて、こんなことは承知できないとばかりに身をこわばらせた。

「おまえたち」ウィーズリーおじさんが声をひそめた。「賭けはやってほしくないね……貯金の全部だろうが……母さんが――」

「お堅いことを言うな、アーサー！」

ルード・バグマンが興奮気味にポケットをチャラチャラいわせながら声を張り上げた。

「もう子供じゃないんだ。自分たちのやりたいことはわかってるさ！　アイルランドが勝つが、クラムがスニッチを捕るって？　そりゃありえないな、お二人さん、そりゃないよ……二人にすばらしい倍率をやろう……その上、おかしな杖に五ガリオンつけよう。それじゃ……」

バグマンがすばやくノートと羽根ペンを取り出して双子の名前を書きつけるのを、ウィーズリーおじさんはなす術もなく眺めていた。

「サンキュ」バグマンがよこした羊皮紙メモを受け取り、ローブの内ポケットにしまい込みながら、ジョージが言った。

バグマンは上機嫌でウィーズリーおじさんのほうに向きなおった。

「お茶がまだだったな？　バーティ・クラウチをずっと探しているんだが。ブルガリア側の責任者がゴネていて、俺には一言もわからん。バーティならなんとかしてくれるだろう。かれこれ百五十か国語が話せるし」

「クラウチさんですか？」

表情を硬くして不服そうにしていたパーシーが、突然堅さをかなぐり捨て、興奮でのぼせ上がった。

「あの方は二百か国語以上話します！　水中人のマーミッシュ語、小鬼のゴブルディグック語、トロールの……」

「トロール語なんて誰だって話せるよ」

フレッドがばかばかしいという調子で言った。

「指差してブーブー言えばいいんだから」

パーシーはフレッドに思いっきりいやな顔を向け、乱暴にたき火をかき回してやかんをぐらぐらっと沸騰させた。

「バーサ・ジョーキンズのことは、何か消息があったかね、ルード？」

バグマンがみんなと一緒に草むらに座り込むと、ウィーズリーおじさんが尋ねた。

「なしのつぶてだ」バグマンは気楽に言った。

「だが、そのうち現れるさ。あのしょうのないバーサのことだ……漏れ鍋みたいな記憶力。方向音痴。迷子になったのさ。絶対まちがいない。十月ごろになったら、ひょっこり役所に戻ってきて、まだ七月だと思ってるだろうよ」

「そろそろ捜索人を出して探したほうがいいんじゃないのか？」

パーシーがバグマンにお茶を差し出すのを見ながら、ウィーズリーおじさんが遠慮がちに提案した。

「バーティ・クラウチはそればっかり言ってるなあ」

バグマンは丸い目を見開いてむじゃきに言った。

「しかし、いまはただの一人もむだにはできん。おっ――うわさをすればだ！　バーティ！」

たき火のそばに魔法使いが一人「姿あらわし」でやってきた。ルード・バグマンとは物の見事に対照的だ。バグマンは昔着ていたスズメバチ模様のチームのユニフォームを着て、草の上に足を投げ出している。バーティ・クラウチはシャキッと背筋を伸ばし、非の打ち所のない背広とネクタイ姿の初老の魔法使いだ。短い銀髪の分け目は不自然なまでにまっすぐで、歯ブラシ状の口ひげは、まるで定規を当てて刈り込んだかのようだった。靴はピカピカに磨き上げられている。ひと目見て、ハリーはパーシーがなぜこの人を崇拝しているかがわかった。パーシーは規則を厳密に守ることが大切だと固く信じているし、クラウチ氏はマグルの服装に関する規則を完璧に守っていた。銀行の頭取だと言っても通用しただろう。バーノンおじさんでさえこの人の正体を見破れるかどうか疑問だ、とハリーは思った。

「ちょっと座れよ、バーティ」

バグマンはそばの草むらをポンポンたたいてほがらかに言った。

「いや、ルード、遠慮する」

クラウチ氏の声が少しいらだっていた。

「ずいぶんあちこち君を探したのだ。ブルガリア側が、貴賓席にあと十二席設けろと強く要求しているのだ」

「ああ、**そういうこと**を言ってたのか。私はまた、あいつが毛抜きを貸してくれと頼んでいるのかと思った。なまりがきつくて」

「クラウチさん！」

パーシーは息もつけずにそう言うと、上体を折り曲げおじぎをしたので、ひどい猫背に見えた。

「よろしければお茶はいかがですか？」

「ああ」

クラウチ氏は少し驚いた様子でパーシーのほうを見た。

「いただこう――ありがとう、ウェーザビー君」

フレッドとジョージが飲みかけのお茶にむせて、カップの中にゲホゲホと咳き込んだ。パーシーは耳元をポッと赤らめ、急いでやかんを準備した。

「ああ、それにアーサー、君とも話したかった」

クラウチ氏は鋭い目でウィーズリーおじさんを見下ろした。

「アリ・バシールが怒って襲撃してくるぞ。空飛ぶじゅうたんの輸入禁止について君と話したいそうだ」

ウィーズリーおじさんは深いため息をついた。

「そのことについては先週ふくろう便を送ったばかりだ。何百回言われても答えは同じだよ。じゅうたんは『魔法をかけてはいけない物品登録簿』にのっていて、『マグルの製品』だと定義されている。しかし、言ってわかる相手かね？」

「だめだろう」

クラウチ氏がパーシーからカップを受け取りながら言った。

「わが国に輸出したくて必死だから」

「まあ、イギリスでは箒にとってかわることはあるまい？」バグマンが言った。

「アリは家族用乗り物として市場に入り込める余地があると考えている」クラウチ氏が言った。

「私の祖父が、十二人乗りのアクスミンスター織のじゅうたんを持っていた――しかし、もちろんじゅうたんが禁止になる前だがね」

まるで、クラウチ氏の先祖がみな厳格に法を遵守したことに、毛ほども疑いを持たれたくないという言い方だった。

「ところで、バーティ、忙しくしてるかね」バグマンがのどかに言った。

「かなり」クラウチ氏は愛想のない返事をした。

「五大陸にわたって移動キーを組織するのは並大抵のことではありませんぞ、ルード」

「二人とも、これが終わったらホッとするだろうね」ウィーズリーおじさんが言った。

バグマンが驚いた顔をした。

「ホッとだって！　こんなに楽しんだことはないのに……それに、その先も楽しいことが待ちかまえているじゃないか。え？　バーティ？　そうだろうが？　まだまだやることがたくさんある。だろう？」

クラウチ氏は眉を吊り上げてバグマンを見た。

「まだそのことは公にしないとの約束だろう。詳細がまだ――」

「あぁ、詳細なんか」

バグマンはうるさいユスリカの群れを追い払うかのように手を振った。

「みんな署名したんだ。そうだろう？　みんな合意したんだ。そうだろう？　ここにいる子供たちには、どのみちまもなくわかることだ。賭けてもいい。だって、事はホグワーツで起こるんだし――」

「ルード、さあ、ブルガリア側に会わないと」

クラウチ氏はバグマンの言葉をさえぎり、鋭く言った。

「お茶をごちそうさま、ウェーザビー君」

飲んでもいないお茶をパーシーに押しつけるようにして返し、クラウチ氏はバグマンが立ち上がるのを待った。お茶の残りをぐいっと飲み干し、ポケットの金貨を楽しげにチャラチャラいわせ、バグマンはどっこいしょと再び立ち上がった。

「じゃ、あとで！　みんな、貴賓席で私と一緒になるよ――私が解説するんだ！」

バグマンは手を振り、クラウチ氏は軽く頭を下げ、二人とも「姿くらまし」で消えた。

「パパ、ホグワーツで何があるの？」

フレッドがすかさず聞いた。

「あの二人、なんのことを話してたの？」

「すぐにわかるよ」

ウィーズリーおじさんがほほえんだ。

「魔法省が解禁するときまでは機密情報だ」

パーシーがかたくなに言った。

「クラウチさんが明かさなかったのは正しいことなんだ」

「おい、だまれよ、ウェーザビー」フレッドが言った。

夕方が近づくにつれ、興奮の高まりがキャンプ場を覆う雲のようにはっきりと感じ取れた。夕暮れには、凪いだ夏の空気さえ、期待で打ち震えているかのようだった。試合を待つ何千人という魔法使いたちを、夜の帳がすっぽりと覆うと、最後の慎みも吹き飛んだ。あからさまな魔法の印があちこちで上がっても、魔法省はもはやお手上げだとばかり、戦うのをやめた。

行商人がそこいら中にニョキニョキと「姿あらわし」した。超珍品のみやげ物を盆やカートに山と積んでいる。光るロゼット――アイルランドは緑でブルガリアは赤だ――これが黄色い声で選手の名前を叫ぶ。踊る三つ葉のクローバーがびっしり飾られた緑のとんがり帽子。ほんとうに吠えるライオン柄のブルガリアのスカーフ。打ち振ると国歌を演奏する両国の国旗。ほんとうに飛ぶファイアボルトのミニチュア模型。コレクター用の有名選手の人形は、手のひらにのせると自慢げに歩き回った。

「夏休み中、ずっとこのためにおこづかい貯めてたんだ」

ハリー、ハーマイオニーと一緒に物売りの間を歩き、みやげ物を買いながら、ロンがハリーに言った。ロンは踊るクローバー帽子と大きな緑のロゼットを買ったくせに、ブルガリアのシーカー、ビクトール・クラムのミニチュア人形も買った。ミニ・クラムはロンの手の中を往ったり来たりしながら、ロンの緑のロゼットを見上げて顔をしかめた。

「わあ、これ見てよ！」

ハリーは真鍮製の双眼鏡のようなものがうずたかく積んであるカートに駆け寄った。ただし、この双眼鏡には、あらゆる種類のおかしなつまみやダイヤルがびっしりついていた。

「万眼鏡だよ」セールス魔ンが熱心に売り込んだ。

「アクション再生ができる……スローモーションで……必要なら、プレーをひとコマずつ静止させることもできる。大安売り——一個十ガリオンだ」

「こんなのさっき買わなきゃよかった」

ロンは踊るクローバーの帽子を指差してそう言うと、万眼鏡をいかにも物欲しげに見つめた。

「三個ください」ハリーはセールス魔ンにきっぱり言った。

「いいよ——気を使うなよ」

ロンが赤くなった。ハリーが両親からちょっとした財産を相続したこと、ロンよりずっと金持ちだということ——このことで、ロンはいつも神経過敏になる。

「クリスマスプレゼントはなしだよ」

ハリーは万眼鏡をロンとハーマイオニーの手に押しつけながら言った。

「しかも、これから十年ぐらいはね」

「いいとも」ロンがニッコリした。

「うわぁぁ、ハリー、ありがとう」ハーマイオニーが言った。「じゃ、私が三人分のプログラムを買うわ。ほら、あれ——」

財布がだいぶ軽くなり、三人はテントに戻った。ビル、チャーリー、ジニーの三人も、みな緑のロゼットを着けていた。ウィーズリーおじさんはアイルランド国旗を持っている。フレッドとジョージは、全財産をはたいてバグマンに渡したので、何もなしだった。

その時、どこか森のむこうから、ゴーンと深く響く音が聞こえ、同時に木々の間に赤と緑のランタンがいっせいに明々ともり、競技場への道を照らし出した。

「いよいよだ！」

ウィーズリーおじさんも、みんなに負けず劣らず興奮していた。

「さあ、行こう！」

第八章　クィディッチ・ワールドカップ

買い物をしっかり握りしめ、ウィーズリーおじさんを先頭に、みんな急ぎ足でランタンに照らされた小道を森へと入っていった。周辺のそこかしこで動き回る、何千人もの魔法使いたちのさんざめきが聞こえた。叫んだり、笑ったりする声や歌声が切れ切れに聞こえてくる。熱狂的な興奮の波が次々と伝わっていく。

ハリーも顔がゆるみっぱなしだ。大声で話したり、ふざけたりしながら、ハリーたちは森の中を二十分ほど歩いた。ついに森のはずれに出ると、そこは巨大なスタジアムの影の中だった。ハリーには競技場を囲む壮大な黄金の壁のほんの一部しか見えなかったが、この中に、大聖堂ならゆうに十個はすっぽり収まるだろうと思った。

「十万人入れるよ」

圧倒されているハリーの顔を読んで、ウィーズリーおじさんが言った。

「魔法省の特務隊五百人が、まる一年がかりで準備したのだ。『マグルよけ呪文』で一分のすきもない。この一年というもの、この近くまで来たマグルは、突然急用を思いついてあわてて引き返すことになった……気の毒に」

おじさんは最後に愛情込めてつけ加えた。おじさんが先に立って一番近い入口に向かったが、そこにはすでに魔法使いや魔女がぐるりと群がり、大声で叫び合っていた。

「特等席！」

魔法省の魔女が入口で切符を検めながら言った。

「最上階貴賓席！　アーサー、まっすぐ上がって。一番高い所までね」

観客席への階段は深紫色のじゅうたんが敷かれていた。一行は大勢にまじって階段を上った。途中、観客が少しずつ、右や左のドアからそれぞれのスタンド席へと消えていった。ウィーズリー家の一行は上り続け、いよいよ階段のてっぺんにたどり着いた。そこは小さなボックス席で、観客席の最上階、しかも両サイドにある金色のゴールポストのちょうど中間に位置していた。紫に金箔の椅子が二十席ほど、二列に並んでいる。ハリーはウィーズリー家のみんなと一緒に前列に並んだ。そこから見下ろすと、想像さえしたことのない光景が広がっていた。

十万人の魔法使いたちが着席したスタンドは、細長い楕円形のピッチに沿って階段状にせり上がっている。競技場そのものから発すると思われる神秘的な金色の光が、あたりにみなぎっていた。この高みから見ると、ピッチはビロードのようになめらかに見えた。両サイドに三本ずつ、十五メートルの高さのゴールポストが立っている。貴賓席の真正面、ちょうどハリーの目の位置に、巨大な黒板があった。見えない巨人の手が書いたり消したりしているかのように、金文字が黒板の上をサッと走ってはサッと消えた。しばらく眺めていると、それがピッチの右端から左端までの幅で点滅する広告塔だとわかった。

ブルーボトル――ご家族全員にぴったりの箒――安全で信頼できて、しかも防犯ブザーつき……ミセス・ゴシゴシの万能魔法汚れ落とし――手間知らず、汚れ知らず……グラドラグス魔法ファッション――ロンドン、パリ、ホグズミード

ハリーは広告塔から目を離し、ボックス席にほかに誰かいるかと振り返って見た。まだ誰もいない。ただ、後ろの列の、奥から二番目の席に小さな生き物が座っていた。短すぎる脚を、椅子の前方にちょこんと突き出し、キッチン・タオルをトーガ風にかぶっている。顔を両手で覆っているが、長いコウモリのような耳に、なんとなく見覚えがあった……。

「**ドビー？**」

ハリーは半信半疑で呼びかけた。

小さな生き物は、顔を上げ、指を開いた。とてつもなく大きい茶色の目と、大きさも形も大型トマトそっくりの鼻が指の間から現れた。ドビーではなかったが、屋敷しもべ妖精にまちがいない。ハリーの友達のドビーもかつて屋敷しもべだった。ハリーはドビーをかつての主人であるマルフォイ一家から自由にしてやったのだ。

「旦那さまはあたしのこと、ドビーってお呼びになりましたか？」

しもべ妖精は指の間からけげんそうに、かん高い声で尋ねた。ドビーの声も高かったが、もっと高く、か細い、震えるようなキーキー声だった。ハリーは――屋敷しもべ妖精の場合はとても判断しにくいが――これはたぶん女性だろうと思った。ロンとハーマイオニーがくるりと振り向き、よく見ようとした。二人とも、ハリーからドビーのことをずいぶん聞いてはいたが、ドビーに会ったことはなかった。ウィーズリーおじさんでさえ興味を持って振り返った。

「ごめんね。僕の知っている人じゃないかと思って」

ハリーがしもべ妖精に言った。

「でも、旦那さま、あたしもドビーをご存じです！」

かん高い声が答えた。貴賓席の照明が特に明るいわけではないのに、まぶしそうに顔を覆っている。

「あたしはウィンキーでございます。旦那さま――あなたさまは――」

焦げ茶色の目がハリーの傷痕をとらえたとたん、小皿くらいに大きく見開かれた。

「あなたさまは、紛れもなくハリー・ポッターさま！」

「うん、そうだよ」

「ドビーが、あなたさまのことをいつもおうわさしてます！」

ウィンキーは尊敬で打ち震えながら、ほんの少し両手を下にずらした。

「ドビーはどうしてる？　自由になって元気にやってる？」ハリーが聞いた。

「ああ、旦那さま」

ウィンキーは首を振った。

「ああ、それがでございます。けっして失礼を申し上げるつもりはございませんが、あなたさまがドビーを自由になさったのは、ドビーのためになったのかどうか、あたしは自信をお持ちになれません」

「どうして？」

ハリーは不意をつかれた。

「ドビーに何かあったの？」

「ドビーは自由で頭がおかしくなったのでございます、旦那さま」

ウィンキーが悲しげに言った。

「身分不相応の高望みでございます、旦那さま。勤め口が見つからないのでございます」

「どうしてなの？」

ウィンキーは声を半オクターブ落としてささやいた。

「**仕事にお手当てをいただこうとしているのでございます**」

「お手当て？」

ハリーはポカンとした。

「だって——なぜ給料をもらっちゃいけないの？」

ウィンキーがそんなこと考えるだに恐ろしいという顔で少し指を閉じたので、また顔半分が隠れてしまった。

「屋敷しもべはお手当てなどいただかないのでございます！」

ウィンキーは押し殺したようなキーキー声で言った。

「ダメ、ダメ、ダメ。あたしはドビーにおっしゃいました。ドビー、どこかよいご家庭を探して、落ち着きなさいって、そうおっしゃいました。旦那さま、ドビーはのぼせて、思い上がっているのでございます。屋敷しもべ妖精にふさわしくないのでございます。ドビー、あなたがそんなふうに浮かれていらっしゃったら、しまいには、ただの小鬼みたいに、『魔法生物規制管理部』に引っ張られることになっても知らないからって、あたし、そうおっしゃったのでございます」

「でも、ドビーは、もう、少しぐらい楽しい思いをしてもいいんじゃないかな」

ハリーが言った。

「ハリー・ポッターさま、屋敷しもべは楽しんではいけないのでございます」

ウィンキーは顔を覆った手の下で、きっぱりと言った。

「屋敷しもべは、言いつけられたことをするのでございます。あたしは、ハリー・ポッターさま、高い所がまったくお好きではないのでございますが――」

ウィンキーはボックス席の前端をちらりと見てゴクッと生つばを飲んだ。

「――でも、ご主人さまがこの貴賓席に行けとおっしゃいましたので、あたしはいらっしゃいましたのでございます」

「君が高い所が好きじゃないと知ってるのに、どうしてご主人様は君をここによこしたの？」

ハリーは眉をひそめた。

「ご主人さまは――ご主人さまは自分の席をあたしに取らせたのです。ハリー・ポッターさま、ご主人さまはとてもお忙しいのでございます」

ウィンキーは隣の空席のほうに頭をかしげた。

「ウィンキーは、ハリー・ポッターさま、ご主人さまのテントにお戻りになりたいのでございます。でも、ウィンキーは言いつけられたことをするのでございます。ウィンキーはよい屋敷しもべでございますから」

ウィンキーはボックス席の前端をもう一度こわごわ見て、それからまた完全に手で目を覆ってしまった。ハリーはみんなのほうを見た。

「そうか、あれが屋敷しもべ妖精なのか？」ロンがつぶやいた。

「へんてこりんなんだ、ね？」

「ドビーはもっとへんてこだったよ」

ハリーの言葉に力が入った。

ロンは万眼鏡を取り出し、向かいの観客席にいる観衆を見下ろしながら、あれこれ試しはじめた。

「スッゲエ！」

ロンが万眼鏡の横の「再生つまみ」をいじりながら声を上げた。

「あそこにいるおっさん、何回でも鼻をほじるぜ……ほら、また……ほら、また……」

一方、ハーマイオニーは、ビロードの表紙に房飾りのついたプログラムに熱心に目を通していた。

「試合に先立ち、チームのマスコットによるマスゲームがあります」

ハーマイオニーが読み上げた。

「ああ、それはいつも見応えがある」

ウィーズリーおじさんが言った。

「ナショナルチームが自分の国から何か生き物を連れてきてね、ちょっとしたショーをやるんだよ」

それから三十分の間に、貴賓席も徐々に埋まってきた。ウィーズリーおじさんは、続けざまに握手していた。かなり重要な魔法使いたちにちがいない。パーシーは、まるでハリネズミが置いてある椅子に座ろうとしているかのように、ひっきりなしに椅子から飛び上がっては、ピンと直立不動の姿勢をとった。魔法大臣、コーネリウス・ファッジ閣下直々のお出ましにいたっては、パーシーはあまりに深々と頭を下げたので、めがねが落ちて割れてしまった。大いに恐縮したパーシーは杖でめがねを元どおりにし、それからはずっと椅子に座っていた。それでも、コーネリウス・ファッジがハリーに昔からの友人のように親しげに挨拶するのを、うらやましげな目で見た。ファッジとハリーは以前に会ったことがある。ファッジは、まるで父親のようなしぐさでハリーと握手し、元気かと声をかけ、自分の両脇にいる魔法使いにハリーを紹介した。

「ご存じのハリー・ポッターですよ」

ファッジは、金の縁取りをした豪華な黒ビロードのローブを着たブルガリアの大臣に大声で話しかけたが、大臣は言葉が一言もわからない様子だった。

「**ハリー・ポッターですぞ**……ほら、ほら、ご存じでしょうが。誰だか……『例のあの人』から生き残った男の子ですよ……**まさか**、知ってるでしょうね――」

ブルガリアの大臣は突然ハリーの額の傷痕に気づき、それを指差しながら、何やら興奮してワーワーわめきだした。

「なかなか通じないものだ」

ファッジがうんざりしたようにハリーに言った。

「私はどうも言葉は苦手だ。こういうことになると、バーティ・クラウチが必要だ。ああ、クラウチのしもべ妖精が席を取っているな……いや、なかなかやるものだわい。ブルガリアの連中がよってたかって、よい席を全部せしめようとしているし……ああ、ルシウスのご到着だ！」

ハリー、ロン、ハーマイオニーは急いで振り返った。後列のちょうどウィーズリーおじさんの真後ろが三席空いていて、そこに向かって席伝いに歩いてくるのは、ほかならぬ、しもべ妖精ドビーの昔の主人――ルシウス・マルフォイとその息子ドラコ、それに女性が一人――ハリーはドラコの母親だろうと思った。

ホグワーツへの初めての旅からずっと、ハリーとドラコは敵同士だった。あごのとがった青白い顔にプラチナ・ブロンドの髪のドラコは、父親に瓜二つだ。母親もブロンドで、背が高くほっそりしている。「なんていやなにおいなんでしょう」という表情さえしていなかったら、この母親は美人なのにと思わせた。

「ああ、ファッジ」

マルフォイ氏は魔法大臣の所まで来ると、手を差し出して挨拶した。

「お元気ですかな？　妻のナルシッサとは初めてでしたな？　息子のドラコもまだでしたか？」

「これはこれは、お初にお目にかかります」

ファッジは笑顔でマルフォイ夫人におじぎした。

「ご紹介いたしましょう。こちらはオブランスク大臣――オバロンスクだったかな――ミスター、ええと――とにかく、ブルガリア魔法大臣閣下です。どうせ私の言っていることは一言もわかっとらんのですから、まあ、気にせずに。ええと、ほかには誰か――アーサー・ウィーズリー氏はご存じでしょうな？」

一瞬、緊張が走った。ウィーズリー氏とマルフォイ氏がにらみ合った。ハリーは最後に二人が顔を合わせたときのことをありありと覚えている。フローリシュ・アンド・ブロッツ書店だった。二人は大げんかしたのだ。マルフォイ氏の冷たい灰色の目がウィーズリー氏をひとなめし、それから列の端から端までずいっと眺めた。

「これは驚いた、アーサー」

マルフォイ氏が低い声で言った。

「貴賓席の切符を手に入れるのに、何をお売りになりましたかな？　お宅を売っても、それほどの金にはならんでしょうが？」

「アーサー、ルシウスは先ごろ、聖マンゴ魔法疾患傷害病院に、**それは多額の**寄付をしてくれてね。今日は私の客として招待したんだ」

マルフォイの言葉を聞いてもいなかったファッジが言った。

「それは――それはけっこうな」

ウィーズリーおじさんは無理に笑顔を取りつくろった。

マルフォイ氏の目が今度はハーマイオニーに移った。ハーマイオニーは少し赤くなったが、ひるまずにマルフォイ氏をにらみ返した。マルフォイ氏の口元がニヤリとゆがんだのはなぜなのか、ハリーにははっきりわかっていた。マルフォイ一家は「純血」であることを誇りにし、逆に、ハーマイオニーのようにマグルの血を引くものを下等だと見下していた。しかし、魔法大臣の目が光っている所では、マルフォイ氏もさすがに何も言えない。ウィーズリーおじさんにさげすむような会釈をすると、マルフォイ氏は自分の席まで進んだ。ドラコはハリー、ロン、ハーマイオニーに小ばかにしたような視線を投げ、父親と母親にはさまれて席についた。

「むかつくやつだ」

ハリー、ハーマイオニー、ロンの三人がピッチに目を戻したとき、ロンが声を殺して言った。次の瞬間、ルード・バグマンが貴賓席に勢いよく飛び込んできた。

「みなさん、よろしいかな？」

丸顔がつやつやと光り、まるで興奮したエダム・チーズさながらのバグマンが言った。

「大臣――ご準備は？」

「君さえよければ、ルード、いつでもいい」ファッジが満足げに言った。

ルードはサッと杖を取り出し、自分ののどに当ててひと声「ソノーラス！　響け！」と呪文を唱え、満席のスタジアムから湧き立つどよめきに向かって呼びかけた。その声は大観衆の上に響き渡り、スタンドの隅々までにとどろいた。

「レディーズ・アンド・ジェントルメン……ようこそ！　第四二二回、クィディッチ・ワールドカップ決勝戦に、ようこそ！」

観衆が叫び、拍手した。何千という国旗が打ち振られ、お互いにハモらない両国の国歌が騒音をさらに盛り上げた。貴賓席正面の巨大黒板が、最後の広告をサッと消し（バーティー・ボッツの百味ビーンズ――ひと口ごとに危ない味！）、いまや、こう書いてあった。

ブルガリア　0　アイルランド　0

「さて、前置きはこれくらいにして、さっそくご紹介しましょう……ブルガリア・ナショナルチームのマスコット！」

深紅一色のスタンドの上手から、ワッと歓声が上がった。

「いったい何を連れてきたのかな？」

ウィーズリーおじさんが席から身を乗り出した。

「あーっ！」

おじさんは急にめがねをはずし、あわててローブでふいた。

「ヴィーラだ！」

「なんですか、ヴィー――？」

百人のヴィーラがするするとピッチに現れ、ハリーの質問に答えを出してくれた。ヴィーラは女性だった……ハリーがこれまで見たことがないほど美しい……ただ、人間ではなかった――人間であるはずがない。それじゃ、いったいなんだろう、とハリーは一瞬考え込んだ。どうしてあんなに月の光のように輝く肌で、風もないのにどうやってシルバー・ブロンドの髪をなびかせて……。しかし、音楽が始まると、ハリーはヴィーラが人間だろうとなかろうと、どうでもよくなった――そればかりか、何もかも、どうでもよくなった。

ヴィーラが踊りはじめると、ハリーはすっかり心を奪われ、頭はからっぽで、ただ幸せだった。この世で大切なのは、ただヴィーラを見つめ続けていることだけだった。ヴィーラが踊りをやめれば、恐ろしいことが起こりそうな気がする……。

ヴィーラの踊りがどんどん速くなると、ぼうっとなったハリーの頭の中で、まとまりのない、何か激しい感情が駆けめぐりはじめた。何か派手なことをしたい。いますぐ。ボックス席からピッチに飛び降りるのもいいかもしれない……でも、それで充分目立つだろうか？

「ハリー、あなた**いったい**何してるの？」

遠くのほうでハーマイオニーの声がした。

音楽がやんだ。ハリーは目をしばたたいた。ハリーは椅子から立ち上がって、片足をボックス席の前の壁にかけていた。隣でロンが、飛び込み台からまさに飛び込むばかりの格好で固まっていた。

スタジアム中に怒号が飛んでいた。群集は、ヴィーラの退場を望まなかった。ハリーも同じだった。もちろん、僕はブルガリアを応援するはずなのに、どうしてアイルランドの三つ葉のクローバーなんかを胸に刺しているんだろう。ハリーはぼんやりとそう思った。一方ロンも、無意識に自分の帽子のシャムロックをむしっていた。ウィーズリーおじさんが苦笑しながらロンのほうに身を乗り出して、帽子をひったくった。

「きっとこの帽子が必要になるよ。アイルランド側のショーが終わったらね」

おじさんが言った。

「はぁー？」

ロンは口を開けてヴィーラに見入っていた。ヴィーラはいまはもう、ピッチの片側に整列していた。

ハーマイオニーは大きく舌打ちし、「**まったく、もう！**」と言いながら、ハリーに手を伸ばして、席に引き戻した。

「さて、次は」

ルード・バグマンの声がとどろいた。

「どうぞ、杖を高く掲げてください……アイルランド・ナショナルチームのマスコットに向かって！」

次の瞬間、大きな緑と金色の彗星のようなものが、競技場に音を立てて飛び込んできた。上空を一周し、それから二つに分かれ、少し小さくなった彗星が、それぞれ両端のゴールポストに向かってヒューッと飛んだ。突然、二つの光の玉を結んで、競技場にまたがる虹の橋がかかった。観衆は花火を見ているように、「オォォォォーッ」「アァァァーッ」と歓声を上げた。虹が薄れると、二つの光の玉は再び合体し、一つになった。今度は輝く巨大なシャムロックを形作り、空高く昇り、スタンドの上空に広がった。すると、そこから金色の雨のようなものが降りはじめた——。

「すごい！」

ロンが叫んだ。シャムロックは頭上に高々と昇り、金貨の大雨を降らせていた。金貨の雨粒が観客の頭といわず客席といわず、当たっては跳ねた。まぶしげにシャムロックを見上げたハリーは、それがあごひげを生やした何千という小さな男たちの集まりだと気づいた。みんな赤いチョッキを着て、手に手に金色か緑色の豆ランプを持っている。

「レプラコーンだ！」

群集の割れるような大喝采の間を縫って、ウィーズリーおじさんが叫んだ。金貨を拾おうと、椅子の下を探し回り、奪い合っている観衆がたくさんいる。

「ほーら」

金貨をひとつかみハリーの手に押しつけながら、ロンがうれしそうに叫んだ。

「万眼鏡の分だよ！　これで君、僕にクリスマスプレゼントを買わないといけないぞ、やーい！」

巨大なシャムロックが消え、レプラコーンはヴィーラとは反対側のピッチに降りてきて、試合観戦のため、あぐらをかいて座った。

「さて、レディーズ・アンド・ジェントルメン、どうぞ拍手を――ブルガリア・ナショナルチームです！　ご紹介しましょう――ディミトロフ！」

ブルガリアのサポーターたちの熱狂的な拍手に迎えられ、箒に乗った真っ赤なローブ姿が、はるか下方の入場口からピッチに飛び出した。あまりの速さに、姿がぼやけて見えるほどだ。

「イワノバ！」

二人目の選手の真紅のローブ姿はたちまち飛び去った。

「ゾグラフ！　レブスキー！　ボルチャノフ！　ボルコフ！　そしてぇぇぇぇぇぇ――**クラム！**」

「クラムだ、クラムだ！」

ロンが万眼鏡で姿を追いながら叫んだ。ハリーも急いで万眼鏡の焦点を合わせた。

ビクトール・クラムは、色黒で黒髪のやせた選手で、大きな曲がった鼻に濃い黒い眉をしていた。育ちすぎた猛禽類のようだ。まだ十八歳だとはとても思えない。

「では、みなさん、どうぞ拍手を――アイルランド・ナショナルチーム！」

バグマンが声を張り上げた。

「ご紹介しましょう――コノリー！　ライアン！　トロイ！　マレット！　モラン！　クィグリー！　そしてぇぇぇぇぇ――**リンチ！**」

七つの緑の影が、サッと横切りピッチへと飛んだ。ハリーは万眼鏡の横の小さなつまみを回し、選手の動きをスローモーションにして、やっと箒に「ファイアボルト」の字を読み取った。選手の背中にそれぞれの名前が銀の糸で刺繍してある。

「そしてみなさん、はるばるエジプトからおいでの我らが審判、国際クィディッチ連盟の名チェア魔ン、ハッサン・モスタファー！」

やせこけた小柄な魔法使いだ。つるつるにはげているが、口ひげはバーノンおじさんといい勝負だ。スタジアムにマッチした純金のローブを着て、堂々とピッチに歩み出た。口ひげの下から銀のホイッスルが突き出し、大きな木箱を片方の腕に抱え、もう片方で箒を抱えている。ハリーは万眼鏡のスピード・ダイヤルを元に戻し、モスタファーが箒にまたがり木箱を蹴って開けるところをよく見た――四個のボールが勢いよく外に飛び出した。真っ赤なクアッフル、黒いブラッジャーが二個、そして、羽のある小さな金のスニッチ（ハリーはほんの一瞬、それを目撃したが、あっという間に見失った）。ホイッスルを鋭くひと吹きし、モスタファーはボールに続いて空中に飛び出した。

「試あぁぁぁぁぁぁい、**開始！**」バグマンが叫んだ。

「そしてあれはマレット！　トロイ！　モラン！　ディミトロフ！　またマレット！　トロイ！　レブスキー！　モラン！」

ハリーは、こんなクィディッチの試合振りは見たことがなかった。万眼鏡にしっかりと目を押しつけていたので、めがねの縁が鼻柱に食い込んだ。選手の動きが、信じられないほど速い――チェイサーがクアッフルを投げ合うスピードが速すぎて、バグマンは名前を言うだけで精いっぱいだ。

ハリーは万眼鏡の右横の「スロー」のつまみをもう一度回し、上についている「一場面ごと」のボタンを押した。するとたちまちスローモーションに切り替わった。その間、レンズにはキラキラした紫の文字が明滅し、歓声が耳にビンビン響いてきた。

「**ホークスヘッド攻撃フォーメーション**」ハリーは文字を読んだ。アイルランドのチェイサー三人が固まり、トロイを真ん中にして、少し後ろをマレットとモランが飛び、ブルガリア陣に突っ込んでいった。

次に「**ポルスコフの計略**」の文字が明滅した。トロイがクアッフルを持ち、ブルガリアのチェイサー、イワノバを誘導して急上昇したかのように見せかけながら、下を飛んでいたモランにクアッフルを落とすようにパスした。ブルガリアのビーターの一人、ボルコフが手にした小さな棍棒で、通過中のブラッジャーをモランの行く手めがけて強打した。モランがヒョイとブラッジャーをかわしたとたん、クアッフルを取り落とし、下から上がってきたレブスキーがそれをキャッチした――。

「**トロイ、先取点！**」

バグマンの声がとどろき、競技場は拍手と歓声の大音響に揺れ動いた。

「一〇対〇、アイルランドのリード！」

「えっ？」

ハリーは万眼鏡であたりをぐるぐる見回した。

「だって、レブスキーがクアッフルを取ったのに！」

「ハリー、普通のスピードで観戦しないと、試合を見逃すわよ！」

ハーマイオニーが叫んだ。トロイが競技場を一周するウイニング飛行をしているところで、ハーマイオニーはピョンピョン飛び上がりながら、トロイに向かって両手を大きく振っていた。ハリーは急いで万眼鏡をずらして外を見た。サイドラインの外側で試合を見ていたレプラコーンが、またもや空中に舞い上がり、輝く巨大なシャムロックを形作った。ピッチの反対側で、ヴィーラが不機嫌な顔でそれを見ていた。

ハリーは自分に腹を立てながらスピードのダイヤルを元に戻した。その時、試合が再開された。

ハリーもクィディッチについてはいささかの知識があったので、アイルランドのチェイサーたちがとびきりすばらしいことがわかった。一糸乱れぬ連携プレー。まるで互いの位置関係で互いの考えを読み取っているかのようだった。ハリーの胸の緑のロゼットが、かん高い声でひっきりなしに三人の名を呼んだ。

「トロイ――マレット――モラン！」

最初の十分で、アイルランドはあと二回得点し、三〇対〇と点差を広げた。緑一色のサポーターたちから、雷鳴のような歓声と嵐のような拍手が湧き起こった。

試合運びがますます速くなり、しかも荒っぽくなった。ブルガリアのビーター、ボルコフとボルチャノフは、アイルランドのチェイサーに向かって思いきり激しくブラッジャーをたたきつけ、三人の得意技を封じはじめた。チェイサーの結束が二度も崩されてバラバラにされた。ついにイワノバが敵陣を突破、キーパーのライアンをもかわしてブルガリアが初のゴールを決めた。

「耳に指で栓をして！」

ウィーズリーおじさんが大声を上げた。ヴィーラが祝いの踊りを始めていた。ハリーは目も細めた。ゲームに集中していたかった。数秒後、ピッチをちらりと見ると、ヴィーラはもう踊りをやめ、クアッフルはまたブルガリアが持っていた。

「ディミトロフ！　レブスキー！　ディミトロフ！　イワノバ――うおっ、これは！」

バグマンが唸り声を上げた。

十万人の観衆が息をのんだ。二人のシーカー、クラムとリンチがチェイサーたちの真ん中を割って一直線にダイビングしていた。その速いこと。飛行機からパラシュートなしに飛び降りたかのようだった。ハリーは万眼鏡で落ちていく二人を追い、スニッチはどこにあるかと目を凝らした。

「地面に衝突するわ！」

隣でハーマイオニーが悲鳴を上げた。

半分当たっていた――ビクトール・クラムは最後の一秒でかろうじてぐいっと箒を引き上げ、くるくると螺旋を描きながら飛び去った。ところがリンチは、ドスッという鈍い音をスタジアム中に響かせ、地面に衝突した。アイルランド側の席から大きなうめき声が上がった。

「ばかものが！」ウィーズリーおじさんがうめいた。

「クラムはフェイントをかけたのに！」

「タイムです！」

バグマンが声を張り上げた。

「エイダン・リンチの様子を見るため、専門の魔法医が駆けつけています！」

「大丈夫だよ。衝突しただけだから！」

真っ青になってボックス席の手すりから身を乗り出しているジニーに、チャーリーがなぐさめるように言った。

「もちろん、それがクラムのねらいだけど……」

ハリーは急いで「再生」と「一場面ごと」のボタンを押し、スピード・ダイヤルを回し、再び万眼鏡をのぞき込んだ。

ハリーは、クラムとリンチがダイブするところを、スローモーションで見た。レンズを横断して紫に輝く文字が現れた。「**ウロンスキー・フェイント――シーカーを引っかける危険技**」と読める。間一髪でダイブから上昇に転ずるとき、全神経を集中させ、クラムの顔がゆがむのが見えた。一方リンチはペシャンコになっていた。ハリーはやっとわかった――クラムはスニッチを見つけたのではない。ただリンチについてこさせたかっただけなのだ。こんなふうに飛ぶ人を、ハリーはいままで見たことがなかった。クラムはまるで箒など使っていないかのように飛ぶ。自由自在に軽々と、まるで無重力でなんの支えもなく空中を飛んでいるかのようだ。ハリーは万眼鏡を元に戻し、クラムに焦点を合わせた。いまは、リンチのはるか上空を輪を描いて飛んでいる。リンチは魔法医に魔法薬を何杯も飲まされて、蘇生しつつあった。ハリーはさらにクラムの顔をアップにした。クラムの暗い目が、三十メートル下のピッチを隅々まで走っている。リンチが蘇生するまでの時間を利用して、邪魔されることなくスニッチを探しているのだ。

リンチがやっと立ち上がった。緑をまとったサポーターたちがワッと沸いた。リンチはファイアボルトにまたがり、地を蹴って空へと戻った。リンチが回復したことで、アイルランドは心機一転したようだった。モスタファーが再びホイッスルを鳴らすと、チェイサーが、いままでハリーの見たどんな技も比べ物にならないようなすばらしい動きを見せた。

それからの十五分、試合はますます速く、激しい展開を見せ、アイルランドが勢いづいて十回もゴールを決めた。一三〇対一〇とアイルランドがリードして、試合はしだいに泥仕合になってきた。

マレットがクアッフルをしっかり抱え、またまたゴールめがけて突進すると、ブルガリアのキーパー、ゾグラフが飛び出し、彼女を迎え撃った。何が起こったやら、ハリーの見る間も与えず、あっという間の出来事だったが、アイルランド応援団から怒りの叫びがあがった。モスタファーが鋭く、長くホイッスルを吹き鳴らしたので、ハリーはいまのは反則だったとわかった。

「モスタファーがブルガリアのキーパーから反則を取りました。『コビング』です――過度なひじの使用です！」

どよめく観衆に向かって、バグマンが解説した。

「そして――よーし、アイルランドがペナルティ・スロー！」

マレットがブルガリアの反則を受けたとき、怒れるスズメバチの大群のようにキラキラ輝いて空中に舞い上がっていたレプラコーンが、今度はすばやく集まって空中に文字を書いた。

「ハッ！　ハッ！　ハッ！」

ピッチの反対側にいたヴィーラがパッと立ち上がり、怒りに髪を打ち振り、再び踊りはじめた。ウィーズリー家の男の子とハリーはすぐに指で耳栓をしたが、そんな心配のないハーマイオニーが、すぐにハリーの腕を引っ張った。ハリーが振り向くと、ハーマイオニーはもどかしそうにハリーの指を耳から引き抜いた。

「審判を見てよ！」

ハーマイオニーはクスクス笑っていた。

ハリーが見下ろすと、ハッサン・モスタファー審判が踊るヴィーラの真ん前に降りて、なんともおかしなしぐさをしていた。腕の筋肉をモリモリさせたり、夢中で口ひげをなでつけたりしている。

「さーて、これは放ってはおけません！」

そう言ったものの、バグマンはおもしろくてたまらないという声だ。

「誰か、審判をひっぱたいてくれ！」

魔法医の一人がピッチのむこうから大急ぎで駆けつけ、自分は指でしっかり耳栓をしながら、モスタファーのむこうずねをこれでもかとばかり蹴飛ばした。モスタファーはハッと我に返ったようだった。ハリーがまた万眼鏡をのぞいて見ると、審判は思いきりバツの悪そうな顔で、ヴィーラをどなりつけていた。ヴィーラは踊るのをやめ、反抗的な態度をとっていた。

「さあ、私の目に狂いがなければ、モスタファーはブルガリア・チームのマスコットを本気で退場させようとしているようであります！」

バグマンの声が響いた。

「さーて、**こんなことは**前代未聞……。ああ、これは面倒なことになりそうです……」

なりそうどころか、そうなってしまった。ブルガリアのビーター、ボルコフとボルチャノフが、モスタファーの両脇に着地し、身振り手振りでレプラコーンのほうを指差し、激しく抗議しはじめた。レプラコーンはいまや上機嫌で「**ヒー、ヒー、ヒー**」の文字になっていた。モスタファーはブルガリアの抗議に取り合わず、人差し指を何度も空中に突き上げていた。飛行体制に戻るように言っているにちがいない。二人が拒否すると、モスタファーはホイッスルを短く二度吹いた。

「アイルランドに**ペナルティ二つ！**」

バグマンが叫んだ。ブルガリアの応援団が怒ってわめいた。

「さあ、ボルコフ、ボルチャノフは箒に乗ったほうがよいようです……よーし……乗りました……そして、トロイがクアッフルを手にしました……」

試合はいまや、これまで見たことがないほど凶暴になってきた。両チームのビーターとも、情け容赦なしの動きだ。ボルコフ、ボルチャノフは特に、棍棒をめちゃめちゃに振り回し、ブラッジャーに当たろうが選手に当たろうが見境なしだった。ディミトロフがクアッフルを持ったモランめがけて体当たりし、彼女は危うく箒から突き落とされそうになった。

「ファウルだ！」

アイルランドのサポーターが、緑の波がうねるように次々と立ち上がり、いっせいに叫んだ。

「反則！」

魔法で拡声されたルード・バグマンの声が鳴り響いた。

「ディミトロフがモランに反則技をかけました——わざとぶつかるように飛びました——これはまたペナルティを取らないといけません——よーし、ホイッスルです！」

レプラコーンがまた空中に舞い上がり、今度は巨大な手の形になり、ヴィーラに向かって、ピッチいっぱいに下品なサインをしてみせた。これにはヴィーラも自制心を失った。ピッチのむこうから襲撃をかけ、レプラコーンに向かって火の玉のようなものを投げつけはじめた。万眼鏡でのぞいていたハリーには、ヴィーラがいまやどう見ても美しいとは言えないことがわかった。それどころか、顔は伸びて、鋭い、獰猛なくちばしをした鳥の頭になり、うろこに覆われた長い翼が肩から飛び出していた。

「ほら、おまえたち、**あれ**をよく見なさい」

下の観客席からの大喧騒にも負けない声で、ウィーズリーおじさんが叫んだ。

「だから、外見だけにつられてはだめなんだ！」

魔法省の役人が、ヴィーラとレプラコーンを引き離すのに、ドヤドヤッとフィールドにくり出したが、手に負えなかった。一方、上空での激戦に比べればグラウンドの戦いなど物の数ではない。ハリーは万眼鏡で目を凝らし、あっちへこっちへと首を振った。何しろ、クアッフルが弾丸のような速さで手から手へと渡る――。

「レブスキー――ディミトロフ――モラン――トロイ――マレット――イワノバ――またモラン――モラン――**モラン決めたぁ！**」

しかし、アイルランド・サポーターの歓声も、ヴィーラの叫びや魔法省役人の杖から出る爆発音、ブルガリア・サポーターの怒り狂う声でほとんど聞こえない。試合はすぐに再開した。今度はレブスキーがクアッフルを持っている――そしてディミトロフ――。

アイルランドのビーター、クィグリーが、目の前を通るブラッジャーを大きく打ち込み、クラムめがけて力のかぎりたたきつけた。クラムはよけそこない、ブラッジャーがしたたか顔に当たった。競技場がうめき声一色になった。クラムの鼻が折れたかに見え、そこら中に血が飛び散った。しかし、モスタファー審判はホイッスルを鳴らさない。ほかのことに気を取られている。ハリーはそれも当然だと思った。ヴィーラの一人が投げた火の玉で、審判の箒の尾が火事になっていたのだ。

誰かクラムがけがをしたことに気づいてほしい、とハリーは思った。アイルランドを応援してはいたが、クラムはこのピッチで最高の、わくわくさせてくれる選手だ。ロンもハリーと同じ思いらしい。

「タイムにしろ！　ああ、早くしてくれ。あんなんじゃ、プレーできないよ。見て――」

「リンチを見て！」ハリーが叫んだ。

アイルランドのシーカーが急降下していた。これはウロンスキー・フェイントなんかじゃないと、ハリーには確信があった。今度は本物だ……。

「スニッチを見つけたんだよ！　見つけたんだ！　行くよ！」

観客の半分が事態に気づいたらしい。アイルランドのサポーターが緑の波のように立ち上がり、チームのシーカーに大声援を送った……しかし、クラムがぴったり後ろについていた。クラムが自分の行く先をどうやって見ているのか、ハリーにはまったくわからなかった。クラムのあとに、点々と血が尾を引いていた。それでもクラムはいまやリンチと並んだ。二人が一対になって再び地面に突っ込んでいく……。

「二人ともぶつかるわ！」ハーマイオニーが金切り声を上げた。

「そんなことない！」ロンが大声を上げた。

「リンチがぶつかる！」ハリーが叫んだ。

そのとおりだった――またもや、リンチが地面に激突し、怒れるヴィーラの群れがたちまちそこに押し寄せた。

「スニッチ、スニッチはどこだ？」

チャーリーが列のむこうから叫んだ。

「捕った——クラムが捕った——試合終了だ！」

ハリーが叫び返した。

赤いローブを血に染め、血糊を輝かせながら、クラムがゆっくりと舞い上がった。高々と突き上げた拳のその中に、金色のきらめきが見えた。

大観衆の頭上にスコアボードが点滅した。

ブルガリア　160　アイルランド　170

何が起こったのか観衆には飲み込めていないらしい。しばらくして、ゆっくりと、ジャンボ機が回転速度を上げていくように、アイルランドのサポーターのざわめきがだんだん大きくなり、歓喜の叫びとなって爆発した。

「**アイルランドの勝ち！**」

バグマンが叫んだ。アイルランド勢と同じく、バグマンもこの突然の試合終了に度胆を抜かれていた。

「**クラムがスニッチを捕りました——しかし勝者はアイルランドです——**なんたること。誰がこれを予想したでしょう！」

「クラムはいったいなんのためにスニッチを捕ったんだ？」

ロンはピョンピョン飛び跳ね、頭上で手をたたきながら大声で叫んだ。

「アイルランドが一六〇点もリードしてるときに試合を終わらせるなんて、ヌケサク！」

「絶対に点差を縮められないってわかってたんだよ」

大喝采しながら、ハリーは騒音に負けないように叫び返した。

「アイルランドのチェイサーがうますぎたんだ……クラムは自分のやり方で終わらせたかったんだ、きっと……」

「あの人、とっても勇敢だと思わない？」

ハーマイオニーがクラムの着地するところを見ようと身を乗り出した。魔法医の大集団が、戦いもたけなわのレプラコーンとヴィーラを吹っ飛ばして道をつくり、クラムに近づこうとしていた。

「めちゃめちゃ重傷みたいだわ……」

ハリーはまた万眼鏡を目に当てた。レプラコーンが大喜びでピッチ中をブンブン飛んでいるので、下で何が起こっているのかなかなか見えない。やっとのことで魔法医に取り囲まれたクラムの姿をとらえた。前にも増してむっつりした表情で、医師団が治療しようとするのをはねつけていた。その周りでチームメートががっくりした様子で首を振っている。その少しむこうでは、アイルランドの選手たちが、マスコットの降らせる金貨のシャワーを浴びながら、狂喜して踊っていた。スタジアムいっぱいに国旗が打ち振られ、四方八方からアイルランド国歌が流れてきた。ヴィーラは意気消沈してみじめそうだったが、いまは縮んで、元の美しい姿に戻っていた。

「まぁ、ヴぁれヴぁれは、勇敢に戦った」

ハリーの背後で沈んだ声がした。振り返ると、声の主はブルガリア魔法大臣だった。

「ちゃんと話せるんじゃないですか！」ファッジの声が怒っていた。

「それなのに、一日中私にパントマイムをやらせて！」

「いやぁ、ヴぉんとにおもしろかったです」

ブルガリア魔法大臣は肩をすくめた。

「さて、アイルランド・チームがマスコットを両脇に、グラウンド一周のウイニング飛行をしている間に、クィディッチ・ワールドカップ優勝杯が貴賓席へと運び込まれます！」

バグマンの声が響いた。

突然まばゆい白い光が射し、ハリーは目がくらんだ。貴賓席の中がスタンドの全員に見えるよう魔法の照明がついたのだ。目を細めて入口のほうを見ると、二人の魔法使いが息を切らしながら巨大な金の優勝杯を運び入れるところだった。大優勝杯はコーネリウス・ファッジに手渡されたが、ファッジは一日中むだに手話をさせられていたことを根に持って、まだぶすっとしていた。

「勇猛果敢な敗者に絶大な拍手を——ブルガリア！」バグマンが叫んだ。

するとと、敗者のブルガリア選手七人が、階段を上がってボックス席へ入ってきた。スタンドの観衆が、称讃の拍手を贈った。ハリーは、何千、何万という万眼鏡のレンズがこちらに向けられ、チカチカ光っているのを見た。

ブルガリア選手はボックス席の座席の間に一列に並び、バグマンが選手の名前を呼び上げると、一人ずつブルガリア魔法大臣と握手し、次にファッジと握手した。列の最後尾がクラムで、まさにぼろぼろだった。顔は血まみれで、両目の周りに見事な黒いあざが広がりつつあった。まだしっかりとスニッチを握っている。地上ではどうもぎくしゃくしているとハリーは思った。O脚気味だし、はっきり猫背だ。それでも、クラムの名が呼び上げられると、スタジアム中がワッと鼓膜が破れんばかりの大歓声を送った。

それからアイルランド・チームが入ってきた。エイダン・リンチはモランとコノリーに支えられている。二度目の激突で目を回したままらしく、目がうろうろしている。それでも、トロイとクィグリーが優勝杯を高々と掲げ、下の観客席から祝福の声がとどろき渡ると、うれしそうにニッコリした。ハリーは拍手のしすぎで手の感覚がなくなった。

いよいよアイルランド・チームがボックス席を出て、箒に乗り、もう一度ウイニング飛行を始めると（エイダン・リンチはコノリーの箒の後ろに乗り、コノリーの腰にしっかりしがみついて、まだぼうっとあいまいに笑っていた）、バグマンは杖を自分ののどに向け、「クワイエタス、静まれ」と唱えた。

「この試合は、これから何年も語り草になるだろうな」

しわがれた声でバグマンが言った。

「実に予想外の展開だった。実に……いや、もっと長い試合にならなかったのは残念だ……ああ、そうか……そう、君たちに借りが……いくらかな？」

フレッドとジョージが自分たちの座席の背をまたいで、ルード・バグマンの前に立っていた。顔中でニッコリ笑い、手を突き出して。

第九章　闇の印

「賭けをしたなんて母さんには**絶対**言うんじゃないよ」

紫のじゅうたんを敷いた階段を、みんなでゆっくり下りながら、ウィーズリーおじさんがフレッドとジョージに哀願した。

「パパ、心配ご無用」

フレッドはうきうきしていた。

「このお金にはビッグな計画がかかってる。取り上げられたくはないさ」

ウィーズリーおじさんは、一瞬、ビッグな計画が何かと聞きたそうな様子だったが、かえって知らないほうがよいと考えなおしたようだった。

まもなく一行は、スタジアムから吐き出されてキャンプ場に向かう群集に巻き込まれてしまった。ランタンに照らされた小道を引き返す道すがら、夜気が騒々しい歌声を運んできた。レプラコーンは、ケタケタ高笑いしながら手にしたランタンを打ち振り、勢いよく一行の頭上を飛び交った。やっとテントにたどり着いたときは、周りが騒がしいこともあり、誰もとても眠る気にはなれなかった。ウィーズリーおじさんは、寝る前にみんなでもう一杯ココアを飲むことを許した。たちまち試合の話に花が咲き、ウィーズリーおじさんは反則技の「コビング」についてチャーリーとの議論にはまってしまった。

ジニーが小さなテーブルに突っ伏して眠り込み、そのはずみにココアを床にこぼしてしまったので、ウィーズリーおじさんもやっと舌戦を中止し、「全員もう寝なさい」とうながした。

ハーマイオニーとジニーは隣のテントに行き、ハリーはウィーズリー一家と一緒にパジャマに着替えて二段ベッドの上に登った。キャンプ場のむこうはずれから、まだまだ歌声が聞こえてきたし、バーンという音がときどき響いてきた。

「やれやれ、非番でよかった」

ウィーズリーおじさんが眠そうにつぶやいた。

「アイルランド勢にお祝い騒ぎをやめろ、なんて言いにいく気がしないからね」

ハリーはロンの上の段のベッドに横になり、テントの天井を見つめ、ときどき頭上を飛んでいくレプラコーンのランタンの灯りを眺めては、クラムのすばらしい動きの数々を思い出していた。ファイアボルトに乗ってウロンスキー・フェイントを試してみたくてうずうずした。……オリバー・ウッドはごにょごにょ動く戦略図をさんざん描いてはくれたが、実際にこの技がどんなものなのかを説明しきれなかった……ハリーは背中に自分の名前を書いたローブを着ていた。十万人の観衆が歓声を上げるのが聞こえるような気がする。ルード・バグマンの声がスタジアムに鳴り響いた。「ご紹介しましょう……**ポッター！**」

ほんとうに眠りに落ちたのかどうか、ハリーにはわからなかった――クラムのように飛びたいという夢が、いつの間にか本物の夢にかわっていたのかもしれない――はっきりわかっているのは、突然ウィーズリーおじさんが叫んだことだ。

「起きなさい！　ロン――ハリー――さあ、起きて。緊急事態だ！」

飛び起きたとたん、ハリーはテントに頭のてっぺんをぶっつけた。

「ど、どしたの？」

ハリーは、ぼんやりと、何かがおかしいと感じ取った。キャンプ場の騒音が様変わりし、歌声はやんでいた。人々の叫び声、走る音が聞こえた。

ハリーはベッドからすべり降り、洋服に手を伸ばした。

「ハリー、時間がない――上着だけ持って外に出なさい――早く！」

もうパジャマの上にジーンズをはいていたウィーズリーおじさんが言った。

ハリーは言われたとおりにして、テントを飛び出した。すぐあとにロンが続いた。

まだ残っている火の明かりで、みんなが追われるように森へと駆け込んでいくのが見えた。キャンプ場のむこうから、何かが奇妙な光を発射し、大砲のような音を立てながらこちらに向かってくる。大声でヤジり、笑い、酔ってわめき散らす声がだんだん近づいてくる。そして、突然強烈な緑の光が炸裂し、あたりが照らし出された。

魔法使いたちがひと塊になって、杖をいっせいに真上に向け、キャンプ場を横切り、ゆっくりと行進してくる。ハリーは目を凝らした……魔法使いたちの顔がない……いや、フードをかぶり、仮面をつけている。そのはるか頭上に、宙に浮かんだ四つの影が、グロテスクな形にゆがめられ、もがいている。仮面の一団が人形使いのように、杖から宙に伸びた見えない糸で人形を浮かせて、地上から操っているかのようだった。四つの影のうち二つはとても小さかった。

だんだん多くの魔法使いが、浮かぶ影を指差し、笑いながら、次々と行進に加わった。行進する群れがふくれ上がると、テントはつぶされ、倒された。行進しながら行く手のテントを杖で吹き飛ばすのを、ハリーは一、二度目撃した。火がついたテントもあった。叫び声がますます大きくなった。

燃えるテントの上を通過するとき、宙に浮いた姿が急に照らし出された。ハリーはその一人に見覚えがあった――キャンプ場管理人のロバーツさんだ。あとの三人は、奥さんと子供たちだろう。行進中の一人が、杖で奥さんを逆さまに引っくり返した。ネグリジェがめくれて、だぶだぶしたズロースがむき出しになった。奥さんは隠そうともがいたが、下の群集は大喜びでギャーギャー、ピーピーはやし立てた。

「むかつく」

一番小さい子供のマグルが、首を左右にぐらぐらさせながら、二十メートル上空で独楽のように回りはじめたのを見て、ロンがつぶやいた。

「ほんと、むかつく……」

ハーマイオニーとジニーが、ネグリジェの上にコートを引っかけて急いでやってきた。そのすぐあとにウィーズリーおじさんがいた。同時に、ビル、チャーリー、パーシーがちゃんと服を着て、杖を手にそでをまくり上げて、男子用テントから現れた。

「私らは魔法省を助太刀する」

騒ぎの中で、おじさんが腕まくりしながら声を張り上げた。

「おまえたち――森へ入りなさい。**バラバラになるんじゃないぞ。**片がついたら迎えにいくから！」

ビル、チャーリー、パーシーは近づいてくる一団に向かって、もう駆けだしていた。ウィーズリーおじさんもそのあとを急いだ。魔法省の役人が四方八方から飛び出し、騒ぎの現場に向かっていた。ロバーツ一家を宙に浮かべた一団が、ずんずん近づいてきた。

「さあ」

フレッドがジニーの手をつかみ、森のほうに引っ張っていった。ハリー、ロン、ハーマイオニー、ジョージがそれに続いた。森にたどり着くと、全員が振り返った。ロバーツ一家の下にいる群集はこれまでより大きくなっていた。魔法省の役人が、なんとかして中心にいるフードをかぶった一団に近づこうとしているのが見えた。苦戦している。ロバーツ一家が落下してしまうことを恐れて、なんの魔法も使えずにいるらしい。

競技場への小道を照らしていた色とりどりのランタンはすでに消えていた。木々の間を黒い影がまごまごと動き回っていた。子供たちが泣きわめいている。ひんやりとした夜気を伝って、不安げに叫ぶ声、恐怖におののく声が、ハリーたちの周りに響いている。ハリーは顔も見えない誰かに、あっちへこっちへと押されているのを感じた。その時、ロンが痛そうに叫ぶ声が聞こえた。

「どうしたの？」

ハーマイオニーが心配そうに聞いた。ハリーは出し抜けに立ち止まったハーマイオニーにぶつかってしまった。

「ロン、どこなの？　ああ、こんなばかなことやってられないわ――ルーモス！　光よ！」

ハーマイオニーは杖灯りをともし、その細い光を小道に向けた。ロンが地面に這いつくばっていた。

「木の根につまずいた」

ロンが腹立たしげに言いながら立ち上がった。

「まあ、そのデカ足じゃ、無理もない」背後で気取った声がした。

ハリー、ロン、ハーマイオニーはキッとなって振り返った。すぐそばに、ドラコ・マルフォイが一人で立っていた。木に寄りかかり、平然とした様子だ。腕組みしている。木の間からキャンプ場の様子をずっと眺めていたらしい。

ロンはマルフォイに向かって悪態をついた。ウィーズリーおばさんの前ではロンはけっしてそんな言葉を口にしないだろう、とハリーは思った。

「言葉に気をつけるんだな。ウィーズリー」

マルフォイの薄青い目がギラリと光った。

「君たち、急いで逃げたほうがいいんじゃないのかい？　**その子が**見つかったら困るんじゃないのか？」

マルフォイはハーマイオニーのほうをあごでしゃくった。ちょうどその時、爆弾の破裂するような音がキャンプ場から聞こえ、緑色の閃光が、一瞬周囲の木々を照らした。

「それ、どういう意味？」

ハーマイオニーが食ってかかった。

「グレンジャー、連中は**マグルを**ねらってる。空中で下着を見せびらかしたいかい？　それだったら、ここにいればいい……連中はこっちへ向かっている。みんなでさんざん笑ってあげるよ」

「ハーマイオニーは魔女だ」ハリーがすごんだ。

「勝手にそう思っていればいい。ポッター」

マルフォイが意地悪くニヤリと笑った。

「連中が『穢れた血』を見つけられないとでも思うなら、そこにじっとしてればいい」

「口をつつしめ！」ロンが叫んだ。

「穢れた血」がマグル血統の魔法使いや魔女を侮辱するいやな言葉だということは、その場にいる全員が知っていた。

「気にしないで、ロン」

マルフォイのほうに一歩踏み出したロンの腕を押さえながら、ハーマイオニーが短く言った。

森の反対側で、これまでよりずっと大きな爆発音がした。周りにいた数人が悲鳴を上げた。

マルフォイはせせら笑った。

「臆病な連中だねぇ？」けだるそうな言い方だ。

「君のパパが、みんな隠れているようにって言ったんだろう？　いったい何を考えているやら——マグルたちを助け出すつもりかねぇ？」

「そっちこそ、**君の**親はどこにいるんだ？」ハリーは熱くなっていた。

「あそこに、仮面をつけているんじゃないのか？」

マルフォイはハリーのほうに顔を向けた。ほくそ笑んだままだ。

「さあ……そうだとしても、僕が君に教えてあげるわけはないだろう？　ポッター」

「さあ、行きましょうよ」

ハーマイオニーが、いやなヤツ、という目つきでマルフォイを見た。

「さあ、ほかの人たちを探しましょ」

「そのでっかちのぼさぼさ頭をせいぜい低くしているんだな、グレンジャー」

マルフォイがあざけった。

「**行きましょうったら**」

ハーマイオニーはもう一度そう言うと、ハリーとロンを引っ張って、また小道に戻った。

「あいつの父親は**きっと**仮面団の中にいる。賭けてもいい！」ロンはカッカしていた。

「そうね。うまくいけば、魔法省が取っ捕まえてくれるわ！」

ハーマイオニーも激しい口調だ。

「まあ、いったいどうしたのかしら。あとの三人はどこに行っちゃったの？」

小道は不安げにキャンプ場の騒ぎを振り返る人でびっしり埋まっているのに、フレッド、ジョージ、ジニーの姿はどこにも見当たらない。

道の少し先で、パジャマ姿のティーンエイジャーたちがひと塊になって、何かやかましく議論している。ハリー、ロン、ハーマイオニーを見つけると、豊かな巻き毛の女の子が振り向いて早口に話しかけた。

「ウ　エ　マダム　マクシーム？　ヌ　ラヴォン　ペルデュー（マクシーム先生はどこに行ったのかしら？　先生を見失ってしまったわ）」

「え――なに？」ロンが言った。

「オゥ……」

女の子はくるりとロンに背を向けた。三人が通り過ぎるとき、その子が「オグワーツ」と言うのがはっきり聞こえた。

「ボーバトンだわ」ハーマイオニーがつぶやいた。

「え？」ハリーが聞いた。

「きっとボーバトン校の生徒たちだわ。ほら……ボーバトン魔法アカデミー……私、『ヨーロッパにおける魔法教育の一考察』でそのこと読んだわ」

「あ……うん……そう」とハリー。

「フレッドもジョージもそう遠くへは行けないはずだ」

ロンが杖を引っ張り出し、ハーマイオニーと同じに灯りをつけ、目を凝らして小道を見つめた。

ハリーも杖を出そうと上着のポケットを探った――しかし、杖はそこにはなかった。あるのは万眼鏡だけだった。

「あれ、いやだな。そんなはずは……僕、杖をなくしちゃったよ！」

「冗談だろ？」

ロンとハーマイオニーが杖を高く掲げ、細い光の先が地面に広がるようにした。ハリーはそのあたりをくまなく探したが、杖はどこにも見当たらなかった。

「テントに置き忘れたかも」とロン。

「走ってるときにポケットから落ちたのかもしれないわ」

ハーマイオニーが心配そうに言った。

「ああ。そうかもしれない……」とハリー。

魔法界にいるときは、ハリーはいつも肌身離さず杖を持っている。こんな状況の真っただ中で杖なしでいるのは、とても無防備に思えた。

ガサガサッと音がして、三人は飛び上がった。屋敷しもべ妖精のウィンキーが近くの潅木の茂みから抜け出そうともがいていた。動き方が奇妙キテレツで、見るからに動きにくそうだ。まるで、見えない誰かが後ろから引き止めているようだった。

「悪い魔法使いたちがいる！」

前のめりになって懸命に走り続けようとしながら、ウィンキーはキーキー声で口走った。

「人が高く――空に高く！　ウィンキーはどくのです！」

そしてウィンキーは、自分を引き止めている力に抵抗しながら、息を切らし、キーキー声を上げ、小道のむこう側の木立へと消えていった。

「いったいどうなってるの？」

ロンは、ウィンキーの後ろ姿をいぶかしげに目で追った。

「どうしてまともに走れないんだろ？」

「きっと、隠れてもいいっていう許可を取ってないんだよ」ハリーが言った。

ドビーのことを思い出していたのだ。マルフォイ一家の気に入らないかもしれないことをするとき、ドビーはいつも自分をいやというほどなぐった。

「ねえ、屋敷妖精って、**とっても**不当な扱いを受けてるわ！」

ハーマイオニーが憤慨した。

「奴隷だわ。そうなのよ！　あのクラウチさんていう人、ウィンキーをスタジアムのてっぺんに行かせて、ウィンキーはとっても怖がってた。その上、ウィンキーに魔法をかけて、あの連中がテントを踏みつけにしはじめても逃げられないようにしたんだわ！　どうして誰も**抗議**しないの？」

「でも、妖精たち、満足してるんだろ？」ロンが言った。

「ウィンキーちゃんが競技場で言ったこと、聞いたじゃないか……『しもべ妖精は楽しんではいけないのでございます』って……そういうのが好きなんだよ。振り回されてるのが……」

「ロン、**あなたのような**人がいるから」

ハーマイオニーが熱くなりはじめた。

「腐敗した不当な制度を支える人たちがいるから。単に面倒だからという理由で、なんにも――」

森のはずれから、またしても大きな爆音が響いてきた。

「とにかく先へ行こう。ね？」

ロンがそう言いながら、気づかわしげにちらっとハーマイオニーを見たのを、ハリーは見逃さなかった。マルフォイの言ったことも真実を突いているかもしれない。ハーマイオニーがほかの誰よりも**ほんとうに**危険なのかもしれない。三人はまた歩きだした。杖がポケットにはないことを知りながら、ハリーはまだそこを探っていた。

暗い小道を、フレッド、ジョージ、ジニーを探しながら、三人はさらに森の奥へと入っていった。途中、小鬼の一団を追い越した。金貨の袋を前に高笑いしている。きっと試合の賭けで勝ったにちがいない。キャンプ場のトラブルなどまったくどこ吹く風という様子だった。さらに進むと、銀色の光を浴びた一角に入り込んだ。木立の間からのぞくと、開けた場所に三人の背の高い美しいヴィーラが立っていた。若い魔法使いたちがそれを取り巻いて、声を張り上げ、口々にがなりたてている。

「僕は、一年にガリオン金貨百袋かせぐ」一人が叫んだ。「我こそは『危険生物処理委員会』のドラゴン・キラーなのだ」

「いや、ちがうぞ」

その友人が声を張り上げた。

「君は『漏れ鍋』の皿洗いじゃないか……ところが、僕は吸血鬼ハンターだ。我こそは、これまで約九十の吸血鬼を殺せし――」

言葉をさえぎった三人目の若い魔法使いは、ヴィーラの放つ銀色の薄明かりにもはっきりとにきびの痕が見えた。

「おれはまもなく、いままでで最年少の魔法大臣になる。なるってったらなるんでえ」

ハリーはプッと噴き出した。にきび面の魔法使いに見覚えがあった。スタン・シャンパイクという名で、実は三階建ての「夜の騎士バス」の車掌だった。

ロンにそれを教えようと振り向くと、ロンの顔が奇妙にゆるんでいた。次の瞬間、ロンが叫びだした。

「僕は木星まで行ける箒を発明したんだ。言ったっけ?」

「**まったく!**」

ハーマイオニーはまたかという声を出した。ハーマイオニーとハリーとでロンの腕をしっかりつかみ、回れ右させ、とっとと歩かせた。ヴィーラとその崇拝者の声が完全に遠のいたころ、三人は森の奥深くに入り込んでいた。三人だけになったらしい。周囲がずっと静かになっていた。

ハリーはあたりを見回しながら言った。

「僕たち、ここで待てばいいと思うよ。ほら、何キロも先から人の来る気配も聞こえるし」

その言葉が終わらないうちに、ルード・バグマンがすぐ目の前の木の陰から現れた。

二本の杖灯りから出るかすかな光の中でさえ、ハリーはバグマンの変わりようをはっきり読み取った。あの陽気な表情も、ばら色の顔色も消え、足取りははずみがなく、真っ青で緊張していた。

「誰だ？」

バグマンは、目をしばたたきながらハリーたちを見下ろし、顔を見定めようとした。

「こんな所でポツンと、いったい何をしてるんだね？」

三人とも驚いて、互いに顔を見合わせた。

「それは――暴動のようなものが起こってるんです」ロンが言った。

バグマンがロンを見つめた。

「なんと？」

「キャンプ場です……誰かがマグルの一家を捕まえたんです……」

「なんてやつらだ！」

バグマンは度を失い、大声でののしった。あとは一言も言わず、**ポン**という音とともにバグマンは「姿くらまし」した。

「ちょっとズレてるわね、バグマンさんて。ね？」ハーマイオニーが顔をしかめた。

「でも、あの人、すごいビーターだったんだよ」

そう言いながら、ロンはみんなの先頭に立って小道をそれ、ちょっとした空き地へと誘い、木の根元の乾いた草むらに座った。

「あの人がチームにいたときに、ウィムボーン・ワスプスが連続三回もリーグ優勝したんだぜ」

ロンはクラム人形をポケットから取り出し、地面に置いて歩かせ、しばらくそれを見つめていた。本物のクラムと同じに、人形はちょっとO脚で、猫背で、地上では箒に乗っているときのようにかっこよくはなかった。ハリーはキャンプ場からの物音に耳を澄ました。シーンとしている。暴動が治まったのかもしれない。

「みんな無事だといいけど」

しばらくしてハーマイオニーが言った。

「大丈夫さ」ロンが言った。

「君のパパがルシウス・マルフォイを捕まえたらどうなるかな」

ロンの隣に座り、クラム人形が落ち葉の上をとぼとぼ歩くのを眺めながら、ハリーが言った。

「おじさんは、マルフォイのしっぽをつかみたいって、いつもそう言ってたけど」

「そうなったら、あのドラコのいやみな薄笑いも吹っ飛ぶだろうな」ロンが言った。

「でも、あの気の毒なマグルたち」

ハーマイオニーが心配そうに言った。

「下ろしてあげられなかったら、どうなるのかしら？」

「下ろしてあげるさ」ロンがなぐさめた。

「きっと方法を見つけるよ」

「でも、今夜のように魔法省が総動員されてるときにあんなことをするなんて、狂ってるわ」

ハーマイオニーが言った。

「つまりね、あんなことをしたら、ただじゃすまないじゃない？　飲みすぎたのかしら、それとも、単に――」

ハーマイオニーが突然言葉を切って、後ろを振り向いた。ハリーとロンも急いで振り返った。誰かがこの空き地に向かってよろよろとやってくる音がする。三人は暗い木々の陰から聞こえる不規則な足音に耳を澄まし、じっと待った。突然足音が止まった。

「誰かいますか？」ハリーが呼びかけた。

しんとしている。ハリーは立ち上がって木の陰からむこうをうかがった。暗くて、遠くまでは見えない。それでも、目の届かない所に誰かが立っているのが感じられた。

「どなたですか?」ハリーが聞いた。

すると、なんの前触れもなく、この森では聞き覚えのない声が静寂を破った。その声は恐怖にかられた叫びではなく、呪文のような音を発した。

「モースモードル!」

すると、巨大な、緑色に輝く何かが、ハリーが必死に見透そうとしていたあたりの暗闇から立ち昇った。それは木々の梢を突き抜け、空へと舞い上がった。

「あれは、いったい――?」

ロンがはじけるように立ち上がり、息をのんで、空に現れたものを凝視した。

一瞬、ハリーはそれが、またレプラコーンの描いた文字かと思った。しかし、すぐにちがうと気づいた。巨大などくろだった。エメラルド色の星のようなものが集まって描くどくろの口から、舌のように蛇が這い出していた。見る間に、それは高く高く昇り、緑がかった靄を背負って、あたかも新星座のように輝き、真っ黒な空にギラギラと刻印を押した。

突然、周囲の森から爆発的な悲鳴が上がった。ハリーにはなぜ悲鳴が上がるのかわからなかった。ただ、唯一考えられる原因は、急に現れたどくろだ。いまやどくろは、気味の悪いネオンのように、森全体を照らし出すほど高く上がっていた。だれがどくろを出したのかと、ハリーは闇に目を走らせた。しかし、誰も見当たらなかった。

「誰かいるの？」

ハリーはもう一度声をかけた。

「ハリー、早く。**行くのよ！**」

ハーマイオニーがハリーの上着の背をつかみ、ぐいと引き戻した。

「いったいどうしたんだい？」

ハーマイオニーが蒼白な顔で震えているのを見て、ハリーは驚いた。

「ハリー、あれ、『闇の印』よ！」

ハーマイオニーは力のかぎりハリーを引っ張りながら、うめくように言った。

「『例のあの人』の印よ！」

「**ヴォルデモートの**――？」

「ハリー、**とにかく**急いで！」

ハリーは後ろを向いた――ロンが急いでクラム人形を拾い上げるところだった――三人は空き地を出ようとした――が、急いだ三人がほんの数歩も行かないうちに、ポン、ポンと立て続けに音がして、どこからともなく二十人の魔法使いが現れ、三人を包囲した。

ぐるりと周りを見回した瞬間、ハリーは、ハッとあることに気づいた。包囲した魔法使いが手に手に杖を持ち、いっせいに杖先をハリー、ロン、ハーマイオニーに向けているのだ。考える余裕もなく、ハリーは叫んだ。

「**伏せろ！**」

ハリーは二人をつかんで地面に引き下ろした。

「ステューピファイ！　まひせよ！」

二十人の声がとどろいた――目のくらむような閃光が次々と走り、空き地を突風が吹き抜けたかのように、ハリーは髪の毛が波立つのを感じた。わずかに頭を上げたハリーは、包囲陣の杖先から炎のような赤い光がほとばしるのを見た。光は互いに交錯し、木の幹にぶつかり、跳ね返って闇の中へ――。

「やめろ！」聞き覚えのある声が叫んだ。

「**やめてくれ！　私の息子だ！**」

ハリーの髪の波立ちが収まった。頭をもう少し高く上げてみた。目の前の魔法使いが杖を下ろした。身をよじると、ウィーズリーおじさんが真っ青になって、大股でこちらにやってくるのが見えた。

「ロン――ハリー――」おじさんの声が震えていた。「――ハーマイオニー――みんな無事か？」

「どけ、アーサー」無愛想な冷たい声がした。

クラウチ氏だった。魔法省の役人たちと一緒に、じりじりと三人の包囲網をせばめていた。ハリーは立ち上がって包囲陣と向かい合った。クラウチ氏の顔が怒りで引きつっていた。

「誰がやった？」

刺すような目で三人を見ながら、クラウチ氏がバシリと言った。

「おまえたちの誰が『闇の印』を出したのだ？」

「僕たちがやったんじゃない！」ハリーはどくろを指差しながら言った。

「僕たち、なんにもしてないよ！」

ロンはひじをさすりながら、憤然として父親を見た。

「なんのために僕たちを攻撃したんだ？」

「白々しいことを！」

クラウチ氏が叫んだ。杖をまだロンに突きつけたまま、目が飛び出している――狂気じみた顔だ。

「おまえたちは犯罪の現場にいた！」

「バーティ」長いウールのガウンを着た魔女がささやいた。「みんな子供じゃないの。バーティ、あんなことができるはずは――」

「おまえたち、あの『印』はどこから出てきたんだね？」

ウィーズリーおじさんがすばやく聞いた。

「あそこよ」

ハーマイオニーは声の聞こえたあたりを指差し、震え声で言った。

「木立の陰に誰かがいたわ……大声で何か言葉を言ったの——呪文を——」

「ほう。あそこに誰かが立っていたと言うのかね？」

クラウチ氏は飛び出した目を今度はハーマイオニーに向けた。顔中にありありと「誰が信じるものか」と書いてある。

「呪文を唱えたと言うのかね？　お嬢さん、あの『印』をどうやって出すのか、大変よくご存じのようだ——」

しかし、クラウチ氏以外は、魔法省の誰もが、ハリー、ロン、ハーマイオニーがあのどくろを創り出すなど、とうていありえないと思っているようだった。ハーマイオニーの言葉を聞くと、みんなまたいっせいに杖を上げ、暗い木立の間を透かすように見ながら、ハーマイオニーの指差した方向に杖を向けた。

「遅すぎるわ」

ウールのガウン姿の魔女が頭を振った。

「もう『姿くらまし』しているでしょう」

「そんなことはない」

茶色いごわごわひげの魔法使いが言った。セドリックの父親、エイモス・ディゴリーだった。

「『失神光線』があの木立を突き抜けた……犯人に当たった可能性は大きい……」

「エイモス、気をつけろ！」

肩をそびやかし、杖をかまえ、空き地を通り抜けて暗闇へと突き進んでいくディゴリー氏に向かって、何人かの魔法使いが警告した。ハーマイオニーは口を手で覆ったまま、闇に消えるディゴリー氏を見送った。

数秒後、ディゴリー氏の叫ぶ声が聞こえた。

「よし！　捕まえたぞ。ここに誰かいる！　気を失ってるぞ！　こりゃあ――なんと――まさか……」

「誰か捕まえたって？」

信じられないという声でクラウチ氏が叫んだ。

「誰だ？　いったい誰なんだ？」

小枝が折れる音、木の葉のこすれ合う音がして、ザックザックという足音とともに、ディゴリー氏が木立の陰から再び姿を現した。両腕に小さなぐったりしたものを抱えている。ハリーはすぐにキッチン・タオルに気づいた。ウィンキーだ。

ディゴリー氏がクラウチ氏の足元にウィンキーを置いたとき、クラウチ氏は身動きもせず、無言のままだった。魔法省の役人がいっせいにクラウチ氏を見つめた。数秒間、蒼白な顔に目だけをメラメラと燃やし、クラウチ氏はウィンキーを見下ろしたまま立ちすくんでいた。やがてやっと我に返ったかのように、クラウチ氏が言った。

「こんな――はずは――ない」とぎれとぎれだ。「絶対に――」

クラウチ氏はサッとディゴリー氏の後ろに回り、荒々しい歩調でウィンキーが見つかったあたりへと歩きだした。

「むだですよ、クラウチさん」ディゴリー氏が背後から声をかけた。

「そこにはほかに誰もいない」

しかしクラウチ氏は、その言葉を鵜呑みにはできないようだった。あちこち動き回り、木の葉をガサガサいわせながら、しげみをかき分けて探す音が聞こえてきた。

「なんとも恥さらしな」

ぐったり失神したウィンキーの姿を見下ろしながら、ディゴリー氏が表情をこわばらせた。

「バーティ・クラウチ氏の屋敷しもべとは……なんともはや」

「エイモス、やめてくれ」

ウィーズリーおじさんがそっと言った。

「まさかほんとうにしもべ妖精がやったと思ってるんじゃないだろう？『闇の印』は魔法使いの

合図だ。創り出すには杖がいる」

「そうとも」ディゴリー氏が応じた。「そしてこの屋敷しもべは杖を**持っていたんだ**」

「**なんだって？**」

「ほら、これだ」

ディゴリー氏は杖を持ち上げ、ウィーズリーおじさんに見せた。

「これを手に持っていた。まずは『杖の使用規則』第三条の違反だ。『**ヒトにあらざる生物は、杖を携帯し、またはこれを使用することを禁ず**』」

ちょうどその時、また**ポン**と音がして、ルード・バグマンがウィーズリーおじさんのすぐ脇に「姿あらわし」した。息を切らし、ここがどこかもわからない様子でくるくる回りながら、目をぎょろつかせてエメラルド色のどくろを見上げた。

「『闇の印』！」

バグマンがあえいだ。仲間の役人たちに何か聞こうと顔を向けた拍子に、危うくウィンキーを踏みつけそうになった。

「いったい誰の仕業だ？　捕まえたのか？　バーティ！　いったい何をしてるんだ？」

クラウチ氏が手ぶらで戻ってきた。幽霊のように蒼白な顔のまま、両手も歯ブラシのような口ひげもピクピクけいれんしている。

「バーティ、いったいどこにいたんだ？」バグマンが聞いた。「どうして試合に来なかった？　君の屋敷しもべが席を取っていたのに――おっとどっこい！」

バグマンは足元に横たわるウィンキーにやっと気づいた。

「**この屋敷しもべ**はいったいどうしたんだ？」

「ルード、私は忙しかったのでね」

クラウチ氏は、相変わらずぎくしゃくした話し方で、ほとんど唇を動かしていない。

「それと、私のしもべ妖精は『失神術』にかかっている」

「『失神術』？　ご同輩たちがやったのかね？　しかし、どうしてまた――？」

バグマンの丸いテカテカした顔に、突如「そうか！」という表情が浮かんだ。バグマンはどくろを見上げ、ウィンキーを見下ろし、それからクラウチ氏を見た。

「**まさか！**　ウィンキーが？　『闇の印』を創った？　やり方も知らないだろうに！　そもそも杖がいるだろうが！」

「ああ、まさに、持っていたんだ」ディゴリー氏が言った。「杖を持った姿で、私が見つけたんだよ、ルード。さて、クラウチさん、あなたにご異議がなければ、屋敷しもべ自身の言い分を聞いてみたいんだが」

クラウチ氏はディゴリー氏の言葉が聞こえたという反応をまったく示さなかった。しかし、ディゴリー氏は、その沈黙がクラウチ氏の了解だと取ったらしい。杖を上げ、ウィンキーに向けて、ディゴリー氏が唱えた。

「リナベイト！　蘇生せよ！」

ウィンキーがかすかに動いた。大きな茶色の目が開き、寝ぼけたように二、三度瞬きした。魔法使いたちがだまって見つめる中、ウィンキーはよろよろと身を起こした。ディゴリー氏の足に目を止め、ウィンキーはゆっくり、おずおずと目を上げ、ディゴリー氏の顔を見つめた。それから、さらにゆっくりと、空を見上げた。巨大な、ガラス玉のようなウィンキーの両目に、空のどくろが一つずつ映るのを、ハリーは見た。ウィンキーはハッと息をのみ、狂ったようにあたりを見回した。空き地に詰めかけた大勢の魔法使いを見て、ウィンキーはおびえたように突然すすり泣きはじめた。

「しもべ！」

ディゴリー氏が厳しい口調で言った。

「私が誰だか知っているか？『魔法生物規制管理部』の者だ！」

ウィンキーは座ったまま、体を前後に揺すりはじめ、ハッハッと激しい息づかいになった。ハリーは、ドビーが命令に従わなかったときのおびえた様子を、いやでも思い出した。

「見てのとおり、しもべよ、いましがた『闇の印』が打ち上げられた」ディゴリー氏が言った。

「そして、おまえは、その直後に印の真下で発見されたのだ！　申し開きがあるか！」

「あ――あ――あたしはなさっていませんです！」

ウィンキーは息をのんだ。

「あたしはやり方をご存じないでございます！」

「おまえが見つかったとき、杖を手に持っていた！」

ディゴリー氏はウィンキーの目の前で杖を振り回しながら吠えた。浮かぶどくろからの緑色の光が空き地を照らし、その明かりが杖に当たったとき、ハリーはハッと気がついた。

「あれっ――それ、僕のだ！」

空き地の目がいっせいにハリーを見た。

「なんと言った？」

ディゴリー氏は自分の耳を疑うかのように聞いた。

「それ、僕の杖です！」ハリーが言った。「落としたんです！」

「落としたんです？」

ディゴリー氏が信じられないというように、ハリーの言葉をくり返した。

「自白しているのか？『闇の印』を創り出したあとで投げ捨てたとでも？」

「エイモス、いったい誰に向かって物を言ってるんだ！」

ウィーズリーおじさんは怒りで語調を荒らげた。

「いやしくも**ハリー・ポッター**が、『闇の印』を創り出すことがありえるか？」

「あー――いや、そのとおり――」ディゴリー氏が口ごもった。「すまなかった……どうかしていた……」

「それに、僕、あそこに落としたんじゃありません」

ハリーはどくろの下の木立のほうを親指を反らして指差した。

「森に入ったすぐあとになくなっていることに気づいたんです」

「すると」

ディゴリー氏の目が厳しくなり、再び足元で縮こまっているウィンキーに向けられた。

「しもべよ、おまえがこの杖を見つけたのか、え？　そして杖を拾い、ちょっと遊んでみようと、そう思ったのか？」

「あたしはそれで魔法をお使いになりませんです！」

ウィンキーはキーキー叫んだ。涙が、つぶれたような団子鼻の両脇を伝って流れ落ちた。

「あたしは……あたしは……ただそれをお拾いになっただけです！　あたしは『闇の印』をおつくりにはなりません！　やり方をご存じありません！」

「ウィンキーじゃないわ！」

ハーマイオニーだ。魔法省の役人たちの前で緊張しながらも、ハーマイオニーはきっぱりと言った。

「ウィンキーの声はかん高くて小さいけれど、私たちが聞いた呪文は、ずっと太い声だったわ！」

ハーマイオニーはハリーとロンに同意を求めるように振り返った。

「ウィンキーの声とは全然ちがってたわよね？」

「ああ」ハリーがうなずいた。「しもべ妖精の声とははっきりちがってた」

「うん、あれはヒトの声だった」ロンが言った。

「まあ、すぐにわかることだ」

ディゴリー氏は、そんなことはどうでもよいというように唸った。

「杖が最後にどんな術を使ったのか、簡単にわかる方法がある。しもべ、そのことは知っていたか？」

ウィンキーは震えながら、耳をパタパタさせて必死に首を横に振った。ディゴリー氏は再び杖を掲げ、自分の杖とハリーの杖の先をつき合わせた。

「ブライオア　インカンタート！　直前呪文！」ディゴリー氏が吠えた。

杖の合わせ目から、蛇を舌のようにくねらせた巨大などくろが飛び出した。ハーマイオニーが恐怖に息をのむのをハリーは聞いた。しかし、それは空中高く浮かぶ緑のどくろの影にすぎなかった。灰色の濃い煙でできているかのようだ。まるで呪文のゴーストだった。

「デリトリウス！　消えよ！」

ディゴリー氏が叫ぶと、煙のどくろはフッと消えた。

「さて」

ディゴリー氏は、まだヒクヒクと震え続けているウィンキーを、勝ち誇った容赦ない目で見下ろした。

「あたしはなさっていません！」

恐怖で目をグリグリ動かしながら、ウィンキーがかん高い声で言った。

「あたしは、けっして、けっして、やり方をご、ご、ご存じありません！　あたしはよいしもべ妖精さん、いです。杖はお使いにになりません。杖の使い方をご、ご存じありません！」

「おまえは現行犯なのだ、しもべ！」ディゴリー氏が吠えた。**「凶器の杖を手にしたまま捕まったのだ！」**

「エイモス」ウィーズリーおじさんが声を大きくした。

「考えてもみたまえ……あの呪文が使える魔法使いはわずかひと握りだ……ウィンキーがいったいどこでそれを習ったというのかね？」

「おそらく、エイモスが言いたいのは」

クラウチ氏が一言一言に冷たい怒りを込めて言った。

「私が召使いたちに常日頃から『闇の印』の創り出し方を教えていたとでも？」

ひどく気まずい沈黙が流れた。

「クラウチさん……そ……そんなつもりはまったく……」

エイモス・ディゴリーが蒼白な顔で言った。

「いまや君は、この空き地の全員の中でも、**最も**あの印を創り出しそうにない二人に嫌疑をかけようとしている！」

クラウチ氏がかみつくように言った。

「ハリー・ポッター――それにこの私だ！　この子の身の上は君も重々承知なのだろうな、エイモス？」

「もちろんだとも――みんなが知っている――」

ディゴリー氏はひどくうろたえて、口ごもった。

「その上、『闇の魔術』も、それを行う者をも、私がどんなに侮蔑し、嫌悪してきたか、長いキャリアの中で私の残してきた証を、君はまさか忘れたわけではあるまい？」

クラウチ氏は再び目をむいて叫んだ。

「クラウチさん、わ――私はあなたがこれにかかわりがあるなどとは一言も言ってはいない！」

エイモス・ディゴリーは茶色のごわごわひげに隠れた顔を赤らめ、また口ごもった。

「ディゴリー！　私のしもべをとがめるのは、私をとがめることだ！」クラウチ氏が叫んだ。

「ほかにどこで、このしもべが印の創出法を身につけるというのだ？」

「ど――どこででも修得できただろうと――」ディゴリーが言った。

「エイモス、そのとおりだ」

ウィーズリーおじさんが口をはさんだ。

「**どこででも『拾得』できただろう**……ウィンキー？」

おじさんはやさしくしもべ妖精に話しかけた。が、ウィンキーはおじさんにもどなりつけられたかのように、ぎくりと身を引いた。

「正確に言うと、どこで、ハリーの杖を見つけたのかね？」

ウィンキーがキッチン・タオルの縁をしゃにむにひねり続けていたので、手の中でタオルがぼろぼろになっていた。

「あ……あたしが発見なさったのは……そこでございます……」ウィンキーは小声で言った。

「そこ……その木立の中でございます……」

「ほら、エイモス、わかるだろう？」

ウィーズリーおじさんが言った。

「『闇の印』を創り出したのが誰であれ、そのすぐあとに、ハリーの杖を残して『姿くらまし』したのだろう。あとで足がつかないようにと、狡猾にも自分の杖を使わなかった。ウィンキーは運の悪いことに、その直後にたまたま杖を見つけて拾った」

「しかし、それなら、ウィンキーは真犯人のすぐ近くにいたはずだ！」

ディゴリー氏は急き込むように言った。

「しもべ、どうだ？　誰か見たか？」

ウィンキーはいっそう激しく震えだした。巨大な目玉が、ディゴリー氏からルード・バグマンへ、そしてクラウチ氏へと走った。

それから、ゴクリとつばを飲んだ。

「あたしは誰もごらんに、い、い、いなっておりません……誰も……」

「エイモス」クラウチ氏が無表情に言った。

「通常なら君は、ウィンキーを役所に連行して尋問したいだろう。しかしながら、この件は私に処理を任せてほしい」

ディゴリー氏はこの提案が気に入らない様子だったが、クラウチ氏が魔法省の実力者なので、断るわけにはいかないのだと、ハリーにははっきりわかった。

「心配ご無用。必ず罰する」クラウチ氏が冷たく言葉をつけ加えた。

「ご、ご、ご主人さま……」

ウィンキーはクラウチ氏を見上げ、目に涙をいっぱい浮かべ、言葉を詰まらせた。

「ご、ご、ご主人さま……ど、ど、どうか……」

クラウチ氏はウィンキーをじっと見返した。しわの一本一本がより深く刻まれ、どことはなしに顔つきが険しくなっていた。なんの哀れみもない目つきだ。

「ウィンキーは今夜、私がとうていありえないと思っていた行動をとった」

クラウチ氏がゆっくりと言った。

「私はウィンキーに、テントにいるようにと言いつけた。トラブルの処理に出かける間、その場にいるように申し渡した。ところが、このしもべは私に従わなかった。**それは『洋服』に値する**」

「おやめください！」

ウィンキーはクラウチ氏の足元に身を投げ出して叫んだ。

「どうぞ、ご主人さま！　洋服だけは、洋服だけはおやめください！」

屋敷しもべ妖精を自由の身にする唯一の方法は、ちゃんとした洋服をくれてやることだと、ハリーは知っていた。クラウチの足元でさめざめと泣きながら、キッチン・タオルにしがみついているウィンキーの姿は見るからに哀れだった。

「でも、ウィンキーは怖がってたわ！」

ハーマイオニーはクラウチ氏をにらみつけ、怒りをぶつけるように話した。

「あなたのしもべ妖精は高所恐怖症だわ。仮面をつけた魔法使いたちが、誰かを空中高く浮かせていたのよ！　ウィンキーがそんな魔法使いたちの通り道から逃れたいって思うのは当然だわ！」

クラウチ氏は、磨きたてられた靴を汚すくさった汚物でも見るような目で、足元のウィンキーを観察していたが、一歩ひいて、ウィンキーに触れられないようにした。

「私の命令に逆らうしもべに用はない」

クラウチ氏はハーマイオニーを見ながら冷たく言い放った。

「主人や主人の名誉への忠誠を忘れるようなしもべに用はない」

ウィンキーの激しい泣き声が、あたり一面に響き渡った。

ひどく居心地の悪い沈黙が流れた。やがてウィーズリーおじさんが静かな口調で沈黙を破った。

「さて、差し支えなければ、私はみんなを連れてテントに戻るとしよう。エイモス、その杖は語るべきことを語り尽くした――よかったら、ハリーに返してもらえまいか――」

ディゴリー氏はハリーに杖を渡し、ハリーはポケットにそれを収めた。

「さあ、三人とも、おいで」

ウィーズリーおじさんが静かに言った。しかし、ハーマイオニーはその場を動きたくない様子だ。泣きじゃくるウィンキーに目を向けたままだった。

「ハーマイオニー！」

おじさんが少し急かすように呼んだ。ハーマイオニーが振り向き、ハリーとロンのあとについて空き地を離れ、木立の間を抜けて歩いた。

「ウィンキーはどうなるの？」空き地を出るなり、ハーマイオニーが聞いた。

「わからない」ウィーズリーおじさんが言った。

「みんなのひどい扱い方ったら！」

ハーマイオニーはカンカンだった。

「ディゴリーさんははじめっからあの子を『しもべ』って呼び捨てにするし……それに、クラウチさんたら！　犯人はウィンキーじゃないってわかってるくせに、それでもクビにするなんて！　ウィンキーがどんなに怖がっていたかなんて、どんなに気が動転してたかなんて、クラウチさんはどうでもいいんだわ――まるで、ウィンキーがヒトじゃないみたいに！」

「そりゃ、ヒトじゃないだろ」ロンが言った。

ハーマイオニーはキッとなってロンを見た。

「だからと言って、ロン、ウィンキーがなんの感情も持ってないことにはならないでしょ。あのやり方には、むかむかするわ――」

「ハーマイオニー、私もそう思うよ」

ウィーズリーおじさんがハーマイオニーに早くおいでと合図しながら、急いで言った。

「でも、いまはしもべ妖精の権利を論じている時じゃない。なるべく早くテントに戻りたいんだ。ほかのみんなはどうしたんだ？」

「暗がりで見失っちゃった」ロンが言った。

「パパ、どうしてみんな、あんなどくろなんかでピリピリしてるの？」

「テントに戻ってから全部話してやろう」ウィーズリーおじさんは緊張していた。

しかし、森のはずれまでたどり着いたとき、足止めを食ってしまった。

おびえた顔の魔女や魔法使いたちが大勢そこに集まっていた。ウィーズリー氏の姿を見つけると、ワッと一度に近寄ってきた。「あっちで何があったんだ？」「誰があれを創り出した？」「アーサー――もしや――**『あの人』**？」

「いいや、『あの人』じゃないとも」

ウィーズリーおじさんがたたみかけるように言った。

「誰なのかわからない。どうも『姿くらまし』したようだ。さあ、道をあけてくれないか。ベッドで寝みたいんでね」

おじさんはハリー、ロン、ハーマイオニーを連れて群集をかき分け、キャンプ場に戻ってきた。もうすべてが静かだった。仮面の魔法使いの気配もない。ただ、壊されたテントがいくつか、まだくすぶっていた。

男子用テントから、チャーリーが首を突き出している。

「父さん、何が起こってるんだい？」

チャーリーが暗がりのむこうから話しかけた。

「フレッド、ジョージ、ジニーは無事戻ってるけど、ほかの子が——」

「私と一緒だ」

ウィーズリーおじさんがかがんでテントにもぐり込みながら言った。ハリー、ロン、ハーマイオニーがあとに続いた。

ビルは腕にシーツを巻きつけて、小さなテーブルの前に座っていた。腕からかなり出血している。チャーリーのシャツは大きく裂け、パーシーは鼻血を流していた。フレッド、ジョージ、ジニーは、けがはないようだったがショック状態だった。

「捕まえたのかい、父さん？」ビルが鋭い語調で聞いた。「あの印を創ったヤツを？」

「いや。バーティ・クラウチのしもべ妖精がハリーの杖を持っているのを見つけたが、あの印を実際に創り出したのが誰かは、皆目わからない」

「**えーっ？**」ビル、チャーリー、パーシーが同時に叫んだ。

「ハリーの杖？」フレッドが言った。

「**クラウチさんのしもべ？**」パーシーは雷に打たれたような声を出した。

ハリー、ロン、ハーマイオニーに話を補ってもらいながら、ウィーズリーおじさんは森の中の一部始終を話して聞かせた。四人が話し終わると、パーシーは憤然とそり返った。

「そりゃ、そんなしもべをお払い箱にしたのは、まったくクラウチさんが正しい！」

パーシーが言った。

「逃げるなとはっきり命令されたのに逃げ出すなんて……魔法省全員の前でクラウチさんに恥をかかせるなんて……ウィンキーが『魔法生物規制管理部』に引っ張られたら、どんなに体裁が悪いか――」

「ウィンキーはなんにもしてないわ――間の悪いときに間の悪いところに居合わせただけよ！」

ハーマイオニーがパーシーにかみついた。パーシーは不意を食らったようだった。ハーマイオニーはたいていパーシーとはうまくいっていた――ほかの誰よりずっと馬が合っていたと言える。

「ハーマイオニー。クラウチさんのような立場にある方は、杖を持ってむちゃくちゃをやるような屋敷しもべを置いておくことはできないんだ！」

気を取りなおしたパーシーがもったいぶって言った。

「むちゃくちゃなんかしてないわ！」ハーマイオニーが叫んだ。

「あの子は落ちていた杖を拾っただけよ！」

「ねえ、誰か、あのどくろみたいなのがなんなのか、教えてくれないかな？」

ロンが待ちきれないように言った。

「別にあれが悪さをしたわけでもないのに……なんで大騒ぎするの？」

「言ったでしょ。ロン、あれは『例のあの人』の印よ」

真っ先にハーマイオニーが答えた。

「私、『闇の魔術の興亡』で読んだわ」

「それに、この十三年間、一度も現れなかったのだ」

ウィーズリーおじさんが静かに言った。

「みんなが恐怖にかられるのは当然だ……戻ってきた『例のあの人』を見たも同然だからね」

「よくわかんないな」ロンが眉をしかめた。

「だって……あれはただ、空に浮かんだ形にすぎないのに……」

「ロン、『例のあの人』も、その家来も、誰かを殺すときに、決まってあの『闇の印』を空に打ち上げたのだ」おじさんが言った。

「それがどんなに恐怖をかき立てたか……おまえはまだ若いから、昔のことはわかるまい。想像してごらん。帰宅して、自分の家の上に『闇の印』が浮かんでいるのを見つけたら、家の中で何が起きているかわかる……」

おじさんはブルッと身震いした。

「誰だって、それは最悪の恐怖だ……最悪も最悪……」

一瞬みながしんとなった。

ビルが腕のシーツを取り、傷の具合を確かめながら言った。

「まあ、誰が打ち上げたかは知らないが、今夜は僕たちのためにはならなかったな。『死喰い人』たちがあれを見たとたん、怖がって逃げてしまった。誰かの仮面を引っぺがしてやろうとしても、そこまで近づかないうちにみんな『姿くらまし』してしまった。ただ、ロバーツ家の人たちが地面にぶつかる前に受け取めることはできたけどね。あの人たちはいま、記憶修正を受けているところだ」

「死喰い人?」ハリーが聞きとがめた。「死喰い人って?」

「『例のあの人』の支持者が、自分たちをそう呼んだんだ」ビルが答えた。

「今夜僕たちが見たのは、その残党だと思うね――少なくとも、アズカバン行きをなんとか逃れた連中さ」

「そうだという証拠はない、ビル」ウィーズリーおじさんが言った。

「その可能性は強いがね」おじさんはあきらめたようにつけ加えた。

「うん、絶対そうだ!」ロンが急に口をはさんだ。

「パパ、僕たち、森の中でドラコ・マルフォイに出会ったんだ。そしたら、あいつ、父親があの狂った仮面の群れの中にいるって認めたも同然の言い方をしたんだ！　それに、マルフォイ一家が『例のあの人』の腹心だったって、僕たちみんなが知ってる！」

「でも、ヴォルデモートの支持者って――」

ハリーがそう言いかけると、みんながぎくりとした――魔法界ではみんなそうだが、ウィーズリー一家もヴォルデモートを直接名前で呼ぶことをさけていた。

「ごめんなさい」

ハリーは急いで謝った。

「『例のあの人』の支持者は、何が目的でマグルを宙に浮かせてたんだろう？　つまり、そんなことをして何になるのかなぁ？」

「何になるかって？」

ウィーズリーおじさんが、乾いた笑い声を上げた。

「ハリー、連中にとってはそれがおもしろいんだよ。『例のあの人』が支配していたあの時期には、マグル殺しの半分はお楽しみのためだった。今夜は酒の勢いで、まだこんなにたくさん捕まってないのがいるんだぞ、と誇示したくてたまらなくなったのだろう。連中にとっては、ちょっとした同窓会気分だ」

おじさんは最後の言葉に嫌悪感を込めた。

「でも、連中が**ほんとうに**死喰い人だったら、『闇の印』を見たとき、どうして『姿くらまし』しちゃったんだい？」

ロンが聞いた。

「印を見て喜ぶはずじゃない。ちがう？」

「ロン、頭を使えよ」ビルが言った。

「連中がほんとうの死喰い人だったら、『例のあの人』が力を失ったとき、アズカバン行きを逃れるのに必死で工作したはずの連中なんだ。『あの人』に無理やりやらされて、殺したり苦しめたりしましたと、ありとあらゆるうそをついたわけだ。『あの人』が戻ってくるとなったら、連中は僕たちよりずっと戦々恐々だろうと思うね。『あの人』が凋落したとき、自分たちはなんのかかわりもありませんでした、と『あの人』との関係を否定して、日常生活に戻ったんだからね……『あの人』が連中に対しておほめの言葉をくださるとは思えないよ。だろう？」

「なら……あの『闇の印』を打ち上げた人は……」

ハーマイオニーが考えながら言った。

「死喰い人を支持するためにやったのかしら、それとも怖がらせるために？」

「ハーマイオニー、私たちにもわからない」ウィーズリーおじさんが言った。

「でも、これだけは言える……あの印の創り方を知っているのは、死喰い人だけだ。たとえいまはそうでないにしても、一度は死喰い人だった者でなかったとしたら、つじつまが合わない……さあ、もうだいぶ遅い。何が起こったか、母さんが聞いたら、死ぬほど心配するだろう。あと数時間眠って、早朝に出発する移動キーに乗ってここを離れるようにしよう」

ハリーは自分のベッドに戻ったが、頭がいっぱいだった。つかれはてているはずだった。もう朝の三時だ。しかし、目が冴えていた——目が冴えて、心配でたまらなかった。

三日前——もっと昔のような気がしたが、ほんの三日前だった——焼けるような傷痕の痛みで目を覚ましたのは。そして今夜、この十三年間見られなかったヴォルデモート卿の印が空に現れた。どういうことなのだろう？

ハリーは、プリベット通りを離れる前にシリウス・ブラックに書いた手紙のことを思った。シリウスはもう受け取っただろうか？　返事はいつ来るのだろう？　横たわったまま、ハリーはテントの天井を見つめていた。いつのまにか本物の夢に誘い込んでくれるような、空を飛ぶ夢も湧いてこない。

チャーリーのいびきがテント中に響く中で、ハリーがやっとまどろみはじめたのは、それからずいぶんあとだった。

第十章　魔法省スキャンダル

ほんの数時間眠っただけで、みんなウィーズリーおじさんに起こされた。おじさんが魔法でテントをたたみ、できるだけ急いでキャンプ場を離れた。途中で小屋の戸口にいたロバーツさんのそばを通ると、ロバーツさんは奇妙にどろんとして、みんなに手を振り、ぼんやりと「メリークリスマス」と挨拶をした。

「大丈夫だよ」

荒れ地に向かってせっせと歩きながら、おじさんがみんなにそっと言った。

「記憶修正されると、しばらくの間はちょっとぼけることがある……それに、今度はずいぶん大変なことを忘れてもらわなきゃならなかったしね」

移動キーが置かれている場所に近づくと、せっぱ詰まったような声がガヤガヤと聞こえてきた。その場に着くと、大勢の魔法使いたちが移動キーの番人、バージルを取り囲んで、とにかく早く

キャンプ場を離れたいと大騒ぎしていた。

ウィーズリーおじさんはバージルと手早く話をつけ、みんなで列に並んだ。そして、古タイヤに乗り、朝日が昇り初める前にストーツヘッド・ヒルに戻ることができた。

夜明けの薄明かりの中、みんなでオッタリー・セント・キャッチポールを通り、「隠れ穴」へと向かった。つかれはて、誰もほとんど口をきかず、ただただ朝食のことしか頭になかった。路地を曲がり、「隠れ穴」が見えてきたとき、朝露に濡れた路地のむこうから、叫び声が響いてきた。

「ああ！　よかった。ほんとによかった！」

家の前でずっと待っていたのだろう。ウィーズリーおばさんが、真っ青な顔を引きつらせ、手に丸めた「日刊予言者新聞」をしっかり握りしめて、スリッパのまま走ってきた。

「アーサー――心配したわ――**ほんとに心配したわ**――」

おばさんはおじさんの首に腕を回して抱きついた。手から力が抜け、「日刊予言者新聞」がポトリと落ちた。ハリーが見下ろすと、新聞の見出しが目に入った。「**クィディッチ・ワールドカップでの恐怖**」。梢の上空に、「闇の印」がモノクロ写真でチカチカ輝いている。

「無事だったのね」

おばさんはおろおろ声でつぶやくと、おじさんから離れ、真っ赤な目で子供たちを一人一人見つめた。

「みんな、生きててくれた……ああ、**おまえたち……**」

驚いたことに、おばさんはフレッドとジョージをつかんで、思いっきりきつく抱きしめた。あまりの勢いに、二人は鉢合わせをした。

「**イテッ！** ママ――窒息しちゃうよ――」

「家を出るときにおまえたちにガミガミ言って！」

おばさんはすすり泣きはじめた。

「『例のあの人』がおまえたちをどうにかしてしまっていたら……母さんがおまえたちに言った最後の言葉が『O・W・L試験の点が低かった』だったなんて、いったいどうしたらいいんだろうって、ずっとそればっかり考えてたわ！　ああ、フレッド……ジョージ……」

「さあさあ、母さん、みんな無事なんだから」

ウィーズリーおじさんはやさしくなだめながら、双子の兄弟を固く抱きしめているおばさんを引き離し、家の中へと連れ帰った。

「ビル」

おじさんが小声で言った。

「新聞を拾ってきておくれ。何が書いてあるか読みたい……」

狭いキッチンにみんなでぎゅうぎゅう詰めになり、ハーマイオニーがおばさんに濃い紅茶をいれた。おじさんはその中に、オグデンのオールド・ファイア・ウィスキーをたっぷり入れると言ってきかなかった。それからビルがおじさんに新聞を渡した。おじさんは一面にざっと目を通し、パーシーがその肩越しに新聞をのぞき込んだ。

「思ったとおりだ」おじさんが重苦しい声で言った。「**魔法省のへま……犯人を取り逃がす……警備の甘さ……闇の魔法使い、やりたい放題……国家的恥辱**……いったい誰が書いてる？　ああ……やっぱり……リータ・スキーターだ」

「あの女、魔法省に恨みでもあるのか！」パーシーが怒りだした。「先週なんか、鍋底の厚さのあら探しなんかで時間をむだにせず、吸血鬼撲滅に力を入れるべきだって言ったんだ。そのことは『非魔法使い半ヒト族の取り扱いに関するガイドライン』の第十二項に**はっきり**規定してあるのに、まるで無視して――」

「パース、頼むから」ビルがあくびしながら言った。「だまれよ」

「私のことが書いてある」

「日刊予言者新聞」の記事の一番下まで読んだとき、めがねの奥でおじさんが目を見開いた。

「どこに？」

急にしゃべったので、おばさんはウィスキー入り紅茶にむせた。

「それを見ていたら、あなたがご無事だとわかったでしょうに！」

「名前は出ていない」おじさんが言った。

「こう書いてある。『森のはずれで、おびえながら、情報をいまや遅しと待ちかまえていた魔法使いたちが、魔法省からの安全確認の知らせを期待していたとすれば、誰もが見事に失望させられた。「闇の印」の出現からしばらくして、魔法省の役人が姿を現し、けが人はなかったと主張し、それ以上の情報を提供することを拒んだ。それから一時間後に数人の遺体が森から運び出されたというわさを、この発表だけで充分に打ち消すことができるかどうか、大いに疑問である……』あ、やれやれ」

ウィーズリーおじさんはあきれたようにそう言うと、新聞をパーシーに渡した。

「事実、けが人は**なかった**。ほかになんと言えばいいのかね？『**数人の遺体が森から運び出されたといううわさ……**』そりゃ、こんなふうに書かれてしまったら、確実にうわさが立つだろうよ」

おじさんは深いため息をついた。

「モリー、これから役所に行かないと。善後策を講じなければなるまい」

「お父さん、僕も一緒に行きます」

パーシーが胸を張った。

「クラウチさんはきっと手が必要です。それに、僕の鍋底報告書を直接に手渡せるし」

パーシーはあわただしくキッチンを出ていった。

おばさんは心配そうだった。

「アーサー、あなたは休暇中じゃありませんか！　これはあなたの部署にはなんの関係もないことですし、あなたがいなくともみなさんがちゃんと処理なさるでしょう？」

「行かなきゃならない、モリー。私が事態を悪くしたようだ。ローブに着替えて出かけよう……」

「ウィーズリーおばさん」

ハリーはがまんできなくなって、唐突に聞いた。

「ヘドウィグが僕宛の手紙を持ってきませんでしたか？」

「ヘドウィグですって？」

おばさんはよく飲み込めずに聞き返した。

「いいえ……来ませんよ。郵便は全然来ていませんよ」

ロンとハーマイオニーも、どうしたことかとハリーを見た。

「そうですか。それじゃ、ロン、君の部屋に荷物を置きにいってもいいかな？」

ハリーは二人に意味ありげな目配せをした。

「ウン……僕も行くよ。ハーマイオニー、君は？」ロンがすばやく応じた。

「ええ」

ハーマイオニーも早かった。そして三人は、さっさとキッチンを出て、階段を上った。

「ハリー、どうしたんだ？」

屋根裏部屋のドアを閉めたとたんに、ロンが聞いた。

「君たちにまだ話してないことがあるんだ」ハリーが言った。

「土曜日の朝のことだけど、僕、また傷が痛んで目が覚めたんだ」

二人の反応は、プリベット通りの自分の部屋でハリーが想像したこととほとんど同じだった。

ハーマイオニーは息をのみ、すぐさま意見を述べだした。参考書を何冊か挙げ、アルバス・ダンブルドアからホグワーツの校医のマダム・ポンフリーまで、あらゆる名前を挙げた。

ロンはびっくり仰天して、まともに言葉も出ない。

「だって――そこにはいなかったんだろ？　『例のあの人』は？　ほら――前に傷が痛んだとき、『あの人』はホグワーツにいたんだ。そうだろ？」

「確かに、プリベット通りにはいなかった。だけど、僕はあいつの夢を見たんだ……あいつとピーターの――ほら、あのワームテールだよ。もう全部は思い出せないけど、あいつら、たくらんでたんだ。殺すって……誰かを」

「僕を」とのどまで出かかったが、ハーマイオニーのおびえる顔を見ると、これ以上怖がらせることはできないと思った。

「たかが夢だろ」ロンが励ますように言った。「ただの悪い夢さ」

「ウン、だけど、ほんとにそうなのかな？」

ハリーは窓のほうを向いて、明け染めてゆく空を見た。

「なんだか変だと思わないか……僕の傷が痛んだ。その三日後に死喰い人の行進。そしてヴォルデモートの印がまた空に上がった」

「あいつの――名前を――言っちゃ――ダメ！」

ロンは歯を食いしばりながら言った。

「それに、トレローニー先生が言ったこと、覚えてるだろ？」

ハリーはロンの言ったことを聞き流して言葉を続けた。

「三年生の終わりだったね？」

トレローニー先生はホグワーツの「占い学」の先生だ。

ハーマイオニーの顔から恐怖が吹き飛び、フンとあざけるように鼻を鳴らした。

「まあ、ハリー、あんなインチキさんの言うことを真に受けてるんじゃないでしょうね？」

「君はあの場にいなかったから」ハリーが言った。「先生の声を聞いちゃいないんだ。あの時だけはいつもとちがってた。言ったよね、霊媒状態だったって――本物の。『闇の帝王』は再び立ち上がるであろうって、そう言ったんだ……**以前よりさらに偉大に、より恐ろしく**……召使いがあいつの下に戻るから、その手を借りて立ち上がるって……その夜にワームテールが逃げ去ったんだ」

沈黙が流れた。ロンは無意識にチャドリー・キャノンズを描いたベッドカバーの穴を指でほじくっていた。

「ハリー、どうしてヘドウィグが来たかって聞いたの？」ハーマイオニーが聞いた。

「手紙を待ってるの？」

「傷痕のこと、シリウスに知らせたのさ」

ハリーはちょっと肩をすくめた。

「返事を待ってるんだ」

「そりゃ、いいや！」

ロンの表情が明るくなった。

「シリウスなら、どうしたらいいかきっと知ってると思うよ！」

「早く返事をくれればいいなって思ったんだ」ハリーが言った。

「でも、シリウスがどこにいるか、私たち知らないでしょ……アフリカかどこかにいるんじゃないかしら？」

ハーマイオニーは理性的だった。

「**そんな長旅**、ヘドウィグが二、三日でこなせるわけないわ」

「ウン、わかってる」

そうは言ったものの、ヘドウィグの姿の見えない窓の外を眺めながら、ハリーは胃に重苦しいものを感じた。

「さあ、ハリー、果樹園でクィディッチして遊ぼうよ」ロンが誘った。

「やろうよ――三対三で、ビルとチャーリー、フレッドとジョージの組だ……君はウロンスキー・フェイントを試せるよ……」

「ロン、ハリーはいま、クィディッチをする気分じゃないわ……心配だし、つかれてるし……みんなも眠らなくちゃ……」

ハーマイオニーは「まったくあなたって、なんて鈍感なの」という声で言った。

「ううん、僕、クィディッチしたい」ハリーが出し抜けに言った。

「待ってて。ファイアボルトを取ってくる」

ハーマイオニーはなんだかブツブツ言いながら部屋を出ていった。「**まったく、男の子ったら**」とか聞こえた。

それから一週間、ウィーズリーおじさんもパーシーも、ほとんど家にいなかった。二人とも朝はみんなが起きだす前に家を出て、夜は夕食後遅くまで帰らなかった。

「まったく大騒動だったよ」

明日はみんながホグワーツに戻るという日曜の夜、パーシーがもったいぶって話しだした。

「一週間ずっと火消し役だった。『吠えメール』が次々送られてくるんだからね。当然、すぐに開封しないと、吠えメールは爆発する。僕の机は焼け焦げだらけだし、一番上等の羽根ペンは灰になるし」

「どうしてみんな吠えメールをよこすの？」

居間の暖炉マットに座り、スペロテープで教科書の『薬草とキノコ一〇〇〇種』をつくろいながら、ジニーが聞いた。

「ワールドカップでの警備への苦情だよ」パーシーが答えた。

「壊された私物の損害賠償を要求してる。マンダンガス・フレッチャーなんか、寝室が十二もある、ジャクージつきのテントを弁償しろときた。だけど僕はあいつの魂胆を見抜いているんだ。棒切れにマントを引っかけて、その中で寝てたという事実を押さえてる」

ウィーズリーおばさんは部屋の隅の大きな柱時計をちらっと見た。ハリーはこの時計が好きだった。時間を知るにはまったく役に立たなかったが、それ以外なら、とてもいろいろなことがわかる。金色の針が九本、それぞれに家族の名前が彫り込まれている。文字盤には数字はなく、家族全員がいそうな場所が書いてあった。「家」、「学校」、「仕事」はもちろん、「迷子」、「病院」、「牢獄」などもあったし、普通の時計の十二時の位置には、「命が危ない」と書いてある。

八本の針がいまは「家」の位置を指していた。しかし、一番長いおじさんの針は、まだ「仕事」を指していた。おばさんがため息をついた。

「お父さまが週末にお仕事にお出かけになるのは、『例のあの人』のとき以来のことだわ」

おばさんが言った。

「お役所はあの人を働かせすぎるわ。早くお帰りにならないと、夕食がだいなしになってしまう」

「でも、父さんは、ワールドカップのときのミスを埋め合わせなければ、と思っているのでしょう?」

パーシーが言った。

「ほんとうのことを言うと、公の発表をする前に、部の上司の許可を取りつけなかったのは、ちょっと軽率だったと――」

「あのスキーターみたいな卑劣な女が書いたことで、お父さまを責めるのはおやめ!」

ウィーズリーおばさんがたちまちメラメラと怒った。

「父さんがなんにも言わなかったら、あのリータのことだから、魔法省の誰も何もコメントしないのはけしからんとか、どうせそんなことを言ったろうよ」

ロンとチェスをしていたビルが言った。

「リータ・スキーターってやつは、誰でもこき下ろすんだ。グリンゴッツの呪い破り職員を全員インタビューした記事、覚えてるだろう？　僕のこと、『長髪のアホ』って呼んだんだぜ」

「ねえ、おまえ、確かに長すぎるわよ」おばさんがやさしく言った。「ちょっと私に切――」

「母さん、**ダメだよ**」

雨が居間の窓を打った。ハーマイオニーは、おばさんがダイアゴン横丁でハリー、ロン、ハーマイオニーのそれぞれに買ってきた『基本呪文集（四学年用）』を読みふけっている。チャーリーは防火頭巾をつくろっていた。ハリーは十三歳の誕生日にハーマイオニーからプレゼントされた「箒磨きセット」を足元に広げ、ファイアボルトを磨いていた。フレッドとジョージは隅っこのほうに座り込み、羽根ペンを手に、羊皮紙の上で額を突き合わせて何やらヒソヒソ話している。

「二人で何してるの？」おばさんがはたと二人を見すえて、鋭く言った。

「宿題さ」フレッドがボソボソ言った。

「バカおっしゃい。まだお休み中でしょう」おばさんが言った。

「ウン、やり残してたんだ」ジョージが言った。

「まさか、新しい**注文書**なんか作ってるんじゃないでしょうね？」

おばさんがズバッと指摘した。

「万が一にも、**ウィーズリー・ウィザード・ウィーズ**再開なんかを考えちゃいないでしょうね？」

「ねえ、ママ」

フレッドが見るも痛々しげな表情をつくっておばさんを見上げた。

「もしだよ、あしたホグワーツ特急が衝突して、俺もジョージも死んじゃって、ママからの最後の言葉がいわれのない中傷だったってわかったら、ママはどんな気持ちがする?」

みんなが笑った。おばさんまで笑った。

「あら、お父さまのお帰りよ!」

もう一度時計を見たおばさんが、突然言った。

ウィーズリーおじさんの針が「仕事」から「移動中」になっていた。一瞬あとに、針はプルプルと震えて、みんなの針のある「家」の所で止まり、キッチンからおじさんの呼ぶ声が聞こえてきた。

「いま行くわ、アーサー!」おばさんがあわてて部屋を出ていった。

数分後、夕食をお盆にのせて、おじさんが暖かな居間に入ってきた。つかれきった様子だ。

「まったく、火に油を注ぐとはこのことだ」

暖炉のそばのひじかけ椅子に座り、少ししなびたカリフラワーを食べるともなくつっつき回しながら、ウィーズリーおじさんがおばさんに話しかけた。

「リータ・スキーターが、ほかにも魔法省のごたごたがないかと、この一週間ずっとかぎ回って、記事のネタ探しをしていたんだが、とうとうかぎつけた。あの哀れなバーサの行方不明事件を。明日の『日刊予言者新聞』のトップ記事になるだろう。とっくに誰かを派遣して、バーサの捜索をやっていなければならないと、バグマンにちゃんと言ったのに、**言わんこっちゃない**」

「クラウチさんなんか、もう何週間も前からそう言い続けていましたよ」

パーシーがすばやく言った。

「クラウチは運がいい。リータがウィンキーのことをかぎつけなかったからね」

おじさんがいらいらしながら言った。

「クラウチ家のしもべ妖精、『闇の印』を創り出した杖を持って逮捕さる、なんて、丸一週間大見出しになるところだったよ」

「あのしもべは、確かに無責任だったけれど、あの印を創り出しは**しなかった**って、みんな了解済みじゃなかったのですか？」パーシーも熱くなった。

「言わせてもらいますけど、屋敷妖精たちにどんなにひどい仕打ちをしているのかを、『日刊予言者新聞』に知られなくて、クラウチさんはとても運が強いわ！」

ハーマイオニーが憤慨した。

「わかってないね、ハーマイオニー！」

パーシーが言った。

「クラウチさんくらいの政府高官になると、自分の召使いに揺るぎない服従を要求して当然なんだ――」

「あの人の**奴隷に**って言うべきだわ！」

ハーマイオニーの声が熱くなって上ずった。

「だって、あの人はウィンキーに**お給料払ってない**もの。でしょ？」

「みんな、もう部屋に上がって、ちゃんと荷造りしたかどうか確かめなさい！」

おばさんが議論に割って入った。

「ほらほら、早く、みんな……」

ハリーは箒磨きセットを片づけ、ファイアボルトを担ぎ、ロンと一緒に階段を上った。家の最上階では、雨音がいっそう激しく、風がヒューヒューと鳴き唸る音や、その上、屋根裏にすむグールお化けのわめき声がときどき加わった。二人が部屋に入っていくと、ピッグウィジョンがまたピーピー鳴き、かごの中をビュンビュン飛び回りはじめた。荷造り途中のトランクを見て狂ったように興奮したらしい。

「『ふくろうフーズ』を投げてやって」

ロンがひと袋ハリーに投げてよこした。

「それでだまるかもしれない」

ハリーは、「ふくろうフーズ」を二、三個、ピッグウィジョンの鳥かごの格子の間から差し入れ、自分のトランクを見た。トランクの隣にヘドウィグのかごがあったが、まだからのままだった。

「一週間以上たった」

ヘドウィグのいない止まり木を見ながらハリーが言った。

「ロン、シリウスが捕まったなんてこと、ないよね？」

「ないさぁ。それだったら『日刊予言者新聞』にのるよ」ロンが言った。

「魔法省が、**とにかく誰かを**逮捕したって、見せびらかしたいはずだもの。そうだろ？」

「ウン、そうだと思うけど……」

「ほら、これ、ママがダイアゴン横丁で君のために買ってきたものだよ。それに、君の金庫から金貨を少し下ろしてきた……君の靴下も全部洗濯してある」

ロンが山のような買い物包みを、ハリーの折りたたみベッドにドサリと下ろし、その脇に金貨の入った巾着と、靴下をひと抱えドンと置いた。ハリーは包みをほどきはじめた。ミランダ・ゴズホーク著『基本呪文集（四学年用）』のほか、新しい羽根ペンをひとそろい、羊皮紙の巻紙を一ダース、魔法薬調合材料セットの補充品――ミノカサゴのとげや鎮痛剤のベラドンナエキスが足りなくなっていたので――などなどだった。大鍋に下着を詰め込んでいたとき、ロンが背後でいかにもいやそうな声を上げた。

「これって、**いったい**なんのつもりだい？」

ロンがつまみ上げているのは、ハリーには栗色のビロードの長いドレスのように見えた。襟の所にかびが生えたようなレースのフリルがついていて、そで口にもそれに合ったレースがついている。

ドアをノックする音がして、おばさんが洗い立てのホグワーツの制服を腕いっぱいに抱えて入ってきた。

「さあ」

おばさんが山を二つに分けながら言った。

「しわにならないよう、ていねいに詰めるんですよ」

「ママ、まちがえてジニーの新しい洋服を僕によこしたよ」ロンがドレスを差し出した。

「まちがえてなんかいませんよ」おばさんが言った。

「それ、あなたのですよ。パーティ用のドレスローブ」

「**エーッ！**」ロンが恐怖に打ちのめされた顔をした。

「ドレスローブです！」おばさんがくり返した。

「学校からのリストに、今年はドレスローブを準備することって書いてあったわ――正装用のローブをね」

「悪い冗談だよ」ロンは信じられないという口調だ。

「こんなもの、ぜーったい着ないから」

「ロン、みんな着るんですよ！」おばさんが不機嫌な声を出した。

「パーティ用のローブなんて、みんなそんなものです！　お父さまもちょっと正式なパーティ用に何枚か持ってらっしゃいます！」

「こんなもの着るぐらいなら、僕、裸で行くよ」ロンが意地を張った。

「聞き分けのないことを言うんじゃありません」おばさんが言った。「ドレスローブを持っていかなくちゃならないんです。リストにあるんですから！　ハリーにも買ってあげたわ……ハリー、ロンに見せてやって……」

ハリーは恐る恐る最後の包みを開けた。思ったほどひどくはなかった。ハリーのローブはレースがまったくついていない。制服とそんなに変わりなかった。ただ、黒でなく深緑色だった。

「あなたの目の色がよく映えると思ったのよ」おばさんがやさしく言った。

「そんなのだったらいいよ！」

ロンがハリーのローブを見て怒ったように言った。

「どうして僕にもおんなじようなのを買ってくれないの？」

「それは……その、あなたのは古着屋で買わなきゃならなかったの。あんまりいろいろ選べなかったんです！」

おばさんの顔がサッと赤くなった。

ハリーは目をそらした。グリンゴッツ銀行にある自分のお金を、ウィーズリー家の人たちと喜んで半分わけにするのに。でもウィーズリーおばさんたちはきっと受け取ってくれないだろう。

「僕、絶対着ないからね」ロンが頑固に言い張った。

「ぜーったい」

「勝手におし」おばさんがピシャリと言った。

「裸で行きなさい。ハリー、忘れずにロンの写真を撮って送ってちょうだいね。母さんだって、たまには笑うようなことがなきゃ、やりきれないわ」

おばさんはバタンとドアを閉めて出ていった。二人の背後で咳き込むような変な音がした。ピッグウィジョンが大きすぎる「ふくろうフーズ」にむせ込んでいた。

「僕の持ってるものって、どうしてどれもこれもボロいんだろう？」

ロンは怒ったようにそう言いながら、足取りも荒くピッグウィジョンの所へ行って、くちばしに詰まったふくろうフーズをはずした。

第十一章　ホグワーツ特急に乗って

翌朝目が覚めると、休暇が終わったという憂鬱な気分があたり一面に漂っていた。降り続く激しい雨が窓ガラスを打つ中、ハリーはジーンズと長そでのTシャツに着替えた。みんな、ホグワーツ特急の中で制服のローブに着替えることにしていた。

ハリーがロン、フレッド、ジョージと一緒に朝食をとりに階下に下りる途中、二階の踊り場まで来ると、ウィーズリーおばさんがただ事ならぬ様子で階段の下に現れた。

「アーサー！」

階段の上に向かっておばさんが呼びかけた。

「アーサー！　魔法省から緊急の伝言ですよ！」

ウィーズリーおじさんがローブを後ろ前に着て、階段をガタガタいわせながら駆け下りてきた。ハリーは壁に張りつくようにして道をあけた。おじさんの姿はあっという間に見えなくなった。

ハリーがみんなとキッチンに入っていくと、おばさんがおろおろと引き出しをかき回していた――「どこかに羽根ペンがあるはずなんだけど！」――おじさんは暖炉の火の前にかがみ込み、話をしていた。

ハリーはぎゅっと目を閉じ、また開けてみた。自分の目がちゃんと機能しているかどうか確かめたかったのだ。

炎の真ん中に、エイモス・ディゴリーの首が、まるでひげの生えた卵のようにどっかり座っていた。飛び散る火の粉にも、耳をなめる炎にもまったく無頓着に、その顔は早口でしゃべっていた。

「……近所のマグルたちが、ドタバタいう音や叫び声に気づいて知らせたのだ。ほら、なんとか言ったな――うん、慶祭とかに。アーサー、現場に飛んでくれ――」

「はい！」おばさんが息を切らしながら、おじさんの手に羊皮紙、インクつぼ、くしゃくしゃの羽根ペンを押しつけるように渡した。

「――私が聞きつけたのは、まったくの偶然だった」ディゴリー氏の首が言った。

「ふくろう便を二、三通送るのに、早朝出勤の必要があってね。そうしたら『魔法不適正使用取締局』が全員出動していた――リータ・スキーターがこんなネタを押さえでもしたら、アーサー――」

「マッド-アイは、何が起こったと言ってるのかね？」

おじさんはインクつぼのふたをひねって開け、羽根ペンを浸し、メモを取る用意をしながら聞いた。

ディゴリー氏の首があきれたように目玉をぐるぐるさせた。

「庭に何者かが侵入する音を聞いたそうだ。家のほうに忍び寄ってきたが、待ち伏せしていた家のごみバケツたちがそいつを迎え撃ったそうだ」

「ごみバケツは何をしたのかね？」

おじさんは急いでメモを取りながら聞いた。

「轟音を立ててごみをそこら中に発射したらしい」ディゴリー氏が答えた。「慶察が駆けつけたときに、ごみバケツが一個、まだ吹っ飛び回っていたらしい――」

ウィーズリーおじさんがうめいた。

「それで、侵入者はどうなった？」

「アーサー、あのマッド-アイの言いそうなことじゃないか」

ディゴリー氏の首がまた目をぐるぐるさせながら言った。

「真夜中に、誰かがマッド-アイの庭に忍び込んだって？　攻撃されてショックを受けた猫か何かが、ジャガイモの皮だらけになってうろついているのが見つかるくらいが関の山だろうよ。しかし、『魔法不適正使用取締局』がマッド-アイを捕まえたらおしまいだ――何しろああいう前歴だし――なんとか軽い罪で放免しなきゃならん。君の管轄の部あたりで――爆発するごみバケツの罪はどのくらいかね？」

「警告程度だろう」

ウィーズリーおじさんは、眉根にしわを寄せて、忙しくメモを取り続けていた。

「マッド-アイは杖を使わなかったのだね？　誰かを襲ったりはしなかったね？」

「あいつは、きっとベッドから飛び起きて、窓から届く範囲のものに、手当たりしだい呪いをかけたにちがいない」

ディゴリー氏が言った。

「しかし、『不適正使用取締局』がそれを証明するのはひと苦労のはずだし、負傷者はいない」

「わかった。行こう」

ウィーズリーおじさんはそう言うと、メモ書きした羊皮紙をポケットに突っ込み、再びキッチンから飛び出していった。

ディゴリー氏の顔がウィーズリーおばさんのほうを向いた。

「モリー、すまんね」

声が少し静かになった。

「こんな朝早くから騒がせてしまって……しかし、マッド-アイを放免できるのはアーサーしかいない。それに、マッド-アイは今日から新しい仕事に就くことになっている。なんでよりによってその前の晩に……」

「エイモス、気にしないでちょうだい」おばさんが言った。

「帰る前に、トーストか何か、少し召し上がらない？」

「ああ、それじゃ、いただこうか」ディゴリー氏が言った。

おばさんはテーブルに重ねて置いてあったバターつきトーストを一枚取り、火箸ではさみ、ディゴリー氏の口に入れた。

「ふぁりがとう」

フガフガとお礼を言い、それから**ポン**と軽い音を立てて、ディゴリー氏の首は消えた。

おじさんがあわただしくビル、チャーリー、パーシーと二人の女の子にさよならを言う声がハリーの耳に聞こえてきた。五分もたたないうちに、今度はローブの前後をまちがえずに着て、髪をとかしつけながら、おじさんがキッチンに戻ってきた。

「急いで行かないと——みんな、元気で新学期を過ごすんだよ」

おじさんはマントを肩にかけ、「姿くらまし」の準備をしながら、ハリー、ロン、双子の兄弟に呼びかけた。

「母さん、子供たちをキングズ・クロスに連れていけるね？」

「もちろんですよ。あなたはマッド-アイのことだけ面倒見てあげて。私たちは大丈夫だから」

おじさんが消えたのと入れ替わりに、ビルとチャーリーがキッチンに入ってきた。

「誰かマッドーアイって言った?」ビルが聞いた。

「今度はあの人、何をしでかしたんだい?」

「きのうの夜、誰かが家に押し入ろうとしたって、マッドーアイがそう言ったんですって」

おばさんが答えた。

「マッドーアイ・ムーディ?」

トーストにマーマレードを塗りながら、ジョージがちょっと考え込んだ。

「あの変人の――」

「お父さまはマッドーアイ・ムーディを高く評価してらっしゃるわ」

おばさんが厳しくたしなめた。

「ああ、うん。親父は電気のプラグなんか集めてるし。なっ?」

おばさんが部屋を出たすきにフレッドが声をひそめて言った。

「似た者同士さ……」

「往年のムーディは偉大な魔法使いだった」ビルが言った。

「確か、ダンブルドアとは旧知の仲だったんじゃないか?」チャーリーが言った。

「でも、ダンブルドアもいわゆる『**まとも**』な口じゃないだろ?」フレッドが言った。

「そりゃ、あの人は確かに天才さ。だけど……」

「マッドーアイって**いったい**誰？」ハリーが聞いた。

「引退してる。昔は魔法省にいたけど」チャーリーが答えた。

「親父の仕事場に連れていってもらったとき、一度だけ会った。腕っこきの『オーラー』つまり『闇祓い』だった……『闇の魔法使い捕獲人』のことだけど」

ハリーがポカンとしているのを見て、チャーリーが一言つけ加えた。

「ムーディのおかげでアズカバンの独房の半分は埋まったな。だけど敵もわんさといる……逮捕されたやつの家族とかが主だけど……それに、年を取ってひどい被害妄想に取り憑かれるようになったらしい。もう誰も信じないようになって。あらゆる所に闇の魔法使いの姿が見えるらしいんだ」

ビルもチャーリーも、みんなをキングズ・クロス駅まで見送ることに決めた。しかし、パーシーは、どうしても仕事に行かなければならないからと、くどくど謝った。

「いまの時期に、これ以上休みを取るなんて、僕にはどうしてもできない」

パーシーが説明した。

「クラウチさんは、ほんとうに僕を頼りはじめたんだ」

「そうだろうな。そういえば、パーシー」

ジョージが真剣な顔をした。

「ぼかぁ、あの人がまもなく君の名前を覚えると思うね」

おばさんは勇敢にも村の郵便局から電話をかけ、ロンドンに行くのに普通のマグルのタクシーを三台呼んだ。

「アーサーが魔法省から車を借りるよう努力したんだけど」

おばさんがハリーに耳打ちした。すっかり雨に洗い流された庭で、タクシーの運転手たちがホグワーツ校用の重いトランクを六個、フーフー言いながらのせるのを、みんなで眺めているときだった。

「でも一台も余裕がなかったの……あらまあ、あの人たちなんだかうれしそうじゃないわねぇ」

ハリーはおばさんに理由を言う気になれなかったが、マグルのタクシー運転手は、興奮状態のふくろうを運ぶことなんてめったにないし、それに、ピッグウィジョンが耳をつんざくような声で騒いでいたのだ。さらに悪いことに、「ドクター・フィリバスターの長々花火――火なしで火がつくヒヤヒヤ花火」が、フレッドのトランクがパックリ口を開けたとたんに炸裂し、クルックシャンクスが爪を立てて運転手の脚を引っかきながらよじ登ったものだから、運んでいた運転手は驚くやら、痛いやらで悲鳴を上げた。

快適な旅とは言えなかった。みんなタクシーの座席にトランクと一緒にぎゅうぎゅう詰めだった。クルックシャンクスは花火のショックからなかなか立ち直れず、ロンドンに入るまでに、ハリーも、ロンも、ハーマイオニーも、いやというほど引っかかれていた。キングズ・クロス駅でタクシーを降りたときは、雨足がいっそう強くなっていたし、交通の激しい道を横切ってトランクを駅の構内に運び込む間に、みんなびしょぬれになったにもかかわらず、全員がホッとしていた。

　ハリーはもう九と四分の三番線への行き方に慣れてきていた。九番線と十番線の間にある、一見硬そうに見える壁を、まっすぐ突き抜けて歩くだけの簡単なことだった。唯一やっかいなのは、マグルに気づかれないように、なにげなくやりとげなければならないことだった。今日は何組かに分かれて行くことにした。ハリー、ロン、ハーマイオニー組（何しろピッグウィジョンとクルックシャンクスがお供なので一番目立つグループ）が最初だ。三人はなにげなくおしゃべりをしているふりをして壁に寄りかかり、スルリと横向きで入り込んだ……とたんに九と四分の三番線ホームが目の前に現れた。

　紅に輝く蒸気機関車ホグワーツ特急は、もう入線していた。吐き出す白い煙のむこう側に、ホグワーツの学生や親たちが大勢、黒いゴーストのような影になって見えた。ピッグウィジョンは、靄のかなたから聞こえるホーホーというたくさんのふくろうの鳴き声につられて、ますますうるさく鳴いた。ハリー、ロン、ハーマイオニーは席探しを始め、まもなく列車の中ほどに空いたコンパートメントを見つけて荷物を入れた。それからホームにもう一度飛び降り、ウィーズリーおばさん、ビル、チャーリーにお別れを言った。

「僕、みんなが考えてるより早く、また会えるかもしれないよ」

チャーリーがジニーを抱きしめて、さよならを言いながらニッコリした。

「どうして？」フレッドが突っ込んだ。

「いまにわかるよ」チャーリーが言った。

「僕がそう言ったってこと、パーシーには内緒だぜ……何しろ、『魔法省が解禁するまでは機密情報』なんだから」

「ああ、僕もなんだか、今年はホグワーツに戻りたい気分だ」

ビルはポケットに両手を突っ込み、うらやましそうな目で汽車を見た。

「**どうしてさ？**」ジョージは知りたくてたまらなさそうだ。

「今年はおもしろくなるぞ」ビルが目をキラキラさせた。

「いっそ休暇でも取って、僕もちょっと見物に行くか……」

「だから**何をなんだよ？**」ロンが聞いた。

しかし、その時汽笛が鳴り、ウィーズリーおばさんがみんなを汽車のデッキへと追い立てた。

「ウィーズリーおばさん、泊めてくださってありがとうございました」

みんなで汽車に乗り込み、ドアを閉め、窓から身を乗り出しながら、ハーマイオニーが言った。

「ほんとに、おばさん、いろいろありがとうございました」ハリーも言った。

「あら、こちらこそ、楽しかったわ」ウィーズリーおばさんが言った。

「クリスマスにもお招きしたいけど、でも……ま、きっとみんなホグワーツに残りたいと思うでしょう。何しろ……いろいろあるから」

「ママ！」ロンがいらいらした。

「三人とも知ってて、僕たちが知らないことって、なんなの？」

「今晩わかるわ。たぶん」おばさんがほほえんだ。

「とってもおもしろくなるわ――それに、規則が変わって、ほんとうによかったわ――」

「なんの規則？」

ハリー、ロン、フレッド、ジョージがいっせいに聞いた。

「ダンブルドア先生がきっと話してくださいます……さあ、お行儀よくするのよ。ね？ **わかったの？** フレッド？ ジョージ、あなたもよ」

ピストンが大きくシューッという音を立て、汽車が動きはじめた。

「ホグワーツで何が起こるのか、教えてよ！」フレッドが窓から身を乗り出して叫んだ。

おばさん、ビル、チャーリーが速度を上げはじめた汽車からどんどん遠ざかっていく。

「なんの規則が変わるのぉ？」

ウィーズリーおばさんはただほほえんで手を振った。列車がカーブを曲がる前に、おばさんも、ビルもチャーリーも「姿くらまし」してしまった。

ハリー、ロン、ハーマイオニーはコンパートメントに戻った。窓を打つ豪雨で、外はほとんど見えない。ロンはトランクを開け、栗色のドレスローブを引っ張り出し、ピッグウィジョンのかごにバサリとかけて、ホーホー声を消した。

「バグマンがホグワーツで何が起こるのか話したがってた」

ロンはハリーの隣に腰かけ、不満そうに話しかけた。

「ワールドカップのときにさ。覚えてる？　でも、母親でさえ言わないことって、いったいなんだと――」

「シッ！」

ハーマイオニーが突然唇に指をあて、隣のコンパートメントを指差した。ハリーとロンが耳を澄ますと、聞き覚えのある気取った声が開け放したドアを通して流れてきた。

「……父上はほんとうは、僕をホグワーツでなく、ほら、ダームストラングに入学させようとお考えだったんだ。父上はあそこの校長をご存じだからね。ほら、父上がダンブルドアをどう評価しているか、知ってるね――あいつは『穢れた血』びいきだ――ダームストラングじゃ、そんなくだらない連中は入学させない。でも、母上は僕をそんなに遠くの学校にやるのがおいやだったんだ。父上がおっしゃるには、ダームストラングじゃ『闇の魔術』に関して、ホグワーツよりずっと気のきいたやり方をしている。生徒が実際それを**習得する**んだ。僕たちがやってるようなケチな防衛術じゃない……」

ハーマイオニーは立ち上がってコンパートメントのドアのほうに忍び足で行き、ドアを閉めてマルフォイの声が聞こえないようにした。

「それじゃ、あいつ、ダームストラングが自分に合ってただろうって思ってるわけね？」

ハーマイオニーが怒ったように言った。

「ほんとに**そっちに行ってくれてたら**よかったのに。そしたらもうあいつのことがまんしなくてすむのに」

「ダームストラングって、やっぱり魔法学校なの？」ハリーが聞いた。

「そう」ハーマイオニーがフンという言い方をした。

「しかも、ひどく評判が悪いの。『ヨーロッパにおける魔法教育の一考察』によると、あそこは『闇の魔術』に相当力を入れてるんだって」

「僕もそれ、聞いたことがあるような気がする」ロンがあいまいに言った。「どこにあるんだい？どこの国に？」

「さあ、誰も知らないんじゃない？」

ハーマイオニーが眉をちょっと吊り上げて言った。

「ん――どうして？」ハリーが聞いた。

「魔法学校には昔から強烈な対抗意識があるの。ダームストラングとボーバトンは、誰にも秘密を盗まれないように、どこにあるか隠したいわけ」

ハーマイオニーは至極あたりまえの話をするような調子だ。

「そんなバカな」ロンが笑いだした。

「ダームストラングだって、ホグワーツと同じぐらいの規模だろ。バカでっかい城をどうやって隠すんだい？」

「だって、ホグワーツも**ちゃんと**隠されてるじゃない」

ハーマイオニーがびっくりしたように言った。

「そんなこと、みんな知ってるわよ……っていうか、『**ホグワーツの歴史**』を読んだ人ならみんな、だけど」

「じゃ、君だけだ」ロンが言った。

「それじゃ、教えてよ――どうやってホグワーツみたいなとこ、隠すんだい？」

「魔法がかかってるの。マグルが見ると、朽ちかけた廃墟に見えるだけ。入口の看板に、『**危険、入るべからず。危ない**』って書いてあるわ」

「じゃ、ダームストラングもよそ者には廃墟みたいに見えるのかい？」

「たぶんね」ハーマイオニーが肩をすくめた。

「さもなきゃ、ワールドカップの競技場みたいに、『マグルよけ呪文』がかけてあるかもね。その上、外国の魔法使いに見つからないように、『位置発見不可能』にしてるわ――」

「もう一回言ってくれない？」

「あのね、建物に魔法をかけて、地図上でその位置を発見できないようにできるでしょ？」

「うーん……君がそう言うならそうだろう」ハリーが言った。

「でも、私、ダームストラングってどこかずーっと遠い北のほうにあるにちがいないって思う」

ハーマイオニーが分別顔で言った。

「どこか、とっても寒いとこ。だって、制服一式の中に毛皮のケープがあるんだもの」

「あー、ずいぶんいろんな可能性があったろうなぁ」

ロンが夢見るように言った。

「マルフォイを氷河から突き落として事故に見せかけたり、簡単にできただろうになぁ。あいつの母親があいつをかわいがっているのは残念だ……」

列車が北に進むにつれて、雨はますます激しくなった。空は暗く、窓という窓は曇ってしまい、昼日中に車内灯がついた。昼食のワゴンが通路をガタゴトとやってきた。ハリーはみんなで分けるように、大鍋ケーキをたっぷりひと山買った。

午後になると、同級生が何人か顔を見せた。シェーマス・フィネガン、ディーン・トーマス、それに、猛烈ばあちゃん魔女に育てられている、丸顔で忘れん坊のネビル・ロングボトムも来た。シェーマスはまだアイルランドの緑のロゼットをつけていた。魔法が消えかけているらしく、「**トロイ！　マレット！　モラン！**」とまだキーキー叫んではいるが、弱々しくつかれたかけ声になっていた。

三十分もすると、延々と続くクィディッチの話に飽きて、ハーマイオニーは再び『基本呪文集（四学年用）』に没頭し、「呼び寄せ呪文」を覚えようとしはじめた。

ネビルは友達が試合の様子を思い出して話しているのをうらやましそうに聞いていた。

「ばあちゃんが行きたくなかったんだ」ネビルがしょげた。

「切符を買おうとしなかったし。でも、すごかったみたいだね」

「そうさ」ロンが言った。「ネビル、これ見ろよ……」

荷物棚のトランクをゴソゴソやって、ロンはビクトール・クラムのミニチュア人形を引っ張り出した。

「う、**わーっ**」

ロンが、ネビルのぽっちゃりした手にクラム人形をコトンと落としてやると、ネビルはうらやましそうな声を上げた。

「それに、僕たち、クラムをすぐそばで見たんだぞ」ロンが言った。

「貴賓席だったんだ――」

「君の人生最初で最後のな、ウィーズリー」

ドラコ・マルフォイがドアの所に現れた。その後ろには、腰巾着のデカブツ暴漢、クラッブとゴイルが立っていた。二人とも、この夏の間に三十センチは背が伸びたように見えた。ディーンとシェーマスがコンパートメントのドアをきちんと閉めていかなかったので、こちらの会話が筒抜けだったらしい。

「マルフォイ、君を招いた覚えはない」ハリーが冷ややかに言った。

「ウィーズリー……なんだい、**そいつは？**」

マルフォイはピッグウィジョンのかごを指差した。ロンのドレスローブのそでがかごからぶら下がり、列車が揺れるたびにゆらゆらして、かびの生えたようなレースがいかにも目立った。

ロンはローブが見えないように隠そうとしたが、マルフォイのほうが早かった。そでをつかんで引っ張った。

「これを見ろよ！」

マルフォイがロンのローブを吊るし上げ、狂喜してクラッブとゴイルに見せた。

「ウィーズリー、こんなのを**ほんとうに着る**つもりじゃないだろうな？　言っとくけど――一八九〇年代に流行した代物だ……」

「くそくらえ！」

ロンはローブと同じ顔色になって、マルフォイの手からローブをひったくった。マルフォイが高々とあざ笑い、クラッブとゴイルはバカ笑いした。

「それで……エントリーするのか、ウィーズリー？　がんばって少しは家名を上げてみるか？　賞金もかかっているしねぇ……勝てば少しはましなローブが買えるだろうよ……」

「何を言ってるんだ？」ロンがかみついた。

「**エントリーするのかい？**」マルフォイがくり返した。

「君はするだろうねぇ、ポッター。見せびらかすチャンスは逃さない君のことだし？」

「何が言いたいのか、はっきりしなさい。じゃなきゃ出ていってよ、マルフォイ」

ハーマイオニーが『基本呪文集（四学年用）』の上に顔を出し、つっけんどんに言った。

マルフォイの青白い顔に、得意げな笑みが広がった。

「まさか、君たちは**知らない**とでも？」マルフォイはうれしそうに言った。

「父親も兄貴も魔法省にいるのに、**まるで知らない**のか？　驚いたね。**父上なんか**、もうとっくに僕に教えてくれたのに……コーネリウス・ファッジから聞いたんだ。しかし、まあ、父上はいつも魔法省の高官とつき合ってるし……たぶん、君の父親は、ウィーズリー、下っ端だから知らないのかもしれないな……そうだ……おそらく、君の父親の前では重要事項は話さないのだろう……」

もう一度高笑いすると、マルフォイはクラッブとゴイルに合図して、三人ともコンパートメントを出ていった。

ロンが立ち上がってドアを力まかせに閉め、その勢いでガラスが割れた。

「ロンったら！」

ハーマイオニーがとがめるような声を上げ、杖を取り出して「レパロ！　直れ！」と唱えた。

粉々のガラスの破片が飛び上がって一枚のガラスになり、ドアの枠にはまった。

「フン……やつはなんでも知ってて、僕たちはなんにも知らないって、そう思わせてくれるじゃないか……」

ロンが歯がみした。

「**『父上はいつも魔法省の高官とつき合ってるし』**……パパなんか、いつでも昇進できるのに……いまの仕事が気に入ってるだけなんだ……」

「そのとおりだわ」ハーマイオニーが静かに言った。

「マルフォイなんかの挑発に乗っちゃだめよ、ロン――」

「あいつが！　僕を挑発？　へヘンだ！」

ロンは残っているケーキを一つつまみ上げ、握りつぶしてバラバラにした。

旅が終わるまでずっと、ロンの機嫌は直らなかった。制服のローブに着替えるときもほとんどしゃべらず、ホグワーツ特急が速度を落としはじめても、ホグズミードの真っ暗な駅に停車しても、まだしかめっ面だった。

デッキの戸が開いたとき、頭上で雷が鳴った。ハーマイオニーはクルックシャンクスをマントに包み、ロンはドレスローブをピッグウィジョンのかごの上に置きっぱなしにして汽車を降りた。外は土砂降りで、みんな背を丸め、目を細めて降りた。まるで頭から冷水をバケツで何杯も浴びせかけるように、雨は激しくたたきつけるように降っていた。

「やあ、ハグリッド！」

ホームのむこう端に立つ巨大なシルエットを見つけて、ハリーが叫んだ。

「ハリー、元気かぁー？」

ハグリッドも手を振って叫び返した。

「歓迎会で会おう。俺たちがおぼれっちまわなかったらの話だがなぁー！」

一年生は伝統に従い、ハグリッドに引率され、ボートで湖を渡ってホグワーツ城に入る。

「ううう、こんなお天気のときに湖を渡るのはごめんだわ」

人波にまじって暗いホームをのろのろ進みながら、ハーマイオニーは身震いし、言葉には熱がこもった。

駅の外にはおよそ百台の馬なしの馬車が待っていた。ハリー、ロン、ハーマイオニー、ネビルは、馬車に乗れることに感謝しながら、そのうちの一台に一緒に乗り込んだ。ドアがピシャッと閉まり、まもなくゴトンと大きく揺れて動きだし、馬なし馬車の長い行列が、雨水をはね飛ばしながら、ガラガラと進んだ。ホグワーツ城を目指して。

第十二章　三大魔法学校対抗試合（トライウィザード・トーナメント）

羽の生えたイノシシの像が両脇に並ぶ校門を通り、大きくカーブした城への道を、馬車はゴトゴトと進んだ。風雨は見る見る嵐になり、馬車は危なっかしく左右に揺れた。

ハリーは窓に寄りかかり、だんだん近づいてくるホグワーツ城を見ていた。明かりのともった無数の窓が、厚い雨のカーテンのむこうでぼんやりかすみ、瞬いていた。

正面玄関のがっしりした樫の扉へと上る石段の前で、馬車が止まったちょうどその時、稲妻が空を走った。前の馬車に乗っていた生徒たちは、もう急ぎ足で石段を上り、城の中へと向かっていた。ハリー、ロン、ハーマイオニー、ネビルも馬車を飛び降り、石段を一目散に駆け上がった。

四人がやっと顔を上げたのは、無事に玄関の中に入ってからだった。松明に照らされた玄関ホールは、広々とした大洞窟のようで、大理石の壮大な階段へと続いている。

「ひでぇ」

ロンは頭をブルブルッと振るい、そこら中に水をまき散らした。

「この調子で降ると、湖があふれるぜ。僕、びしょぬれ――**うわーっ！**」

大きな赤い水風船が天井からロンの頭に落ちて割れた。ぐしょぬれで水をピシャピシャはね飛ばしながら、ロンは横にいたハリーのほうによろけた。その時、二発目の水風船が落ちてきた――それは、ハーマイオニーをかすめて、ハリーの足元で破裂した。ハリーのスニーカーも靴下も、どっと冷たい水しぶきを浴びた。周りの生徒たちは、悲鳴を上げて水爆弾戦線から離れようと押し合いへし合いした――ハリーが見上げると、四、五メートル上のほうに、ポルターガイストのピーブズがプカプカ浮かんでいた。鈴のついた帽子に、オレンジ色の蝶ネクタイ姿の小男が、性悪そうな大きな顔をしかめて、次の標的にねらいを定めている。

「**ピーブズ！**」

誰かがどなった。

「ピーブズ、ここに降りてきなさい。**いますぐに！**」

副校長で、グリフィンドールの寮監、マクゴナガル先生だった。大広間から飛び出してきて、ぬれた床にずるっと足を取られ、転ぶまいとしてハーマイオニーの首にがっちりしがみついた。

「おっと――失礼、ミス・グレンジャー――」

「大丈夫です、先生！」

ハーマイオニーはゲホゲホ言いながらのどのあたりをさすった。

「ピーブズ、降りてきなさい。**さあ！**」

マクゴナガル先生は曲がった三角帽子を直しながら、四角いめがねの奥から上のほうににらみをきかせてどなった。

「なーんにもしてないよ！」

ピーブズはケタケタ笑いながら、五年生の女子学生数人めがけて水爆弾を放り投げた。投げつけられた女の子たちはキャーキャー言いながら大広間に飛び込んだ。

「どうせびしょぬれなんだろう？　ぬれネズミのチビネズミ！　ウィイイイイイイイイ！」

そして、今度は到着したばかりの二年生のグループに水爆弾のねらいを定めた。

「校長先生を呼びますよ！」

マクゴナガル先生ががなり立てた。

「聞こえたでしょうね、ピーブズ――」

ピーブズはベーッと舌を出し、最後の水爆弾を宙に放り投げ、けたたましい高笑いを残して、大理石の階段の上へと消えていった。

「さあ、どんどんお進みなさい！」

マクゴナガル先生は、びしょぬれ集団に向かって厳しい口調で言った。

「さあ、大広間へ、急いで！」

ハリー、ロン、ハーマイオニーはずるずる、つるつると玄関ホールを進み、右側の二重扉を通って大広間に入った。ロンはぐしょぬれの髪をかきあげながら、怒ってブツブツ文句を言っていた。

大広間は、例年のように、学年始めの祝宴に備えて、見事な飾りつけが施されていた。テーブルに置かれた金の皿やゴブレットが、宙に浮かぶ何百というろうそくに照らされて輝いている。各寮の長テーブルには、四卓とも寮生がぎっしり座り、ペチャクチャはしゃいでいた。上座の五つ目のテーブルに、生徒たちに向かい合うようにして、先生と職員が座っている。大広間のほうがずっと暖かかった。

ハリー、ロン、ハーマイオニーは、スリザリン、レイブンクロー、ハッフルパフのテーブルを通り過ぎ、大広間の一番奥にあるテーブルで、ほかのグリフィンドール生と一緒に座った。隣はグリフィンドールのゴースト、「ほとんど首無しニック」だった。ニックは真珠色の半透明なゴーストで、今夜もいつもの特大ひだ襟つきのダブレットを着ている。この襟は、単に晴れ着の華やかさを見せるだけでなく、皮一枚でつながっている首があまりぐらぐらしないように押さえる役目もはたしている。

「すてきな夕べだね」

ニックが三人に笑いかけた。

「すてきかなぁ？」

ハリーはスニーカーを脱ぎ、中の水を捨てながら言った。

「早く組分け式にしてくれるといいな。僕、腹ペコだ」

毎年、学年の始めには、新入生を各寮に分ける儀式がある。運の悪いめぐり合わせが重なって、ハリーは自分の組分け式のとき以来一度も儀式に立ち会っていなかった。今回の組分けがとても楽しみだった。

ちょうどその時、テーブルのむこうから、興奮で息をはずませた声がハリーを呼んだ。

「わーい、ハリー！」

コリン・クリービーだった。ハリーをヒーローと崇める三年生だ。

「やあ、コリン」ハリーは用心深く返事した。

「ハリー、何があると思う？　当ててみて、ハリー、ね？　僕の弟も新入生だ！　弟のデニスも！」

「あー……よかったね」ハリーが言った。

「弟ったら、もう興奮しちゃって！」

コリンは腰かけたままピョコピョコしていて落ち着かない。

「グリフィンドールになるといいな！　ねえ、そう祈っててくれる？　ハリー？」

「あー……うん。いいよ」

ハリーはハーマイオニー、ロン、ほとんど首無しニックのほうを見た。

「兄弟って、だいたい同じ寮に入るよね？」

ハリーが聞いた。ウィーズリー兄弟が七人ともグリフィンドールに入れられたことから、そう判断したのだ。

「あら、ちがうわ。必ずしもそうじゃない」ハーマイオニーが言った。

「パーバティ・パチルは双子だけど、一人はレイブンクローよ。一卵性双生児なんだから、一緒の所だと思うでしょ？」

ハリーは教職員テーブルを見上げた。いつもより空席が目立つような気がした。もちろん、ハグリッドは、一年生を引率して湖を渡るのに奮闘中だろう。マクゴナガル先生はたぶん、玄関ホールの床をふくのを指揮しているのだろう。しかし、もう一つ空席がある。誰がいないのか、ハリーは思い浮かばなかった。

「『闇の魔術に対する防衛術』の新しい先生はどこかしら？」

ハーマイオニーも教職員テーブルを見ていた。

「闇の魔術に対する防衛術」の先生は、三学期、つまり一年以上長く続いたためしがない。ハリーがほかの誰よりも好きだったルーピン先生は、去年辞職してしまった。ハリーは教職員テーブルを端から端まで眺めたが、新顔はまったくいない。

「たぶん、誰も見つからなかったのよ！」ハーマイオニーが心配そうに言った。

ハリーはもう一度しっかりテーブルを見なおした。「呪文学」の、ちっちゃいフリットウィック先生は、クッションを何枚も重ねた上に座っていた。その横が「薬草学」のスプラウト先生で、バサバサの白髪頭から帽子がずり落ちかけている。彼女が話しかけているのが「天文学」のシニストラ先生で、シニストラ先生のむこう隣は、土気色の顔、鉤鼻、べっとりした髪、「魔法薬学」のスネイプ――ハリーがホグワーツで一番嫌いな人物だ。ハリーがスネイプを嫌っているのに負けず劣らず、スネイプもハリーを憎んでいた。去年、スネイプの鼻先（しかも大きな鼻）からシリウスを逃がすのにハリーが手を貸したことで、これ以上強くなりようがないはずのスネイプの憎しみが、ますますひどくなった――スネイプとシリウスは学生時代からの宿敵だったのだ。

スネイプのむこう側に空席があったが、ハリーはマクゴナガル先生の席だろうと思った。その隣がテーブルの真ん中で、ダンブルドア校長が座っていた。流れるような銀髪と白ひげがろうそくの明かりに輝き、堂々とした深緑色のローブには星や月の刺繍がほどこされている。

ダンブルドア校長は、すらりと長い指の先を組み、その上にあごをのせ、半月めがねの奥から天井を見上げて、何か物思いにふけっているかのようだ。ハリーも天井を見上げた。天井は、魔法で本物の空と同じに見えるようになっているが、こんなにひどい荒れ模様の天井は初めてだ。黒と紫の暗雲が渦巻き、外でまた雷鳴が響いたとたん、天井に樹の枝のような形の稲妻が走った。

「ああ、早くしてくれ」

ロンがハリーの横でわめいた。

「僕、腹ペコで、ヒッポグリフだって食っちゃう気分」

その言葉が終わるか終わらないうちに、大広間の扉が開き、一同しんとなった。マクゴナガル先生を先頭に、一列に並んだ一年生の長い列が大広間の奥へと進んでいく。ハリーもロンもハーマイオニーもびしょぬれだったが、一年生の様子に比べればなんでもなかった。湖をボートで渡ってきたというより、泳いできたようだった。教職員テーブルの前に整列して、在校生のほうを向いたときには、寒さと緊張とで、全員震えていた――ただ一人を除いて。

一番小さい、薄茶色の髪の子が、モールスキンのオーバーにくるまっている。ハリーにはオーバーがハグリッドのものだとわかった。オーバーがだぶだぶで、男の子は黒いふわふわの大テントをまとっているかのようだった。襟元からちょこんと飛び出した小さな顔は、興奮しきって、なんだか痛々しいほどだ。引きつった顔で整列する一年生にまじって並びながら、その子はコリン・クリービーを見つけ、両手の親指を立ててガッツポーズをしながら、「僕、湖に落ちたんだ！」と声を出さずに口の形だけで言った。それがうれしくてたまらないように。

マクゴナガル先生が三本脚の丸椅子を一年生の前に置いて、その上に、汚らしい、継ぎはぎだらけの、ひどく古い三角帽子を置いた。一年生がじっとそれを見つめた。ほかのみんなも見つめた。一瞬、大広間が静まり返った。すると、帽子のつばに沿った長い破れ目が、口のように開き、帽子が歌いだした。

いまを去ること一千年、そのまた昔その昔
私は縫われたばっかりで、糸も新し、真新し
そのころ生きた四天王
いまなおその名をとどろかす
荒野から来たグリフィンドール
勇猛果敢なグリフィンドール
谷川から来たレイブンクロー
賢明公正レイブンクロー
谷間から来たハッフルパフ

温厚柔和なハッフルパフ
湿原から来たスリザリン
俊敏狡猾スリザリン

ともに語らう夢、希望
ともに計らう大事業
魔法使いの卵をば、教え育てん学び舎で
かくしてできたホグワーツ

四天王のそれぞれが
四つの寮を創立し
各自異なる徳目を
各自の寮で教え込む

グリフィンドールは勇気をば

何よりもよき徳とせり

レイブンクローは賢きを
誰よりも高く評価せり

ハッフルパフは勤勉を
資格あるものとして選びとる

力に飢えしスリザリン
野望を何より好みけり

四天王の生きしとき
自ら選びし寮生を
四天王亡きその後は
いかに選ばんその資質？

グリフィンドールその人が
すばやく脱いだその帽子
四天王たちそれぞれが
帽子に知能を吹き込んだ
かわりに帽子が選ぶよう！

かぶってごらん。すっぽりと
私がまちがえたことはない
私が見よう。みなの頭
そして教えん。寮の名を！

組分け帽子が歌い終わると、大広間は割れるような拍手だった。

「僕たちのときと歌がちがう」

みんなと一緒に手をたたきながら、ハリーが言った。

「毎年ちがう歌なんだ」ロンが言った。

「きっと、すごくたいくつなんじゃない？『帽子』の人生って。たぶん、一年かけて次の歌を作るんだよ」

マクゴナガル先生が羊皮紙の太い巻紙を広げはじめた。

「名前を呼ばれたら、帽子をかぶって、この椅子にお座りなさい」

先生が一年生に言い聞かせた。「帽子が寮の名を発表したら、それぞれの寮のテーブルにお着きなさい」

「アッカリー、スチュワート！」

進み出た男の子は、頭のてっぺんからつま先まで、傍目にもわかるほど震えていた。組分け帽子を取り上げ、かぶり、椅子に座った。

「**レイブンクロー！**」帽子が叫んだ。

スチュワート・アッカリーは帽子を脱ぎ、急いでレイブンクローのテーブルに行き、みんなの拍手に迎えられて席に着いた。スチュワート・アッカリーを拍手で歓迎しているレイブンクローのシーカー、チョウ・チャンの姿が、ちらりとハリーの目に入った。ほんの一瞬、ハリーは自分もレイブンクローのテーブルに座りたいという奇妙な気持ちになった。

「バドック、マルコム！」

「**スリザリン！**」

大広間のむこう側のテーブルから歓声が上がった。バドックがスリザリンのテーブルに着き、マルフォイが拍手している姿をハリーは見た。スリザリン寮は多くの「闇の魔法使い」を輩出してきたということを、バドックは知っているのだろうか。マルコム・バドックが着席すると、フレッドとジョージがあざけるように舌を鳴らした。

「ブランストーン、エレノア！」

「**ハッフルパフ！**」

「コールドウェル、オーエン！」

「**ハッフルパフ！**」

「クリービー、デニス！」

チビのデニス・クリービーは、ハグリッドのオーバーにつまずいてつんのめった。ちょうどその時、ハグリッドが教職員テーブルの後ろにある扉から、体を斜めにしてそっと入ってきた。背丈は普通の二倍、横幅は少なくとも普通の三倍はあろうというハグリッドは、もじゃもじゃともつれた長い髪もひげも真っ黒で、見るからにドキリとさせられる——まちがった印象を与えてしまうのだ。ハリー、ロン、ハーマイオニーは、ハグリッドがどんなにやさしいか知っていた。教職員テーブルの一番端に座りながら、ハグリッドは三人にウィンクし、デニス・クリービーが組分け帽子をかぶるのをじっと見た。帽子のつば元の裂け目が大きく開いた——。

「**グリフィンドール！**」帽子が叫んだ。

ハグリッドがグリフィンドール生と一緒に手をたたく中、デニス・クリービーはニッコリ笑って帽子を脱ぎ、それを椅子に戻し、急いで兄の所にやってきた。

「コリン、僕、落っこちたんだ！」

デニスは空いた席に飛び込みながら、かん高い声で言った。

「すごかったよ！　そしたら、水の中の何かが僕を捕まえてボートに押し戻したんだ！」

「すっごい！」

コリンも同じぐらい興奮していた。

「たぶんそれ、デニス、大イカだよ！」

「**ウワーッ！**」

デニスが叫んだ。嵐に波立つ底知れない湖に投げ込まれ、巨大な湖の怪物によってまた押し戻されるなんて、こんなすてきなことは、願ったってめったに叶うものじゃない、と言わんばかりのデニスの声だ。

「デニス！　デニス！　あそこにいる人、ね？　黒い髪でめがねかけてる人、ね？　見える？　**デニス、あの人、誰だか知ってる？**」

ハリーはそっぽを向いて、いまエマ・ドブズに取りかかった組分け帽子をじっと見つめた。

組分けが延々続く。男の子も女の子も、怖がり方もさまざまに、一人、また一人と三本脚の椅子に腰かけ、残りの子の列がゆっくりと短くなってきた。マクゴナガル先生はLで始まる名前を終えたところだ。

「ああ、早くしてくれよ」ロンは胃のあたりをさすりながらうめいた。

「まあまあ、ロン。組分けのほうが食事より大切ですよ」

ほとんど首無しニックがそう声をかけたときに、「マッドリー、ローラ！」がハッフルパフに決まった。

「そうだとも。死んでればね」ロンが言い返した。

「今年のグリフィンドール生が優秀だといいですね」

「マクドナルド、ナタリー」がグリフィンドールのテーブルに着くのを拍手で迎えながら、ほとんど首無しニックが言った。

「連続優勝を崩したくないですから。ね？」

グリフィンドールは、寮対抗杯でこの三年間連続優勝していた。

「プリチャード、グラハム！」

「**スリザリン！**」

「クァーク、オーラ！」

「**レイブンクロー！**」

そして、やっと、「ホイットビー、ケビン！」（「**ハッフルパフ！**」）で、組分けは終わった。マクゴナガル先生は「帽子」と「丸椅子」を取り上げ、片づけた。

「いよいよだ」

ロンはナイフとフォークを握り、自分の金の皿をいまや遅しと見守った。

ダンブルドア先生が立ち上がった。両手を大きく広げて歓迎し、生徒全員にぐるりとほほえみかけた。

「みなに言う言葉は二つだけじゃ」

先生の深い声が大広間に響き渡った。

「**思いっきり、かっ込め**」

「いいぞ、いいぞ！」

ハリーとロンが大声ではやした。目の前のからっぽの皿が魔法でいっぱいになった。

ハリー、ロン、ハーマイオニーがそれぞれ自分たちの皿に食べ物を山盛りにするのを、ほとんど首無しニックは恨めしそうに眺めていた。

「あふ、ひゃっと、落ち着いラ」

口いっぱいにマッシュポテトをほおばったまま、ロンが言った。

「今晩はごちそうが出ただけでも運がよかったのですよ」ほとんど首無しニックが言った。

「さっき、厨房で問題が起きましてね」

「どうして？　何があっラの？」

ハリーが、ステーキの大きな塊を口に入れたまま聞いた。

「ピーブズですよ。また」

ほとんど首無しニックが首を振り振り言ったので、首が危なっかしくぐらぐら揺れた。ニックはひだ襟を少し引っ張り上げた。

「いつもの議論です。ピーブズが祝宴に参加したいと駄々をこねましてね――ええ、まったく無理な話です。あんなやつですからね。行儀作法も知らず、食べ物の皿を見れば投げつけずにはいられないようなやつです。『ゴースト評議会』を開きましてね――『太った修道士』は、ピーブズにチャンスを与えてはどうかと言いました――でも、『血みどろ男爵』がダメを出して、てこでも動かない。そのほうが賢明だと私は思いましたよ」

血みどろ男爵はスリザリン寮つきのゴーストで、銀色の血糊にまみれ、げっそりと肉の落ちた無口なゴーストだ。男爵だけが、ホグワーツでただ一人、ピーブズを押さえつけることができる。

「そうかぁ。ピーブズめ、何か根に持っているな、と思ったよ」

ロンは恨めしそうに言った。

「厨房で、何やったの？」

「ああ、いつものとおりです」

ほとんど首無しニックは肩をすくめた。

「何もかもひっくり返しての大暴れ。鍋は投げるし、釜は投げるし。厨房はスープの海。屋敷しもべ妖精が物も言えないほど怖がって――」

ガチャン。ハーマイオニーが金のゴブレットをひっくり返した。かぼちゃジュースがテーブルクロスにじわっと広がり、白いクロスにオレンジ色の筋が長々と延びていったが、ハーマイオニーは気にも止めない。

「屋敷しもべ妖精が、**ここにも**いるって言うの？」

恐怖に打ちのめされたように、ハーマイオニーはほとんど首無しニックを見つめた。

「この**ホグワーツに？**」

「さよう」

ハーマイオニーの反応に驚いたように、ニックが答えた。

「イギリス中のどの屋敷よりも大勢いるでしょうな。百人以上」

「私、一人も見たことがないわ！」

「そう、日中はめったに厨房を離れることはないのですよ」ニックが言った。

「夜になると、出てきて掃除をしたり……火の始末をしたり……つまり、姿を見られないようにするのですよ……いい屋敷しもべの証拠でしょうが？　存在を気づかれないのは」

ハーマイオニーはニックをじっと見た。

「でも、**お給料**はもらってるわよね？　**お休み**ももらってるわね？　それに――病欠とか、年金とかいろいろも？」

ほとんど首無しニックが笑いだした。あんまり高笑いしたので、ひだ襟がずれ、真珠色の薄い皮一枚でかろうじてつながっている首が、ポロリと落ちてぶら下がった。

「病欠に、年金？」

ニックは首を肩の上に押し戻し、ひだ襟でもう一度固定しながら言った。

「屋敷しもべは病欠や年金を望んでいません！」

ハーマイオニーはほとんど手をつけていない自分の皿を見下ろし、すぐにナイフとフォークを置き、皿を遠くに押しやった。

「ねえ、アーミーニー」

ロンは口がいっぱいのまま話しかけたとたん、うっかりヨークシャー・プディングをハリーにひっかけてしまった。

「ウォッと――ごめん、アリー――」

ロンは口の中のものを飲み込んだ。

「君が絶食したって、しもべ妖精が病欠を取れるわけじゃないよ！」

「奴隷労働よ」

ハーマイオニーは鼻からフーッと息を強く吐いた。

「このごちそうを作ったのが、それなんだわ。**奴隷労働！**」

ハーマイオニーはそれ以上ひと口も食べようとしなかった。

雨は相変わらず降り続き、暗い高窓を激しく打った。雷鳴がまたバリバリッと窓を震わせ、嵐を映した天井に走った電光が金の皿を光らせたその時、ひと通り終わった食事の残り物が皿から消え、サッとデザートに変わった。

「ハーマイオニー、糖蜜パイだ！」

ロンがわざとパイのにおいをハーマイオニーのほうに漂わせた。

「ごらんよ！　蒸しプディングだ！　チョコレートケーキだ！」

ハーマイオニーがマクゴナガル先生そっくりの目つきでロンを見たので、ロンもついにあきらめた。

デザートもきれいさっぱり平らげられ、最後のパイくずが消えてなくなり、皿がピカピカにきれいになると、アルバス・ダンブルドア校長が再び立ち上がった。大広間を満たしていたガヤガヤというおしゃべりが、ほとんどいっせいにぴたりとやみ、聞こえるのは風の唸りとたたきつける雨の音だけになった。

「さて！」

ダンブルドアは笑顔で全員を見渡した。

「みんなよく食べ、よく飲んだことじゃろう」（ハーマイオニーが「フン！」と言った）

「いくつか知らせることがある。もう一度耳を傾けてもらおうかの」

「管理人のフィルチさんからみなに伝えるようにとのことじゃが、城内持ち込み禁止の品に、今年は次のものが加わった。『叫びヨーヨー』、『かみつきフリスビー』、『なぐり続けのブーメラン』。禁止品は全部で四百三十七項目あるはずじゃ。リストはフィルチさんの事務所で閲覧可能じゃ。確認したい生徒がいればじゃが」

ダンブルドアの口元がヒクヒクッと震えた。

引き続いてダンブルドアが言った。

「いつものとおり、校庭内にある森は、生徒立ち入り禁止。ホグズミード村も、三年生になるまでは禁止じゃ」

「寮対抗クィディッチ試合は今年は取りやめじゃ。これを知らせるのはわしのつらい役目での」

「**エーッ！**」

ハリーは絶句した。チームメートのフレッドとジョージを振り向くと、二人ともあまりのことに言葉もなく、ダンブルドアに向かってただ口をパクパクさせていた。

　ダンブルドアの言葉が続く。

「これは、十月に始まり、今学年の終わりまで続くイベントのためじゃ。先生方もほとんどの時間とエネルギーをこの行事のために費やすことになる――しかしじゃ、わしは、みながこの行事を大いに楽しむであろうと確信しておる。ここに大いなる喜びを持って発表しよう。今年、ホグワーツで――」

　しかし、ちょうどこの時、耳をつんざく雷鳴とともに、大広間の扉がバタンと開いた。

　戸口に一人の男が立っていた。長いステッキに寄りかかり、黒い旅行マントをまとっている。大広間の頭という頭が、いっせいに見知らぬ男に向けられた。いましも天井を走った稲妻が、突然その男の姿をくっきりと照らし出した。男はフードを脱ぎ、馬のたてがみのような、長い暗灰色まだらの髪をブルッと振るうと、教職員テーブルに向かって歩きだした。

　一歩踏み出すごとに、**コツッ**、**コツッ**という鈍い音が大広間に響いた。テーブルの端にたどり着くと、男は右に曲がり、一歩ごとに激しく体を浮き沈みさせながら、ダンブルドアのほうに向かった。再び稲妻が天井を横切った。ハーマイオニーが息をのんだ。

　稲妻が男の顔をくっきりと浮かび上がらせた。それは、ハリーがいままでに見たどんな顔ともちがっていた。人の顔がどんなものなのかをほとんど知らない誰かが、しかも鑿の使い方に不慣れな誰かが、風雨にさらされた木材をけずって作ったような顔だ。その皮膚は、一ミリのすきもないほど傷痕に覆われているようだった。口はまるで斜めに切り裂かれた傷口に見え、鼻は大きくそがれていた。しかし、男の形相が恐ろしいのは、何よりもその目のせいだった。

片方の黒い目は小さく、油断なく光っていた。もう一方は、大きく、丸いコインのようで、鮮やかな明るいブルーだった。ブルーの目は瞬きもせず、もう一方の普通の目とはまったく無関係に、ぐるぐると上下、左右に絶え間なく動いている——ちょうどその目玉がくるりと裏返しになり、瞳が男の真後ろを見る位置に移動したので、正面からは白目しか見えなくなった。

見知らぬ男はダンブルドアに近づき、手を差し出した。顔と同じぐらい傷痕だらけのその手を握りながら、ダンブルドアが何かをつぶやいたが、ハリーには聞き取れなかった。見知らぬ男に何か尋ねたようだったが、男はニコリともせずに頭を振り、低い声で答えていた。ダンブルドアはうなずくと、自分の右手の空いた席へ男をいざなった。

男は席に着くと暗灰色のたてがみをバサッと顔から払いのけ、ソーセージの皿を引き寄せ、残骸のように残った鼻の所まで持ち上げてフンフンとにおいをかいだ。次に旅行用マントのポケットから小刀を取り出し、ソーセージをその先に突き刺して食べはじめた。片方の正常な目はソーセージに注がれていたが、ブルーの目はせわしなくぐるぐる動き回り、大広間や生徒たちを観察していた。

「『闇の魔術に対する防衛術』の新しい先生をご紹介しよう」

静まり返った中でダンブルドアの明るい声が言った。

「ムーディ先生です」

新任の先生は拍手で迎えられるのが普通だったが、ダンブルドアとハグリッド以外は職員も生徒も誰一人として拍手しなかった。二人の拍手が、静寂の中でパラパラとさびしく鳴り響き、その拍手もほとんどすぐにやんだ。ほかの全員は、ムーディのあまりに不気味なありさまに呪縛されたかのように、ただじっと見つめるばかりだった。

「ムーディ？」

ハリーが小声でロンに話しかけた。

「**マッド-アイ・ムーディ？**　君のパパが今朝助けにいった人？」

「そうだろうな」

ロンも圧倒されたように、低い声で答えた。

「あの人、いったいどうしたのかしら？」ハーマイオニーもささやいた。「**あの顔**、何があったの？」

「知らない」ロンは、ムーディに魅入られたように見つめながら、ささやき返した。

ムーディはお世辞にも温かいとはいえない歓迎ぶりにも、まったく無頓着のようだった。目の前のかぼちゃジュースのジャーには目もくれず、旅行用マントから今度は携帯用酒瓶を引っ張り出してグビッグビッと飲んだ。飲むときに腕が上がり、マントのすそが床から数センチ持ち上がった。ハリーは、先端に鉤爪のついた木製の義足をテーブルの下から垣間見た。

ダンブルドアが咳払いした。

「先ほど言いかけていたのじゃが」

身じろぎもせずにマッド-アイ・ムーディを見つめ続けている生徒たちに向かって、ダンブルドアはにこやかに語りかけた。

「これから数か月にわたり、わが校は、まことに心躍るイベントを主催するという光栄に浴する。この催しはここ百年以上行われていない。この開催を発表するのは、わしとしても大いにうれしい。今年、ホグワーツで、三大魔法学校対抗試合を行う」

「**ご冗談**でしょう！」フレッド・ウィーズリーが大声を上げた。

ムーディが到着してからずっと大広間に張りつめていた緊張が、急に解けた。ほとんど全員が笑いだし、ダンブルドアも絶妙のかけ声を楽しむように、フォッフォッと笑った。

「ミスター・ウィーズリー、わしは**けっして**冗談など言っておらんよ」

ダンブルドアが言った。

「とはいえ、せっかく冗談の話が出たからには、実は、夏休みにすばらしい冗談を一つ聞いてのう。トロールと鬼婆とレプラコーンが一緒に飲み屋に入ってな――」

マクゴナガル先生が大きな咳払いをした。

「フム――しかしいまその話をする時では……ないようじゃの……」

ダンブルドアが言った。

「どこまで話したかの？　おお、そうじゃ。三大魔法学校対抗試合じゃった……さて、この試合がいかなるものか、知らない諸君もおろう。そこで、**とっくに**知っている諸君にはお許しを願って、簡単に説明するでの。その間、知っている諸君は自由勝手にほかのことを考えていてよろしい」

「三大魔法学校対抗試合は、およそ七百年前、ヨーロッパの三大魔法学校の親善試合として始まったものじゃ――ホグワーツ、ボーバトン、ダームストラングの三校での。各校から代表選手が一人ずつ選ばれ、三人が三つの魔法競技を争った。五年ごとに三校が持ち回りで競技を主催しての。若い魔法使い、魔女たちが国を越えての絆を築くには、これが最も優れた方法だと、衆目の一致するところじゃった――おびただしい数の死者が出るにいたって、競技そのものが中止されるまではの」

「**おびただしい死者？**」

ハーマイオニーが目を見開いてつぶやいた。しかし、大広間の大半の学生は、ハーマイオニーの心配などどこ吹く風で、興奮してささやき合っていた。ハリーも、何百年前に誰かが死んだことを心配するより、試合のことをもっと聞きたかった。

「何世紀にもわたって、この試合を再開しようと、いく度も試みられたのじゃが」

ダンブルドアの話は続いた。

「そのどれも成功しなかったのじゃ。しかしながら、わが国の『国際魔法協力部』と『魔法ゲーム・スポーツ部』とが、いまこそ再開の時は熟せりと判断した。今回は、選手の一人たりとも死の危険にさらされぬようにするために、我々はこのひと夏かけて一意専心取り組んだのじゃ」

「ボーバトンとダームストラングの校長が、代表選手の最終候補生を連れて十月に来校し、ハロウィーンの日に学校代表選手三人の選考が行われる。優勝杯、学校の栄誉、そして選手個人に与えられる賞金一千ガリオンを賭けて戦うのに、誰が最も相応しいかを、公明正大なる審査員が決めるのじゃ」

「立候補するぞ！」

フレッド・ウィーズリーがテーブルのむこうで唇をキッと結び、栄光と富とを手にする期待に熱く燃え、顔を輝かせていた。ホグワーツの代表選手になる姿を思い描いたのはフレッドだけではなかった。どの寮のテーブルでも、うっとりとダンブルドアを見つめる者や、隣の学生と熱っぽく語り合う光景がハリーの目に入った。しかしその時、ダンブルドアが再び口を開き、大広間はまた静まり返った。

「すべての諸君が、優勝杯をホグワーツ校にもたらそうという熱意に満ちておると承知しておる。しかし、参加三校の校長、ならびに魔法省としては、今年の選手に年齢制限を設けることで合意した。ある一定年齢に達した生徒だけが――つまり、十七歳以上じゃが――代表候補として名乗りを上げることを許される。このことは」――ダンブルドアは少し声を大きくした。ダンブルドアの言葉で怒りだした何人かの生徒が、ガヤガヤ騒ぎだしたからだ。ウィーズリーの双子は急に険しい表情になった――「このことは、我々がいかに予防措置を取ろうとも、やはり試合の種目が難しく危険であることから、必要な措置であると判断したがためなのじゃ。六年生、七年生より年少の者が課題をこなせるとは考えにくい。年少の者がホグワーツの代表選手になろうとして、公明正大なる選考の審査員の目をごまかしたりせぬよう、わし自ら目を光らせることとする」

ダンブルドアの明るいブルーの目が、フレッドとジョージの反抗的な顔をちらりと見て、いたずらっぽく光った。

「それじゃから、十七歳に満たない者は、名前を審査員に提出したりして時間のむだをせんように、よくよく願っておこう」

「ボーバトンとダームストラングの代表団は十月に到着し、今年度はほとんどずっとわが校にとどまる。外国からの客人が滞在する間、みなが礼儀と厚情を尽くすことと信ずる。さらに、ホグワーツの代表選手が選ばれしあかつきには、その者を、みな、心から応援するであろうと、わしはそう信じておる。さてと、夜も更けた。明日からの授業に備えて、ゆっくり休み、はっきりした頭で臨むことが大切じゃと、みなそう思っておるじゃろうの。就寝！　ほれほれ！」

ダンブルドアは再び腰かけ、マッドーアイ・ムーディと話しはじめた。ガタガタ、バタバタと騒々しい音を立てて、全校生徒が立ち上がり、群れをなして玄関ホールに出る二重扉へと向かった。

「そりゃあ、ないぜ！」

ジョージ・ウィーズリーは扉に向かう群れには加わらず、棒立ちになってダンブルドアをにらみつけていた。

「俺たち、四月には十七歳だぜ。なんで参加できないんだ？」

「俺はエントリーするぞ。止められるもんなら止めてみろ」

フレッドも、教職員テーブルにしかめっ面を向け、頑固に言い張った。

「代表選手になると、普通なら絶対許されないことがいろいろできるんだぜ。しかも、賞金一千ガリオンだ！」

「うん」ロンは魂が抜けたような目だ。「うん。一千ガリオン……」

「さあ、さあ」ハーマイオニーが声をかけた。

「行かないと、ここに残ってるのは私たちだけになっちゃうわ」

ハリー、ロン、ハーマイオニー、それにフレッド、ジョージが玄関ホールへと向かった。フレッドとジョージは、ダンブルドアがどんな方法で十七歳未満のエントリーを阻止するのだろうと、大論議を始めた。

「代表選手を決める公明正大な審査員って、誰なんだろう？」ハリーが言った。

「知るもんか」フレッドが言った。

「だけど、そいつをだまさなきゃ。『老け薬』を数滴使えばうまくいくかもな、ジョージ……」

「だけど、ダンブルドアは二人が十七歳未満だって知ってるよ」ロンが言った。

「ああ、でも、ダンブルドアが代表選手を決めるわけじゃないだろ？」

フレッドは抜け目がない。

「俺の見るとこじゃ、審査員なんて、誰が立候補したかさえわかったら、あとは各校からベストな選手を選ぶだけで、年なんて気にしないと思うな。ダンブルドアは俺たちが名乗りを上げるのを阻止しようとしてるだけだ」

「でも、いままで死人が出てるのよ！」

みんなでタペストリーの裏の隠し戸を通り、また一つ狭い階段を上がりながら、ハーマイオニーが心配そうな声を出した。

「ああ」フレッドは気楽に言った。「だけどずっと昔の話だろ？　それに、ちょっとくらいスリルがなきゃ、おもしろくもないじゃないか？　おい、ロン、俺たちがダンブルドアを出し抜く方法を見つけたらどうする？　エントリーしたいか？」

「どう思う？」ロンはハリーに聞いた。

「立候補したら気分いいだろな。だけど、もっと年上の選手が欲しいんだろな……僕たちじゃまだ勉強不足かも……」

「僕なんか、ぜったい不足だ」

フレッドとジョージの後ろから、ネビルの落ち込んだ声がした。

「だけど、ばあちゃんは僕に立候補してほしいだろうな。ばあちゃんは、僕が家の名誉を上げなきゃいけないっていつも言ってるもの。僕、やるだけはやらな――ウワッ……」

ネビルの足が、階段の中ほどでズブリとはまり込んでいた。こんないたずら階段がホグワーツのあちこちにあって、ほとんどの上級生は、考えなくとも階段の消えた部分を飛び越す習慣ができている。しかし、ネビルはとびっきり記憶力が悪かった。ハリーとロンがネビルのわきの下を抱えて引っ張り出した。階段の上では甲冑がギーギー、ガシャガシャと音を立てて笑っていた。

「こいつめ、だまれ」

鎧のそばを通り過ぎるとき、ロンが兜の面頬をガシャンと引き下げた。

グリフィンドール塔にたどり着いた。入口は、ピンクの絹のドレスを着た「太った婦人」の大きな肖像画の後ろに隠れている。みんなが近づくと、肖像画が問いかけた。

「合言葉は？」

「たわごと」ジョージが言った。

「下にいた監督生が教えてくれたんだ」

肖像画がパッと開き、背後の壁の穴が現れた。全員よじ登って穴をくぐった。円形の談話室には、ふかふかしたひじかけ椅子やテーブルが置かれ、パチパチと燃える暖炉の火で暖かかった。ハーマイオニーは楽しげにはじける火に暗い視線を投げかけた。「おやすみなさい」と挨拶して、女子寮に続く廊下へと姿を消す前に、ハーマイオニーがつぶやいた言葉を、ハリーははっきりと聞いた。

「**奴隷労働**」

ハリー、ロン、ネビルは最後の螺旋階段を上り、塔のてっぺんにある寝室にたどり着いた。深紅のカーテンがかかった四本柱のベッドが五つ、壁際に並び、足元にはそれぞれのベッドの主のトランクが置かれていた。ディーンとシェーマスはもうベッドに入るところだった。シェーマスのベッドの枕元にはアイルランドのロゼットがピンでとめられ、ディーンのベッドの脇机の上には、ビクトール・クラムのポスターが壁に貼りつけられていた。ディーンお気に入りのウエストハム・ユナイテッドの古ポスターは、その脇にピンでとめてある。

ちっとも動かないサッカー選手たちを眺めながら、ロンが頭を振り振りため息をついた。

「いかれてる」

ハリー、ロン、ネビルもパジャマに着替え、ベッドに入った。誰かが――しもべ妖精にちがいない――湯たんぽをベッドに入れてくれていた。ベッドに横たわり、外で荒れ狂う嵐の音を聞いているのは、ほっこりと気持ちがよかった。

「僕、立候補するかも」

暗がりの中でロンが眠そうに言った。

「フレッドとジョージがやり方を見つけたら……試合に……やってみなきゃわかんないものな?」

「だと思うよ……」

ハリーは寝返りを打った。頭の中に次々と輝かしい姿が浮かんだ……公明正大な審査員を出し抜いて、十七歳だと信じ込ませたハリー……ホグワーツの代表選手になったハリー……拍手喝采、大歓声の全校生徒の前で、勝利の印に両手を挙げて校庭に立つ僕……。僕はいま、対抗試合に優勝した……ぼんやりとかすむ群集の中で、チョウ・チャンの顔がくっきりと浮かび上がる。称讃に顔を輝かせている……。

ハリーは枕に隠れてニッコリした。自分にだけ見えて、ロンには見えないのが、特にうれしかった。

第十三章　マッド-アイ・ムーディ

嵐は、翌朝までには治まっていた。しかし、大広間の天井はまだどんよりしていた。ハリー、ロン、ハーマイオニーが朝食の席で時間割を確かめているときも、天井には鉛色の重苦しい雲が渦巻いていた。三人から少し離れた席で、フレッド、ジョージとリー・ジョーダンが、どんな魔法を使えば年を取り、首尾よく三校対抗試合にもぐり込めるかを討議していた。

「今日はまあまあだな……午前中はずっと戸外授業だ」

ロンは時間割の月曜日の欄を上から下へと指でなぞりながら言った。

「『薬草学』はハッフルパフと合同授業。『魔法生物飼育学』は……クソ、またスリザリンと一緒だ……」

「午後に、『占い学』が二時限続きだ」

時間割の下のほうを見てハリーがうめいた。「占い学」はハリーの一番嫌いな科目だ――「魔法薬学」はまた別格だが。「占い学」のトレローニー先生が、しつこくハリーの死を予言するのが、ハリーにはいやでたまらなかった。

「あなたも、『占い学』をやめればよかったのよ。私みたいに」

トーストにバターを塗りながら、ハーマイオニーが威勢よく言った。

「そしたら、『数占い』のように、もっときちんとした科目が取れるのに」

「おーや、また食べるようになったじゃないか」

ハーマイオニーがトーストにたっぷりジャムをつけるのを見て、ロンが言った。

「しもべ妖精の権利を主張するのには、もっといい方法があるってわかったのよ」

ハーマイオニーは誇り高く言い放った。

「そうかい……それに、腹も減ってたしな」ロンがニヤッとした。

突然、頭上で音がした。開け放した窓から、百羽のふくろうが、朝の郵便を運んできたのだ。ハリーは反射的に見上げたが、茶色や灰色の群れの中に、白いふくろうは影も形も見えなかった。ふくろうはテーブルの上をぐるぐる飛び回り、手紙や小包の受取人を探した。大きなメンフクロウがネビル・ロングボトムの所にサーッと降下し、ひざに小包を落とした――ネビルは必ず何か忘れ物をしてくるのだ。大広間のむこう側では、ドラコ・マルフォイのワシミミズクが、家から送ってくるいつものケーキやキャンディの包みらしいものを持って、肩に止まった。

がっかりして胃が落ちこむような気分を押さえつけ、ハリーは食べかけのオートミールをまた食べはじめた。ヘドウィグの身に何か起こったんじゃないだろうか？　シリウスは手紙を受け取らなかったのでは？

ぐしょぐしょした野菜畑を通り、第三温室にたどり着くまで、ハリーはずっとそのことばかり考えていたが、温室でスプラウト先生にいままで見たこともないような醜い植物を見せられて、心配事もおあずけになった。

植物というより真っ黒な太い大ナメクジが土を突き破って直立しているようだった。かすかにのたくるように動き、一本一本にテラテラ光る大きな腫れ物がブツブツと噴き出し、その中に、液体のようなものが詰まっている。

「ブボチューバー、腫れ草です」

スプラウト先生がきびきびと説明した。

「しぼってやらないといけません。みんな、膿を集めて――」

「えっ、**何を？**」

シェーマス・フィネガンが気色悪そうに聞き返した。

「膿です。フィネガン、うみ」

スプラウト先生がくり返した。

「しかもとても貴重なものですから、むだにしないよう。膿を、いいですか、この瓶に集めなさい。ドラゴン革の手袋をして。原液のままだと、このブボチューバーの膿は、皮膚に変な害を与えることがあります」

膿しぼりはむかむかしたが、なんだか奇妙な満足感があった。腫れた所をつつくと、黄緑色のドロッとした膿がたっぷりあふれ出し、強烈な石油臭がした。先生に言われたとおり、それを瓶に集め、授業が終わるころには数リットルもたまった。

「マダム・ポンフリーがお喜びになるでしょう」

最後の一本の瓶にコルクで栓をしながら、スプラウト先生が言った。

「頑固なにきびにすばらしい効き目があるのです。このブボチューバーの膿は。これで、にきびをなくそうと躍起になって、生徒がとんでもない手段を取ることもなくなるでしょう」

「かわいそうなエロイーズ・ミジェンみたいにね」

ハッフルパフ生のハンナ・アボットが声を殺して言った。

「自分のにきびに呪いをかけて取ろうとしたっけ」

「ばかなことを」

スプラウト先生が首を振り振り言った。

「ポンフリー先生が鼻を元どおりにくっつけてくれたからよかったようなものの」

ぬれた校庭のむこうから鐘の音が響いてきた。授業の終わりを告げる城の鐘だ。「薬草学」が終わり、ハッフルパフ生は石段を上って「変身術」の授業へ、グリフィンドール生は反対に芝生を下って、「禁じられた森」のはずれに建つハグリッドの小屋へと向かった。

ハグリッドは、片手を巨大なボアハウンド犬のファングの首輪にかけ、小屋の前に立っていた。足元に木箱が数個、ふたを開けて置いてあり、ファングは中身をもっとよく見たくてうずうずしているらしく、首輪を引っ張るようにしてクィンクィン鳴いていた。近づくにつれて、奇妙なガラガラという音が聞こえてきた。ときどき小さな爆発音のような音がする。

「おっはよー！」

ハグリッドはハリー、ロン、ハーマイオニーにニッコリした。

「スリザリンを待ったほうがええ。あの子たちも、こいつを見逃したくはねえだろう――『尻尾爆発スクリュート』だ！」

「もう一回言って？」ロンが言った。

ハグリッドは木箱の中を指差した。

「ギャーッ！」

ラベンダー・ブラウンが悲鳴を上げて飛びのいた。

「ギャーッ」の一言が、尻尾爆発スクリュートのすべてを表している、とハリーは思った。殻をむかれた奇形(きけい)のロブスターのような姿(すがた)で、ひどく青白いぬめぬめした胴体(どうたい)からは、勝手気ままな場所に肢(あし)が突(つ)き出(だ)し、頭らしい頭が見えない。一箱におよそ百匹(ぴき)いる。体長十五、六センチで、重なり合って這(は)い回(まわ)り、闇雲(やみくも)に箱の内側にぶつかっていた。くさった魚のような強烈(きょうれつ)なにおいを発する。ときどきしっぽらしい所から火花が飛び、**パン**と小さな音を上げて、そのたびに十センチほど前進している。

「いま孵(かえ)ったばっかしだ」

　ハグリッドは得意(とくい)げだ。

「だから、おまえたちが自分で育てられるっちゅうわけだ　そいつをちいっとプロジェクトにしようと思っちょる！」

「それで、なぜ我々(われわれ)がそんなのを**育てなきゃならない**のでしょうねぇ？」

　冷たい声がした。

　スリザリン生が到着(とうちゃく)していた。声の主はドラコ・マルフォイだった。クラッブとゴイルが、「もっともなお言葉」とばかりクスクス笑っている。

　ハグリッドは答えに詰(つ)まっているようだ。

「つまり、こいつらはなんの**役に立つ**のだろう？」

　マルフォイが問(と)い詰(つ)めた。

「**なんの意味があるっ**ていうんですかねぇ？」

ハグリッドは口をパクッと開いている。必死で考えている様子だ。数秒間だまったあとで、ハグリッドがぶっきらぼうに答えた。

「マルフォイ、そいつは次の授業だ。今日はみんな餌をやるだけだ。さあ、いろんな餌をやってみろよ――俺はこいつらを飼ったことがねえんで、何を食うのかよくわからん――アリの卵、カエルの肝、それと、毒のねえヤマカガシをちいと用意してある――全部ちぃーっとずつ試してみろや」

「最初は膿、次はこれだもんな」シェーマスがブツブツ言った。

ハリー、ロン、ハーマイオニーは、グニャグニャのカエルの肝をひとつかみ木箱の中に差し入れ、スクリュートを誘ってみた。ハグリッドが大好きでなかったらこんなことはしない。やっていることが全部、まったくむだなんじゃないかと、ハリーはその気持ちを抑えきれなかった。何しろスクリュートに口があるようには見えない。

「**アイタッ！**」

十分ほどたったとき、ディーン・トーマスが叫んだ。

「こいつ、襲った！」

ハグリッドが心配そうに駆け寄った。

「しっぽが爆発した！」

手の火傷をハグリッドに見せながら、ディーンがいまいましそうに言った。

「ああ、そうだ。こいつらが飛ぶときにそんなことが起こるな」

ハグリッドがうなずきながら言った。

「ギャーッ！」

ラベンダー・ブラウンがまた叫んだ。

「ギャッ、ハグリッド、あのとがったもの何？」

「ああ。針を持ったやつもいる」

ハグリッドの言葉に熱がこもった（ラベンダーはサッと箱から手を引っ込めた）。

「たぶん雄だな……雌は腹ンとこに吸盤のようなものがある……血を吸うためじゃねえかと思う」

「おやおや。なぜ僕たちがこいつらを生かしておこうとしているのか、これで僕にはよくわかったよ」

マルフォイが皮肉たっぷりに言った。

「火傷させて、刺して、かみつく。これが一度にできるペットだもの、誰だって欲しがるだろ？」

「かわいくないからって役に立たないとはかぎらないわ」

ハーマイオニーが反撃した。

「ドラゴンの血なんか、すばらしい魔力があるけど、ドラゴンをペットにしたいなんて誰も思わないでしょ？」

ハリーとロンがハグリッドを見てニヤッと笑った。ハグリッドももじゃもじゃひげの陰で苦笑いした。ハグリッドはペットならドラゴンが一番欲しいはずだと、ハリーもロンもハーマイオニーもよく知っていた——三人が一年生のとき、ごく短い間だったが、ハグリッドはドラゴンのペットを飼っていた。凶暴なノルウェー・リッジバック種で、ノーバートという名だった。ハグリッドは怪物のような生物が大好きだ——危険であればあるほど好きなのだ。

「まあ、少なくとも、スクリュートは小さいからね」

一時間後、昼食をとりに城に戻る道すがら、ロンが言った。

「そりゃ、**いまは**、そうよ」

ハーマイオニーは声をたかぶらせた。

「でも、ハグリッドが、どんな餌をやったらいいか見つけたら、たぶん二メートルぐらいには育つわよ」

「だけど、あいつらが船酔いとかなんとかに効くということになりゃ、問題ないだろ？」

ロンがハーマイオニーに向かっていたずらっぽく笑った。

「よーくご存じでしょうけど、私はマルフォイをだまらせるためにあんなことを言ったのよ。ほんとのこと言えば、マルフォイが正しいと思う。スクリュートが私たちを襲うようになる前に、全部踏みつぶしちゃうのが一番いいのよ」

三人はグリフィンドールのテーブルに着き、ラムチョップとポテトを食べた。ハーマイオニーが猛スピードで食べるので、ハリーとロンが目を丸くした。

「あー……それって、しもべ妖精の権利擁護の新しいやり方？」ロンが聞いた。

「絶食じゃなくて、吐くまで食うことにしたの？」

「どういたしまして」

芽キャベツを口いっぱいにほお張った顔で、精いっぱいに威厳を保とうとしながら、ハーマイオニーが言った。

「図書館に行きたいだけよ」

「**エーッ？**」

ロンは信じられないという顔だ。

「ハーマイオニー――今日は一日目だぜ。まだ宿題の『し』の字も出てないのに！」

ハーマイオニーは肩をすくめ、まるで何日も食べていなかったかのように食事をかき込んだ。それから、サッと立ち上がり、「じゃ、夕食のときね！」と言うなり、猛スピードで出ていった。

午後の始業のベルが鳴り、ハリーとロンは北塔に向かった。北塔の急な螺旋階段を上りつめたところに銀色のはしごがあり、天井の円形の跳ね戸へと続いていた。そのむこうがトレローニー先生の棲みついている部屋だった。

はしごを上り、部屋に入ると、暖炉から立ち昇るあの甘ったるいにおいが、むっと鼻を突いた。いつものように、カーテンは閉め切られている。円形の部屋は、スカーフやショールで覆った無数のランプから出る赤い光で、ぼんやりと照らされていた。そこかしこに置かれた布張り椅子や丸クッションにはもうほかの生徒が座っていた。ハリーとロンは、その間を縫って歩き、一緒に小さな丸テーブルに着いた。

「こんにちは」

ハリーのすぐ後ろで、トレローニー先生の霧のかかったような声がして、ハリーは飛び上がった。細い体に巨大なめがねが、顔に不釣り合いなほど目を大きく見せている。トレローニー先生だ。ハリーを見るときに必ず見せる悲劇的な目つきで、ハリーを見下ろしていた。いつものように、ごってりと身につけたビーズやチェーン、腕輪が、暖炉の火を受けてキラキラしている。

「坊や、何か心配してるわね」

先生が哀しげに言った。

「あたくしの心眼は、あなたの平気を装った顔の奥にある、悩める魂を見透していますのよ。お気の毒に、あなたの悩み事は根拠のないものではないのです。あたくしには、あなたの行く手に困難が見えますわ。ああ……ほんとうに大変な……あなたの恐れていることは、かわいそうに、必ず起こるでしょう……しかも、おそらく、あなたの思っているより早く……」

先生の声がぐっと低くなり、最後はほとんどささやくように言った。ロンはやれやれという目つきでハリーを見た。ハリーは硬い表情のままロンを見た。トレローニー先生は二人のそばをスイーッと通り、暖炉前に置かれたヘッドレストのついた大きなひじかけ椅子に座り、生徒たちと向かい合った。トレローニー先生を崇拝するラベンダー・ブラウンとパーバティ・パチルは、先生のすぐそばのクッションに座っていた。

「みなさま、星を学ぶ時が来ました」先生が言った。

「惑星の動き、そして天体の舞のステップを読み取る者だけに明かされる神秘的予兆。人の運命は、惑星の光によってその謎が解き明かされ、その光はまじり合い……」

ハリーはほかのことを考えていた。香をたき込めた暖炉の火で、いつも眠くなり、ぼうっとなるのだ。しかも、トレローニー先生の占いに関する取り止めのない話は、ハリーを夢中にさせたためしがない――それでも、先生がたったいま言ったことが、ハリーの頭に引っかかっていた。

「**あなたの恐れていることは、かわいそうに、必ず起こるでしょう……**」

しかし、ハーマイオニーの言うとおりだ、とハリーはいらいらしながら考えた。トレローニー先生はインチキだ。ハリーはいま、何も恐れてはいなかった……まあ、強いて言えば、シリウスが捕まってしまったのではないか、と恐れてはいたが……とはいえ、トレローニー先生に何がわかるというのか？　トレローニー先生の占いなんて、当たればおなぐさみの当て推量で、なんとなく不気味な雰囲気だけのものだと、ハリーはとっくにそういう結論を出していた。

ただし、例外は、去年の学年末のことだった。ヴォルデモートが再び立ち上がると予言した……ダンブルドアでさえ、ハリーの話を聞いたとき、あの恍惚状態は本物だと考えた。

「**ハリー！**」ロンがささやいた。

「えっ？」

ハリーはきょろきょろあたりを見回した。クラス中がハリーを見つめていた。ハリーはきちんと座りなおした。暑かったし、自分だけの考えに没頭してうとうとしていたのだ。

「坊や、あたくしが申し上げましたのはね、あなたが、まちがいなく、土星の不吉な支配の下で生まれた、ということですのよ」

ハリーがトレローニー先生の言葉に聞きほれていなかったのが明白なので、先生の声がかすかにいらいらしていた。

「なんの下に――ですか？」ハリーが聞いた。

「土星ですわ――不吉な惑星、土星！」

この宣告でもハリーにとどめを刺せないので、トレローニー先生の声が明らかにいらいらしていた。

「あなたの生まれたとき、まちがいなく土星が天空の支配宮に入っていたと、あたくし、そう申し上げていましたの……あなたの黒い髪……貧弱な体つき……幼くして悲劇的な喪失……あたくし、まちがっていないと思いますが、ねえ、あなた、真冬に生まれたでしょう?」

「いいえ」ハリーが言った。「僕、七月生まれです」

ロンは、笑いをごまかすのにあわててゲホゲホ咳をした。

三十分後、みんなはそれぞれ複雑な円形チャートを渡され、自分の生まれたときの惑星の位置を書き込む作業をしていた。年代表を参照したり、角度の計算をするばかりの、おもしろくない作業だった。

「僕、海王星が二つもあるよ」

しばらくして、ハリーが、自分の羊皮紙を見て顔をしかめながら言った。

「そんなはずないよね?」

「あぁぁぁぁー」

ロンがトレローニー先生の謎めいたささやきを口まねした。

「海王星が二つ空に現れるとき、ハリー、それはめがねをかけた小人が生まれる確かな印ですわ……」

すぐそばで作業していたシェーマスとディーンが、声を上げて笑ったが、ラベンダー・ブラウンの興奮した叫び声にかき消されてしまった——「うわあ、先生、見てください! 星位のない惑星が出てきました！　おぉぉー、先生、いったいこの星は？」

「冥王星、最後尾の惑星ですわ」トレローニー先生が星座表をのぞき込んで言った。

「ドンケツの星か……。ラベンダー、僕に君のドンケツ、ちょっと見せてくれる？」

ロンが言った。

ロンの下品な言葉遊びが、運悪くトレローニー先生の耳に入ってしまった。たぶんそのせいで、授業が終わるときに、ドサッと宿題が出た。

「これから一か月間の惑星の動きが、みなさんにどういう影響を与えるか、ご自分の星座表に照らして、くわしく分析なさい」

いつもの霞か雲かのような調子とは打って変わって、まるでマクゴナガル先生かと思うようなきっぱりとした言い方だった。

「来週の月曜日にご提出なさい。言い訳は聞きません！」

「あのばばぁめ」

みんなで階段を下り、夕食をとりに大広間に向かいながら、ロンが毒づいた。

「週末いっぱいかかるぜ。マジで……」

「宿題がいっぱい出たの？」

ハーマイオニーが追いついて、明るい声で言った。

「**私たちには**、ベクトル先生ったら、なんにも宿題出さなかったのよ！」

「じゃ、ベクトル先生、バンザーイだ」ロンが不機嫌に言った。

玄関ホールに着くと、夕食を待つ生徒であふれ、行列ができていた。三人が列の後ろに並んだとたん、背後で大声がした。

「ウィーズリー！　おーい、ウィーズリー！」

ハリー、ロン、ハーマイオニーが振り返ると、マルフォイ、クラッブ、ゴイルが立っていた。何かうれしくてたまらないという顔をしている。

「なんだ？」

ロンがぶっきらぼうに聞いた。

「君の父親が新聞にのってるぞ、ウィーズリー！」

マルフォイは「日刊予言者新聞」をひらひら振り、玄関ホールにいる全員に聞こえるように大声で言った。

「聞けよ！」

魔法省、またまた失態

特派員のリータ・スキーターによれば、魔法省のトラブルは、まだ終わっていない模様である。クィディッチ・ワールドカップでの警備の不手際や、職員の魔女の失踪事件がいまだにあやふやになっていることで非難されてきた魔法省が、昨日、マグル製品不正使用取締局のアーノルド・ウィーズリーの失態で、またもやひんしゅくを買った。

マルフォイが顔を上げた。

「名前さえまともに書いてもらえないなんて、ウィーズリー、君の父親は完全に小者扱いみたいだねぇ？」

マルフォイは得意満面だ。

玄関ホールの全員が、いまや耳を傾けている。マルフォイはこれみよがしに新聞を広げなおした。

アーノルド・ウィーズリーは、二年前にも空飛ぶ車を所有していたことで責任を問われたが、昨日、非常に攻撃的なごみバケツ数個をめぐって、マグルの法執行官（警察）ともめ事を起こした。ウィーズリー氏は、「マッドーアイ」ムーディの救助に駆けつけた模様だ。年老いた「マッドーアイ」は、友好的握手と殺人未遂との区別もつかなくなった時点で魔法省を引退した、往年の闇祓いである。警戒の厳重なムーディ氏の自宅に到着したウィーズリー氏は、案の定、ムーディ氏がまたしてもまちがい警報を発したことに気づいた。ウィーズリー氏はやむなく何人かの記憶修正を行い、やっと警官の手を逃れたが、こんなひんしゅくを買いかねない不名誉な場面に、なぜ魔法省が関与したのかという**日刊予言者新聞**の質問に対して、回答を拒んだ。

「写真までのってるぞ、ウィーズリー！」

マルフォイが新聞を裏返して掲げてみせた。

「君の両親が家の前で写ってる――もっとも、これが家と言えるかどうか！　君の母親は少し減量したほうがよくないか？」

ロンは怒りで震えていた。みんながロンを見つめている。

「失せろ、マルフォイ」ハリーが言った。「ロン、行こう……」

「そうだ、ポッター、君は夏休みにこの連中の所に泊まったそうだね？」

マルフォイがせせら笑った。

「それじゃ、教えてくれ。ロンの母親は、ほんとにこんなデブチンなのかい？　それとも単に写真写りかねぇ？」

「マルフォイ、**君の**母親はどうなんだ？」

ハリーが言い返した――ハリーもハーマイオニーも、ロンがマルフォイに飛びかからないよう、ロンのローブの後ろをがっちり押さえていた――。

「あの顔つきはなんだい？　鼻の下にクソでもぶら下げているみたいだ。いつもあんな顔してるのかい？　それとも単に君がぶら下がっていたからなのかい？」

マルフォイの青白い顔に赤味が差した。

「僕の母上を侮辱するな、ポッター」

「それなら、その減らず口を閉じとけ」ハリーはそう言って背を向けた。

バーン！

数人が悲鳴を上げた――ハリーは何か白熱した熱いものがほおをかすめるのを感じた――ハリーはローブのポケットに手を突っ込んで杖を取ろうとした。しかし、杖に触れるより早く、二つ目の**バーン**だ。そして吠え声が玄関ホールに響き渡った。

「**若造、卑怯なまねをするな！**」

ハリーが急いで振り返ると、ムーディ先生が大理石の階段をコツッ、コツッと下りてくるところだった。杖を上げ、まっすぐに純白のケナガイタチに突きつけている。石畳を敷き詰めた床で、ちょうどマルフォイが立っていたあたりに、白イタチが震えていた。

玄関ホールに恐怖の沈黙が流れた。ムーディ以外は身動き一つしない。ムーディがハリーのほうを見た――少なくとも普通の目のほうはハリーを見た。もう一つの目はひっくり返って、頭の後ろのほうを見ているところだった。

「やられたかね？」

ムーディが唸るように言った。低い、押し殺したような声だ。

「いいえ、はずれました」ハリーが答えた。

「**さわるな！**」ムーディが叫んだ。

「さわるなって——何に？」ハリーは面食らった。

「おまえではない——あいつだ！」

ムーディは親指で背後にいたクラッブをぐいと指し、唸った。白ケナガイタチを拾い上げようとしていたクラッブは、その場に凍りついた。ムーディの動く目は、どうやら魔力を持ち、自分の背後が見えるらしい。

ムーディはクラッブ、ゴイル、ケナガイタチのほうに向かって、足を引きずりながらまたコツッ、コツッと歩きだした。イタチはキーキーとおびえた声を出して、地下牢のほうにサッと逃げ出した。

「そうはさせんぞ！」

ムーディが吠え、杖を再びケナガイタチに向けた——イタチは空中に二、三メートル飛び上がり、バシッと床に落ち、反動でまた跳ね上がった。

「敵が後ろを見せたときに襲うやつは気にくわん」

ムーディは低く唸り、ケナガイタチは何度も床にぶつかっては跳ね上がり、苦痛にキーキー鳴きながら、だんだん高く跳ねた。

「鼻持ちならない、臆病で、下劣な行為だ……」

ケナガイタチは脚やしっぽをばたつかせながら、なす術もなく跳ね上がり続けた。

「二度と――こんな――ことは――するな――」

ムーディはイタチが石畳にぶつかって跳ね上がるたびに、一語一語をたたきつけた。

「ムーディ先生！」ショックを受けたような声がした。

マクゴナガル先生が、腕いっぱいに本を抱えて、大理石の階段を下りてくるところだった。

「やあ、マクゴナガル先生」

ムーディはイタチをますます高く跳ね飛ばしながら、落ち着いた声で挨拶した。

「な――何をなさっているのですか？」

マクゴナガル先生は空中に跳ね上がるイタチの動きを目で追いながら聞いた。

「教育だ」ムーディが言った。

「教――ムーディ、**それは生徒なのですか？**」

叫ぶような声とともに、マクゴナガル先生の腕から本がボロボロこぼれ落ちた。

「さよう」とムーディ。

「そんな！」

マクゴナガル先生はそう叫ぶと、階段を駆け下りながら杖を取り出した。次の瞬間、バシッと大きな音を立てて、ドラコ・マルフォイが再び姿を現した。いまや顔は燃えるように紅潮し、なめらかなブロンドの髪がバラバラとその顔にかかり、床に這いつくばっている。マルフォイは引きつった顔で立ち上がった。

「ムーディ、本校では、懲罰に変身術を使うことは**絶対**ありません！」

マクゴナガル先生が困りはてたように言った。

「ダンブルドア校長がそうあなたにお話ししたはずですが？」

「そんな話を聞いたかもしれん、フム」

ムーディはそんなことはどうでもよいというふうにあごをかいた。

「しかし、わしの考えでは、一発厳しいショックで――」

「ムーディ！　本校では居残り罰を与えるだけです！　さもなければ、規則破りの生徒が属する寮の寮監に話をします」

「それでは、そうするとしよう」

ムーディはマルフォイを嫌悪のまなざしではったとにらんだ。

マルフォイは痛みと屈辱で薄灰色の目をまだうるませてはいたが、ムーディを憎らしげに見上げ、何かつぶやいた。「父上」という言葉だけが聞き取れた。

「フン、そうかね？」

ムーディは、**コツッ**、**コツッ**と木製の義足の鈍い音をホール中に響かせて二、三歩前に出ると、静かに言った。

「いいか、わしはおまえの親父殿を昔から知っているぞ……親父に言っておけ。ムーディが息子から目を離さんぞ、とな……わしがそう言ったと伝えろ……さて、おまえの寮監は、確か、スネイプだったな？」

「そうです」マルフォイが悔しそうに言った。

「やつも古い知り合いだ」ムーディが唸るように言った。

「なつかしのスネイプ殿と口をきくチャンスをずっと待っていた……来い。さあ……」

そしてムーディはマルフォイの上腕をむんずとつかみ、地下牢へと引っ立てていった。

マクゴナガル先生は、しばらくの間、心配そうに二人の後ろ姿を見送っていたが、やがて落ちた本に向かって杖をひと振りした。本は宙に浮かび上がり、先生の腕の中に戻った。

数分後にハリー、ロン、ハーマイオニーの三人がグリフィンドールのテーブルに着き、いましがた起こった出来事を話す興奮した声が四方八方から聞こえてきたとき、ロンが二人にそっと言った。

「僕に話しかけないでくれ」

「どうして？」

ハーマイオニーが驚いて聞いた。

「あれを永久に僕の記憶に焼きつけておきたいからさ」

ロンは目を閉じ、瞑想にふけるかのように言った。

「ドラコ・マルフォイ。驚異のはずむケナガイタチ……」

ハリーもハーマイオニーも笑った。それからハーマイオニーはビーフシチューを三人の銘々皿に取り分けた。

「だけど、あれじゃ、ほんとうにマルフォイをけがさせてたかもしれないわ」

ハーマイオニーが言った。

「マクゴナガル先生が止めてくださったからよかったのよ――」

「ハーマイオニー！」

ロンがパッチリ目を開け、憤慨して言った。

「君ったら、僕の生涯最良の時をだいなしにしてるぜ！」

ハーマイオニーは、つき合いきれないわというような音を立てて、またしても猛スピードで食べはじめた。

「まさか、今夜も図書館に行くんじゃないだろうね?」

ハーマイオニーを眺めながらハリーが聞いた。

「行かなきゃ」

ハーマイオニーがもごもご言った。

「やること、たくさんあるもの」

「だって、言ってたじゃないか。ベクトル先生は――」

「学校の勉強じゃないの」

そう言うと、ハーマイオニーは五分もたたないうちに、皿をからっぽにしていなくなった。

ハーマイオニーがいなくなったすぐあとに、フレッド・ウィーズリーが座った。

「ムーディ!」フレッドが言った。「なんとクールじゃないか?」

「クールを超えてるぜ」フレッドのむかい側に座ったジョージが言った。

「超クールだ」

双子の親友、リー・ジョーダンが、ジョージの隣の席にすべり込むように腰かけながら言った。

「午後にムーディの授業があったんだ」リーがハリーとロンに話しかけた。

「どうだった?」ハリーは聞きたくてたまらなかった。

フレッド、ジョージ、リーが、たっぷりと意味ありげな目つきで顔を見合わせた。

「あんな授業は受けたことがないね」フレッドが言った。

「参った。**わかってるぜ**、あいつは」リーが言った。

「わかってるって、何が?」ロンが身を乗り出した。

「**現実にやるってことが**なんなのか、わかってるのさ」ジョージがもったいぶって言った。

「やるって、何を?」ハリーが聞いた。

「『闇の魔術』と戦うってことさ」フレッドが言った。

「あいつは、すべてを見てきたな」ジョージが言った。

「スッゲェぞ」リーが言った。

ロンはガバッと鞄をのぞき、授業の時間割を探した。

「あの人の授業、木曜までないじゃないか!」ロンががっかりしたような声を上げた。

第十四章　許されざる呪文

それからの二日間は、特に事件もなく過ぎた。もっとも、ネビルが「魔法薬学」の授業で溶かしてしまった大鍋の数が六個目になったことを除けばだが。夏休みの間に、報復意欲に一段と磨きがかかったらしいスネイプ先生が、ネビルに居残りを言い渡した。樽いっぱいの角ヒキガエルの腸を抜き出す、という処罰を終えて戻ってきたネビルは、ほとんど神経衰弱状態だった。

「スネイプがなんであんなに険悪ムードなのか、わかるよな？」

ハーマイオニーがネビルに、爪の間に入り込んだヒキガエルの腸を取り除く「ゴシゴシ呪文」を教えてやっているのを眺めながら、ロンがハリーに言った。

「ああ」ハリーが答えた。「ムーディだ」

スネイプが「闇の魔術」の教職に就きたがっていることは、みんなが知っていた。そして今年で四年連続、スネイプはその職に就きそこねた。これまでの「闇の魔術」の先生を、スネイプはさん

ざん嫌っていたし、はっきり態度にも表した——ところが、マッドーアイ・ムーディに対しては、奇妙なことに、正面きって敵意を見せないように用心しているように見えた。事実、二人が一緒にいるところをハリーが目撃したときは——食事のときや、廊下ですれちがうときなど——必ず、スネイプがムーディの目（「魔法の目」も普通の目も）をさけていると、ハリーははっきりそう感じた。

「スネイプは、ムーディのこと、少し怖がってるような気がする」

ハリーは考え込むように言った。

「ムーディがスネイプを角ヒキガエルに変えちゃったらどうなるかな」

ロンは夢見るような目になった。

「そして、やつを地下牢中ボンボン跳ねさせたら……」

グリフィンドールの四年生は、ムーディの最初の授業が待ち遠しく、木曜の昼食がすむと、早々と教室の前に集まり、始業のベルが鳴る前に列を作っていた。

ただ一人、ハーマイオニーだけは、始業時間ぎりぎりに現れた。

「私、いままで——」

「——図書館にいた」

ハリーが、ハーマイオニーの言葉を途中から引き取った。

「早くおいでよ。いい席がなくなるよ」

三人はすばやく、最前列の先生の机の真正面に陣取り、教科書の『闇の力――護身術入門』を取り出し、いつになく神妙に先生を待った。

まもなく、コツッ、コツッという音が、廊下を近づいてくるのが聞こえた。紛れもなくムーディの足音だ。そして、いつもの不気味な、恐ろしげな姿が、ヌッと入ってきた。鉤爪つきの木製の義足が、ローブの下から突き出しているのが、ちらりと見えた。

「そんなもの、しまってしまえ」

コツッ、コツッと机に向かい、腰を下ろすや否や、ムーディが唸るように言った。

「教科書だ。そんなものは必要ない」

みんな教科書を鞄に戻した。ロンが顔を輝かせた。

ムーディは出席簿を取り出し、傷痕だらけのゆがんだ顔にかかる、たてがみのような長い灰色まだらの髪をブルブルッと振り払い、生徒の名前を読み上げはじめた。普通の目は名簿の順を追って動いたが、「魔法の目」はぐるぐる回り、生徒が返事をするたびに、その生徒をじっと見すえた。

「よし、それでは」

出席簿の最後の生徒が返事をし終えると、ムーディが言った。

「このクラスについては、ルーピン先生から手紙をもらっている。おまえたちは、闇の怪物と対決するための基本をかなりまんべんなく学んだようだ――まね妖怪、赤帽鬼、おいでおいで妖怪、水魔、河童、人狼など。そうだな？」

ガヤガヤガヤと、みんなが同意した。

「しかし、おまえたちは、遅れている――非常に遅れている――呪いの扱い方についてだ。そこで、わしの役目は、魔法使い同士が互いにどこまで呪い合えるものなのか、おまえたちを最低線まで引き上げることにある。わしの持ち時間は一年だ。その間におまえたちに、どうすれば闇の――」

「え？　ずっといるんじゃないの？」ロンが思わず口走った。

ムーディの「魔法の目」がぐるりと回ってロンを見すえた。ロンはどうなることかとどぎまぎしていたが、やがて、ムーディがフッと笑った――笑うのを、ハリーははじめて見た。傷痕だらけの顔が笑ったところで、ますますひん曲がり、ねじれるばかりだったが、それでも、笑うという親しさを見せたことは、何かしら救われる思いだった。ロンも心からホッとした様子だった。

「おまえはアーサー・ウィーズリーの息子だな、え？」ムーディが言った。

「おまえの父親のおかげで、数日前、窮地を脱した……ああ、一年だけだ。ダンブルドアのために特別にな……一年。その後は静かな隠遁生活に戻る」

ムーディはしわがれた声で笑い、節くれだった両手をパンとたたいた。

「では――すぐ取りかかる。呪いだ。呪う力も形もさまざまだ。さて、魔法省によれば、わしが教えるべきは反対呪文であり、そこまでで終わりだ。違法とされる闇の呪文がどんなものか、六年生になるまでは生徒に見せてはいかんことになっている。おまえたちは幼すぎ、呪文を見ることさえたえられぬ、というわけだ。しかし、ダンブルドア校長は、おまえたちの根性をもっと高く評価しておられる。校長はおまえたちがたえられるとお考えだし、わしに言わせれば、戦うべき相手は早く知れば知るほどよい。見たこともないものから、どうやって身を護るというのだ？　いましも違法な呪いをかけようという魔法使いが、これからこういう呪文をかけますなどと、教えてはくれまい。面と向かって、やさしく礼儀正しく闇の呪文をかけてくれたりはせん。おまえたちのほうに備えがなければならん。緊張し、警戒していなければならんのだ。いいか、ミス・ブラウン、わしが話しているときは、そんなものはしまっておかねばならんのだ」

　ラベンダー・ブラウンは飛び上がって、真っ赤になった。完成した自分の天宮図を、パーバティに机の下で見せていたところだったのだ。ムーディの「魔法の目」は、自分の背後が見えるだけでなく、どうやら堅い木も透かして見ることができるらしい。

「さて……魔法法律により、最も厳しく罰せられる呪文が何か、知っている者はいるか？」

　何人かが中途半端に手を挙げた。ロンもハーマイオニーも手を挙げていた。ムーディはロンを指しながらも、「魔法の目」はまだラベンダーを見すえていた。

「えーと」ロンは自信なげに答えた。

「パパが一つ話してくれたんですけど……確か『服従の呪文』とかなんとか？」

「ああ、そのとおりだ」

ムーディが誉めるように言った。

「おまえの父親なら、**確かに**そいつを知っているはずだ。一時期、魔法省をてこずらせたことがある。『服従の呪文』はな」

ムーディは左右不ぞろいの足で、ぐいと立ち上がり、机の引き出しを開け、ガラス瓶を取り出した。黒い大グモが三匹、中でガサゴソ這い回っていた。ハリーは隣でロンがぎくりと身を引くのを感じた――ロンはクモが大の苦手だ。

ムーディは瓶に手を入れ、クモを一匹つかみ出し、手のひらにのせてみんなに見えるようにした。

それから杖をクモに向け、一言つぶやいた。

「インペリオ！　服従せよ！」

クモは細い絹糸のような糸を垂らしながら、ムーディの手から飛び降り、空中ブランコのように前に後ろに揺れはじめた。肢をピンと伸ばし、後ろ宙返りをし、糸を切って机の上に着地したと思うと、クモは円を描きながらくるりくるりと車輪のように側転を始めた。ムーディが杖をぐいと上げると、クモは後ろ肢の二本で立ち上がり、どう見てもタップダンスとしか思えない動きを始めた。

みんなが笑った――ムーディを除いて、みんなが。

「おもしろいと思うのか？」

ムーディは低く唸った。

「わしがおまえたちに同じことをしたら、喜ぶか？」

笑い声が一瞬にして消えた。

「完全な支配だ」

ムーディが低い声で言った。クモは丸くなってころりころりと転がりはじめた。

「わしはこいつを、思いのままにできる。窓から飛び降りさせることも、水におぼれさすことも、誰かののどに飛び込ませることも……」

ロンが思わず身震いした。

「何年も前になるが、多くの魔法使いたちが、この『服従の呪文』に支配された」

ムーディの言っているのはヴォルデモートの全盛時代のことだと、ハリーにはわかった。

「誰が無理に動かされているのか、誰が自らの意思で動いているのか、それを見分けるのが、魔法省にとってひと仕事だった」

「『服従の呪文』と戦うことはできる。これからそのやり方を教えていこう。しかし、これには個人の持つ真の力が必要で、誰にでもできるわけではない。できれば呪文をかけられぬようにするほうがよい。**油断大敵！**」

ムーディの大声に、みんな飛び上がった。

ムーディはとんぼ返りをしているクモをつまみ上げ、ガラス瓶に戻した。

「ほかの呪文を知っている者はいるか？　何か禁じられた呪文を？」

ハーマイオニーの手が再び高く挙がった。なんと、ネビルの手も挙がったので、ハリーはちょっと驚いた。ネビルがいつも自分から進んで答えるのは、ネビルにとってほかの科目より断トツに得意な「薬草学」の授業だけだった。ネビル自身が、手を挙げた勇気に驚いているような顔だった。

「何かね？」

ムーディは「魔法の目」をぐるりと回してネビルを見すえた。

「一つだけ――『磔の呪文』」

ネビルは小さな、しかしはっきり聞こえる声で答えた。

ムーディはネビルをじっと見つめた。今度は両方の目で見ている。

「おまえはロングボトムという名だな？」

「魔法の目」をすっと出席簿に走らせて、ムーディが聞いた。

ネビルはおずおずとうなずいた。しかし、ムーディはそれ以上追及しなかった。ムーディはクラス全員のほうに向きなおり、ガラス瓶から二匹目のクモを取り出し、机の上に置いた。クモは恐ろしさに身がすくんだらしく、じっと動かなかった。

「『磔の呪文』」ムーディが口を開いた。

「それがどんなものかわかるように、少し大きくする必要がある」

ムーディは杖をクモに向けた。

「エンゴージオ！　肥大せよ！」

クモがふくれ上がった。いまやタランチュラより大きい。ロンは、恥も外聞もかなぐり捨て、椅子をぐっと引き、ムーディの机からできるだけ遠ざかった。

ムーディは再び杖を上げ、クモを指し、呪文を唱えた。

「クルーシオ！　苦しめ！」

たちまち、クモは肢を胴体に引き寄せるように内側に折り曲げてひっくり返り、七転八倒し、わなわなとけいれんしはじめた。なんの音も聞こえなかったが、クモに声があれば、きっと悲鳴を上げているにちがいない、とハリーは思った。ムーディは杖をクモから離さず、クモはますます激しく身をよじりはじめた——。

「やめて！」ハーマイオニーが金切り声を上げた。

ハリーはハーマイオニーを見た。ハーマイオニーの目はクモではなく、ネビルを見ていた。その視線を追って、ハリーが見たのは、机の上で指の関節が白く見えるほどギュッと拳を握りしめ、恐怖に満ちた目を大きく見開いたネビルだった。

ムーディは杖を離した。クモの肢がはらりとゆるんだが、まだヒクヒクしていた。

「レデュシオ！　縮め！」

ムーディが唱えると、クモは縮んで、元の大きさになった。ムーディはクモを瓶に戻した。

「苦痛」ムーディが静かに言った。『磔の呪文』が使えれば、拷問に『親指締め』もナイフも必要ない……これも、かつて盛んに使われた」

「よろしい……ほかの呪文を何か知っている者はいるか？」

ハリーは周りを見回した。みんなの顔から、「三番目のクモはどうなるのだろう」と考えているのが読み取れた。三度目の挙手をしたハーマイオニーの手が、少し震えていた。

「何かね？」ムーディがハーマイオニーを見ながら聞いた。

「『**アバダ　ケダブラ**』」ハーマイオニーがささやくように言った。

何人かが不安げにハーマイオニーのほうを見た。ロンもその一人だった。

「ああ」ひん曲がった口をさらに曲げて、ムーディがほほえんだ。

「そうだ。最後にして最悪の呪文。『**アバダ　ケダブラ**』……死の呪いだ」

ムーディはガラス瓶に手を突っ込んだ。すると、まるで何が起こるのかを知っているように、三番目のクモは、ムーディの指から逃れようと、瓶の底を狂ったように走りだした。しかし、ムーディはそれを捕らえ、机の上に置いた。クモはそこでも、木の机の端のほうへと必死で走った。

ムーディが杖を振り上げた。ハリーは突然、不吉な予感で胸が震えた。

「アバダ　ケダブラ！」

ムーディの声がとどろいた。

目もくらむような緑の閃光が走り、まるで目に見えない大きなものが宙に舞い上がるような、グォーッという音がした――その瞬間、クモは仰向けにひっくり返った。なんの傷もない。しかし、紛れもなく死んでいた。女の子が何人か、あちこちで声にならない悲鳴を上げた。クモがロンのほうにすっとすべったので、ロンはのけぞり、危うく椅子から転げ落ちそうになった。

ムーディは死んだクモを机から床に払い落とした。

「よくない」

ムーディの声は静かだ。

「気持ちのよいものではない。しかも、反対呪文は存在しない。防ぎようがない。これを受けて生き残った者は、ただ一人。その者は、わしの目の前に座っている」

ムーディの目が（しかも両眼が）、ハリーの目をのぞき込んだ。ハリーは顔が赤くなるのを感じた。みんなの目がいっせいにハリーに向けられたのも感じ取った。ハリーは何も書いてない黒板を、魅せられたかのように見つめたが、実は何も見てはいなかった……。

そうなのか。父さん、母さんは、こうして死んだのか……あのクモとおんなじように。あんなふうに、なんの傷も、印もなく。肉体から命がぬぐい去られるとき、ただ緑の閃光を見、駆け抜ける死の音を聞いただけだったのだろうか？

この三年間というもの、ハリーは両親の死の光景を、くり返しくり返し思い浮かべてきた。両親が殺されたということを知ったときから、あの夜に何が起こったかを知ったときから、ずっと。ワームテールが両親を裏切って、ヴォルデモートにその居所をもらし、二人を追って、その隠れ家にヴォルデモートがやってきた。ヴォルデモートはまず父親を殺した。ジェームズ・ポッターは、妻に向かって「ハリーを連れて逃げろ」と叫びながら、ヴォルデモートを食い止めようとした……ヴォルデモートはリリー・ポッターに迫り、「どけ、ハリーを殺す邪魔をするな」と言った……母親は、かわりに自分を殺してくれとヴォルデモートにすがり、あくまでも息子をかばい続けて離れなかった……そして、ヴォルデモートは母親をも殺し、杖をハリーに向けた……。

前学期、吸魂鬼と戦ったときにハリーは両親の最期の声を聞いた。こうした細かい光景を、そのときに知ったのだ――吸魂鬼の恐ろしい魔力が、餌食となる者に、人生最悪の記憶をありありと思い出させ、絶望と無力感におぼれるようにしむけるのだ……。

ムーディがまた話しだした――はるかかなたで――とハリーには聞こえた。力を奮い起こし、ハリーは自分を現実に引き戻し、ムーディの言うことに耳を傾けた。

「『アバダ　ケダブラ』の呪いの裏には、強力な魔力が必要だ——おまえたちがこぞって杖を取り出し、わしに向けてこの呪文を唱えたところで、わしに鼻血さえ出させることができるものか。しかし、そんなことはどうでもよい。わしは、おまえたちにそのやり方を教えにきているわけではない」

「さて、反対呪文がないなら、なぜおまえたちに見せたりするのか？　**それは、おまえたちが知っておかなければならないからだ**。最悪の事態がどういうものか、おまえたちは味わっておかなければならない。せいぜいそんなものと向き合うような目にあわぬようにするんだな。**油断大敵！**」

　声がとどろき、またみんな飛び上がった。

「さて……この三つの呪文だが——『アバダ　ケダブラ』、『服従の呪文』、『磔の呪文』——これらは『許されざる呪文』と呼ばれる。同類であるヒトに対して、このうちどれか一つの呪いをかけるだけで、アズカバンで終身刑を受けるに値する。おまえたちが立ち向かうのは、そういうものなのだ。そういうものに対しての戦い方を、わしはおまえたちに教えなければならない。備えが必要だ。武装が必要だ。しかし、何よりもまず、常に、絶えず、警戒することの訓練が必要だ。羽根ペンを出せ……これを書き取れ……」

　それからの授業は、「許されざる呪文」のそれぞれについて、ノートを取ることに終始した。ベルが鳴るまで、誰も何もしゃべらなかった——しかし、ムーディが授業の終わりを告げ、みんなが教室を出るとすぐに、ワッとばかりにおしゃべりが噴出した。ほとんどの生徒が、恐ろしそうに呪文の話をしていた――「あのクモのピクピク、見たか？」「――それに、ムーディが殺したとき――あっという間だ！」

みんなが、まるですばらしいショーか何かのように――とハリーは思った――授業の話をしていた。しかし、ハリーにはそんなに楽しいものとは思えなかった――どうやら、ハーマイオニーも同じ思いだったらしい。

「早く」

ハーマイオニーが緊張した様子でハリーとロンを急かした。

「また、図書館ってやつじゃないだろうな？」ロンが言った。

「ちがう」

ハーマイオニーはぶっきらぼうにそう言うと、脇道の廊下を指差した。

「ネビルよ」

ネビルが、廊下の中ほどにポツンと立っていた。ムーディが「磔の呪文」をやって見せたあの時のように、恐怖に満ちた目を見開いて、目の前の石壁を見つめている。

「ネビル？」ハーマイオニーがやさしく話しかけた。

ネビルが振り向いた。

「やあ」

ネビルの声はいつもよりかなり上ずっていた。

「おもしろい授業だったよね？　夕食の出し物は何かな。僕――僕、お腹がペコペコだ。君たちは？」

「ネビル、あなた、大丈夫？」ハーマイオニーが聞いた。

「ああ、うん。大丈夫だよ」

ネビルは、やはり不自然にかん高い声で、ベラベラしゃべった。

「とってもおもしろい夕食――じゃないや、授業だった――夕食の食い物はなんだろう？」

ロンはぎょっとしたような顔でハリーを見た。

「ネビル、いったい――？」

その時、背後で奇妙なコツッ、コツッという音がして、振り返るとムーディ先生が足を引きずりながらやってくるところだった。四人ともだまり込んで、不安げにムーディを見た。しかし、ムーディの声は、いつもの唸り声よりずっと低く、やさしい唸り声だった。

「大丈夫だぞ、坊主」

ネビルに向かってそう声をかけた。

「わしの部屋に来るか？　おいで……茶でも飲もう……」

ネビルはムーディと二人でお茶を飲むと考えただけで、もっと怖がっているように見えた。身動きもせず、しゃべりもしない。

ムーディは「魔法の目」をハリーに向けた。

「おまえは大丈夫だな？　ポッター？」

「はい」

ハリーは、ほとんど挑戦的に返事をした。

ムーディの青い目が、ハリーを眺め回しながら、かすかにフフフと揺れた。

そして、こう言った。

「知らねばならん。むごいかもしれん、たぶんな。**しかし、おまえたちは知らねばならん**。知らぬふりをしてどうなるものでもない……さあ……おいで、ロングボトム。おまえが興味を持ちそうな本が何冊かある」

ネビルは拝むような目でハリー、ロン、ハーマイオニーを見たが、誰も何も言わなかった。ムーディの節くれだった手を片方の肩にのせられ、ネビルはしかたなく、うながされるままについていった。

「ありゃ、いったいどうしたんだ？」

ネビルとムーディが角を曲がるのを見つめながら、ロンが言った。

「わからないわ」

ハーマイオニーは考えにふけっているようだった。

「だけど、たいした授業だったよな、な？」

大広間に向かいながら、ロンがハリーに話しかけた。

「フレッドとジョージの言うことは当たってた。ね？　あのムーディって、ほんとに、決めてくれるよな？　『アバダ　ケダブラ』をやったときなんか、あのクモ、**コロッと死んだ**。あっという間におさらばだ――」

しかし、ハリーの顔を見て、ロンは急にだまり込んだ。それからは一言もしゃべらず、大広間に着いてからやっと、トレローニー先生の予言の宿題は何時間もかかるから、今夜にも始めたほうがいいと思う、と口をきいた。

ハーマイオニーは夕食の間ずっと、ハリーとロンの会話には加わらず、激烈な勢いでかき込み、また図書館へと去っていった。ハリーとロンはグリフィンドール塔へと歩きだした。ハリーは、夕食の間ずっと思いつめていたことを、今度は自分から話題にした。「許されざる呪文」のことだ。

「僕らがあの呪文を見てしまったことが魔法省に知れたら、ムーディもダンブルドアもまずいことにならないかな？」

「太った婦人」の肖像画の近くまで来たとき、ハリーが言った。

「うん、たぶんな」ロンが言った。

「だけど、ダンブルドアって、いつも自分流のやり方でやってきただろ？　それに、ムーディだって、もうとっくの昔から、まずいことになってたんだろうと思うよ。問答無用で、まず攻撃しちゃうんだから。ごみバケツがいい例だ。――太わごと」

「太った婦人」がパッと開いて、入口の穴が現れた。二人はそこをよじ登って、グリフィンドールの談話室に入った。中は混み合っていて、うるさかった。

「じゃ、『占い学』のやつ、持ってこようか？」ハリーが言った。

「それっきゃねえか」ロンがうめくように言った。

教科書と星座表を取りに二人で寝室に行くと、ネビルがぽつねんとベッドに座って、何か読んでいた。ネビルは、ムーディの授業が終わった直後よりは、ずっと落ち着いているようだったが、まだ本調子とは言えない。目を赤くしている。

「ネビル、大丈夫かい？」ハリーが聞いた。

「うん、もちろん」ネビルが答えた。

「大丈夫だよ。ありがとう。ムーディ先生が貸してくれた本を読んでるとこだ……」

ネビルは本を持ち上げて見せた。『地中海の水生魔法植物とその特性』とある。

「スプラウト先生がムーディ先生に、僕は『薬草学』がとってもよくできるって言ったらしいんだ」

ネビルはちょっぴり自慢そうな声で言った。ハリーはネビルがそんな調子で話すのを、めったに聞いたことがなかった。

「ムーディ先生は、僕がこの本を気に入るだろうって思ったんだ」

スプラウト先生の言葉をネビルに伝えたのは、ネビルを元気づけるのにとても気のきいたやり方だったとハリーは思った。ネビルは、何かにすぐれているなどと言われたことが、めったにないからだ。ルーピン先生だったらそうしただろうと思われるようなやり方だ。

ハリーとロンは『未来の霧を晴らす』の教科書を持って談話室に戻り、テーブルを見つけて座り、むこう一か月間の自らの運勢を予言する宿題に取りかかった。

一時間後、作業はほとんど進んでいなかった。テーブルの上は計算の結果や記号を書きつけた羊皮紙の切れ端で散らかっていたが、ハリーの脳みそは、まるでトレローニー先生の暖炉から出る煙が詰まっているかのように、ぼうっと曇っていた。

「こんなもの、いったいどういう意味なのか、僕、まったく見当もつかない」

計算を羅列した長いリストをじっと見下ろしながら、ハリーが言った。

「あのさあ」

いらいらして、指で髪をかきむしってばかりいたので、ロンの髪は逆立っていた。

「こいつは、『まさかのときの占い学』に戻るしかないな」

「なんだい――でっち上げか？」

「そう」

そう言うなり、ロンは走り書きのメモの山をテーブルから払いのけ、羽根ペンにたっぷりインクを浸し、書きはじめた。

「来週の月曜」書きなぐりながらロンが読み上げた。「火星と木星の『合』という凶事により、僕は咳が出はじめるであろう」

ここでロンはハリーを見た。

「あの先生のことだ――とにかくみじめなことをたくさん書け。舌なめずりして喜ぶぞ」

「よーし」

ハリーは、最初の苦労の跡をくしゃくしゃに丸め、ペチャクチャしゃべっている一年生の群れの頭越しに放って、暖炉の火に投げ入れた。

「オッケー……月曜日、**僕は**危うく――えーと――火傷するかもしれない」

「うん、そうなるかもな」ロンが深刻そうに言った。「月曜にはまたスクリュートのお出ましだからな。オッケー。火曜日、**僕は**……ウーム……」

「大切なものをなくす」

何かアイデアはないかと『**未来の霧を晴らす**』をパラパラめくっていたハリーが言った。

「いただきだ」ロンはそのまま書いた。

「なぜなら……ウーム……水星だ。ハリー、君は、誰か友達だと思っていたやつに、裏切られることにしたらどうだ？」

「ウン……さえてる……」ハリーも急いで書きとめた。

「なぜなら……金星が第十二宮に入るからだ」

「そして水曜日だ。僕はけんかしてコテンパンにやられる」

「あぁー、僕もけんかにしようと思ってたのに。オッケー、僕は賭けに負ける」

「いいぞ、ハリー、君は、僕がけんかに勝つほうに賭けてた……」

それから一時間、二人はでっち上げ運勢を（しかもますます悲劇的に）書き続けた。周りの生徒たちが一人、二人と寝室に上がり、談話室はだんだん人気がなくなった。どこからかクルックシャンクスが現れ、二人のそばに来て、空いている椅子にひらりと飛び上がり、謎めいた表情でハリーの顔をじっと見た。なんだか、二人がまじめに宿題をやっていないと知ったら、ハーマイオニーがこんな顔をするだろうというような目つきだ。

ほかにまだ使っていない種類の不幸が何かないだろうかと考えながら、部屋を見回すと、フレッドとジョージがハリーの目に入った。壁際に座り込み、額を寄せ合い、羽根ペンを持って、一枚の羊皮紙を前に、何かに夢中になっている。フレッドとジョージが隅に引っ込んで、静かに勉強しているなど、ありえないことだ。たいがい、なんでもいいから、真っただ中でみんなの注目を集めて騒ぐのが好きなのだ。羊皮紙一枚と取っ組んでいる姿は、何やら秘密めいたにおいがした。

ハリーは、「隠れ穴」で、やはり二人が座り込んで何か書いていた姿を思い出した。その時は、**ウィーズリー・ウィザード・ウィーズ**の新しい注文書を作っているのだろうと思ったが、今度はそうではなさそうだ。もしそうなら、リー・ジョーダンもいたずらに一枚加わっていたにちがいない。もしや三校対抗試合に名乗りを上げることと関係があるのでは、とハリーは思った。

ハリーが見ていると、ジョージがフレッドに向かって首を横に振り、羽根ペンで何かをかき消し、何やら話している。ヒソヒソ声だが、それでも、ほとんど人気のない部屋ではよく聞こえてきた。

「だめだ……それじゃ俺たちがやっこさんを非難してるみたいだ。もっと慎重にやらなきゃ……」

ジョージがふとこっちを見て、ハリーと目が合った。ハリーはあいまいに笑い、急いで運勢作業に戻った――ジョージに、盗み聞きしていたようにとられたくなかった。それからまもなく、双子は羊皮紙を巻き、「おやすみ」と言って寝室に去った。

フレッドとジョージがいなくなってから十分もたったころ、肖像画の穴が開き、ハーマイオニーが談話室に這い登ってきた。片手に羊皮紙をひと束抱え、もう一方の手に箱を抱えている。箱の中身が歩くたびにカタカタ鳴った。クルックシャンクスが、背中を丸めてゴロゴロのどを鳴らした。

「こんばんは」ハーマイオニーが挨拶した。

「ついにできたわ！」

「僕もだ！」ロンが勝ち誇ったように羽根ペンを放り出した。

ハーマイオニーは腰かけ、持っていたものを空いているひじかけ椅子に置き、それからロンの運勢予言を引き寄せた。

「すばらしい一か月とはいかないみたいですこと」

ハーマイオニーが皮肉たっぷりに言った。クルックシャンクスがそのひざに乗って丸まった。

「まあね。少なくとも、前もってわかっているだけましさ」ロンはあくびをした。

「二回もおぼれることになってるようよ」ハーマイオニーが指摘した。

「え？　そうか？」

ロンは自分の予言をじっと見た。

「どっちか変えたほうがいいな。ヒッポグリフが暴れて踏みつぶされるってことに」

「でっち上げだってことが見え見えだと思わない？」ハーマイオニーが言った。

「何をおっしゃる！」ロンが憤慨するふりをした。

「僕たちは、屋敷しもべ妖精のごとく働いていたのですぞ！」

ハーマイオニーの眉がピクリと動いた。

「ほんの言葉のあやだよ」ロンがあわてて言った。

ハリーも羽根ペンを置いた。まさに首を切られて自分が死ぬ予言を書き終えたのだ。

「中身は何？」

ハリーが箱を指した。

「いまお聞きになるなんて、なんて間がいいですこと」

ロンをにらみつけながら、そう言うと、ハーマイオニーはふたを開け、中身を見せた。

箱の中には、色とりどりのバッジが五十個ほど入っていた。みんな同じ文字が書いてある。S・P・E・W。

「『スピュー』？」ハリーはバッジを一個取り上げ、しげしげと見た。

「何に使うの？」

「**スピュー**（反吐）じゃないわ」

ハーマイオニーがもどかしそうに言った。

「エス——ピー——イー——ダブリュー。つまり、エスは協会、ピーは振興、イーはしもべ妖精、ダブリューは福祉の頭文字。しもべ妖精福祉振興協会よ」

「聞いたことないなぁ」ロンが言った。

「当然よ」ハーマイオニーは威勢よく言った。

「私が始めたばかりです」

「へえ？」ロンがちょっと驚いたように言った。

「メンバーは何人いるんだい？」

「そうね――お二人が入会すれば――三人」ハーマイオニーが言った。

「それじゃ、僕たちが『スピュー、反吐』なんて書いたバッジを着けて歩き回ると思ってるわけ？」

ロンが言った。

「エス――ピー――イー――ダブリュー！」ハーマイオニーが熱くなった。

「ほんとは『魔法生物仲間の目に余る虐待を阻止し、その法的立場を変えるためのキャンペーン』とするつもりだったの。でも入りきらないでしょ。だから、そっちのほうは、我らが宣言文の見出しに持ってきたわ」

ハーマイオニーは羊皮紙の束を二人の目の前でひらひら振った。

「私、図書館で徹底的に調べたわ。小人妖精の奴隷制度は、何世紀も前から続いてるの。これまで誰もなんにもしなかったなんて、信じられないわ」

「ハーマイオニー――耳を覚ませ」ロンが大きな声を出した。

「いいか、あいつらは、奴隷が、好き。奴隷でいるのが**好き**なんだ！」

「我々の短期的目標は」

ロンより大きな声を出し、何も耳に入らなかったかのように、ハーマイオニーは読み上げた。

「屋敷しもべ妖精の正当な報酬と労働条件を確保することである。我々の長期的目標は、以下の事項をふくむ。杖の使用禁止に関する法律改正。しもべ妖精代表を一人、『魔法生物規制管理部』に参加させること。なぜなら、彼らの代表権は愕然とするほど無視されているからである」

「それで、そんなにいろいろ、どうやってやるの?」ハリーが聞いた。

「まず、メンバー集めから始めるの」

ハーマイオニーは悦に入っていた。

「入会費、二シックルと考えたの――それでバッジを買う――その売上を資金に、ビラまきキャンペーンを展開するのよ。ロン、あなた、財務担当――私、上の階に募金用の空き缶を一個、置いてありますからね――ハリー、あなたは書記よ。だから、私がいましゃべっていることを、全部記録しておくといいわ。第一回会合の記録として」

一瞬、間があいた。その間、ハーマイオニーは二人に向かって、ニッコリほほえんでいた。ハリーは、ハーマイオニーにはあきれるやら、ロンの表情がおかしいやらで、ただじっと座ったままだった。沈黙を破ったのは、ロン、ではなく――ロンはどっちみち、あっけにとられて、一時的に口がきけない状態だった――**トントン**と軽く窓をたたく音だった。いまやがらんとした談話室のむこうに、ハリーは、月明かりに照らされて窓枠に止まっている、雪のように白いふくろうを見た。

「ヘドウィグ!」

ハリーは叫ぶように名を呼び、椅子から飛び出して、窓に駆け寄り、パッと開けた。

ヘドウィグは、中に入ると、部屋をスイーッと横切って飛び、テーブルに置かれたハリーの予言の上に舞い降りた。

「待ってたよ！」

ハリーは急いでヘドウィグのあとを追った。

「返事を持ってる！」

ロンも興奮して、ヘドウィグの脚に結びつけられた汚い羊皮紙を指差した。

ハリーは急いで手紙をほどき、座って読みはじめた。ヘドウィグははたはたとそのひざに乗り、やさしくホーと鳴いた。

「なんて書いてあるの？」

ハーマイオニーが息をはずませて聞いた。

とても短い手紙だった。しかも、大急ぎで走り書きしたように見えた。ハリーはそれを読み上げた。

ハリー

すぐに北に向けて飛び発つつもりだ。数々の奇妙なうわさが、ここにいる私の耳にも届いているが、君の傷痕のことは、その一連の出来事に連なる最新のニュースだ。また痛むことがあれば、すぐにダンブルドアの所へ行きなさい――風の便りでは、ダンブルドアがマッド-アイ・ムーディを隠遁生活から引っ張り出したとか。ということは、ほかの者は誰も気づいていなくとも、なんらかの気配を、ダンブルドアが読み取っているということなのだ。

　またすぐ連絡する。ロンとハーマイオニーによろしく。ハリー、くれぐれも用心するよう。

シリウス

ハリーは目を上げてロンとハーマイオニーを見た。二人もハリーを見つめ返した。

「北に向けて飛び発つって？」ハーマイオニーがつぶやいた。

「**帰ってくる**ってこと？」

「ダンブルドアは、なんの気配を読んでるんだ？」ロンは当惑していた。

「ハリー――どうしたんだい？」

ハリーが拳で自分の額をたたいているところだった。ひざが揺れ、ヘドウィグが振り落とされた。

「シリウスに言うべきじゃなかった！」ハリーは激しい口調で言った。

「何を言いだすんだ？」ロンはびっくりして言った。

「手紙のせいで、シリウスは帰らなくちゃならないって思ったんだ！」

ハリーが、今度はテーブルを拳でたたいたので、ヘドウィグはロンの椅子の背に止まり、怒ったようにホーと鳴いた。

「戻ってくるんだ。僕が危ないと思って！　僕はなんでもないのに！　それに、おまえにあげるものなんて、なんにもないよ」

ねだるようにくちばしを鳴らしているヘドウィグに、ハリーはつっけんどんに言った。

「食べ物が欲しかったら、ふくろう小屋に行けよ」

ヘドウィグは大いに傷ついた目つきでハリーを見て、開け放した窓のほうへと飛び去ったが、行きがけに、広げた翼でハリーの頭のあたりをピシャリとたたいた。

「ハリー」ハーマイオニーがなだめるような声で話しかけた。

「僕、寝る。またあした」

ハリーは言葉少なに、それだけ言った。

二階の寝室でパジャマに着替え、四本柱のベッドに入ってはみたものの、ハリーはつかれて眠るという状態とはほど遠かった。

シリウスが戻ってきて、捕まったら僕のせいだ。僕は、どうしてだまっていられなかったのだろう。ほんの二、三秒の痛みだったのに、くだらないことをべらべらと……自分一人の胸にしまっておく分別があったなら……。

しばらくして、ロンが寝室に入ってくる気配がしたが、ハリーはロンに話しかけはしなかった。横たわったまま、ハリーはベッドの暗い天蓋を見つめていた。寝室は静寂そのものだった。自分のことでそこまで頭がいっぱいでなかったら、ハリーは気づいたはずだ。いつものネビルのいびきが聞こえないことに。眠れないのはハリーだけではなかったのだ。

第十五章　ボーバトンとダームストラング

翌朝、早々と目が覚めたハリーの頭の中には、まるで眠っている脳みそが、夜通しずっと考えていたかのように、完全な計画が出来上がっていた。起きだして薄明かりの中で着替え、ロンを起こさないように寝室を出て、ハリーは誰もいない談話室に戻った。まだ「占い学」の宿題が置きっ放しになっているテーブルから、羊皮紙を一枚取り、ハリーは手紙を書いた。

シリウスおじさん

傷痕が痛んだというのは、僕の思い過ごしで、この間手紙を書いたときは半分寝ぼけていたようです。こちらに戻ってくるのはむだです。こちらは何も問題はありません。僕のことは心配しないでください。僕の頭はまったく普通の状態ですから。

ハリーより

それから、肖像画の穴をくぐり、静まり返った城の中を抜け（五階の廊下の中ほどで、ピーブズが大きな花瓶をひっくり返してハリーにぶつけようとしたことで、ちょっと足止めを食ったが）、ハリーは西塔のてっぺんにあるふくろう小屋にたどり着いた。

小屋は円筒形の石造りで、かなり寒く、すきま風が吹き込んでいた。どの窓にもガラスがはまっていないせいだ。床は、藁やふくろうのフン、ふくろうが吐き出したハツカネズミやハタネズミの骨などで埋まっていた。塔のてっぺんまでびっしりと取りつけられた止まり木に、ありとあらゆる種類のふくろうが、何百羽も止まっている。ほとんどが眠っていたが、ちらりほらりと琥珀色の丸い目が、片目だけを開けてハリーをにらんでいた。ヘドウィグがメンフクロウとモリフクロウの間にいるのを見つけ、ハリーは、フンだらけの床で少し足をすべらせながら、急いでヘドウィグに近寄った。

ヘドウィグを起こして、ハリーのほうを向かせるのに、ずいぶんてこずった。何しろヘドウィグは、止まり木の上でゴソゴソ動き、ハリーにしっぽを向け続けるばかりだった。昨夜、ハリーが感謝の礼を尽くさなかったことに、まだ腹を立てているのだ。ついにハリーが、ヘドウィグはつかれているだろうから、ロンに頼んでピッグウィジョンを貸してもらおうかな、とほのめかすと、ヘドウィグはやっと脚を突き出し、ハリーに手紙をくくりつけることを許した。

「きっとシリウスを見つけておくれ、いいね？」

ハリーは、ヘドウィグを腕に乗せ、壁の穴まで運びながら、背中をなでて頼んだ。

「吸魂鬼より先に」

ヘドウィグはハリーの指を甘がみした。どうやら、いつもよりかなり強めのかみ方だったが、それでも、お任せくださいとばかりに、静かにホーと鳴いた。それから両の翼を広げ、ヘドウィグは朝日に向かって飛んだ。その姿が見えなくなるまで見送りながら、ハリーは、いつもの不安感がまた胃袋を襲うのを感じた。シリウスから返事が来れば、きっと不安はやわらぐだろうと信じていたのに。かえってひどくなるとは。

「ハリー、それって、**うそでしょう**」

朝食のとき、ハーマイオニーとロンに打ち明けると、ハーマイオニーは厳しく言った。

「傷痕が痛んだのは、**勘ちがいじゃないわ**。知ってるくせに」

「だからどうだっていうんだい？」

ハリーが切り返した。

「僕のせいでシリウスをアズカバンに逆戻りさせてなるもんか」

ハーマイオニーは、反論しようと口を開きかけた。

「やめろよ」

ロンがピシャリと言った。ハーマイオニーは、この時ばかりはロンの言うことを聞き、押しだまった。

それから数週間、ハリーは、シリウスのことを心配しないように努めた。もちろん、毎朝ふくろう便が着くたびに、心配で、どうしてもふくろうたちを見回してしまうし、夜遅く眠りに落ちる前に、シリウスがロンドンの暗い通りで吸魂鬼に追いつめられている、恐ろしい光景が目に浮かんでしまうのも、どうしようもなかった。しかし、それ以外は、名付け親のシリウスのことを考えないように努めた。ハリーは、クィディッチができれば気晴らしになるのにと思った。心配事がある身には、激しい特訓ほどよく効く薬はない。一方、授業はますます難しく、苛酷になってきた。特に、「闇の魔術に対する防衛術」がそうだった。

驚いたことに、ムーディ先生は「服従の呪文」を生徒一人一人にかけて呪文の力を示し、はたして生徒がその力に抵抗できるかどうかを試すと発表した。

ムーディは杖をひと振りして机を片づけ、教室の中央に広いスペースを作った。その時、ハーマイオニーが、どうしようかと迷いながら言った。

「でも――でも、先生、それは違法だとおっしゃいました。確か――同類であるヒトにこれを使用することは――」

「ダンブルドアが、これがどういうものかを、体験的におまえたちに教えてほしいというのだ」

ムーディの「魔法の目」が、ぐるりと回ってハーマイオニーを見すえ、瞬きもせず、無気味なまなざしで凝視した。

「もっと厳しいやり方で学びたいというのであれば――誰かがいつかおまえにこの呪文をかけ、完全に支配したその時に学びたいというのであれば――わしは一向にかまわん。授業を免除する。出ていくがよい」

ムーディは、節くれだった指で出口を差した。ハーマイオニーは赤くなり、出ていきたいと思っているわけではありません、らしきことをボソボソと言った。ハリーとロンは、顔を見合わせてニヤッと笑った。二人にはよくわかっていた。ハーマイオニーは、こんな大事な授業を受けられないくらいなら、むしろ腫れ草の膿を飲むほうがましだと思うだろう。

ムーディは生徒を一人一人呼び出して、「服従の呪文」をかけはじめた。呪いのせいで、クラスメートが次々と世にもおかしなことをするのを、ハリーはじっと見ていた。ディーン・トーマスは、国歌を歌いながら片足ケンケン跳びで教室を三周した。ラベンダー・ブラウンは、リスのまねをした。ネビルは、普通だったらとうていできないような見事な体操を、立て続けにやってのけた。誰一人として呪いに抵抗できた者はいない。ムーディが呪いを解いたとき、初めて我に返るのだった。

「ポッター」ムーディが唸るように呼んだ。

「次だ」

ハリーは教室の中央、ムーディが机を片づけて作ったスペースに進み出た。ムーディが杖を上げ、ハリーに向け、唱えた。

「インペリオ、服従せよ」

最高にすばらしい気分だった。すべての思いも悩みもやさしくぬぐい去られ、つかみどころのない、漠然とした幸福感だけが頭に残り、ハリーはふわふわと浮かんでいるような心地がした。ハリーはすっかり気分がゆるみ、周りのみんなが自分を見つめていることを、ただぼんやりと意識しながらその場に立っていた。

すると、マッド-アイ・ムーディの声が、うつろな脳みそのどこか遠くの洞に響き渡るように聞こえてきた。

机に飛び乗れ……机に飛び乗れ……。

ハリーはひざを曲げ、跳躍の準備をした。

机に飛び乗れ……。

待てよ。なぜ?

頭のどこかで、別の声が目覚めた。そんなこと、ばかげている。その声が言った。

机に飛び乗れ……。

いやだ。そんなこと、僕、気が進まない。もう一つの声が、前よりもややきっぱりと言った……いやだ。僕、そんなこと、したくない……。

飛べ！　いますぐだ！

次の瞬間、ハリーはひどい痛みを感じた。飛び上がると同時に、飛び上がるのを自分で止めようとしたのだ――その結果、机にまともにぶつかり、机をひっくり返していた。そして、両脚の感覚からすると、ひざこぞうの皿が割れたようだ。

「よーし、**それだ！**　それでいい！」

ムーディの唸り声がして、突然ハリーは、頭の中の、うつろな、こだまするような感覚が消えるのを感じた。自分に何が起こっていたかを、ハリーははっきり覚えていた。そして、ひざの痛みが倍になったように思えた。

「おまえたち、見たか……ポッターが戦った！　戦って、そして、もう少しで打ち負かすところだった！　もう一度やるぞ、ポッター。あとの者はよく見ておけ――ポッターの目をよく見ろ。その目に鍵がある――いいぞ、ポッター。まっこと、いいぞ！　やつらは、**おまえを**支配するのにはてこずるだろう！」

「ムーディの言い方ときたら――」

一時間後、「闇の魔術に対する防衛術」の教室からふらふらになって出てきたハリーが言った（ムーディは、ハリーの力量を発揮させると言い張り、四回も続けて練習させ、ついにはハリーが完全に呪文を破るところまで続けさせた）。

「――まるで、僕たち全員が、いまにも襲われるんじゃないかと思っちゃうよね」

「ウン、そのとおりだ」

ロンは一歩おきにスキップしていた。ムーディは昼食時までには呪文の効果は消えるとロンに請け合ったのだが、ロンはハリーに比べてずっと呪いに弱かったのだ。

「被害妄想だよな……」

ロンは不安げにちらりと後ろを振り返り、ムーディが声の届く範囲にいないことを確かめてから話を続けた。

「魔法省が、ムーディがいなくなって喜んだのも無理ないよ。ムーディがシェーマスに聞かせてた話を聞いたか？　エイプリルフールにあいつの後ろから『バーッ』って脅かした魔女に、ムーディがどういう仕打ちをしたか聞いたろう？　それに、こんなにいろいろやらなきゃいけないことがあるのに、その上『服従の呪文』への抵抗について何か読めだなんて、いつ読みゃいいんだ？」

四年生は、今学年にやらなければならない宿題の量が、明らかに増えていることに気づいていた。マクゴナガル先生の授業で、先生が出した「変身術」の宿題の量に、ひときわ大きいうめき声が上がったとき、先生は、なぜそうなのか説明した。

「みなさんはいま、魔法教育の中で最も大切な段階の一つに来ています！」

先生の目が、四角いめがねの奥でキラリと危険な輝きを放った。

「『普通魔法レベル試験』、一般に『O・W・L』と呼ばれる試験が近づいています――」

「『O・W・L』を受けるのは五年生になってからです！」

ディーン・トーマスが憤慨した。

「そうかもしれません、トーマス。しかし、いいですか。みなさんは十二分に準備をしないといけません！　このクラスでハリネズミをまともな針山に変えることができたのは、ミス・グレンジャーただ一人です。お忘れではないでしょうね、トーマス、**あなたの**針山は、何度やっても、誰かが針を持って近づくと、怖がって丸まってばかりいたでしょう！」

ハーマイオニーはまたほおを染め、あまり得意げに見えないよう努力しているようだった。

次の「占い学」の授業のときに、トレローニー先生が、ハリーとロンの宿題が最高点を取ったと言ったので、二人ともとてもゆかいだった。先生は二人の予言を長々と読み上げ、待ち受ける恐怖の数々を、二人がひるまずに受け入れたことをほめ上げた――ところが、その次の一か月についても同じ宿題を出され、二人のゆかいな気持ちもしぼんでしまった。二人とも、もう悲劇はネタ切れだった。

一方、「魔法史」を教えるゴーストのビンズ先生は、十八世紀の「小鬼の反乱」についてのレポートを毎週提出させた。スネイプ先生は、解毒剤を研究課題に出した。クリスマスが来るまでに、誰か生徒の一人に毒を飲ませて、みんなが研究した解毒剤が効くかどうかを試すと、スネイプがほのめかしたので、みんな真剣に取り組んだ。フリットウィック先生は、「呼び寄せ呪文」の授業に備えて、三冊も余計に参考書を読むように命じた。

ハグリッドまでが、生徒の仕事を増やしてくれた。尻尾爆発スクリュートは、何が好物かをまだ誰も発見していないのに、すばらしいスピードで成長していた。ハグリッドは大喜びで、「プロジェクト」の一環として、生徒がひと晩おきにハグリッドの小屋に来て、スクリュートを観察し、その特殊な生態についての観察日記をつけることにしようと提案したのだ。ハグリッドは、まるでサンタクロースが袋から特大のおもちゃを取り出すような顔をした。

「僕はやらない」

ドラコ・マルフォイがピシャリと言った。

「こんな汚らしいもの、授業だけでたくさんだ。お断りだ」

ハグリッドの顔から笑いが消し飛んだ。

「言われたとおりにしろ」ハグリッドが唸った。

「じゃねえと、ムーディ先生のしなさったことを、俺もやるぞ……おまえさん、なかなかいいケナガイタチになるっていうでねえか、マルフォイ」

グリフィンドール生が大爆笑した。マルフォイは怒りで真っ赤になったが、ムーディにしおきされたときの痛みをまだ充分覚えているらしく、口応えしなかった。ハリー、ロン、ハーマイオニーは、授業のあと、意気揚々と城に帰った。昨年、マルフォイがハグリッドをクビにしようとして、あの手この手を使ったことを思うと、ハグリッドがマルフォイをやり込めたことで、ことさらいい気分になった。

玄関ホールに着くと、それ以上先に進めなくなった。大理石の階段の下に立てられた掲示板の周りに、大勢の生徒が群れをなして右往左往していた。三人の中で一番のっぽのロンがつま先立ちして、前の生徒の頭越しに、二人に掲示を読んで聞かせた。

三大魔法学校対抗試合（トライウィザード・トーナメント）

ボーバトンとダームストラングの代表団が、十月三十日、金曜日、午後六時に到着する。授業は三十分早く終了し――

「いいぞ！」ハリーが声を上げた。

「金曜の最後の授業は『魔法薬学』だ！　スネイプは、僕たち全員に毒を飲ませたりする時間がない！」

全校生徒は鞄と教科書を寮に置き、「歓迎会」の前に城の前に集合し、お客様を出迎えること。

「たった一週間後だ！」

ハッフルパフのアーニー・マクミランが、目を輝かせて群れから出てきた。

「セドリックのやつ、知ってるかな？　僕、知らせてやろう……」

「セドリック？」

アーニーが急いで立ち去るのを見送りながら、ロンが放心したように言った。

「ディゴリーだ」ハリーが言った。「きっと、対抗試合に名乗りを上げるんだ」

「あのウスノロが、ホグワーツの代表選手？」

ペチャクチャとしゃべる群れをかき分けて階段のほうに進みながら、ロンが言った。

「あの人はウスノロじゃないわ。クィディッチでグリフィンドールを破ったものだから、あなたがあの人を嫌いなだけよ」ハーマイオニーが言った。

「あの人、とっても優秀な学生だそうよ――**その上**、監督生です！」

ハーマイオニーは、これで決まりだ、という口調だった。

「君は、あいつが**ハンサム**だから好きなだけだろ」ロンが痛烈に皮肉った。

「お言葉ですが、私、誰かがハンサムだというだけで好きになったりいたしませんわ」

ハーマイオニーは憤然とした。

ロンはコホンと大きな空咳をしたが、それがなぜか「ロックハート！」と聞こえた。

玄関ホールの掲示板の出現は、城の住人たちにはっきりと影響を与えた。それから一週間、どこへ行っても、たった一つの話題、「三校対抗試合」の話で持ち切りだった。生徒から生徒へと、まるで感染力の強い細菌のようにうわさが飛び交った。誰がホグワーツの代表選手に立候補するか、試合はどんな内容か、ボーバトンとダームストラングの生徒は自分たちとどうちがうのか、などなど。

城がことさら念入りに大掃除されているのにも、ハリーは気づいた。すすけた肖像画の何枚かが「汚れ落とし」された。描かれた本人たちはこれが気に入らず、額縁の中で背中を丸めて座り込み、ブツブツ文句を言っては、赤むけになった顔をさわってぎくりとしていた。甲冑たちも突然ピカピカになり、動くときもギシギシきしまなくなった。管理人のアーガス・フィルチは、生徒が靴の汚れを落とし忘れると、凶暴極まりない態度で脅したので、一年生の女子が二人、ヒステリー状態になってしまった。

ほかの先生方も、妙に緊張していた。

「ロングボトム、お願いですから、ダームストラングの生徒たちの前で、あなたが簡単な『取り替え呪文』**さえ使えない**などと、暴露しないように！」

授業の終わりにマクゴナガル先生がどなった。一段と難しい授業で、ネビルがうっかり自分の耳をサボテンに移植してしまったのだ。

十月三十日の朝、朝食に下りていくと、大広間はすでに前の晩に飾りつけがすんでいた。壁には各寮を示す巨大な絹の垂れ幕がかけられている――グリフィンドールは赤地に金のライオン、レイブンクローは青にブロンズの鷲、ハッフルパフは黄色に黒い穴熊、スリザリンは緑にシルバーの蛇だ。教職員テーブルの背後には、一番大きな垂れ幕があり、ホグワーツ校の紋章が描かれていた。大きなHの文字の周りに、ライオン、鷲、穴熊、蛇が団結している。

ハリー、ロン、ハーマイオニーは、フレッドとジョージがグリフィンドールのテーブルに着いているのを見つけた。めずらしいことに、今度もまたほかから離れて座り、小声で何か話している。ロンが三人の先頭に立って、双子のそばに行った。

「そいつは、確かに当て外れさ」

ジョージが憂鬱そうにフレッドに言った。

「だけど、あいつが自分で直接俺たちに話す気がないなら、結局、俺たちが手紙を出さなくちゃならないだろう。じゃなきゃ、やつの手に押しつける。いつまでも俺たちをさけることはできないよ」

「誰がさけてるんだい？」

ロンが二人の隣に腰かけながら聞いた。

「おまえがさけてくれりゃいいのになぁ」

邪魔が入っていらいらしたようにフレッドが言った。

「当て外れって、何が？」ロンがジョージに聞いた。

「おまえみたいなおせっかいを弟に持つことがだよ」ジョージが言った。

「三校対抗試合って、どんなものか、何かわかったの？」ハリーが聞いた。

「エントリーするのに、何かもっと方法を考えた？」

「マクゴナガルに、代表選手をどうやって選ぶのか聞いたけど、教えてくれねえんだ」

ジョージが苦々しげに言った。

「マクゴナガル女史ったら、だまってアライグマを変身させる練習をなさい、ときたもんだ」

「いったいどんな課題が出るのかなぁ？」ロンが考え込んだ。

「だってさ、ハリー、僕たちきっと課題をこなせるよ。これまでも危険なことをやってきたもの……」

「審査員の前では、やってないぞ」フレッドが言った。

「マクゴナガルが言うには、代表選手が課題をいかにうまくこなすかによって、点数がつけられるそうだ」

「誰が審査員になるの？」ハリーが聞いた。

「そうね、参加校の校長は必ず審査員になるわね」

ハーマイオニーだ。みんな、かなり驚いていっせいに振り向いた。

「一七九二年の試合で、選手が捕まえるはずだった怪物の『コカトリス』が大暴れして、校長が三人とも負傷してるもの」

みんなの視線に気づいたハーマイオニーは、私の読んだ本を、ほかの誰も読んでいないなんて……という、いつもの歯がゆそうな口調で言った。

「『ホグワーツの歴史』に全部書いてあるわよ。もっともこの本は完全には信用できないけど。『**改訂**ホグワーツの歴史』のほうがより正確ね。または、『偏見に満ちた、**選択的**ホグワーツの歴史――イヤな部分を塗りつぶした歴史』もいいわ」

「何が言いたいんだい？」

ロンが聞いたが、ハリーにはもう答えがわかっていた。

「**屋敷しもべ妖精！**」

ハーマイオニーが声を張り上げ、答えはハリーの予想どおりだった。

「『ホグワーツの歴史』は千ページ以上あるのに、百人もの奴隷の圧制に、私たち全員が共謀してるなんて、一言も書いてない！」

ハリーはやれやれと首を振り、炒り卵を食べはじめた。

ハリーもロンも冷淡だったのに、屋敷しもべ妖精の権利を追求するハーマイオニーの決意は、露ほどもくじけはしなかった。確かに、二人ともＳ・Ｐ・Ｅ・Ｗバッジに二シックルずつ出したが、それはハーマイオニーをだまらせるためだけだった。

二人のシックルはどうやらむだだったらしい。かえってハーマイオニーの鼻息を荒くしてしまった。それからというもの、ハーマイオニーは二人にしつこく迫った。まずは二人にバッジをつけるように言い、それからほかの生徒にもそうするように説得しなさいと言った。ハーマイオニー自身も、毎晩グリフィンドールの談話室を精力的に駆け回り、みんなを追いつめては、その鼻先で寄付集めの空き缶を振った。

「ベッドのシーツを替え、暖炉の火をおこし、教室を掃除し、料理をしてくれる魔法生物たちが、無給で奴隷働きしているのを、みなさんご存じですか？」

ハーマイオニーは激しい口調でそう言い続けた。

ネビルなど何人かは、ハーマイオニーににらみつけられるのがいやで二シックルを出した。何人かは、ハーマイオニーの言うことに少し関心を持ったようだが、それ以上積極的に運動にかかわることには乗り気でなかった。生徒の多くは、冗談扱いしていた。

　ロンのほうは、やれやれと天井に目を向けた。秋の陽光が天井から降り注ぎ、みんなを包んでいた。フレッドは急にベーコンを食べるのに夢中になった（双子は二人ともS・P・E・Wバッジを買うことを拒否していた）。一方、ジョージは、ハーマイオニーのほうに身を乗り出してこう言った。

「まあ、聞け、ハーマイオニー。君は厨房に下りていったことがあるか？」

「もちろん、ないわ」

　ハーマイオニーがそっけなく答えた。

「学生が行くべき場所とはとても考えられないし――」

「俺たちはあるぜ」

　ジョージはフレッドのほうを指差しながら言った。

「何度もある。食べ物を失敬しに。そして、俺たちは連中に会ってるが、連中は**幸せ**なんだ。世界一いい仕事を持ってると思ってる――」

「それは、あの人たちが教育も受けてないし、洗脳されてるからだわ！」

　ハーマイオニーは熱くなって話しはじめた。その時突然、頭上でサーッと音がして、ふくろう便が到着したことを告げ、ハーマイオニーの言葉はその音に飲み込まれてしまった。急いで見上げたハリーは、ヘドウィグがこちらに向かって飛んでくるのを見つけた。ハーマイオニーはパッと話をやめた。ヘドウィグがハリーの肩に舞い降り、羽をたたみ、つかれた様子で脚を突き出すのを、ハーマイオニーもロンも心配そうに見つめた。

ハリーはシリウスの返事を引っ張るようにはずし、ヘドウィグにベーコンの外皮をやった。ヘドウィグはうれしそうにそれをついばんだ。フレッドとジョージが三校対抗試合の話に没頭していて安全なのを確かめ、ハリーはシリウスの手紙を、ロンとハーマイオニーにヒソヒソ声で読んで聞かせた。

無理するな、ハリー。

私はもう帰国して、ちゃんと隠れている。ホグワーツで起こっていることはすべて知らせてほしい。ヘドウィグは使わないように。次々ちがうふくろうを使いなさい。私のことは心配せずに、自分のことだけを注意していなさい。君の傷痕について私が言ったことを忘れないように。

シリウス

「どうしてふくろうを次々取り替えなきゃいけないのかなぁ？」ロンが低い声で聞いた。

「ヘドウィグじゃ注意を引きすぎるからよ」

ハーマイオニーがすぐに答えた。

「目立つもの。白ふくろうがシリウスの隠れ家に――どこだかは知らないけど――何度も何度も行ったりしてごらんなさい……だって、もともと白ふくろうはこの国の鳥じゃないでしょ？」

ハリーは手紙を丸め、ローブの中にすべり込ませた。心配事が増えたのか減ったのか、わからなかった。とりあえず、シリウスがなんとか捕まりもせず戻ってきただけでも、上出来だとすべきなのだろう。それに、シリウスがずっと身近にいると思うと、心強いのも確かだった。少なくとも、手紙を書くたびに、あんなに長く返事を待つ必要はないだろう。

「ヘドウィグ、ありがとう」

ハリーはヘドウィグをなでてやった。ヘドウィグはホーと眠そうな声で鳴き、ハリーのオレンジジュースのコップにちょっとくちばしを突っ込み、すぐまた飛び立った。ふくろう小屋でぐっすり眠りたくて仕方がないにちがいない。

その日は心地よい期待感があたりを満たしていた。夕方にボーバトンとダームストラングからお客が到着することに気をとられ、誰も授業に身が入らない。「魔法薬学」でさえ、いつもより三十分短いので、たえやすかった。早めの終業ベルが鳴り、ハリー、ロン、ハーマイオニーは急いでグリフィンドール塔に戻って、指示されていたとおり鞄と教科書を置き、マントを着て、また急いで階段を下り、玄関ホールに向かった。

各寮の寮監が、生徒たちを整列させていた。

「ウィーズリー、帽子が曲がっています」

マクゴナガル先生からロンに注意が飛んだ。

「ミス・パチル、髪についているばかげたものをお取りなさい」

パーバティは顔をしかめて、三つ編みの先につけた大きな蝶飾りを取った。

「ついておいでなさい」マクゴナガル先生が命じた。

「一年生が先頭です……押さないで……」

みんな並んだまま正面の石段を下り、城の前に整列した。晴れた、寒い夕方だった。夕闇が迫り、禁じられた森の上に、青白く透きとおるような月がもう輝きはじめていた。ハリーは前から四列目に並び、ロンとハーマイオニーを両脇にして立っていたが、デニス・クリービーが、ほかの一年生たちにまじって、期待で体中震わせているのが見えた。

「まもなく六時だ」

ロンは時計を眺めてから、正門に続く馬車道を、遠くのほうまでじっと見た。

「どうやって来ると思う？　汽車かな？」

「ちがうと思う」ハーマイオニーが言った。

「じゃ、何で来る？　箒かな？」

ハリーが星の瞬きはじめた空を見上げながら言った。

「ちがうわね……ずっと遠くからだし……」

「『移動キー』かな？」

ロンが意見を述べた。

「さもなきゃ、『姿あらわし』術かも――どこだか知らないけど、あっちじゃ、十七歳未満でも使えるんじゃないか？」

「ホグワーツの校内では『姿あらわし』はできません。何度言ったらわかるの？」

ハーマイオニーはいらいらした。

誰もが興奮して、暗闇の迫る校庭を矯めつ眇めつ眺めたが、なんの気配もない。すべてがいつもどおり、静かに、ひっそりと、動かなかった。ハリーはだんだん寒くなってきた。早く来てくれ……外国人学生はあっと言わせる登場を考えてるのかも……。ハリーは、ウィーズリーおじさんがクィディッチ・ワールドカップの始まる前、あのキャンプ場で言ったことを思い出していた――

「毎度のことだ。大勢集まると、どうしても見栄を張りたくなるらしい」

その時、ダンブルドアが、先生方の並んだ最後列から声を上げた。

「ほっほー！　わしの目に狂いがなければ、ボーバトンの代表団が近づいてくるぞ！」

「どこ？　どこ？」

生徒たちがてんでんばらばらな方向を見ながら熱い声を上げた。

「**あそこだ！**」

六年生の一人が、森の上空を指差して叫んだ。

何か大きなもの、箒よりずっと大きなものだ――いや、箒百本分より大きい何かが――濃紺の空を、ぐんぐん大きくなりながら、城に向かって疾走してくる。

「ドラゴンだ！」

すっかり気が動転した一年生の一人が、金切り声を上げた。

「バカ言うなよ……あれは空飛ぶ家だ！」デニス・クリービーが言った。

デニスの推測のほうが近かった……巨大な黒い影が禁じられた森の梢をかすめたとき、城の窓明かりがその影をとらえた。巨大な、パステル・ブルーの馬車が姿を現した。大きな館ほどの馬車が、十二頭の天馬に引かれて、こちらに飛んでくる。天馬は金銀に輝くパロミノで、それぞれが象ほども大きい。

馬車がぐんぐん高度を下げ、猛烈なスピードで着陸体勢に入ったので、前三列の生徒が後ろに下がった――すると、ドーンという衝撃音とともに（ネビルが後ろに吹っ飛んで、スリザリンの五年生の足を踏んづけた）――ディナー用の大皿より大きな天馬のひづめが地を蹴った。その直後、馬車も着陸した。巨大な車輪がバウンドし、金色の天馬は、太い首をぐいっともたげ、火のように赤く燃える大きな目をグリグリさせた。

馬車の戸が開くまでのほんの短い時間に、ハリーはその戸に描かれた紋章を見た。金色の杖が交差し、それぞれの杖から三個の星が飛んでいる。

淡い水色のローブを着た少年が馬車から飛び降り、前かがみになって馬車の底をゴソゴソいじっていたが、すぐに金色の踏み台を引っ張り出した。少年がうやうやしく飛びのいた。すると、馬車の中から、ピカピカの黒いハイヒールが片方現れた――子供のソリほどもある靴だ――。続いて、ほとんど同時に現れた女性は、ハリーが見たこともないような大きさだった。馬車の大きさ、天馬の大きさも、たちまち納得がいった。何人かがあっと息をのんだ。

この女性ほど大きい人を、ハリーはこれまでにたった一人しか見たことがない。ハグリッドだ。背丈も、三センチとちがわないのではないかと思った。しかし、なぜか――たぶん、ハリーがハグリッドに慣れてしまったせいだろう――この女性は（いま、踏み台の下に立ち、目を見張って待ち受ける生徒たちを見回していたが）ハグリッドよりも、とてつもなく大きく見えた。玄関ホールからあふれる光の中に、その女性が足を踏み入れたとき、顔が見えた。小麦色のなめらかな肌にキリッとした顔つき、大きな黒いうるんだ瞳、鼻はツンととがっている。髪は引っ詰め、低い位置につやつやした髷を結っている。頭からつま先まで、黒繻子をまとい、何個もの見事なオパールが襟元と太い指で光を放っていた。

ダンブルドアが拍手した。それにつられて、生徒もいっせいに拍手した。この女性をもっとよく見たくて、背伸びしている生徒がたくさんいた。

女性は表情をやわらげ、優雅にほほえんだ。そしてダンブルドアに近づき、きらめく片手を差し出した。ダンブルドアも背は高かったが、手に接吻するのに、ほとんど体を曲げる必要がなかった。

「これはこれは、マダム・マクシーム」

ダンブルドアが挨拶した。

「ようこそホグワーツへ」

「ダンブリーードール」

マダム・マクシームが、深いアルトで答えた。

「おかわりーありませーんか？」

「おかげさまで、上々じゃ」ダンブルドアが答えた。

「わたーしのせいとです」

マダム・マクシームは巨大な手の片方を無造作に後ろに回して、ひらひら振った。

マダム・マクシームのほうにばかり気を取られていたハリーは、十数人もの学生が——顔つきからすると、みんな十七、八歳以上に見えたが――馬車から現れて、マダム・マクシームの背後に立っているのにはじめて気づいた。みんな震えている。無理もない。着ているローブは薄物の絹のようで、マントを着ている者は一人もいない。何人かはスカーフをかぶったりショールを巻いたりしていた。顔はほんのわずかしか見えなかったが（みんな、マダム・マクシームの巨大な影の中に立っていたので）、ハリーは、みんなが不安そうな表情でホグワーツを見つめているのを見て取った。

「カルカロフはまだきーませんか？」マダム・マクシームが聞いた。

「もうすぐ来るじゃろう」ダンブルドアが答えた。「外でお待ちになってお出迎えなさるかな？　それとも城中に入られて、ちと、暖を取られますかな？」

「あたたまりたーいです。でも、ウーマは――」

「こちらの『魔法生物飼育学』の先生が喜んでお世話するじゃろう」

ダンブルドアが言った。

「ただ、いまは、あー――別の仕事ではずしておるが。少し面倒があってのう。片づきしだいすぐに」

「スクリュートだ」ロンがニヤッとしてハリーにささやいた。

「わたーしのウーマたちのせわは――あー――ちからいりまーす」

マダム・マクシームは、ホグワーツの「魔法生物飼育学」の先生にそんな仕事ができるかどうか、疑っているような顔だった。

「ウーマたちは、とてもつよーいです……」

「ハグリッドなら大丈夫。やりとげましょう。わしが請け合いますぞ」

ダンブルドアがほほえんだ。

「それはどーも」マダム・マクシームは軽く頭を下げた。

「どうぞ、そのアグリッドに、ウーマはシングルモルト・ウィスキーしかのまなーいと、おつたえくーださいますか？」

「かしこまりました」ダンブルドアもおじぎした。

「おいで」

マダム・マクシームは威厳たっぷりに生徒を呼んだ。ホグワーツ生の列が割れ、マダムと生徒が石段を上れるよう、道をあけた。

「ダームストラングの馬はどのくらい大きいと思う？」

シェーマス・フィネガンが、ラベンダーとパーバティのむこうから、ハリーとロンのほうに身を乗り出して話しかけた。

「うーん、こっちの馬より大きいんなら、ハグリッドでも扱えないだろうな」

ハリーが言った。

「それも、ハグリッドがスクリュートに襲われていなかったらの話だけど。いったい何が起こったんだろう？」

「もしかして、スクリュートが逃げたかも」ロンはそうだといいのに、という言い方だ。

「あぁ、そんなこと言わないで」

ハーマイオニーが身震いした。

「あんな連中が校庭にうじゃうじゃしてたら……」

ダームストラング一行を待ちながら、みんな少し震えて立っていた。生徒の多くは、期待を込めて空を見つめていた。数分間、静寂を破るのはマダム・マクシームの巨大な馬の鼻息と、地を蹴るひづめの音だけだった。だが――。

「何か聞こえないか？」突然ロンが言った。

ハリーは耳を澄ました。闇の中からこちらに向かって、大きな、言いようのない不気味な音が伝わってきた。まるで巨大な掃除機が川底をさらうような、くぐもったゴロゴロという音、吸い込む音……。

「湖だ！」

リー・ジョーダンが指差して叫んだ。

「湖を見ろよ！」

そこは、芝生の一番上で、校庭を見下ろす位置だったので、湖の黒くなめらかな水面がはっきり見えた——その水面が、突然乱れた。中心の深い所で何かがざわめいている。ボコボコと大きな泡が表面に湧き出し、波が岸の泥を洗った——そして、湖の真ん真ん中が渦巻いた。まるで湖底の巨大な栓が抜かれたかのように……。

渦の中心から、長い、黒い竿のようなものが、ゆっくりとせり上がってきた……そして、ハリーの目に、帆桁が……。

「あれは帆柱だ！」

ハリーがロンとハーマイオニーに向かって言った。

ゆっくりと、堂々と、月明かりを受けて船は水面に浮上した。まるで引き上げられた難破船のような、どこか骸骨のような感じがする船だ。丸い船窓からチラチラ見えるほの暗いかすんだ灯りが、幽霊の目のように見えた。

ザバーッと大きな音を立てて、ついに船全体が姿を現し、水面を波立たせて船体を揺すり、岸に向かってすべりだした。数分後、浅瀬に錨を投げ入れる水音が聞こえ、タラップを岸に下ろすドスッという音がした。

乗員が下船してきた。船窓の灯りをよぎるシルエットが見えた。ハリーは、全員が、クラップ、ゴイル並みの体つきをしているらしいことに気づいた……。しかし、だんだん近づいてきて、芝生を登りきり、玄関ホールから流れ出る明かりの中に入るのを見たとき、大きな体に見えたのは、実はもこもことした分厚い毛皮のマントを着ているせいだとわかった。城まで全員を率いてきた男だけは、ちがうものを着ている。男の髪と同じく、なめらかで銀色の毛皮だ。

「ダンブルドア！」

坂道を上りながら、男がほがらかに声をかけた。

「やあやあ。しばらく。元気かね」

「元気いっぱいじゃよ。カルカロフ校長」

ダンブルドアが挨拶を返した。

カルカロフの声は、耳に心地よく、上すべりに愛想がよかった。城の正面扉からあふれ出る明かりの中に歩み入ったとき、ダンブルドアと同じくやせた、背の高い姿が見えた。しかし、銀髪は短く、先の縮れた山羊ひげは、貧相なあごを隠しきれていなかった。カルカロフはダンブルドアに近づき、両手で握手した。

「なつかしのホグワーツ城」

カルカロフは城を見上げてほほえんだ。歯が黄ばんでいた。それに、ハリーは、目が笑っていないことに気づいた。冷たい、抜け目のない目のままだ。

「ここに来られたのはうれしい。実にうれしい……ビクトール、こっちへ。暖かい所へ来るがいい……ダンブルドア、かまわないかね？　ビクトールは風邪気味なので……」

カルカロフは生徒の一人を差し招いた。その青年が通り過ぎたとき、ハリーはちらりと顔を見た。曲がった目立つ鼻、濃い、黒い眉。ロンから腕にパンチを食らわされるまでもない。耳元でささやかれる必要もない。紛れもない横顔だ。

「ハリー――**クラムだ！**」

第十六章　炎のゴブレット

「まさか！」ロンがぼうぜんとして言った。

ダームストラング一行のあとについて、ホグワーツの学生が、整列して石段を上る途中だった。

「クラムだぜ、ハリー！　**ビクトール・クラム！**」

「ロン、落ち着きなさいよ。たかがクィディッチの選手じゃない」ハーマイオニーが言った。

「**たかがクィディッチの選手？**」

ロンは耳を疑うという顔でハーマイオニーを見た。

「ハーマイオニー――クラムは世界最高のシーカーの一人だぜ！　まだ学生だなんて、考えてもみなかった！」

ホグワーツの生徒にまじり、再び玄関ホールを横切り、大広間に向かう途中、ハリーはリー・ジョーダンがクラムの頭の後ろだけでもよく見ようと、つま先立ちでピョンピョン跳び上がっているのを見た。六年生の女子学生が数人、歩きながら夢中でポケットを探っている――「あぁ、どうしたのかしら。私、羽根ペンを一本も持ってないわ――」「ねえ、あの人、私の帽子に口紅でサインしてくれると思う?」

「**まったく、もう**」今度は口紅のことでごたごた言い合っている女の子たちを追い越しながら、ハーマイオニーがツンと言い放った。

「サインもらえるなら、**僕が**、もらうぞ」ロンが言った。

「ハリー、羽根ペン持ってないか? ン?」

「ない。寮の鞄の中だ」ハリーが答えた。

三人はグリフィンドールのテーブルまで歩き、腰かけた。ロンはわざわざ入口の見えるほうに座った。クラムやダームストラングのほかの生徒たちが、どこに座ってよいかわからないらしく、まだ入口付近に固まっていたからだ。ボーバトンの生徒たちは、レイブンクローのテーブルを選んで座っていた。みんなむっつりした表情で、大広間を見回している。その中の三人が、まだ頭にスカーフやショールを巻きつけ、しっかり押さえていた。

「**そこまで**寒いわけないでしょ」観察していたハーマイオニーが、いらいらした。

「あの人たち、どうしてマントを持ってこなかったのかしら?」

「こっち! こっちに来て座って!」

ロンが歯を食いしばるように言った。

「こっちだ！　ハーマイオニー、そこどいて。席を空けてよ――」

「どうしたの？」

「遅かった」ロンが悔しそうに言った。

ビクトール・クラムとダームストラングの生徒たちが、スリザリンのテーブルに着いていた。マルフォイ、クラッブ、ゴイルのいやに得意げな顔を、ハリーは見た。見ているうちに、マルフォイがクラムのほうに乗り出すようにして話しかけた。

「おう、おう、やってくれ、マルフォイ。おべんちゃらべたべた」ロンが毒づいた。「だけど、クラムは、あいつなんかすぐお見透しだぞ……。きっといつも、みんながじゃれついてくるんだから……。あの人たち、どこに泊まると思う？　僕たちの寝室に空きを作ったらどうかな、ハリー……僕のベッドをクラムにあげたっていい。僕は折りたたみベッドで寝るから」

ハーマイオニーがフンと鼻を鳴らした。

「あの人たち、ボーバトンの生徒よりずっと楽しそうだ」ハリーが言った。

ダームストラング生は分厚い毛皮を脱ぎ、興味津々で星の瞬く黒い天井を眺めていた。何人かは金の皿やゴブレットを持ち上げては、感心したように眺め回していた。

教職員テーブルに、管理人のフィルチが椅子を追加している。晴れの席にふさわしく、古ぼけたかび臭い燕尾服を着込んでいた。ダンブルドアの両脇に二席ずつ、四脚も椅子を置いたので、ハリーは驚いた。

「だけど、二人増えるだけなのに」ハリーが言った。「どうしてフィルチは椅子を四つも出したのかな？　あとは誰が来るんだろう？」

「はぁ？」ロンはあいまいに答えた。まだクラムに熱い視線を向けている。

全校生が大広間に入り、それぞれの寮のテーブルに着くと、教職員が入場し、一列になって上座のテーブルに進み、着席した。列の最後はダンブルドア、カルカロフ校長、マダム・マクシームだ。ボーバトン生は、マダムが入場するとパッと起立した。ホグワーツ生の何人かが笑った。しかし、ボーバトン生は平然として、マダム・マクシームがダンブルドアの左手に着席するまでは席に座らなかった。ダンブルドアのほうは立ったままだった。大広間が水を打ったようになった。

「こんばんは。紳士、淑女、そしてゴーストのみなさん。そしてまた――今夜は特に――客人のみなさん」

ダンブルドアは外国からの学生全員に向かって、ニッコリした。

「ホグワーツへのおいでを、心から歓迎いたしますぞ。本校での滞在が、快適で楽しいものになることを、わしは希望し、また確信しておる」

ボーバトンの女子学生で、まだしっかりとマフラーを頭に巻きつけたままの子が、まちがいなく嘲笑と取れる笑い声を上げた。

「あなたなんか、誰も引き止めやしないわよ！」

ハーマイオニーが、その学生をねめつけながらつぶやいた。

「三校対抗試合は、この宴が終わると正式に開始される」ダンブルドアが続けた。「さあ、それでは、大いに飲み、食い、かつくつろいでくだされ！」

ダンブルドアが着席した。ハリーが見ていると、カルカロフ校長が、すぐに身を乗り出して、ダンブルドアと話しはじめた。

目の前の皿が、いつものように満たされた。厨房の屋敷しもべ妖精が、今夜は無制限の大盤振る舞いにしたらしい。目の前に、ハリーがこれまで見たことがないほどのいろいろな料理が並び、はっきり外国料理とわかるものもいくつかあった。

「**あれ**、なんだい？」ロンが指差したのは、大きなキドニーステーキ・パイの横にある、貝類のシチューのようなものだった。

「ブイヤベース」ハーマイオニーが答えた。

「いま、くしゃみした？」ロンが聞いた。

「**フランス語よ**」ハーマイオニーが言った。

「去年の夏休み、フランスでこの料理を食べたの。とってもおいしいわ」

「ああ、信じましょう」ロンが、ブラッド・ソーセージをよそいながら言った。

たかだか二十人、生徒が増えただけなのに、大広間はなぜかいつもよりずっと混み合っているように見えた。たぶん、ホグワーツの黒いローブの中で、ちがう色の制服がパッと目に入るせいだろう。毛皮のコートを脱いだダームストラング生は、その下に血のような深紅のローブを着ていた。

歓迎会が始まってから二十分ほどたったころ、ハグリッドが、教職員テーブルの後ろのドアから横すべりで入ってきた。テーブルの端の席にそっと座ると、ハグリッドはハリー、ロン、ハーマイオニーに手を振った。包帯でぐるぐる巻きの手だ。

「ハグリッド、スクリュートは大丈夫なの？」ハリーが呼びかけた。

「ぐんぐん育っちょる」ハグリッドがうれしそうに声を返した。

「ああ、そうだろうと思った」ロンが小声で言った。

「あいつら、ついに好みの食べ物を見つけたらしいな。ほら、ハグリッドの指さ」

その時、誰かの声がした。

「あのでーすね、ブイヤベース食べなーいのでーすか？」

ダンブルドアの挨拶のときに笑った、あのボーバトンの女子学生だった。やっとマフラーを取っていた。長いシルバーブロンドの髪が、さらりと腰まで流れていた。大きな深いブルーの瞳、真っ白できれいな歯並びだ。

ロンは真っ赤になった。美少女の顔をじっと見つめ、口を開いたものの、わずかにゼイゼイとあえぐ音が出てくるだけだった。

「ああ、どうぞ」ハリーが美少女のほうに皿を押しやった。

「もう食べ終わりまーしたでーすか？」

「ええ」ロンが息も絶え絶えに答えた。「ええ、おいしかったです」

美少女は皿を持ち上げ、こぼさないようにレイブンクローのテーブルに運んでいった。ロンは、これまで女の子を見たことがないかのように、穴の開くほど美少女を見つめ続けていた。ハリーが笑いだした。その声でロンはハッと我に返ったようだった。

「あの女、**ヴィーラ**だ！」ロンはかすれた声でハリーに言った。

「いいえ、ちがいます！」ハーマイオニーがバシッと言った。

「マヌケ顔で、ポカンと口を開けて見とれてる人は、ほかに誰もいません！」

しかし、ハーマイオニーの見方は必ずしも当たっていなかった。美少女が大広間を横切る間、たくさんの男の子が振り向いたし、何人かは、ロンと同じように、一時的に口がきけなくなったようだった。

「まちがいない！　あれは普通の女の子じゃない！」

ロンは体を横に倒して、美少女をよく見ようとした。

「ホグワーツじゃ、ああいう女の子は作れない！」

「ホグワーツだって、女の子はちゃんと作れるよ」

ハリーは反射的にそう言った。シルバーブロンド美少女から数席離れた所に、たまたまチョウ・チャンが座っていた。

「お二人さん、お目々がお戻りになりましたら」ハーマイオニーがきびきびと言った。「たったいま誰が到着したか、見えますわよ」

ハーマイオニーは教職員テーブルを指差していた。空いていた二席がふさがっている。ルード・バグマンがカルカロフ校長の隣に、パーシーの上司のクラウチ氏がマダム・マクシームの隣に座っていた。

「いったい何しにきたのかな？」ハリーは驚いた。

「三校対抗試合を組織したのは、あの二人じゃない？」ハーマイオニーが言った。

「始まるのを見たかったんだと思うわ」

次のコースが皿に現れた。なじみのないデザートがたくさんある。ロンはなんだか得体の知れない淡い色のブラマンジェをしげしげ眺め、それをそろそろと数センチくらい自分の右側に移動させ、レイブンクローのテーブルからよく見えるようにした。しかし、ヴィーラらしき美少女は、もう充分食べたという感じで、ブラマンジェを取りにこようとはしなかった。

金の皿が再びピカピカになると、ダンブルドアが再び立ち上がった。心地よい緊張感が、いまし も大広間を満たしていた。何が起こるかと、ハリーは興奮でゾクゾクした。ハリーの席から数席むこうでフレッドとジョージが身を乗り出し、全神経を集中してダンブルドアを見つめている。

「時は来た」

ダンブルドアが、いっせいに自分を見上げている顔、顔、顔に笑いかけた。

「三大魔法学校対抗試合はまさに始まろうとしておる。『箱』を持ってこさせる前に、二言、三言説明しておこうかの――」

「箱って?」ハリーがつぶやいた。

ロンが「知らない」とばかり肩をすくめた。

「――今年はどんな手順で進めるのかを明らかにしておくためじゃが。その前に、まだこちらのお二人を知らない者のためにご紹介しよう。国際魔法協力部部長、バーテミウス・クラウチ氏」――儀礼的な拍手がパラパラと起こった――「そして、魔法ゲーム・スポーツ部部長、ルード・バグマン氏じゃ」

クラウチのときよりもずっと大きな拍手があった。ビーターとして有名だったからかもしれないし、ずっと人好きのする容貌のせいかもしれなかった。バグマンは、陽気に手を振って拍手に応えた。バーテミウス・クラウチは、紹介されたとき、ニコリともせず、手を振りもしなかった。クィディッチ・ワールドカップでのスマートな背広姿を覚えているハリーにとって、魔法使いのローブがクラウチ氏とちぐはぐな感じがした。ちょびひげもぴっちり分けた髪も、ダンブルドアの長い白髪とあごひげの隣では、際立って滑稽に見えた。

「バグマン氏とクラウチ氏は、この数か月というもの、三校対抗試合の準備に骨身を惜しまず尽力されてきた」

ダンブルドアの話は続いた。

「そして、お二方は、カルカロフ校長、マダム・マクシーム、それにこのわしとともに、代表選手の健闘ぶりを評価する審査委員会に加わってくださる」

「代表選手」の言葉が出たとたん、熱心に聞いていた生徒たちの耳が一段と研ぎ澄まされた。

ダンブルドアは、生徒が急にしんとなったのに気づいたのか、ニッコリしながらこう言った。

「それでは、フィルチさん、箱をこれへ」

大広間の隅に、誰にも気づかれず身をひそめていたフィルチが、いまこそと、宝石をちりばめた大きな木箱を捧げ、ダンブルドアのほうに進み出た。かなり古いものらしい。見つめる生徒たちから、いったいなんだろうと、興奮のざわめきが起こった。デニス・クリービーは、よく見ようと椅子の上に立ち上がったが、それでも、あまりにチビで、みんなの頭よりちょっぴり上に出ただけだった。

「代表選手たちが今年取り組むべき課題の内容は、すでにクラウチ氏とバグマン氏が検討し終えておる」ダンブルドアが言った。

フィルチが、木箱をうやうやしくダンブルドアの前のテーブルに置いた。

「さらに、お二方は、それぞれの課題に必要な手配もしてくださった。課題は三つあり、今学年一年間にわたって、間を置いて行われ、代表選手はあらゆる角度から試される――魔力の卓越性――果敢な勇気――論理・推理力――そして、言うまでもなく、危険に対処する能力などじゃ」

この最後の言葉で、大広間が完璧に沈黙した。息する者さえいないかのようだった。

「みなも知ってのとおり、試合を競うのは三人の代表選手じゃ」

ダンブルドアは静かに言葉を続けた。

「参加三校から一人ずつ。選手は課題の一つ一つをどのように巧みにこなすかで採点され、三つの課題の総合点が最も高い者が、優勝杯を獲得する。代表選手を選ぶのは、公正なる選者……『炎のゴブレット』じゃ」

ここでダンブルドアは杖を取り出し、木箱のふたを三度軽くたたいた。ふたはきしみながらゆっくりと開いた。ダンブルドアは手を差し入れ、中から大きな荒けずりの木のゴブレットを取り出した。一見まるで見栄えのしない杯だったが、ただ、その縁からはあふれんばかりに青白い炎が踊っていた。

ダンブルドアは木箱のふたを閉め、その上にそっとゴブレットを置き、大広間の全員によく見えるようにした。

「代表選手に名乗りを上げたい者は、羊皮紙に名前と所属校名をはっきりと書き、このゴブレットの中に入れなければならぬ。立候補の志ある者は、これから二十四時間のうちに、その名を提出するよう。明日、ハロウィーンの夜に、ゴブレットは、各校を代表するに最もふさわしいと判断した三人の名前を、返してよこすであろう。このゴブレットは、今夜玄関ホールに置かれる。我と思わん者は、自由に近づくがよい」

「年齢に満たない生徒が誘惑にかられることのないよう」ダンブルドアが続けた。「『炎のゴブレット』が玄関ホールに置かれたなら、その周囲にわしが『年齢線』を引くことにする。十七歳に満たない者は、何人もその線を越えることはできぬ」

「最後に、この試合で競おうとする者にはっきり言うておこう。軽々しく名乗りを上げぬことじゃ。『炎のゴブレット』がいったん代表選手と選んだ者は、最後まで試合を戦い抜く義務がある。ゴブレットに名前を入れるということは、魔法契約によって拘束されることじゃ。代表選手になったからには、途中で気が変わるということは許されぬ。じゃから、心底、競技する用意があるのかどうか確信を持った上で、ゴブレットに名前を入れるのじゃぞ。さて、もう寝る時間じゃ。みな、おやすみ」

「『年齢線』か！」

みんなと一緒に大広間を横切り、玄関ホールに出るドアのほうへと進みながら、フレッド・ウィーズリーが目をキラキラさせた。

「うーん。それなら『老け薬』でごまかせるな？　いったん名前をゴブレットに入れてしまえば、もうこっちのもんさ――十七歳かどうかなんて、ゴブレットにはわかりゃしないさ！」

「でも、十七歳未満じゃ、誰も戦いおおせる可能性はないと思う」

ハーマイオニーが言った。

「まだ勉強が足りないもの……」

「君はそうでも、俺はちがうぞ」

ジョージがぶっきらぼうに言った。

「ハリー、君はやるな？　立候補するんだろ？」

十七歳に満たない者は立候補するべからず、というダンブルドアの強い言葉を、ハリーは一瞬思い出した。しかし、自分が三校対抗試合に優勝する晴れがましい姿が、またしても胸いっぱいに広がった……十七歳未満の誰かが、「年齢線」を破るやり方を**ほんとうに**見つけてしまったら、ダンブルドアはどれほど怒るだろう……。

「どこへ行っちゃったのかな？」

このやりとりをまったく聞いていなかったロンが言った。クラムはどうしたかと、人混みの中をうかがっていたのだ。

「ダンブルドアは、ダームストラング生がどこに泊まるか、言ってなかったよな？」

しかし、その答えはすぐにわかった。ちょうどその時、ハリーたちはスリザリンのテーブルまで進んで来ていたのだが、カルカロフが生徒を急き立てている最中だった。

「それでは、船に戻れ」カルカロフがそう言ったところだった。「ビクトール、気分はどうだ？　充分に食べたか？　厨房から薬用ホットワインでも持ってこさせようか？」

クラムがまた毛皮を着ながら、首を横に振ったのを、ハリーは見た。

「校長先生、**僕**、ヴァインが欲しい」

ダームストラングの男子生徒が一人、物欲しそうに言った。

「**おまえに**言ったわけではない、ポリアコフ」

カルカロフがかみつくように言った。やさしい父親のような雰囲気は一瞬にして消えていた。

「おまえは、また食べ物をべたべたこぼして、ローブを汚したな。しょうのないやつだ――」

カルカロフはドアのほうに向きを変え、生徒を先導した。ドアの所でちょうどハリー、ロン、ハーマイオニーとかち合い、三人が先をゆずった。

「ありがとう」

カルカロフはなにげなくそう言って、ハリーをちらと見た。

とたんにカルカロフが凍りついた。ハリーのほうを振り向き、我が目を疑うという表情で、カルカロフはハリーをまじまじと見た。校長の後ろについていたダームストラング生も急に立ち止まった。カルカロフの視線が、ゆっくりとハリーの顔を移動し、傷痕の上に釘づけになった。ダームストラング生も不思議そうにハリーを見つめた。そのうち何人かがハッと気づいた表情になったのを、ハリーは目の片隅で感じた。ローブの胸が食べこぼしでいっぱいの男の子が、隣の子をつっつき、おおっぴらにハリーの額を指差した。

「そうだ。ハリー・ポッターだ」後ろから、声がとどろいた。

カルカロフ校長がくるりと振り向いた。マッド-アイ・ムーディが立っている。ステッキに体を預け、「魔法の目」が瞬きもせず、ダームストラングの校長をギラギラと見すえていた。ハリーの目の前で、カルカロフの顔からサッと血の気が引き、怒りと恐れの入りまじったすさまじい表情に変わった。

「おまえは！」カルカロフは、亡霊でも見るような目つきでムーディを見つめた。

「わしだ」すごみのある声だった。

「ポッターに何か言うことがないなら、カルカロフ、どくがよかろう。出口をふさいでいるぞ」

確かにそうだった。大広間の生徒の半分がその後ろで待たされ、何が邪魔しているのだろうと、あちこちから首を突き出して前をのぞいていた。

一言も言わず、カルカロフ校長は、自分の生徒をかき集めるようにして連れ去った。ムーディはその姿が見えなくなるまで、「魔法の目」でその背中をじっと見ていた。傷だらけのゆがんだ顔に激しい嫌悪感が浮かんでいた。


翌日は土曜日で、普段なら、遅い朝食をとる生徒が多いはずだった。しかし、ハリー、ロン、ハーマイオニーは、この週末はいつもよりずっと早く起きた。早起きはハリーたちだけではなかった。三人が玄関ホールに下りていくと、二十人ほどの生徒がうろうろしているのが見えた。トーストをかじりながらの生徒もいて、みんなが「炎のゴブレット」を眺め回していた。ゴブレットはホールの真ん中に、いつもは組分け帽子をのせる丸椅子の上に置かれていた。床には細い金色の線で、ゴブレットの周りに半径三メートルほどの円が描かれていた。

「もう誰か名前を入れた？」

ロンがうずうずしながら三年生の女の子に聞いた。

「ダームストラングが全員。だけど、ホグワーツからは、私は誰も見てないわ」

「きのうの夜のうちに、みんなが寝てしまってから入れた人もいると思うよ」ハリーが言った。

「僕だったら、そうしたと思う……。みんなに見られたりしたくないもの。ゴブレットが、名前を入れたとたんに吐き出してきたりしたらいやだろ？」

ハリーの背後で誰かが笑った。振り返ると、フレッド、ジョージ、リー・ジョーダンが急いで階段を下りてくるところだった。三人ともひどく興奮しているようだ。

「やったぜ」

フレッドが勝ち誇ったようにハリー、ロン、ハーマイオニーに耳打ちした。

「いま飲んできた」

「何を？」ロンが聞いた。

「『老け薬』だよ。鈍いぞ」フレッドが言った。

「一人一滴だ」有頂天で、両手をこすり合わせながら、ジョージが言った。

「俺たちはほんの数か月分、年をとればいいだけだからな」

「三人のうち誰かが優勝したら、一千ガリオンは山分けにするんだ」

リーもニヤーッと歯を見せた。

「でも、そんなにうまくいくとは思えないけど」

ハーマイオニーが警告するように言った。

「ダンブルドアはきっとそんなこと考えてあるはずよ」

フレッド、ジョージ、リーは、聞き流した。

「いいか?」武者震いしながら、フレッドがあとの二人に呼びかけた。

「それじゃ、いくぞ——俺が一番乗りだ——」

フレッドが「フレッド・ウィーズリー——ホグワーツ」と書いた羊皮紙メモをポケットから取り出すのを、ハリーはドキドキしながら見守った。フレッドはまっすぐに線の際まで行って、そこで立ち止まり、十五メートルの高みから飛び込みをするダイバーのように、つま先立って前後に体を揺すった。そして、玄関ホールのすべての目が見守る中、フレッドは大きく息を吸い、線の中に足を踏み入れた。

一瞬、ハリーは、うまくいったと思った——ジョージもきっとそう思ったのだろう。やった、という叫び声とともに、フレッドのあとを追って飛び込んだのだ——が、次の瞬間、ジュッという大きな音とともに、双子は二人とも金色の円の外に放り出された。見えない砲丸投げ選手が二人を押し出したかのようだった。二人は、三メートルほども吹っ飛び、冷たい石の床にたたきつけられた。泣きっ面に蜂ならぬ恥、ポンと大きな音がして、二人ともまったく同じ白い長いあごひげが生えてきた。

玄関ホールが大爆笑に沸いた。フレッドとジョージでさえ、立ち上がってお互いのひげを眺めたとたん、笑いだした。

「忠告したはずじゃ」

深みのある声がした。おもしろがっているような調子だ。みんなが振り向くと、大広間からダンブルドア校長が出てくるところだった。目をいたずらっぽくキラキラさせてフレッドとジョージを観賞しながら、ダンブルドアが言った。

「二人とも、マダム・ポンフリーの所へ行くがよい。すでに、レイブンクローのミス・フォーセット、ハッフルパフのミスター・サマーズもお世話になっておる。二人とも少しばかり年を取る決心をしたのでな。もっとも、あの二人のひげは、君たちのほど見事ではないがの」

ゲラゲラ笑っているリーに付き添われ、フレッドとジョージが医務室に向かい、ハリー、ロン、ハーマイオニーも、クスクス笑いながら朝食に向かった。

大広間の飾りつけが、今朝はすっかり変わっていた。ハロウィーンなので、生きたコウモリが群がって、魔法のかかった天井の周りを飛び回っていたし、何百というくり抜きかぼちゃが、あちこちの隅でニターッと笑っていた。ハリーが先に立って、ディーンとシェーマスのそばに行くと、二人は、十七歳以上の生徒で誰がホグワーツから立候補しただろうか、と話しているところだった。

「うわさだけどさ、ワリントンが早起きして名前を入れたって」ディーンがハリーに話した。

「あの、スリザリンの、でっかいナマケモノみたいなやつがさ」

クィディッチでワリントンと対戦したことがあるハリーは、むかついて首を振った。

「スリザリンから代表選手を出すわけにはいかないよ！」

「それに、ハッフルパフじゃ、みんなディゴリーのことを話してる」

シェーマスが軽蔑したように言った。

「だけど、あいつ、ハンサムなお顔を危険にさらしたくないんじゃないでしょうかね」

「ちょっと、ほら、見て！」ハーマイオニーが急に口をはさんだ。

玄関ホールのほうで、歓声が上がった。椅子に座ったまま振り向くと、アンジェリーナ・ジョンソンが、少しはにかんだように笑いながら、大広間に入ってくるところだった。グリフィンドールのチェイサーの一人、背の高い黒人のアンジェリーナは、ハリーたちの所へやってきて、腰かけるなり言った。

「そう、私、やったわ！　いま、名前を入れてきた！」

「ほんとかよ！」ロンは感心したように言った。

「それじゃ、君、十七歳なの？」ハリーが聞いた。

「そりゃ、もち、そうさ。ひげがないだろ？」ロンが言った。

「先週が誕生日だったの」アンジェリーナが言った。

「うわぁ、私、グリフィンドールから誰か立候補してくれて、うれしいわ」

ハーマイオニーが言った。

「あなたが選ばれるといいな、アンジェリーナ！」

「ありがとう、ハーマイオニー」アンジェリーナがハーマイオニーにほほえみかけた。

「ああ、かわいこちゃんのディゴリーより、君のほうがいい」

シェーマスの言葉を、テーブルのそばを通りがかった数人のハッフルパフ生が聞きつけて、怖い顔でシェーマスをにらんだ。

「じゃ、今日は何して遊ぼうか？」

朝食が終わって、大広間を出るとき、ロンがハリーとハーマイオニーに聞いた。

「まだハグリッドの所に行ってないね」ハリーが言った。

「オーケー。スクリュートに僕たちの指を二、三本寄付しろって言わないんなら、行こう」

ロンが言った。

ハーマイオニーの顔が、興奮でパッと輝いた。

「いま気づいたけど――私、まだハグリッドにS・P・E・Wに入会するように頼んでなかったわ！」

ハーマイオニーの声がはずんだ。

「待っててくれる？　ちょっと上まで行って、バッジを取ってくるから」

「あいつ、いったい、どうなってるんだ？」

ハーマイオニーが大理石の階段を駆け上がっていくのを、ロンはあきれ顔で見送った。

「おい、ロン」ハリーが突然声をかけた。「君のオトモダチ……」

ボーバトン生が、校庭から正面の扉を通ってホールに入ってくるところだった。その中に、あのヴィーラ美少女がいた。「炎のゴブレット」を取り巻いていた生徒たちが、一行を食い入るように見つめながら、道をあけた。

マダム・マクシームが生徒のあとからホールに入り、みんなを一列に並ばせた。ボーバトン生は一人ずつ「年齢線」をまたぎ、青白い炎の中に羊皮紙のメモを投じた。名前が入るごとに、炎は一瞬赤くなり、火花を散らした。

「選ばれなかった生徒はどうなると思う？」

ヴィーラ美少女が羊皮紙を「炎のゴブレット」に投じたとき、ロンがハリーにささやいた。

「学校に帰っちゃうと思う？　それとも残って試合を見るのかな？」

「わかんない。残るんじゃないかな……マダム・マクシームは残って審査するだろ？」

ボーバトン生が全員名前を入れ終えると、マダム・マクシームは再び生徒をホールから連れ出し、校庭へと戻っていった。

「**あの人たちは**、どこに泊まってるのかな？」

あとを追って扉のほうへ行き、一行をじっと見送りながら、ロンが言った。

背後でガタガタと大きな音がして、ハーマイオニーがＳ・Ｐ・Ｅ・Ｗバッジの箱を持って戻ってきたことがわかった。

「おっ、いいぞ。急ごう」

ロンが石段を飛び降りた。その目は、マダム・マクシームと一緒に芝生の中ほどを歩いているヴィーラ美少女の背中に、ぴったりと張りついていた。

禁じられた森の端にあるハグリッドの小屋に近づいたとき、ボーバトン生がどこに泊まっているかの謎が解けた。乗ってきた巨大なパステル・ブルーの馬車が、ハグリッドの小屋の入口から二百メートルほどむこうに置かれ、生徒たちはその中へと上っていくところだった。馬車を引いてきた象ほどもある天馬は、いまは、その脇にしつらえられた急ごしらえのパドックで、草を食んでいる。

ハリーがハグリッドの戸をノックすると、すぐに、ファングの低く響く吠え声がした。

「よう、久しぶりだな！」

ハグリッドが勢いよくドアを開け、ハリーたちを見つけて言った。

「俺の住んどる所を忘れっちまったかと思ったぞ！」

「私たち、とっても忙しかったのよ、ハグ――」

ハーマイオニーは、そう言いかけて、ハグリッドを見上げたとたん、ぴたっと口を閉じた。言葉を失ったようだった。

ハグリッドは、一張羅の（しかも、悪趣味の）毛がモコモコの茶色い背広を着込み、これでもかとばかり、黄色とだいだい色の格子縞ネクタイをしめていた。極めつきは、髪をなんとかなでつけようとしたらしく、車軸用のグリースかと思われる油をこってりと塗りたくっていたことだ。髪はいまや、二束にくくられて垂れ下がっている――たぶん、ビルと同じようなポニーテールにしようとしたのだろうが、髪が多すぎて一つにまとまらなかったのだろう。どう見てもハグリッドには似合わなかった。一瞬、ハーマイオニーは目を白黒させてハグリッドを見ていたが、結局何も意見を言わないことに決めたらしく、こう言った。

「えーと――スクリュートはどこ？」

「外のかぼちゃ畑の脇だ」ハグリッドがうれしそうに答えた。

「でっかくなったぞ。もう一メートル近いな。ただな、困ったことに、お互いに殺し合いを始めてなぁ」

「まあ、困ったわね」ハーマイオニーはそう言うと、ハグリッドのキテレツな髪形をまじまじ見て何か言いそうに口を開いたロンに、すばやく「ダメよ」と目配せした。

「そうなんだ」ハグリッドは悲しそうに言った。

「ンでも、大丈夫だ。もう別々の箱に分けたからな。まーだ、二十匹は残っちょる」

「うわ、そりゃ、おめでたい」

ロンの皮肉が、ハグリッドには通じなかった。

ハグリッドの小屋はひと部屋しかなく、その一角に、パッチワークのカバーをかけた巨大なベッドが置いてある。暖炉の前には、これも同じく巨大な木のテーブルと椅子があり、その上の天井から、燻製ハムや鳥の死骸がたくさんぶら下がっていた。

ハグリッドがお茶の準備を始めたので、三人はテーブルに着き、すぐにまた三校対抗試合の話題に夢中になった。ハグリッドも同じように興奮しているようだった。

「見ちょれ」ハグリッドがニコニコした。

「待っちょれよ。見たこともねえもンが見られるぞ。イッチ（一）番目の課題は……おっと、言っちゃいけねえんだ」

「言ってよ！　ハグリッド！」

ハリー、ロン、ハーマイオニーがうながしたが、ハグリッドは笑って首を横に振るばかりだった。

「おまえさんたちの楽しみをだいなしにはしたくねえ」ハグリッドが言った。

「だがな、すごいぞ。それだけは言っとく。代表選手はな、課題をやりとげるのは大変だぞ。生きてるうちに三校対抗試合の復活を見られるとは、思わんかったぞ！」

結局三人は、ハグリッドと昼食を食べたが、あまりたくさんは食べなかった――ハグリッドはビーフシチューだと言って出したが、ハーマイオニーが中から大きな鉤爪を発見してしまったあとは、三人ともがっくりと食欲を失ったのだ。それでも、試合の種目がなんなのか、あの手この手でハグリッドに言わせようとしたり、立候補者の中で代表選手に選ばれるのは誰だろうと推測したり、フレッドとジョージのひげはもう取れただろうかなどと話したりして、三人は楽しく過ごした。昼過ぎから小雨になった。暖炉のそばに座り、パラパラと窓を打つ雨の音を聞きながら、ハグリッドが靴下をつくろうかたわら、ハーマイオニーとしもべ妖精論議をするのを傍で見物するのは、のんびりした気分だった――ハーマイオニーがS・P・E・Wバッジを見せたとき、ハグリッドはきっぱり入会を断ったのだ。

「そいつは、ハーマイオニー、かえってあいつらのためにならねえ」

ハグリッドは、骨製の巨大な縫い針に、太い黄色の糸を通しながら、重々しく言った。

「ヒトの世話をするのは、連中の本能だ。それが好きなんだ。ええか？　仕事を取り上げっちまったら、連中を不幸にするばっかしだし、給料を払うなんちゅうのは、侮辱もええとこだ」

「だけど、ハリーはドビーを自由にしたし、ドビーは有頂天だったじゃない！」

ハーマイオニーが言い返した。

「**それに**、ドビーは、いまではお給料を要求してるって聞いたわ！」

「そりゃな、オチョウシモンはどこにでもいる。俺はなンも、自由を受け入れる変わりモンのしもべ妖精がいねえとは言っちょらん。だが、連中の大多数は、けっしてそんな説得は聞かねえぞ——ウンニャ、骨折り損だ。ハーマイオニー」

ハーマイオニーはひどく機嫌をそこねた様子で、バッジの箱をマントのポケットに戻した。

五時半になると、暗くなりはじめた。ロン、ハリー、ハーマイオニーは、ハロウィーンの晩餐会に出るのに城に戻る時間だと思った——それに、もっと大切な、各校の代表選手の発表があるはずだ。

「俺も一緒に行こう」

ハグリッドがつくろい物を片づけながら言った。

「ちょっくら待ってくれ」

ハグリッドは立ち上がり、ベッド脇の整理だんすの所まで行き、何か探しはじめた。三人は気にもとめなかったが、とびっきりひどいにおいが鼻をついて、初めてハグリッドに注目した。

ロンが咳き込みながら聞いた。

「ハグリッド、それ、何？」

「はぁ？」ハグリッドが巨大な瓶を片手に、こちらを振り返った。

「気に入らんか？」

「ひげそりローションなの？」ハーマイオニーものどが詰まったような声だ。

「あー——オー・デ・コロンだ」ハグリッドがもごもご言った。赤くなっている。

「ちとやりすぎたかな」

ぶっきらぼうにそう言うと「落としてくる。待っちょれ……」と、ハグリッドはドスドスと小屋を出ていった。窓の外にある桶で、ハグリッドが乱暴にゴシゴシ顔を洗っているのが見えた。

「オー・デ・コロン？」ハーマイオニーが目を丸くした。「**ハグリッドが？**」

「それに、あの髪と背広はなんだい？」ハリーも声を低めて言った。

「見て！」ロンが突然窓の外を指差した。

ちょうど、ハグリッドが体を起こして振り返ったところだった。さっき赤くなったのも確かだが、いまの赤さに比べればなんでもない。三人が、ハグリッドに気づかれないよう、そっと立ち上がり、窓からのぞくと、マダム・マクシームとボーバトン生が馬車から出てくるところだった。晩餐会に行くにちがいない。ハグリッドがなんと言っているかは聞こえなかったが、マダム・マクシームに話しかけているハグリッドの表情は、うっとりと、目がうるんでいる。ハリーは、ハグリッドがそんな顔をするのをたった一度しか見たことがなかった——赤ちゃんドラゴンのノーバートを見るときの、あの顔だった。

「ハグリッドったら、あの人と一緒にお城に行くわ！」ハーマイオニーが憤慨した。

「私たちを待たせてるはずじゃなかったの？」

小屋を振り返りもせず、ハグリッドはマダム・マクシームと一緒に校庭をてくてく歩きはじめた。二人が大股で過ぎ去ったあとを、ボーバトン生がほとんど駆け足で追っていった。

「ハグリッド、あの人に気があるんだ！」ロンは信じられないという声だ。

「まあ、二人に子供ができたら、世界記録だぜ――あの二人の赤ん坊なら、きっと重さ一トンはあるな」

三人は小屋を出て戸を閉めた。外は驚くほど暗かった。マントをしっかり巻きつけて、三人は芝生の斜面を登りはじめた。

「ちょっと見て！　あの人たちよ！」ハーマイオニーがささやいた。

ダームストラングの一行が湖から城に向かって歩いていくところだった。ビクトール・クラムはカルカロフと並び、あとのダームストラング生は、その後ろからバラバラと歩いていた。ロンはわくわくしながらクラムを見つめたが、クラムのほうは、ハーマイオニー、ロン、ハリーより少し先に正面扉に到着し、周囲には目もくれずに中に入った。

三人が中に入ったときには、ろうそくの灯りに照らされた大広間は、ほぼ満員だった。「炎のゴブレット」は、いまは教職員テーブルの、まだ空席のままのダンブルドアの席の正面に移されていた。フレッドとジョージが――ひげもすっかりなくなり――失望を乗り越えて調子を取り戻したようだった。

「アンジェリーナだといいな」

ハリー、ロン、ハーマイオニーが座ると、フレッドが声をかけた。

「私もそう思う！」ハーマイオニーも声をはずませた。

「さあ、もうすぐはっきりするわ！」

ハロウィーン・パーティはいつもより長く感じられた。二日続けての宴会だったせいかもしれないが、ハリーも、準備された豪華な食事に、いつもほど心を奪われなかった。大広間の誰もかれもが、首を伸ばし、待ちきれないという顔をし、「ダンブルドアはまだ食べ終わらないのか」とそわそわしたり、立ち上がったりしている。ハリーもみんなと同じ気持ちで、早く皿の中身が片づけられて、誰が代表選手に選ばれたのか聞けるといいのにと思っていた。

ついに、金の皿がきれいさっぱりと、もとの真っさらな状態になり、大広間のガヤガヤが急に大きくなったが、ダンブルドアが立ち上がると、一瞬にして静まり返った。ダンブルドアの両脇に座っているカルカロフ校長とマダム・マクシームも、みんなと同じように緊張と期待感に満ちた顔だった。ルード・バグマンは、生徒の誰にということもなく、笑いかけ、ウィンクしている。しかし、クラウチ氏はまったく無関心で、ほとんどうんざりした表情だった。

「さて、ゴブレットは、ほぼ決定したようじゃ」

ダンブルドアが言った。

「わしの見込みでは、あと一分ほどじゃの。さて、代表選手の名前が呼ばれたら、その者たちは、大広間の一番前に来るがよい。そして、教職員テーブルに沿って進み、隣の部屋に入るよう——」

ダンブルドアは教職員テーブルの後ろの扉を示した。

「——そこで、最初の指示が与えられるであろう」

ダンブルドアは杖を取り、大きくひと振りした。とたんに、くり抜きかぼちゃを残してあとのろうそくがすべて消え、部屋はほとんど真っ暗になった。「炎のゴブレット」は、いまや大広間の中でひときわ明々と輝き、キラキラした青白い炎が、目に痛いほどだった。すべての目が、見つめ、待った……何人かがちらちら腕時計を見ている……。

「来るぞ」

ハリーから二つ離れた席のリー・ジョーダンがつぶやいた。

ゴブレットの炎が、突然また赤くなった。火花が飛び散りはじめた。次の瞬間、炎がメラメラと宙をなめるように燃え上がり、炎の舌先から、焦げた羊皮紙が一枚、はらりと落ちてきた——全員が固唾をのんだ。

ダンブルドアがその羊皮紙を捕らえ、再び青白くなった炎の明かりで読もうと、腕の高さに差し上げた。

「ダームストラングの代表選手は」

力強い、はっきりした声で、ダンブルドアが読み上げた。

「ビクトール・クラム」

「そうこなくっちゃ！」

ロンが声を張り上げた。大広間中が拍手の嵐、歓声の渦だ。ビクトール・クラムがスリザリンのテーブルから立ち上がり、前かがみにダンブルドアのほうに歩いていくのを、ハリーは見ていた。右に曲がり、教職員テーブルに沿って歩き、その後ろの扉から、クラムは隣の部屋へと消えた。

「ブラボー、ビクトール！」

カルカロフの声がとどろいた。拍手の音にもかかわらず、全員が聞きとれるほどの大声だった。

「わかっていたぞ。君がこうなるのは！」

拍手とおしゃべりが収まった。いまや全員の関心は、数秒後に再び赤く燃え上がったゴブレットに集まっていた。炎に巻き上げられるように、二枚目の羊皮紙が中から飛び出した。

「ボーバトンの代表選手は」

ダンブルドアが読み上げた。

「フラー・デラクール！」

「ロン、あの女だ！」

ハリーが叫んだ。ヴィーラに似た美少女が優雅に立ち上がり、シルバーブロンドの豊かな髪をサッと振って後ろに流し、レイブンクローとハッフルパフのテーブルの間をすべるように進んだ。

「まあ、見てよ。みんながっかりしてるわ」

残されたボーバトン生のほうをあごで指し、騒音を縫ってハーマイオニーが言った。

「がっかり」では言い足りない、とハリーは思った。選ばれなかった女の子が二人、ワッと泣きだし、腕に顔をうずめてしゃくり上げていた。

フラー・デラクールも隣の部屋に消えると、また沈黙が訪れた。今度は興奮で張り詰めた沈黙が、びしびしと肌に食い込むようだった。次はホグワーツの代表選手だ……。

そして三度、「炎のゴブレット」が赤く燃えた。あふれるように火花が飛び散った。炎が空をなめて高く燃え上がり、その舌先から、ダンブルドアが三枚目の羊皮紙を取り出した。

「ホグワーツの代表選手は」

ダンブルドアが読み上げた。

「セドリック・ディゴリー！」

「ダメ！」

ロンが大声を出したが、ハリーのほかには誰にも聞こえなかった。隣のテーブルからの大歓声がものすごかったのだ。ハッフルパフ生が総立ちになり、叫び、足を踏み鳴らした。セドリックがニッコリ笑いながら、その中を通り抜け、教職員テーブルの後ろの部屋へと向かった。セドリックへの拍手があまりに長々と続いたので、ダンブルドアが再び話しだすまでにしばらく間を置かなければならないほどだった。

「けっこう、けっこう！」

大歓声がやっと収まり、ダンブルドアがうれしそうに呼びかけた。

「さて、これで三人の代表選手が決まった。選ばれなかったボーバトン生も、ダームストラング生もふくめ、みんな打ちそろって、あらんかぎりの力を振りしぼり、代表選手たちを応援してくれることと信じておる。選手に声援を送ることで、みんながほんとうの意味で貢献でき――」

ダンブルドアが突然言葉を切った。何が気を散らせたのか、誰の目にも明らかだった。

「炎のゴブレット」が再び赤く燃えはじめたのだ。火花がほとばしった。突然、空中に炎が伸び上がり、その舌先にまたしても羊皮紙をのせている。

ダンブルドアが反射的に――と見えたが――長い手を伸ばし、羊皮紙を捕らえた。ダンブルドアはそれを掲げ、そこに書かれた名前をじっと見た。両手で持った羊皮紙を、ダンブルドアはそれからしばらく眺めていた。長い沈黙――大広間中の目がダンブルドアに集まっていた。

やがてダンブルドアが咳払いし、そして読み上げた――。

「ハリー・ポッター」

第十七章　四人の代表選手

大広間のすべての目がいっせいに自分に向けられるのを感じながら、ハリーはただ座っていた。驚いたなんてものじゃない。しびれて感覚がない。夢を見ているにちがいない。きっと聞きちがいだったのだ。

誰も拍手しない。怒った蜂の群れのように、ワンワンという音が大広間に広がりはじめた。凍りついたように座ったままのハリーを、立ち上がってよく見ようとする生徒もいる。

上座のテーブルでは、マクゴナガル先生が立ち上がり、ルード・バグマンとカルカロフ校長の後ろをサッと通り、せっぱ詰まったように何事かダンブルドアにささやいた。ダンブルドアはかすかに眉を寄せ、マクゴナガル先生のほうに体を傾け、耳を寄せていた。

ハリーはロンとハーマイオニーのほうを振り向いた。そのむこうに、長いテーブルの端から端まで、グリフィンドール生全員が口をあんぐり開けてハリーを見つめていた。

「僕、名前を入れてない」

ハリーが放心したように言った。

「僕が入れてないこと、知ってるだろう」

二人とも、放心したようにハリーを見つめ返した。

上座のテーブルでダンブルドア校長がマクゴナガル先生に向かってうなずき、体を起こした。

「ハリー・ポッター！」

ダンブルドアがまた名前を呼んだ。

「ハリー！　ここへ、来なさい！」

「行くのよ」

ハーマイオニーが、ハリーを少し押すようにしてささやいた。

ハリーは立ち上がりざま、ローブのすそを踏んでよろめいた。グリフィンドールとハッフルパフのテーブルの間を、ハリーは進んだ。とてつもなく長い道のりに思えた。上座のテーブルが、全然近くならないように感じた。そして、何百という目が、まるでサーチライトのように、いっせいにハリーに注がれているのを感じていた。

ワンワンという音がだんだん大きくなる。まるで一時間もたったのではないかと思われたとき、ハリーはダンブルドアの真ん前にいた。先生方の目がいっせいに自分に向けられているのを感じた。

「さあ……あの扉から。ハリー」

ダンブルドアはほほえんでいなかった。

ハリーは教職員テーブルに沿って歩いた。ハグリッドが一番端に座っていた。ハリーにウィンクもせず、手も振らず、いつもの挨拶の合図を何も送ってはこない。ハリーがそばを通っても、ほかのみんなと同じように、驚ききった顔でハリーを見つめるだけだった。

ハリーは大広間から出る扉を開け、魔女や魔法使いの肖像画がずらりと並ぶ小さな部屋に入った。ハリーのむかい側で、暖炉の火がごうごうと燃え盛っていた。

部屋に入っていくと、肖像画の目がいっせいにハリーを見た。しわしわの魔女が自分の額を飛び出し、セイウチのような口ひげの魔法使いが描かれた隣の額に入るのを、ハリーは見た。しわしわ魔女は、隣の魔法使いに耳打ちを始めた。

ビクトール・クラム、セドリック・ディゴリー、フラー・デラクールは、暖炉の周りに集まっていた。炎を背にした三人のシルエットは、不思議に感動的だった。クラムは、ほかの二人から少し離れ、背中を丸め、暖炉に寄りかかって何か考えていた。セドリックは背中で手を組み、じっと炎を見つめている。フラー・デラクールは、ハリーが入っていくと、振り向いて、長いシルバーブロンドの髪を、サッと後ろに振った。

「どうしまーしたか?」フラーが聞いた。

「わたーしたちに、広間に戻りなさーいということでーすか？」

ハリーが伝言を伝えにきたと思ったらしい。何事が起こったのか、どう説明してよいのか、ハリーにはわからなかった。ハリーは三人の代表選手を見つめて、突っ立ったままだった。三人ともずいぶん背が高いことに、ハリーは初めて気づいた。

ハリーの背後でせかせかした足音がし、ルード・バグマンが部屋に入ってきた。バグマンはハリーの腕をつかむと、みんなの前に引き出した。

「すごい！」

バグマンがハリーの腕をギュッと押さえてつぶやいた。

「いや、まったくすごい！　紳士諸君……淑女もお一人」

バグマンは暖炉に近づき、三人に呼びかけた。

「ご紹介しよう――信じがたいことかもしれんが――三校対抗代表選手だ。**四人目の？**」

ビクトール・クラムがピンと身を起こした。むっつりした顔が、ハリーを眺め回しながら暗い表情になった。セドリックはとほうに暮れた顔だ。バグマンを見て、ハリーに目を移し、またバグマンを見た。バグマンの言ったことを、自分が聞きちがえたにちがいないと思っているかのようだった。しかし、フラー・デラクールは、髪をパッと後ろになびかせ、ニッコリと言った。

「おお、とてーも、おもしろーいジョークです。ミースター・バーグマン」

「ジョーク？」バグマンが驚いてくり返した。

「いやいや、とんでもない！　ハリーの名前が、たったいま『炎のゴブレット』から出てきたのだ！」

クラムの太い眉が、かすかにゆがんだ。セドリックは礼儀正しく、しかしまだ当惑している。

フラーが顔をしかめた。

「でも、なにかーのまちがいにちがいありませーん」

軽蔑したようにバグマンに言った。

「このいとは、競技できませーん。このいと、若すぎまーす」

「さよう……驚くべきことだ」

バグマンはひげのないあごをなでながら、ハリーを見下ろしてニッコリした。

「しかし、知ってのとおり、年齢制限は、今年にかぎり、特別安全措置として設けられたものだ。そして、ゴブレットからハリーの名前が出た……。つまり、この段階で逃げ隠れはできないだろう……これは規則であり、従う義務がある……。ハリーは、とにかくベストを尽くすほかあるまいと――」

背後の扉が再び開き、大勢の人が入ってきた。ダンブルドア校長を先頭に、すぐ後ろからクラウチ氏、カルカロフ校長、マダム・マクシーム、マクゴナガル先生、スネイプ先生だ。マクゴナガル先生が扉を閉める前に、壁のむこう側で、何百人という生徒がワーワー騒ぐ音が聞こえた。

「マダム・マクシーム！」

フラーがマクシーム校長を見つけ、つかつかと歩み寄った。

「この小さーい男の子も競技に出ると、みんな言っていまーす！」

信じられない思いで、しびれた感覚のどこかで、怒りがビリビリッと走るのを、ハリーは感じた。**小さい男の子？**

マダム・マクシームは、背筋を伸ばし、全身の大きさを十二分に見せつけた。きりっとした頭のてっぺんが、ろうそくの立ち並んだシャンデリアをこすり、黒繻子のドレスの下で、巨大な胸がふくれ上がった。

「ダンブリードール、これは、どういうことですか？」威圧的な声だった。

「私もぜひ、知りたいものですな、ダンブルドア」

カルカロフ校長も言った。冷徹な笑いを浮かべ、ブルーの目が氷のかけらのようだった。

「ホグワーツの代表選手が**二人**とは？ 開催校は二人の代表選手を出してもよいとは、誰からもうかがってはいないようですが――それとも、私の規則の読み方が浅かったのですかな？」

カルカロフ校長は、短く、意地悪な笑い声を上げた。

「**セ・タァンポシーブル**」

マダム・マクシームは豪華なオパールに飾られた巨大な手を、フラーの肩にのせて言った。

「オグワーツが二人も代表選手を出すことはできませーん。そんなことは、とーても正しくなーいです」

「我々としては、あなたの『年齢線』が、年少の立候補者をしめ出すだろうと思っていたわけですがね、ダンブルドア」

カルカロフの冷たい笑いはそのままだったが、目はますます冷ややかさを増していた。

「そうでなければ、当然ながら、わが校からも、もっと多くの候補者を連れてきてもよかった」

「誰の咎でもない。ポッターのせいだ、カルカロフ」

スネイプが低い声で言った。暗い目が底意地悪く光っている。

「ポッターが、規則は破るものと決めてかかっているのを、ダンブルドアの責任にすることはない。ポッターは本校に来て以来、決められた線を越えてばかりいるのだ――」

「もうよい、セブルス」

ダンブルドアがきっぱりと言った。スネイプはだまって引き下がったが、その目は、油っこい黒い髪のカーテンの奥で、毒々しく光っていた。

ダンブルドア校長は、今度はハリーを見下ろした。ハリーはまっすぐにその目を見返し、半月めがねの奥にある目の表情を読み取ろうとした。

「ハリー、君は『炎のゴブレット』に名前を入れたのかね？」

ダンブルドアが静かに聞いた。

「いいえ」

ハリーが言った。全員がハリーをしっかり見つめているのを充分意識していた。スネイプは、薄暗がりの中で、「信じるものか」とばかり、いらいら低い音を立てた。

「上級生に頼んで、『炎のゴブレット』に君の名前を入れたのかね？」

スネイプを無視して、ダンブルドア校長が尋ねた。

「**いいえ**」

ハリーが激しい口調で答えた。

「ああ、でもこのいとはうそついてまーす！」

マダム・マクシームが叫んだ。スネイプは口元に薄ら笑いを浮かべ、今度は首を横に振って、不信感をあからさまに示していた。

「この子が『年齢線』を越えることはできなかったはずです」マクゴナガル先生がビシッと言った。

「そのことについては、みなさん、異論はないと――」

「ダンブリーードールが『線』をまちがーえたのでしょう」マダム・マクシームが肩をすくめた。

「もちろん、それはありうることじゃ」ダンブルドアは、礼儀正しく答えた。

「ダンブルドア、まちがいなどないことは、あなたが一番よくご存じでしょう」

マクゴナガル先生が怒ったように言った。

「まったく、バカバカしい！　ハリー自身が『年齢線』を越えるはずはありません。また、上級生を説得してかわりに名を入れさせるようなことも、ハリーはしていないと、ダンブルドア校長は信じていらっしゃいます。それだけで、みなさんには充分だと存じますが！」

マクゴナガル先生は怒ったような目で、スネイプ先生をキッと見た。

「クラウチさん……バグマンさん」

カルカロフの声が、へつらい声に戻った。

「お二方は、我々の――えー――中立の審査員でいらっしゃる。こんなことは異例だと思われますでしょうな？」

バグマンは少年のような丸顔をハンカチでふき、クラウチ氏を見た。暖炉の灯りの輪の外で、クラウチ氏は影の中に顔を半分隠して立っていた。何か不気味で、半分暗がりの中にある顔は年より老けて見え、ほとんど骸骨のようだった。しかし、話しだすと、いつものきびきびした声だ。

「規則に従うべきです。そして、ルールは明白です。『炎のゴブレット』から名前が出てきた者は、試合で競う義務がある」

「いやぁ、バーティは規則集を隅から隅まで知り尽くしている」

バグマンはニッコリ笑い、これで蹴りがついたという顔で、カルカロフとマダム・マクシームのほうを見た。

「私のほかの生徒に、もう一度名前を入れさせるように主張する」

カルカロフが言った。ねっとりしたへつらい声も、笑みも、いまやかなぐり捨てていた。まさに醜悪な形相だった。

「『炎のゴブレット』をもう一度設置していただこう。そして各校二名の代表選手になるまで、名前を入れ続けるのだ。ダンブルドア、それが公平というものだ」

「しかし、カルカロフ、そういう具合にはいかない」バグマンが言った。「『炎のゴブレット』は、たったいま、火が消えた——次の試合まではもう、火がつくことはない——」

「——次の試合に、ダームストラングが参加することはけっしてない！」

カルカロフが怒りを爆発させた。

「あれだけ会議や交渉を重ね、妥協したのに、このようなことが起こるとは、思いもよらなかった！　いますぐにでも帰りたい気分だ！」

「はったりだな。カルカロフ」

扉の近くで唸るような声がした。

「代表選手を置いて帰ることはできまい。選手は競わなければならん。選ばれた者は全員、競わなければならんのだ。ダンブルドアも言ったように、魔法契約の拘束力だ。都合のいいことにな。え？」

ムーディが部屋に入ってきたところだった。足を引きずって暖炉に近づき、右足を踏み出すごとに、**コツッ**と大きな音を立てた。

「都合がいい？」

カルカロフが聞き返した。

「なんのことかわかりませんな。ムーディ」

カルカロフが、ムーディの言うことは聞くに値しないとでも言うように、わざと軽蔑した言い方をしていることが、ハリーにはわかった。カルカロフは、言葉とは裏腹に、固く拳を握りしめていた。

「わからん？」

ムーディが低い声で言った。

「カルカロフ、簡単なことだ。ゴブレットから名前が出てくればポッターが戦わなければならぬと知っていて、誰かがポッターの名前をゴブレットに入れた」

「もちろーん、誰か、オグワーツにリンゴをふた口もかじらせよーうとしたのでーす！」

「おっしゃるとおりです。マダム・マクシーム」カルカロフがマダムに頭を下げた。

「私は抗議しますぞ。魔法省と、**それから**国際連盟——」

「文句を言う理由があるのは、まずポッターだろう」ムーディが唸った。

「しかし……おかしなことよ……**ポッターは**、一言も何も言わん……」

「なんで文句言いまーすか？」

フラー・デラクールが地団駄を踏みながら言った。

「このいと、戦うチャンスありまーす。私たち、みんな、何週間も、何週間も、選ばれたーいと願っていました！　学校の名誉かけて！　賞金の一千ガリオンかけて――みんな死ぬおどおしいチャンスでーす！」

「ポッターが**死ぬことを**欲した者がいるとしたら」

ムーディの低い声は、いつもの唸り声とは様子がちがっていた。

息苦しい沈黙が流れた。

ルード・バグマンは、ひどく困った顔で、いらいらと体を上下に揺すりながら、「おい、おい、ムーディ……何を言いだすんだ！」と言った。

「みなさんご存じのように、ムーディ先生は、朝から昼食までの間に、ご自分を殺そうとするくわだてを少なくとも六件は暴かないと気がすまない方だ」

カルカロフが声を張り上げた。

「先生はいま、生徒たちにも、暗殺を恐れよとお教えになっているようだ。『闇の魔術に対する防衛術』の先生になる方としては奇妙な資質だが、あなたには、ダンブルドア、あなたなりの理由がおありになったのでしょう」

「わしの妄想だとでも？」ムーディが唸った。

「ありもしないものを見るとでも？　え？　あのゴブレットにこの子の名前を入れるような魔法使いは、腕のいいやつだ……」

「おお、どんな証拠があると言うのでーすか？」

マダム・マクシームが、バカなことを言わないで、とばかり、巨大な両手をパッと開いた。

「なぜなら、強力な魔力を持つゴブレットの目をくらませたからだ！」

ムーディが言った。

「あのゴブレットをあざむき、試合には三校しか参加しないということを忘れさせるには、並はずれて強力な『錯乱の呪文』をかける必要があったはずだ……わしの想像では、ポッターの名前を、四校目の候補者として入れ、四校目はポッター一人しかいないようにしたのだろう……」

「この件にはずいぶんとお考えをめぐらされたようですな、ムーディ」

カルカロフが冷たく言った。

「それに、実に独創的な説ですな――しかし、聞きおよぶところでは、最近あなたは、誕生祝いのプレゼントの中に、バジリスクの卵が巧妙に仕込まれていると思い込み、粉々に砕いたとか。ところがそれは馬車用の置時計だと判明したとか。これでは、我々があなたの言うことを真に受けないのも、ご理解いただけるかと……」

「なにげない機会をとらえて悪用する輩はいるものだ」

ムーディが威嚇するような声で切り返した。

「闇の魔法使いの考えそうなことを考えるのがわしの役目だ――カルカロフ、君なら身に覚えがあるだろうが……」

「アラスター！」

ダンブルドアが警告するように呼びかけた。ハリーは一瞬、誰に呼びかけたのかわからなかった。しかし、すぐに「マッドーアイ」がムーディの実名であるはずがないと気がついた。ムーディは口をつぐんだが、それでも、カルカロフの様子を楽しむように眺めていた――カルカロフの顔は燃えるように赤かった。

「どのような経緯でこんな事態になったのか、我々は知らぬ」

ダンブルドアは部屋に集まった全員に話しかけた。

「しかしじゃ、結果を受け入れるほかあるまい。セドリックもハリーも試合で競うように選ばれた。したがって、試合にはこの二名の者が……」

「おお、でもダンブリーードール――」

「まあまあ、マダム・マクシーム、何かほかにお考えがおありなら、喜んでうかがいますがの」

ダンブルドアは答えを待ったが、マダム・マクシームは何も言わなかった。ただにらむばかりだった。マダム・マクシームだけではない。スネイプは憤怒の形相だし、カルカロフは青筋を立てていた。しかし、バグマンは、むしろうきうきしているようだった。

「さあ、それでは、開始といきますかな？」

バグマンはニコニコ顔でもみ手しながら、部屋を見回した。

「代表選手に指示を与えないといけませんな？　バーティ、主催者としてのこの役目を務めてくれるか？」

何かを考え込んでいたクラウチ氏は、急に我に返ったような顔をした。

「フム」クラウチ氏が言った「指示ですな。よろしい……最初の課題は……」

クラウチ氏は暖炉の灯りの中に進み出た。近くでクラウチ氏を見たハリーは、病気ではないか、と思った。目の下に黒いくま、薄っぺらな紙のような、しわしわの皮膚、こんな様子は、クィディッチ・ワールドカップのときには見られなかった。

「最初の課題は、君たちの勇気を試すものだ」

クラウチ氏は、ハリー、セドリック、フラー、クラムに向かって話した。

「ここでは、どういう内容なのかは教えないことにする。未知のものに遭遇したときの勇気は、魔法使いにとって非常に重要な資質である……非常に重要だ……」

「最初の競技は、十一月二十四日、全生徒、ならびに審査員の前で行われる」

「選手は、競技の課題を完遂するにあたり、どのような形であれ、先生方からの援助を頼むことも、受けることも許されない。選手は、杖だけを武器として、最初の課題に立ち向かう。第一の課題終了の後、第二の課題についての情報が与えられる。試合は過酷で、また時間のかかるものであるため、選手たちは期末テストを免除される」

クラウチ氏はダンブルドアを見て言った。

「アルバス、これで全部だと思うが？」

「わしもそう思う」

ダンブルドアはクラウチ氏をやや気づかわしげに見ながら言った。

「バーティ、さっきも言うたが、今夜はホグワーツに泊まっていったほうがよいのではないかの？」

「いや、ダンブルドア、私は役所に戻らなければならない」クラウチ氏が答えた。

「いまは、非常に忙しいし、極めて難しいときで……。若手のウェーザビーに任せて出てきたのだが……非常に熱心で……実を言えば、熱心すぎるところがどうも……」

「せめて軽く一杯飲んでから出かけることにしたらどうじゃ？」ダンブルドアが言った。

「さ、そうしろよ、バーティ。私は泊まるんだ！」

バグマンが陽気に言った。

「いまや、すべてのことがホグワーツで起こっているんだぞ。役所よりこっちのほうがどんなにおもしろいか！」

「いや、ルード」

クラウチ氏は本来のいらいら振りをちらりと見せた。

「カルカロフ校長、マダム・マクシーム――寝る前の一杯はいかがかな？」

ダンブルドアが誘った。

しかし、マダム・マクシームは、もうフラーの肩を抱き、すばやく部屋から連れ出すところだった。ハリーは、二人が大広間に向かいながら、早口のフランス語で話しているのを聞いた。カルカロフはクラムに合図し、こちらはだまりこくって、やはり部屋を出ていった。

「ハリー、セドリック。二人とも寮に戻って寝るがよい」

ダンブルドアがほほえみながら言った。

「グリフィンドールもハッフルパフも、君たちと一緒に祝いたくて待っておるじゃろう。せっかくドンチャン騒ぎをする格好の口実があるのに、ダメにしてはもったいないじゃろう」

ハリーはセドリックをちらりと見た。セドリックがうなずき、二人は一緒に部屋を出た。

大広間にはもう誰もいなかった。ろうそくが燃えて短くなり、くり抜きかぼちゃのニッと笑ったギザギザの歯を、不気味にチロチロと光らせていた。

「それじゃ」

セドリックがちょっとほほえみながら言った。

「僕たち、またお互いに戦うわけだ！」

「そうだね」

ハリーはほかになんと言っていいのか、思いつかなかった。誰かに頭の中を引っかき回されたかのように、ごちゃごちゃしていた。

「じゃ……教えてくれよ……」

玄関ホールに出たとき、セドリックが言った。「炎のゴブレット」が取り去られたあとのホールを、松明の灯りだけが照らしていた。

「**いったい**、どうやって、名前を入れたんだい？」

「入れてない」ハリーはセドリックを見上げた。

「僕、入れてないんだ。僕、ほんとうのことを言ってたんだよ」

「フーン……そうか」

ハリーにはセドリックが信じていないことがわかった。

「それじゃ……またね」とセドリックが言った。

大理石の階段を上らず、セドリックは右側のドアに向かった。ハリーはその場に立ち尽くし、セドリックがドアのむこうの石段を下りる音を聞いてから、のろのろと大理石の階段を上りはじめた。

ロンとハーマイオニーは別として、ほかに誰か、ハリーの言うことを信じてくれるだろうか？　それとも、みんな、ハリーが自分で試合に立候補したと思うだろうか？　しかし、どうしてみんな、そんなふうに考えられるんだろう？　ほかの選手はみんなハリーより三年も多く魔法教育を受けているというのに――取り組む課題は、非常に危険そうだし、しかも何百人という目が見ている中でやりとげなければならないというのに？　そう、ハリーは競技することを頭では考えた……いろいろ想像して夢を見た……しかし、そんな夢は、冗談だし、叶わぬむだな夢だった……。ほんとうに、**真剣に**立候補しようなど、ハリーは一度も考えなかった……。

それなのに、誰かがそれを考えた……誰かほかの者が、ハリーを試合に出したかった。そしてハリーがまちがいなく競技に参加するように計らった。なぜなんだ？　ほうびでもくれるつもりだったのか？　そうじゃない。ハリーにはなぜかそれがわかる……。

ハリーのぶざまな姿を見るために？　そう、それなら、望みは叶う可能性がある。

しかし、ハリーを**殺す**ためだって？　ムーディのいつもの被害妄想にすぎないのだろうか？　ほんの冗談で、誰かがゴブレットにハリーの名前を入れたということはないのだろうか？　ハリーが死ぬことを、誰かが本気で願ったのだろうか？

答えはすぐに出た。そう、誰かがハリーの死を願った。ハリーが一歳のときからずっとそれを願っている誰かが……ヴォルデモート卿だ。しかし、どうやってまんまとハリーの名前を「炎のゴブレット」に忍び込ませるように仕組んだのだろう？　ヴォルデモートはどこか遠い所に、遠い国に、一人でひそんでいるはずなのに……弱りはて、力尽きて……。

しかし、あの夢、傷痕がうずいて目が覚める直前の、あの夢の中では、ヴォルデモートは一人ではなかった……。ワームテールに話していた……ハリーを殺す計画を……。

急に目の前に「太った婦人」が現れて、ハリーはびっくりした。自分の足が体をどこに運んでいるのか、ほとんど気づかなかった。額の中の婦人が一人ではなかったのにも驚かされた。ほかの代表選手と一緒だったあの部屋で、サッと隣の額に入り込んだあのしわしわの魔女が、いまは「太った婦人」のそばにちゃっかり腰を落ち着けていた。七つもの階段に沿ってかけられている、絵という絵の中を疾走して、ハリーより先にここに着いたにちがいない。「しわしわ魔女」も「太った婦人」も、興味津々でハリーを見下ろしていた。

「まあ、まあ、まあ」婦人が言った。

「バイオレットがいましがた全部話してくれたわ。学校代表に選ばれたのは、さあ、どなたさんですか？」

「たわごと」ハリーは気のない声で言った。

「絶対たわごとじゃないわさ」顔色の悪いしわしわ魔女が怒ったように言った。

「ううん、バイ、これ、合言葉なのよ」

「太った婦人」はなだめるようにそう言うと、額の蝶番をパッと開いて、ハリーを談話室の入口へと通した。

肖像画が開いたとたんに大音響がハリーの耳を直撃し、ハリーは仰向けにひっくり返りそうになった。次の瞬間、十人あまりの手が伸び、ハリーをがっちり捕まえて談話室に引っ張り込んだ。

気がつくとハリーは、拍手喝采、大歓声、ピーピー口笛を吹き鳴らしているグリフィンドール生全員の前に立たされていた。

「名前を入れたなら、教えてくれりゃいいのに！」

半ば当惑し、半ば感心した顔で、フレッドが声を張り上げた。

「ひげも生やさずに、どうやってやった？　すっげえなあ！」ジョージが大声で叫んだ。

「僕、やってない」

ハリーが言った。

「わからないんだ。どうしてこんなことに――」

しかし、今度はアンジェリーナがハリーに覆いかぶさるように抱きついた。

「あぁ、私が出られなくても、少なくともグリフィンドールが出るんだわ――」

「ハリー、ディゴリーに、この前のクィディッチ戦のお返しができるわ！」

グリフィンドールのもう一人のチェイサー、ケイティ・ベルがかん高い声を上げた。

「ごちそうがあるわ。ハリー、来て。何か食べて――」

「お腹空いてないよ。宴会で充分食べたし――」

しかし、ハリーが空腹ではないなどと、誰も聞こうとはしなかった。ハリーが祝う気分になれないことなど、誰も聞こうとはしなかった。ゴブレットに名前を入れなかったなどと、誰一人気づく者はいないようだ。……リー・ジョーダンはグリフィンドール寮旗をどこからか持ち出してきて、ハリーにそれをマントのように巻きつけると言ってきかなかった。

ハリーは逃げられなかった。寝室に上る階段のほうにそっとにじり寄ろうとするたびに、人垣が周りを固め、やれバタービールを飲めと無理やり勧め、やれポテトチップを食え、ピーナッツを食えとハリーの手に押しつけた……。誰もが、ハリーがどうやったのかを知りたがった。どうやってダンブルドアの「年齢線」を出し抜き、名前をゴブレットに入れたのかを……。

「僕、やってない」

ハリーは何度も何度もくり返した。

「どうしてこんなことになったのか、わからないんだ」

しかし、どうせ誰も聞く耳を持たない以上、ハリーが何も答えていないも同様だった。

「僕、つかれた！」

三十分もたったころ、ハリーはついにどなった。

「ダメだ。ほんとに。ジョージ――僕、もう寝るよ――」

ハリーは何よりもロンとハーマイオニーに会いたかった。少しでも正気に戻りたかった。しかし、二人とも談話室にはいないようだった。ハリーはどうしても寝ると言い張り、階段の下で小柄なクリービー兄弟がハリーを待ち受けているのを、ほとんど踏みつぶしそうになりながら、やっとのことでみんなを振り切り、寝室への階段をできるだけ急いで上った。

誰もいない寝室に、ロンがまだ服を着たまま一人でベッドに横になっているのを見つけ、ハリーはホッとした。ハリーがドアをバタンと閉めると、ロンがこっちを見た。

「どこにいたんだい？」ハリーが聞いた。

「ああ、やあ」ロンが答えた。

ロンはニッコリしていたが、何か不自然で、無理やり笑っている。ハリーは、リーに巻きつけられた真紅のグリフィンドール寮旗が、まだそのままだったことに気づいた。急いで取ろうとしたが、旗は固く結びつけてあった。ロンはハリーが旗を取ろうともがいているのを、ベッドに横になったまま、身動きもせずに見つめていた。

「それじゃ」

ハリーがやっと旗を取り、隅のほうに放り投げると、ロンが言った。

「おめでとう」

「おめでとうって、どういう意味だい？」

ハリーはロンを見つめた。ロンの笑い方は、絶対に変だ。しかめっ面と言ったほうがいい。

「ああ……ほかに誰も『年齢線』を越えた者はいないんだ」

ロンが言った。

「フレッドやジョージだって。君、何を使ったんだ？——透明マントか？」

「透明マントじゃ、僕は線を越えられないはずだ」ハリーがゆっくり言った。

「ああ、そうだな」

ロンが言った。

「透明マントだったら、君は僕にも話してくれただろうと思うよ……だって、あれなら二人でも入れるだろ？　だけど、君は別の方法を見つけたんだ。そうだろう？」

「ロン」

ハリーが言った。

「いいか。僕はゴブレットに名前を入れてない。ほかの誰かがやったにちがいない」

ロンは眉を吊り上げた。

「なんのためにやるんだ？」

「知らない」ハリーが言った。「僕を殺すために」などと言えば、俗なメロドラマめいて聞こえるだろうと思ったのだ。

ロンは眉をさらにギュッと吊り上げた。あまりに吊り上げたので、髪に隠れて見えなくなるほどだった。

「大丈夫だから、な、**僕にだけは**ほんとうのことを話しても」

ロンが言った。

「ほかの誰かに知られたくないっていうなら、それでいい。だけど、どうしてうそつく必要があるんだい？　名前を入れたからって、別に面倒なことになったわけじゃないんだろう？　あの『太った婦人』の友達のバイオレットが、もう僕たち全員にしゃべっちゃったんだぞ。ダンブルドアが君を出場させるようにしたってことも。賞金一千ガリオン、だろ？　それに、期末テストを受ける必要もないんだ……」

「僕はゴブレットに名前を入れてない！」ハリーは怒りが込み上げてきた。

「フーン……そうかい」

ロンの言い方は、セドリックのとまったく同じで、信じていない口調だった。

「今朝、自分で言ってたじゃないか。自分ならきのうの夜のうちに、誰も見ていないときに入れたろうって……。僕だってバカじゃないぞ」

「バカのものまねがうまいよ」ハリーはバシッと言った。

「そうかい？」

作り笑いだろうがなんだろうが、ロンの顔にはもう笑いのひとかけらもない。

「君は早く寝たほうがいいよ、ハリー。明日は写真撮影とかなんか、きっと早く起きる必要があるんだろうよ」

ロンは四本柱のベッドのカーテンをぐいっと閉めた。取り残されたハリーは、ドアのそばで突っ立ったまま、深紅のビロードのカーテンを見つめていた。いま、そのカーテンは、まちがいなく自分を信じてくれるだろうと思っていた数少ない一人の友を、覆い隠していた。

第十八章　杖調べ

　日曜の朝、目が覚めたハリーは、なぜこんなにみじめで不安な気持ちなのか、思い出すまでにしばらく時間がかかった。やがて、昨夜の記憶が一気によみがえってきた。ハリーは起き上がり、四本柱のベッドのカーテンを破るように開けた。ロンに話をし、どうしても信じさせたかった――しかし、ロンのベッドはもぬけの殻だった。もう朝食に下りていったにちがいない。

　ハリーは着替えて、螺旋階段を談話室へと下りていった。ハリーの姿を見つけるなり、もう朝食を終えてそこにいた寮生たちが、またもやいっせいに拍手した。大広間に下りていけば、ほかのグリフィンドール生と顔を合わせることになる。みんながハリーを英雄扱いするだろうと思うと、気が進まなかった。しかし、それをとるか、それともここで、必死にハリーを招き寄せようとしているクリービー兄弟に捕まるか、どっちかだ。ハリーは意を決して肖像画の穴のほうに向かい、出口を押し開け、外に出た。そのとたん、ばったりハーマイオニーに出会った。

「おはよう」

ハーマイオニーは、ナプキンに包んだトースト数枚を持ち上げて見せた。

「これ、持ってきてあげたわ。……ちょっと散歩しない？」

「いいね」ハリーはとてもありがたかった。

階段を下り、大広間には目もくれずに、すばやく玄関ホールを通り、まもなく二人は湖に向かって急ぎ足で芝生を横切っていた。湖にはダームストラングの船がつながれ、水面に黒い影を落としていた。

肌寒い朝だった。二人はトーストをほお張りながら歩き続け、ハリーは、昨夜グリフィンドールのテーブルを離れてから何が起こったか、ありのままハーマイオニーに話した。ハーマイオニーがなんの疑問も差しはさまずに話を受け入れてくれたのには、ハリーは心からホッとした。

「ええ、あなたが自分で入れたんじゃないって、もちろん、わかっていたわ」

大広間の裏の部屋での様子を話し終えたとき、ハーマイオニーが言った。

「ダンブルドアが名前を読み上げたときのあなたの顔ったら！　でも、問題は、**いったい**誰が名前を入れたかだわ！　だって、ムーディが正しいのよ、ハリー……生徒なんかにできやしない……ゴブレットをだますことも、ダンブルドアを出し抜くことも――」

「ロンを見かけた？」ハリーが話の腰を折った。

ハーマイオニーは口ごもった。

「え……ええ……朝食に来てたわ」

「僕が自分の名前を入れたと、まだそう思ってる？」

「そうね……ううん。そうじゃないと思う……**そういうことじゃなくって**」

ハーマイオニーは歯切れが悪い。

「『**そういうことじゃない**』って、それ、どういう意味？」

「ねえ、ハリー、わからない？」

ハーマイオニーは、捨て鉢な言い方をした。

「嫉妬してるのよ！」

「**嫉妬してる？**」ハリーはまさか、と思った。

「何に嫉妬するんだ？　全校生の前で笑い者になることをかい？」

「あのね」ハーマイオニーが辛抱強く言った。「注目を浴びるのは、いつだって、あなただわ。わかってるわよね。そりゃ、あなたの責任じゃないわ」

ハリーが怒って口を開きかけたのを見て、ハーマイオニーは急いで言葉をつけ加えた。

「何もあなたが頼んだわけじゃない……でも――ウーン――あのね、ロンは家でもお兄さんたちと比較されてばっかりだし、あなたはロンの一番の親友なのに、とっても有名だし――みんながあなたを見るとき、ロンはいつでも添え物扱いだわ。でも、それにたえてきた。一度もそんなことを口にしないで。でも、たぶん、今度という今度は、限界だったんでしょうね……」

「そりゃ、傑作だ」ハリーは苦々しげに言った。

「ほんとに大傑作だ。ロンに僕からの伝言だって、伝えてくれ。いつでもお好きなときに入れ替わってやるって。僕がいつでもどうぞって言ってたって、伝えてくれ……どこに行っても、みんなが僕の額をじろじろ見るんだ……」

「私はなんにも言わないわ」ハーマイオニーがきっぱり言った。

「自分でロンに言いなさい。それしか解決の道はないわ」

「僕、ロンのあとを追いかけ回して、あいつが大人になるのを手助けするなんてまっぴらだ」

ハリーがあまりに大きな声を出したので、近くの木に止まっていたふくろうが数羽、驚いて飛び立った。

「僕が首根っこでもへし折られれば、楽しんでたわけじゃないってことを、ロンも信じるだろう――」

「ばかなこと言わないで」ハーマイオニーが静かに言った。

「そんなこと、冗談にも言うもんじゃないわ」とても心配そうな顔だった。

「ハリー、私、ずっと考えてたんだけど――私たちが何をしなきゃならないか、わかってるわね？

すぐによ。城に戻ったらすぐに、ね？」

「ああ、ロンを思いっきり蹴っ飛ばして――」

「**シリウスに手紙を書くの**。何が起こったのか、シリウスに話さなくちゃ。ホグワーツで起こっていることは全部知らせるようにって、シリウスが言ってたわね……まるで、こんなことが起こるのを予想していたみたい。私、羊皮紙と羽根ペン、ここに持ってきてるの――」

「やめてくれ」

ハリーは誰かに聞かれていないかと周りに目を走らせたが、校庭にはまったく人影がなかった。

「シリウスは、僕の傷痕が少しチクチクしたというだけで、こっちに戻ってきたんだ。誰かが『三校対抗試合』に僕の名前を入れたなんてシリウスに言ったら、それこそ城に乗り込んできちゃう――」

「**あなたが知らせることを、シリウスは望んでいます**」

ハーマイオニーが厳しい口調で言った。

「どうせシリウスにはわかることよ――」

「どうやって？」

「ハリー、これは秘密にしておけるようなことじゃないわ」

ハーマイオニーは真剣そのものだった。

「この試合は有名だし、あなたも有名。『日刊予言者新聞』に、あなたが試合に出場することがまったくのらなかったら、かえっておかしいじゃない……あなたのことは、『例のあの人』について書かれた本の半分に、すでにのってるのよ……どうせ耳に入るものなら、シリウスはあなたの口から聞きたいはずだわ。絶対そうに決まってる」

「わかった、わかった。書くよ」

ハリーはトーストの最後の一枚を湖に放り投げた。二人がそこに立って見ていると、トーストは一瞬プカプカ浮いていたが、すぐに吸盤つきの太い足が一本水中から伸びてきて、トーストをサッとすくって水中に消えた。それから二人は城に引き返した。

「誰のふくろうを使おうか？」階段を上りながらハリーが聞いた。

「シリウスがヘドウィグを二度と使うなって言うし」

「ロンに頼んでごらんなさい。貸してって――」

「僕、ロンにはなんにも頼まない」ハリーはきっぱりと言った。

「そう。それじゃ、学校のふくろうをどれか借りることね。誰でも使えるから」

二人はふくろう小屋に出かけた。ハーマイオニーはハリーに羊皮紙、羽根ペン、インクを渡すと、止まり木にずらりと並んだありとあらゆるふくろうを見て回った。ハリーは壁にもたれて座り込み、手紙を書いた。

シリウスおじさん

ホグワーツで起こっていることはなんでも知らせるようにとおっしゃいましたね。それで、お知らせします――もうお耳に入ったかもしれませんが、今年は「三大魔法学校対抗試合」があって、土曜日の夜、僕が四人目の代表選手に選ばれました。誰が僕の名前を「炎のゴブレット」に入れたのか、わかりません。だって、僕じゃないんです。もう一人のホグワーツ代表はハッフルパフのセドリック・ディゴリーです。

ハリーはここでちょっと考え込んだ。昨晩からずっしりと胸にのしかかって離れない不安な気持ちを、伝えたい思いが突き上げてきた。しかし、どう言葉にしていいのかわからない。そこで、羽根ペンをインク瓶に浸し、ただこう書いた。

おじさんもバックビークも、どうぞお元気で――ハリーより

「書いた」

ハリーは立ち上がり、ローブから藁を払い落としながら、ハーマイオニーに言った。それを合図

に、ヘドウィグがバタバタとハリーの肩に舞い降り、脚を突き出した。

「おまえを使うわけにはいかないんだよ」

ハリーは学校のふくろうを見回しながらヘドウィグに話しかけた。

「学校のどれかを使わないといけないんだ……」

ヘドウィグはひと声ホーッと大きく鳴き、パッと飛び立った。あまりの勢いに、爪がハリーの肩に食い込んだ。ハリーが大きなメンフクロウの脚に手紙をくくりつけている間中、ヘドウィグはハリーに背を向けたままだった。メンフクロウが飛び去ったあと、ハリーは手を伸ばしてヘドウィグをなでようとしたが、ヘドウィグは激しくくちばしをカチカチ鳴らし、ハリーの手の届かない天井の垂木へと舞い上がった。

「最初はロン、今度はおまえもか」

ハリーは腹立たしかった。

「**僕が悪いんじゃないのに**」

みんなが、ハリーが代表選手になったことに慣れてくれれば、状況はましになるだろうとハリーは考えていた。次の日にはもう、ハリーは自分の読みの甘さに気づかされた。授業が始まると、学校中の生徒の目をさけるわけにはいかなくなった——学校中の生徒が、グリフィンドール生と同じように、ハリーが自分で試合に名乗りを上げたと思っていた。しかし、グリフィンドール生とちがって、ほかの生徒たちは、それを快くは思っていなかった。

ハッフルパフは、いつもならグリフィンドールとてもうまくいっていたのに、グリフィンドール生全員に対してはっきり冷たい態度に出た。たった一度の「薬草学」のクラスで、それが充分にわかった。ハッフルパフ生が、自分たちの代表選手の栄光をハリーが横取りしたと思っているのは明らかだった。ハッフルパフはめったに脚光を浴びることがなかったので、ますます感情を悪化させたのだろう。セドリックは、一度クィディッチでグリフィンドールを打ち負かし、ハッフルパフに栄光をもたらした貴重な人物だった。

アーニー・マクミランとジャスティン・フィンチ－フレッチリーは、普段はハリーとうまくいっているのに、同じ台で「ピョンピョン球根」の植え替え作業をしているときも、ハリーと口をきかなかった――「ピョンピョン球根」が一個ハリーの手から飛び出し、思いっきりハリーの顔にぶつかったときは、笑いはしたが、不ゆかいな笑い方だった。

ロンもハリーに口をきかない。ハーマイオニーが二人の間に座って、なんとか会話を成り立たせようとしたが、二人ともハーマイオニーにはいつもどおりの受け答えをしながらも、互いに目を合わさないようにしていた。ハリーは、スプラウト先生までよそよそしいように感じた――もっとも、スプラウト先生はハッフルパフの寮監だ。

普段ならハグリッドに会うのは楽しみだったが、「魔法生物飼育学」は、スリザリンと顔を合わせるということでもあった——代表選手になってからはじめてスリザリン生と顔をつき合わせることになるのだ。

思ったとおり、マルフォイはいつものせせら笑いをしっかり顔に刻んで、ハグリッドの小屋に現れた。

「おい、ほら、見ろよ。代表選手だ」

ハリーに声が聞こえる所まで来るとすぐに、マルフォイがクラッブとゴイルに話しかけた。

「サイン帳の用意はいいか？　いまのうちにもらっておけよ。もうあまり長くはないんだから……対抗戦の選手は半数が死んでいる……君はどのくらい持ちこたえるつもりだい？　ポッター？　僕は、最初の課題が始まって十分だと賭けるね」

クラッブとゴイルがおべっか使いのバカ笑いをした。しかし、マルフォイはそれ以上は続けられなかった。ハグリッドが山のように積み上げた木箱を抱え、ぐらぐらするのをバランスを取りながら、小屋の後ろから現れたからだ。木箱の一つ一つに、でっかい尻尾爆発スクリュートが入っている。

それからのハグリッドの説明は、クラス中をぞっとさせた。スクリュートが互いに殺し合うのは、エネルギーを発散しきれていないからで、解決するには生徒が一人一人スクリュートに引き綱をつけて、ちょっと散歩させてやるのがいいというのだ。ハグリッドの提案のおかげで、完全にマルフォイの気がそれてしまったのが、唯一のなぐさめだった。

「こいつに散歩？」

マルフォイは箱の一つをのぞき込み、うんざりしたようにハグリッドの言葉をくり返した。

「それに、いったいどこに引き綱を結べばいいんだ？　毒針にかい？　それとも爆発尻尾とか吸盤にかい？」

「真ん中あたりだ」ハグリッドが手本を見せた。

「あー――ドラゴン革の手袋をしたほうがええな。なに、まあ、用心のためだ。ハリー――こっち来て、このおっきいやつを手伝ってくれ……」

しかしハグリッドは、ほんとうは、みんなから離れた所でハリーと話をしたかったのだ。

ハグリッドはみんながスクリュートを連れて散歩に出るのを待って、ハリーのほうに向きなおり、真剣な顔つきで言った。

「そんじゃ――ハリー、試合に出るんだな。対校試合に。代表選手で」

「選手の一人だよ」ハリーが訂正した。

ボサボサ眉の下で、コガネムシのようなハグリッドの目が、ひどく心配そうだった。

「ハリー、誰がおまえの名前を入れたのか、わかんねえのか？」

「それじゃ、僕が入れたんじゃないって、信じてるんだね？」

ハグリッドへの感謝の気持ちが込み上げてくるのを、顔に出さないようにするのは難しかった。

「もちろんだ」ハグリッドが唸るように言った。

「おまえさんが自分じゃねえって言うんだ。俺はおまえを信じる――ダンブルドアもきっとおまえを信じちょる」

「**いったい**誰なのか、僕が知りたいよ」ハリーは苦々しげに言った。

二人は芝生を見渡した。生徒たちがあっちこっちに散らばり、みんなさんざん苦労していた。スクリュートは、いまや体長一メートルを超え、猛烈に強くなっていた。もはや殻なし、色なしのスクリュートではなく、分厚い、灰色に輝く鎧のようなものに覆われている。巨大なサソリと引き伸ばしたカニをかけ合わせたような代物だ――しかも、どこが頭なのやら、目なのやら、いまだにわからない。とてつもなく強くなり、とても制御できない。

「見ろや。みんな楽しそうだ。な？」

ハグリッドはうれしそうに言った。「みんな」とは、きっとスクリュートのことだろうとハリーは思った。クラスメートのことじゃないのは確かだ。スクリュートのどっちが頭かしっぽかわからない先端が、ときどき、**バン**と、びっくりするような音を立てて爆発した。そうするとスクリュートは数メートル前方に飛んだ。腹ばいになって引きずられていく生徒、なんとか立ち上がろうともがく生徒は一人や二人ではなかった。

「なあ、ハリー、いってえどういうことなのかなぁ」

ハグリッドは急にため息をつき、心配そうな顔でハリーを見下ろした。

「代表選手か……おまえは、いろんな目にあうなぁ、え？」

ハリーは何も言わなかった。そう。僕にはいろんなことが起こるみたいだ……ハーマイオニーが僕と湖の周りを散歩しながら言ってたのも、だいたいそういうことだった。ハーマイオニーに言わせると、それが原因で、ロンが僕に口をきかないんだ。

それからの数日は、ハリーにとってホグワーツ入学以来最低の日々だった。二年生のとき、学校の生徒の大半が、ハリーがほかの生徒を襲っている、と疑っていた数か月間、ハリーはこれに近い気持ちを味わった。しかし、その時はロンが味方だった。ロンが戻ってくれさえしたら、学校中がどんな仕打ちをしようともたえられる、とハリーは思った。しかし、ロンが自分からそうしようと思わないかぎり、ハリーのほうからロンに口をきいてくれと説得するつもりはなかった。

そうはいっても、四方八方から冷たい視線を浴びせかけられるのは、やはり孤独なものだった。

ハッフルパフの態度は、ハリーにとっていやなものではあったが、それなりに理解できた。自分たちの寮代表を応援するのは当然だ。スリザリンからは、どうしたって、質の悪い侮辱を受けるだろうと、ハリーは予想していた――いまにかぎらず、これまでずっと、ハリーはスリザリンの嫌われ者だった。クィディッチでも寮対抗杯でも、ハリーの活躍で、何度も、グリフィンドールがスリザリンを打ち負かしたからだ。しかし、レイブンクロー生なら、セドリックもハリーも同じように応援するくらいの寛容さはあるだろうと期待していた。見込みちがいだった。レイブンクロー生のほとんどは、ハリーがさらに有名になろうと躍起になって、ゴブレットをだまして自分の名前を入れた、と思っているようだった。

その上、セドリックはハリーよりもずっと、代表選手にぴったりのはまり役だというのも事実だった。鼻筋がすっと通り、黒髪にグレーの瞳というずば抜けたハンサムで、このごろでは、セドリックとクラムのどちらが憧れの的か、いい勝負だった。実際、クラムのサインをもらおうと大騒ぎしていたあの六年生の女子学生たちが、ある日の昼食時、自分の鞄にサインをしてくれとセドリックにねだっているのを、ハリーは目撃している。

一方、シリウスからはなんの返事も来なかったし、ヘドウィグはハリーのそばに来ることを拒んでいた。その上、トレローニー先生はこれまでより自信たっぷりに、ハリーの死を予言し続けていた。しかも、フリットウィック先生の授業で、ハリーは「呼び寄せ呪文」の出来が悪く、特別に宿題を出されてしまった――宿題を出されたのはハリー一人だけだった。ネビルは別として。

「そんなに難しくないのよ、ハリー」

フリットウィック先生の教室を出るとき、ハーマイオニーが励ました――授業中ずっと、ハーマイオニーは、まるで変な万能磁石になったかのように、黒板消し、紙くずかご、月球儀などをブンブン自分のほうに引き寄せていた。

「あなたは、ちゃんと意識を集中してなかっただけなのよ――」

「なぜそうなんだろうね？」

ハリーは暗い声を出した。ちょうど、セドリック・ディゴリーが、大勢の追っかけ女子学生に取り囲まれてハリーのそばを通り過ぎるところで、取り巻き全員が、まるで特大の尻尾爆発スクリュートでも見るような目でハリーを見た。

「これでも――気にするなってことかな。午後から二時限続きの『魔法薬学』の授業がある。お楽しみだ……」

二時限続きの「魔法薬学」の授業ではいつもいやな経験をしていたが、このごろはまさに拷問だった。学校の代表選手になろうなどと大それたことをしたハリーを、ぎりぎり懲らしめてやろうと待ちかまえているスネイプやスリザリン生と一緒に、地下牢教室に一時間半も閉じ込められるなんて、どう考えても、ハリーにとっては最悪だった。もう先週の金曜日に、その苦痛を一回分、ハリーは味わっていた。ハーマイオニーが隣に座り、声を殺して「がまん、がまん、がまん」とお経のように唱えていた。今日も状況がましになっているとは思えない。

昼食のあと、ハリーとハーマイオニーが地下牢のスネイプの教室に着くと、スリザリン生が外で待っていた。一人残らず、ローブの胸に、大きなバッジをつけている。一瞬、面食らったハリーは、「S・P・E・W」バッジをつけているのかと思った——よく見ると、みな同じ文字が書いてある。薄暗い地下廊下で、赤い蛍光色の文字が燃えるように輝いていた。


セドリック・ディゴリーを応援しよう——

ホグワーツの真のチャンピオンを

「気に入ったかい？　ポッター？」ハリーが近づくと、マルフォイが大声で言った。

「それに、これだけじゃないんだ——ほら！」

マルフォイがバッジを胸に押しつけると、赤文字が消え、緑に光る別な文字が浮かび出た。

汚いぞ、ポッター

スリザリン生がどっと笑った。全員が胸のバッジを押し、「**汚いぞ、ポッター**」の文字がハリーをぐるりと取り囲んでギラギラ光った。ハリーは、首から顔がカッカとほてってくるのを感じた。

「あら、**とっても**おもしろいじゃない」

ハーマイオニーが、パンジー・パーキンソンとその仲間の女子学生に向かって皮肉たっぷりに言った。このグループがひときわ派手に笑っていたのだ。

「ほんとに**おしゃれ**だわ」

ロンはディーンやシェーマスと一緒に、壁にもたれて立っていた。笑ってはいなかったが、ハリーのためにつっぱろうともしなかった。

「一つあげようか？　グレンジャー？」

マルフォイがハーマイオニーにバッジを差し出した。

「たくさんあるんだ。だけど、僕の手にいまさわらないでくれ。手を洗ったばかりなんだ。『穢れた血』でべっとりにされたくないんだよ」

何日も何日もたまっていた怒りの一端が、ハリーの胸の中でせきを切ったように噴き出した。ハリーは無意識のうちに杖に手をやっていた。周りの生徒たちが、あわててその場を離れ、廊下で遠巻きにした。

「ハリー！」ハーマイオニーが引き止めようとした。

「やれよ、ポッター」マルフォイも杖を引っ張り出しながら、落ち着き払った声で言った。

「今度は、かばってくれるムーディもいないぞ――やれるものならやってみろ――」

一瞬、二人の目に火花が散った。それからまったく同時に、二人が動いた。

「ファーナンキュラス！　鼻呪り！」ハリーが叫んだ。

「デンソージオ！　歯呪り！」マルフォイも叫んだ。

二人の杖から飛び出した光が、空中でぶつかり、折れ曲がって跳ね返った――ハリーの光線はゴイルの顔を直撃し、マルフォイのはハーマイオニーに命中した。ゴイルは両手で鼻を覆ってわめいた。醜い大きな腫れ物が、鼻にボツボツ盛り上がりつつあった――ハーマイオニーはぴったり口を押さえて、おろおろ声を上げていた。

「ハーマイオニー！」

いったいどうしたのかと、ロンが心配して飛び出してきた。

ハリーが振り返ると、ロンがハーマイオニーの手を引っ張って、顔から離したところだった。見たくない光景だった。ハーマイオニーの前歯が――もともと平均より大きかったが――いまや驚くほどの勢いで成長していた。歯が伸びるにつれて、ハーマイオニーはビーバーそっくりになってきた。下唇より長くなり、下あごに迫り――ハーマイオニーはあわてふためいて、歯をさわり、驚いて叫び声を上げた。

「この騒ぎは何事だ？」

低い、冷え冷えとした声がした。スネイプの到着だ。スリザリン生が口々に説明しだした。スネイプは長い黄色い指をマルフォイに向けて言った。

「説明したまえ」

「先生、ポッターが僕を襲ったんです――」

「僕たち同時にお互いを攻撃したんです！」ハリーが叫んだ。

「――ポッターがゴイルをやったんです――見てください――」

スネイプはゴイルの顔を調べた。いまや、毒キノコの本にのったらぴったりするだろうと思うような顔になっていた。

「医務室へ、ゴイル」スネイプが落ち着き払って言った。

「マルフォイがハーマイオニーをやったんです！」ロンが言った。「**見てください！**」

歯を見せるようにと、ロンが無理やりハーマイオニーをスネイプのほうに向かせた――ハーマイオニーは両手で歯を隠そうと懸命になっていたが、もうのど元を過ぎるほど伸びて、隠すのは難しかった。パンジー・パーキンソンも、仲間の女の子たちも、スネイプの陰に隠れてハーマイオニーを指差し、クスクス笑いの声がもれないよう、身をよじっていた。

スネイプはハーマイオニーに冷たい目を向けて言った。

「いつもと変わりない」

ハーマイオニーは泣き声をもらした。そして目に涙をいっぱい浮かべ、くるりと背を向けて走りだした。廊下のむこう端まで駆け抜け、ハーマイオニーは姿を消した。

ハリーとロンが同時にスネイプに向かって叫んだ。同時だったのが、たぶん幸運だった。二人の声が石の廊下に大きくこだましたのも幸運だった。ガンガンという騒音で、二人がスネイプを何呼ばわりしたのか、はっきり聞き取れなかったはずだ。それでも、スネイプにはだいたいの意味がわかったらしい。

「さよう」スネイプが最高の猫なで声で言った。

「グリフィンドール、五〇点減点。ポッターとウィーズリーはそれぞれ居残り罰だ。さあ、教室に入りたまえ。さもないと一週間居残り罰を与えるぞ」

ハリーは怒りでジンジン耳鳴りがした。あまりの理不尽さに、スネイプに呪いをかけて、べとべとの千切りにしてやりたかった。スネイプの脇を通り抜け、ハリーはロンと一緒に地下牢教室の一番後ろに行き、鞄をバンと机にたたきつけた。

ロンも怒りでわなわな震えていた――一瞬、二人の仲がすべて元どおりになったように感じられた。しかし、ロンはプイとそっぽを向き、ハリー一人をその机に残して、ディーンやシェーマスと一緒に座った。地下牢教室のむこう側で、マルフォイがスネイプに背中を向け、ニヤニヤしながら胸のバッジを押した。「**汚いぞ、ポッター**」の文字が、再び教室のむこうで点滅した。

授業が始まると、ハリーは、スネイプを恐ろしい目にあわせることを想像しながら、じっとスネイプをにらみつけていた。……「磔の呪文」が使えさえしたらなぁ……あのクモのように、スネイプを仰向けにひっくり返し、七転八倒させてやるのに……。

「解毒剤！」スネイプがクラス全員を見渡した。黒く冷たい目が、不快げに光っている。

「材料の準備はもう全員できているはずだな。それを注意深く煎じるのだ。それから、誰か実験台になる者を選ぶ……」

スネイプの目がハリーの目をとらえた。ハリーには先が読めた。スネイプは**僕に**毒を飲ませるつもりだ。頭の中で、ハリーは想像した──自分の鍋を抱え上げ、猛スピードで教室の一番前まで走っていき、スネイプのぎとぎと頭をガツンと打つ──。

すると、その時、ハリーの想像の中に、地下牢教室のドアをノックする音が飛び込んできた。

コリン・クリービーだった。ハリーに笑いかけながらそろそろと教室に入ってきたコリンは、一番前にあるスネイプの机まで歩いていった。

「なんだ？」スネイプがぶっきらぼうに言った。

「先生、僕、ハリー・ポッターを上に連れてくるように言われました」

スネイプは鉤鼻の上からずいっとコリンを見下ろした。使命に燃えたコリンの顔から笑いが吹き飛んだ。

「ポッターにはあと一時間魔法薬の授業がある」スネイプが冷たく言い放った。

「ポッターは授業が終わってから上に行く」

コリンの顔が上気した。

「先生――でも、バグマンさんが呼(よ)んでます」コリンはおずおずと言った。「代表選手は全員行かないといけないんです。写真を撮(と)るんだと思います……」

「写真を撮(と)る」という言葉をコリンに言わせずにすむのだったら、ハリーはどんな宝(たから)でも差し出しただろう。ハリーはちらりとロンを見た。ロンはかたくなに天井(てんじょう)を見つめていた。

「よかろう」スネイプがバシリと言った。「ポッター、持ち物を置いていけ。戻(もど)ってから自分の作った解毒剤(げどくざい)を試(ため)してもらおう」

「すみませんが、先生――持ち物を持っていかないといけません」コリンがかん高い声で言った。「代表選手はみんな――」

「**よかろう！** ポッター――鞄(かばん)を持って、とっとと我輩(わがはい)の目の前から消えろ！」

ハリーは鞄(かばん)を放り上げるようにして肩(かた)にかけ、席を立ってドアに向かった。スリザリン生の座(すわ)っている所を通(とお)り過(す)ぎるとき、「**汚(きたな)いぞ、ポッター**」の光が四方八方からハリーに向かって飛んできた。

「すごいよね、ハリー？」ハリーが地下牢教室(ちかろうきょうしつ)のドアを閉(し)めるや否(いな)や、コリンがしゃべりだした。

「ね、だって、そうじゃない？　君が代表選手だってこと、ね？」

「ああ、ほんとにすごいよ」

玄関ホールへの階段に向かいながら、ハリーは重苦しい声で言った。

「コリン、なんのために写真を撮るんだい？」

「『日刊予言者新聞』、だと思う！」

「そりゃいいや」ハリーはうんざりした。

「僕にとっちゃ、まさにおあつらえ向きだよ。大宣伝がね」

二人は指定された部屋に着き、コリンが「がんばって！」と言った。

ハリーはドアをノックして中に入った。

そこはかなり狭い教室だった。机は大部分が部屋の隅に押しやられて、真ん中に大きな空間ができていた。ただし、黒板の前に、机が三卓だけ、横につなげて置いてあり、たっぷりとした長さのビロードのカバーがかけられていた。その机のむこうに、椅子が五脚並び、その一つにルード・バグマンが座って、濃い赤紫色のローブを着た魔女と話をしていた。ハリーには見覚えのない魔女だ。

ビクトール・クラムはいつものようにむっつりして、誰とも話をせず、部屋の隅に立っていた。セドリックとフラーは何か話していた。フラーはいままで一番幸せそうに見える、とハリーは思った。フラーは、しょっちゅう頭をのけぞらせ、長いシルバーブロンドの髪が光を受けるようにしていた。かすかに煙の残る、黒い大きなカメラを持った中年太りの男が、横目でフラーを見つめていた。

バグマンが突然ハリーに気づき、急いで立ち上がってはずむように近づいた。

「ああ、来たな！　代表選手の四番目！　さあ、お入り、ハリー。さあ……何も心配することはない。ほんの『杖調べ』の儀式なんだから。ほかの審査員も追っつけ来るはずだ――」

「杖調べ？」ハリーが心配そうに聞き返した。

「君たちの杖が、万全の機能を備えているかどうか、調べないといかんのでね。つまり、問題がないように、ということだ。これからの課題にはもっとも重要な道具なんでね」

バグマンが言った。

「専門家がいま、上でダンブルドアと話している。それから、ちょっと写真を撮ることになる。こちらはリータ・スキーターさんだ」

赤紫のローブを着た魔女を指しながら、バグマンが言った。

「この方が、試合について、『日刊予言者新聞』に短い記事を書く……」

「ルード、**そんなに**短くはないかもね」リータ・スキーターの目はハリーに注がれていた。

スキーター女史の髪は、念入りにセットされ、奇妙にかっちりしたカールが、角張ったあごの顔つきとは絶妙にちぐはぐだった。宝石で縁が飾られためがねをかけている。ワニ革ハンドバッグをがっちり握った太い指の先は、真っ赤に塗った五センチもの爪だ。

「儀式が始まる前に、ハリーとちょっとお話ししていいかしら？」

女史はハリーをじっと見つめたままでバグマンに聞いた。

「だって、最年少の代表選手ざんしょ……ちょっと味つけにね？」

「いいとも！」バグマンが叫んだ。「いや——ハリーさえよければだが？」

「あの——」ハリーが言った。

「すてきざんすわ」

言うが早く、リータ・スキーターの真っ赤な長い爪が、ハリーの腕を驚くほどの力でがっちり握り、ハリーをまた部屋の外へとうながし、手近の部屋のドアを開けた。

「あんなガヤガヤした所にはいたくないざんしょ」女史が言った。

「さてと……あ、いいわね、ここなら落ち着けるわ」

そこは、箒置き場だった。ハリーは目を丸くして女史を見た。

「さ、おいで——そう、そう——すてきざんすわ」

リータ・スキーターは、「すてきざんすわ」を連発しながら、逆さに置いてあるバケツに危なっかしげに腰かけた。ハリーを段ボール箱に無理やり座らせ、ドアを閉めると、二人は真っ暗闇の中だった。

「さて、それじゃ……」

女史はワニ革ハンドバッグをパチンと開け、ろうそくをひと握り取り出し、杖をひと振りして火をともし、宙に浮かせ、手元が見えるようにした。

「ハリー、自動速記羽根ペンQQQを使っていいざんしょ？　そのほうが、君と自然におしゃべりできるし……」

「えっ？」ハリーが聞き返した。

リータ・スキーターの口元が、ますますニーッと笑った。ハリーは、金歯を三本まで数えた。女史はまたワニ革バッグに手を伸ばし、黄緑色の長い羽根ペンと羊皮紙ひと巻を取り出した。女史は、「ミセス・ゴシゴシの魔法万能汚れ落とし」の木箱をはさんでハリーと向かい合い、箱の上に羊皮紙を広げた。黄緑の羽根ペンの先を口にふくむと、女史は、見るからにうまそうにちょっと吸い、それから羊皮紙の上にそれを垂直に立てた。羽根ペンはかすかに震えながらも、ペン先でバランスを取って立った。

「テスト、テスト……あたくしはリータ・スキーター、『日刊予言者新聞』の記者です」

ハリーは急いで羽根ペンを見た。リータ・スキーターが話しはじめたとたん、黄緑の羽根ペンは、羊皮紙の上をすべるように、走り書きを始めた。

魅惑のブロンド、リータ・スキーター、四十三歳。その仮借なきペンは多くのでっち上げの名声をペシャンコにした――。


「すてきざんすわ」

またしてもそう言いながら、女史は羊皮紙の一番上を破り、丸めてハンドバッグに押し込んだ。

次に、ハリーのほうにかがみ込み、女史が話しかけた。

「じゃ、ハリー……君、どうして三校対抗試合に参加しようと決心したのかな?」

「えーと――」

そう言いかけて、ハリーは羽根ペンに気を取られた。何も言っていないのに、ペンは羊皮紙の上を疾走し、その跡に新しい文章が読み取れた。


悲劇の過去の置き土産、醜い傷痕が、ハリー・ポッターのせっかくのかわいい顔をだいなしにしている。その目は――。


「ハリー、羽根ペンのことは気にしないことざんすよ」

リータ・スキーターがきつく言った。気が進まないままに、ハリーはペンから女史へと目を移した。

「さあ——どうして三校対抗試合に参加しようと決心したの？　ハリー？」

「僕、していません」ハリーが答えた。

「どうして僕の名前が『炎のゴブレット』に入ったのか、僕、わかりません。僕は入れていないんです」

リータ・スキーターは、眉ペンで濃く描いた片方の眉を吊り上げた。

「大丈夫、ハリー。叱られるんじゃないかなんて、心配する必要はないざんすよ。君がほんとうは参加するべきじゃなかったとわかってるざんす。だけど、心配ご無用。読者は反逆者が好きなんざんすから」

「だって、僕、入れてない」ハリーがくり返した。「僕知らない。いったい誰が——」

「これから出る課題をどう思う？」リータ・スキーターが聞いた。

「わくわく？　怖い？」

「僕、あんまり考えてない……うん。怖い、たぶん」

そう言いながら、ハリーはなんだか気まずい思いに、胸がのたうった。

「過去に、代表選手が死んだことがあるわよね？」リータ・スキーターがずけずけ言った。

「そのことをぜんぜん考えなかったのかな？」

「えーと……今年はずっと安全だって、みんながそう言ってます」ハリーが答えた。

羽根ペンは二人の間で、羊皮紙の上をスケートするかのように、ヒュンヒュン音を立てて往ったり来たりしていた。

「もちろん、君は、死に直面したことがあるわよね？」

リータ・スキーターが、ハリーをじっと見た。

「それが、君にどういう影響を与えたと思う？」

「えーと」ハリーはまた「えーと」をくり返した。

「過去のトラウマが、君を自分の力を示したいという気持ちにさせてると思う？　名前に恥じないように？　もしかしたらそういうことかな――三校対抗試合に名前を入れたいという誘惑にかられた理由は――」

「**僕、名前を入れてないんです**」ハリーはいらいらしてきた。

「君、ご両親のこと、少しは覚えてるのかな？」

ハリーの言葉をさえぎるようにリータ・スキーターが言った。

「いいえ」ハリーが答えた。

「君が三校対抗試合で競技すると聞いたら、ご両親はどう思うかな？　自慢？　心配する？　怒る？」

ハリーはいいかげんうんざりしてきた。両親が生きていたらどう思うかなんて、僕にわかるわけがないじゃないか？　リータ・スキーターがハリーを食い入るように見つめているのを、ハリーは意識していた。ハリーは顔をしかめて女史の視線をはずし、下を向いて羽根ペンが書いている文字を見た。

自分がほとんど覚えていない両親のことに話題が移ると、驚くほど深い緑の目に涙があふれた。

「僕、目に涙なんか**ない！**」ハリーは大声を出した。

リータ・スキーターが何か言う前に、箒置き場のドアが外側から開いた。まぶしい光に目をしばたたきながら、ハリーはドアのほうを振り返った。アルバス・ダンブルドアが、物置できゅうくつそうにしている二人を見下ろして、そこに立っていた。

「**ダンブルドア！**」

リータ・スキーターはいかにもうれしそうに叫んだ――しかし、羽根ペンも羊皮紙も、魔法万能汚れ落としの箱の上からこつぜんと消えたし、女史の鉤爪指が、ワニ革バッグの留め金をあわててパチンと閉めたのを、ハリーは見逃さなかった。

「お元気ざんすか？」

女史は立ち上がって、大きな男っぽい手をダンブルドアに差し出して、握手を求めた。

「この夏にあたくしが書いた、『国際魔法使い連盟会議』の記事をお読みいただけたざんしょか？」

「魅力的な毒舌じゃった」ダンブルドアは目をキラキラさせた。

「特に、わしのことを『時代遅れの遺物』と表現なさったあたりがのう」

リータ・スキーターは一向に恥じる様子もなく、しゃあしゃあと言った。

「あなたのお考えが、ダンブルドア、少し古くさいという点を指摘したかっただけざんす。それに巷の魔法使いの多くは――」

「慇懃無礼の理由については、リータ、またぜひお聞かせ願いましょうぞ」

ダンブルドアはほほえみながら、ていねいに一礼した。

「しかし、残念ながら、その話は後日にゆずらねばならん。杖調べの儀式がまもなく始まるのじゃ。代表選手の一人が、箒置き場に隠されていたのでは、儀式ができんのでの」

リータ・スキーターから離れられるのがうれしくて、ハリーは急いで元の部屋に戻った。ほかの代表選手はもうドア近くの椅子に腰かけていた。ハリーは急いでセドリックの隣に座り、ビロードカバーのかかった机のほうを見た。そこにはもう、五人中四人の審査員が座っていた――カルカロフ校長、マダム・マクシーム、クラウチ氏、ルード・バグマンだ。リータ・スキーターは、隅のほうに陣取った。ハリーが見ていると、女史はまたバッグから羊皮紙をスルリと取り出してひざの上に広げ、自動速記羽根ペンQQQの先を吸い、再び羊皮紙の上にそれを置いた。

「オリバンダーさんをご紹介しましょうかの？」

ダンブルドアも審査員席に着き、代表選手に話しかけた。

「試合に先立ち、みなの杖がよい状態かどうかを調べ、確認してくださるのじゃ」

ハリーは部屋を見回し、窓際にひっそりと立っている、大きな淡い色の目をした老魔法使いを見つけてドキッとした。オリバンダー老人には、以前に会ったことがある――杖職人で、三年前、ハリーもダイアゴン横丁にあるその人の店で杖を買い求めた。

「マドモアゼル・デラクール。まずあなたから、こちらに来てくださらんか？」

オリバンダー翁は、部屋の中央の空間に進み出てそう言った。

フラー・デラクールは軽やかにオリバンダー翁のそばに行き、杖を渡した。

「フゥーム……」

オリバンダー翁が長い指にはさんだ杖を、バトンのようにくるくる回すと、杖はピンクとゴールドの火花をいくつか散らした。それから翁は杖を目元に近づけ、仔細に調べた。

「そうじゃな」翁は静かに言った。

「二十四センチ……しなりにくい……紫檀……芯には……おお、なんと……」

「ヴィーラの髪の毛でーす」フラーが言った。「わたーしのおばーさまのものでーす」

それじゃ、フラーには**やっぱり**ヴィーラが混じってるんだ、ロンに話してやろうと、ハリーは思った……そして、ロンがハリーに口をきかなくなっていることを思い出した。

「そうじゃな」オリバンダー翁が言った。「そうじゃ。むろん、わし自身は、ヴィーラの髪を使用したことはないが――わしの見るところ、少々気まぐれな杖になるようじゃ……しかし、人それぞれじゃし、あなたに合っておるなら……」

オリバンダー翁は杖に指を走らせた。傷やデコボコを調べているようだった。それから「オーキデウス！　花よ！」とつぶやくと、杖先にワッと花が咲いた。

「よーし、よし。上々の状態じゃ」

オリバンダー翁は花をつみとり、杖と一緒にフラーに手渡しながら言った。

「ディゴリーさん。次はあなたじゃ」

フラーはふわりと席に戻り、セドリックとすれちがうときにほほえみかけた。

「さてと。この杖は、わしの作ったものじゃな？」

セドリックが杖を渡すと、オリバンダー翁の言葉に熱がこもった。

「そうじゃ、よく覚えておる。際立って美しい牡の一角獣のしっぽの毛が一本入っておる……身の丈百七十センチはあった。しっぽの毛を引き抜いたとき、危うく角で突き刺されるところじゃった。三十センチ……トネリコ材……心地よくしなる。上々の状態じゃ……しょっちゅう手入れしているのかね？」

「昨夜磨きました」セドリックがニッコリした。

ハリーは自分の杖を見下ろした。あちこち手あかだらけだ。ローブのひざのあたりをつかんで、こっそり杖をこすってきれいにしようとした。杖先から金色の火花がパラパラと数個飛び散った。フラー・デラクールが、やっぱり子供ね、という顔でハリーを見たので、ふくのをやめた。

オリバンダー翁は、セドリックの杖先から銀色の煙の輪を次々と部屋に放ち、けっこうじゃと宣言した。それから「クラムさん、よろしいかな」と呼んだ。

ビクトール・クラムが立ち上がり、前かがみで背中を丸め、外またでオリバンダー翁のほうへ歩いていった。クラムは杖をぐいと突き出し、ローブのポケットに両手を突っ込み、しかめっ面で突っ立っていた。

「フーム」オリバンダー翁が調べはじめた。

「グレゴロビッチの作と見たが。わしの目に狂いがなければじゃが？　すぐれた杖職人じゃ。ただ製作様式は、わしとしては必ずしも……それはそれとして……」

オリバンダー翁は杖を掲げ、目の高さで何度もひっくり返し、念入りに調べた。

「そうじゃな……クマシデにドラゴンの心臓の琴線かな？」

翁がクラムに問いかけると、クラムはうなずいた。

「あまり例のない太さじゃ……かなり頑丈……二十六センチ……エイビス！　鳥よ！」

銃を撃つような音とともに、クマシデ杖の杖先から小鳥が数羽、さえずりながら飛び出し、開いていた窓から淡々しい陽光の中へと飛び去った。

「よろしい」オリバンダー翁は杖をクラムに返した。

「残るは……ポッターさん」

ハリーは立ち上がって、クラムと入れちがいにオリバンダー翁に近づき、杖を渡した。

「おぉおぉー、そうじゃ」オリバンダー翁の淡い色の目が急に輝いた。

「そう、そう、そう。よーく覚えておる」

ハリーもよく覚えていた。まるできのうのことのようにありありと……。

三年前の夏、十一歳の誕生日に、ハグリッドと一緒に、杖を買いにオリバンダーの店に入った。オリバンダー老人は、ハリーの寸法を採り、それから、次々と杖を渡して試させた。店中のすべての杖を試し振りしたのではないかと思ったころ、ついにハリーに合う杖が見つかった――この杖だ。柊、二十八センチ、不死鳥の尾羽根が一枚入っている。オリバンダー老人は、ハリーがこの杖とあまりにも相性がよいことに驚いていた。「不思議じゃ」と、あの時老人はつぶやいた。「……不思議じゃ」と。ハリーが、なぜ不思議なのかと問うと、オリバンダー老人は、初めて教えてくれた。ハリーの杖に入っている不死鳥の尾羽根も、ヴォルデモート卿の杖芯に使われている尾羽根も、まさに同じ不死鳥のものだと。

ハリーはこのことを誰にも話したことがなかった。この杖がとても気に入っていたし、杖がヴォルデモートとつながりがあるのは、杖自身にはどうしようもないことだ——ちょうど、ハリーがペチュニアおばさんとつながりがあるのをどうしようもないのと同じように。しかし、ハリーは、オリバンダー翁がそのことを、この部屋のみんなには言わないでほしいと、真剣にそう願った。そんなことをもらせば、リータ・スキーターの自動速記羽根ペンが、興奮で爆発するかもしれないと、ハリーは変な予感がした。

オリバンダー翁はほかの杖よりずっと長い時間をかけてハリーの杖を調べた。最後に、杖からワインをほとばしり出させ、杖はいまも完璧な状態を保っていると告げ、杖をハリーに返した。

「みんな、ごくろうじゃった」審査員のテーブルで、ダンブルドアが立ち上がった。

「授業に戻ってよろしい——いや、まっすぐ夕食の席に下りてゆくほうが手っ取り早いかもしれん。そろそろ授業が終わるしの——」

今日一日の中で、やっと一つだけ順調に終わった、と思いながら、ハリーが行きかけると、黒いカメラを持った男が飛び出してきて、咳払いをした。

「写真。ダンブルドア、写真ですよ！」バグマンが興奮して叫んだ。

「審査員と代表選手全員。リータ、どうかね？」

「えー――まあ、まずそれからいきますか」

そう言いながら、リータ・スキーターの目は、またハリーに注がれていた。

「それから、個人写真を何枚か」

写真撮影は長くかかった。マダム・マクシームがどこに立っても、みんなその影に入ってしまうし、カメラマンがマダムを枠の中に入れようとして後ろに下がったが、下がりきれなかった。ついに、マダムが座り、みんながその周りに立つことになった。カルカロフは山羊ひげをもっとカールさせようと、しょっちゅう指に巻きつけていたし、クラムは――こんなことには慣れっこだろうとハリーは思っていたのに――コソコソとみんなの後ろに回り、半分隠れていた。カメラマンはフラーを正面に持ってきたくて仕方がない様子だったが、そのたびにリータ・スキーターがしゃしゃり出て、ハリーをより目立つ場所に引っ張っていった。スキーター女史は、それから代表選手全員の個別の写真を撮ると言い張った。そしてやっと、みんな解放された。

ハリーは夕食に下りていった。ハーマイオニーはいなかった――きっとまだ医務室で、歯を治してもらっているのだろう、とハリーは思った。テーブルの隅で、ひとりぼっちで夕食をすませ、「呼び寄せ呪文」の宿題をやらなければと思いながら、ハリーはグリフィンドール塔に戻った。寮の寝室で、ハリーはロンにでくわした。

「ふくろうが来てる」

ハリーが寝室に入っていくなり、ロンがぶっきらぼうに言った。ハリーの枕を指差している。そこに、学校のメンフクロウが待っていた。

「ああ――わかった」ハリーが言った。

「それから、あしたの夜、二人とも居残り罰だ。スネイプの地下牢教室」ロンがつけ加えた。

ロンは、ハリーのほうを見向きもせずに、さっさと寝室を出ていった。一瞬、ハリーはあとを追いかけようと思った――話しかけたいのか、ぶんなぐりたいのか、ハリーにはわからなかった。どっちも相当魅力的だった――しかし、シリウスの返事の魅力のほうが強すぎた。ハリーは急いでメンフクロウの所に行き、脚から手紙をはずし、くるくる広げた。

ハリー

手紙では言いたいことを何もかも言うわけにはいかない。ふくろうが途中で誰かに捕まったときの危険が大きすぎる――直接会って話をしなければ。十一月二十二日、午前一時に、グリフィンドール寮の暖炉のそばで、君一人だけで待つようにできるかね？

君が自分一人でもちゃんとやっていけることは、私が一番よく知っている。それに、ダンブルドアやムーディが君のそばにいるかぎり、誰も君に危害を加えることはできないだろう。しかし、誰かが、何か仕掛けようとしている。ゴブレットに君の名前を入れるなんて、非常に危険なことだったはずだ。特にダンブルドアの目が光っている所では。

ハリー、用心しなさい。何か変わったことがあったら、今後も知らせてほしい。十一月二十二日の件は、できるだけ早く返事が欲しい。

シリウスより

第十九章 ハンガリー・ホーンテール

それからの二週間、シリウスと会って話ができるという望みだけが、ハリーを支えていた。これまでになく真っ暗な地平線の上で、それだけが明るい光だった。自分がホグワーツの代表選手になってしまったことのショックは、少し薄らいできたが、何が待ち受けているのだろうという恐怖のほうがじりじりと胸に食い込みはじめた。

第一の課題が確実に迫っていた。それがまるで、ハリーの前にうずくまって、行く手をふさぐ、恐ろしい怪物のように感じられた。こんなに神経がピリピリしたことはいまだかつてない。クィディッチの試合の前よりもずっとひどい。最後の試合、優勝杯をかけたスリザリンとの試合でさえ、こんなにはならなかった。先のことがほとんど考えられない。人生のすべてが第一の課題に向かって進み、そこで終わるような気がした……。

もちろん、何百人という観衆の前で、難しくて危険な、未知の魔法を使わなければならないという状況で、シリウスに会ってもハリーの気持ちが楽になるとは思えなかった。それでも、親しい顔を見るだけで、いまは救いだった。

ハリーは、シリウスが指定した時間に、談話室の暖炉のそばで待つと返事を書き、その夜に誰かが談話室にいつまでもぐずぐず残っていたらどうやってしめ出すか、ハーマイオニーと二人で長時間かけて計画を練り上げた。最悪の場合、「クソ爆弾」ひと袋を投下するつもりだ。しかし、できればそんなことはしたくない——フィルチに生皮をはがれることになりかねない。

そうこうしているうちにも、城の中でのハリーの状況はますます悪くなっていた。リータ・スキーターの三校対抗試合の記事は、試合についてのルポというより、ハリーの人生をさんざん脚色した記事だった。一面の大部分がハリーの写真で埋まり、記事は（二面、六面、七面に続いていた）すべてハリーのことばかりで、ボーバトンとダームストラングの代表選手名は（綴りもまちがっていたし）最後の一行に詰め込まれ、セドリックは名前さえ出ていなかった。

記事が出たのは十日前だったが、そのことを考えるたびに、ハリーはいまだに恥ずかしくて、胃が焼け、吐き気がした。リータ・スキーターは、ハリーがこれまで一度も言った覚えがなく、ましてや、あの箒置き場で言ったはずもないことばかりを、山ほどでっち上げて引用していた。

「僕の力は、両親から受け継いだものだと思います。いま、僕を見たら、両親はきっと僕を誇りに思うでしょう……ええ、ときどき夜になると、僕はいまでも両親を思って泣きます。それを恥ずかしいとは思いません……。試合では、絶対けがをしたりしないって、僕にはわかっています。だって、両親が僕を見守ってくれていますから……」

リータ・スキーターは、ハリーが言った「えーと」を、長ったらしい、鼻持ちならない文章に変えてしまった。そればかりか、ハリーについてのインタビューまでやっていた。

ハリーはホグワーツでついに愛を見つけた。親友のコリン・クリービーによると、ハリーは、ハーマイオニー・グレンジャーなる人物と離れていることはめったにないという。この人物は、マグル生まれのとびきりかわいい女生徒で、ハリーと同じく、学校の優等生の一人である。

記事がのった瞬間から、ハリーは針のむしろだった。みんなが――特にスリザリン生が――すれちがうたびに記事を持ち出してからかうのに、たえなければならなかった。

「ポッター、ハンカチいるかい？『変身術』のクラスで泣きだしたときのために？」

「いったい、ポッター、いつから学校の優等生になった？それとも、その学校っていうのは、君とロングボトムで開校したのかい？」

「ハーイ――ハリー！」

「ああ、そうだとも」

もううんざりだと、廊下で振り向きざま、ハリーはどなった。

「死んだ母さんのことで、目を泣きはらしてたところだよ。これから、もう少し……」

「ちがうの――ただ――あなた、羽根ペンを落としたわよ」

チョウ・チャンだった。ハリーは顔が赤くなるのを感じた。

「あ――そう――ごめん」ハリーは羽根ペンを受け取りながら、もごもご言った。

「あの……火曜日はがんばってね」チョウが言った。

「ほんとうに、うまくいくように願ってるわ」

僕、なんてバカなことをしたんだろう、とハリーは思った。

ハーマイオニーも同じように不ゆかいな思いをしなければならなかったが、悪気のない人をどなりつけるようなことはしていない。ハリーは、ハーマイオニーの対処の仕方に感服していた。

「**とびきりかわいい？　あの子が？**」

リータの記事がのってから初めてハーマイオニーと顔を突き合わせたとき、パンジー・パーキンソンがかん高い声で言った。

「何と比べて判断したのかしら――シマリス？」

「ほっときなさい」

ハーマイオニーは、頭をしゃきっと上げ、スリザリンの女子学生がからかう中を、何も聞こえないかのように堂々と歩きながら、威厳のある声で言った。

「ハリー、ほっとくのよ」

しかし、放ってはおけなかった。スネイプの居残り罰のことをハリーに伝言して以来、ロンは一言もハリーと口をきいていない。スネイプの地下牢教室で、二時間も一緒にネズミの脳みそのホルマリン漬けを作らされる間に、仲なおりができるのではと、ハリーは少し期待していたのだが、ちょうどその日に、リータの記事が出た。ハリーはやっぱり目立つのを楽しんでいるのだと、ロンは確信を強めたようだった。

ハーマイオニーは、二人のことで腹を立てていた。二人の間を往ったり来たりして、何とか互いに話をさせようと努めたが、ハリーも頑固だった。ハリー自身が「炎のゴブレット」に名前を入れたわけではないとロンが認めたなら、そして、ハリーをうそつき呼ばわりしたことを謝るなら、またロンと話をしてもいい。

「僕から始めたわけじゃない」

ハリーはかたくなに言い張った。

「あいつの問題だ」

「ロンがいなくてさびしいくせに！」

ハーマイオニーがいらいらと言った。

「それに、私には**わかってる**。ロンもさびしいのよ――」

「ロンがいなくて**さびしいくせにだって？**」

ハリーがくり返した。

「ロンがいなくて**さびしいなんてことは、ない……**」

真っ赤なうそだった。ハーマイオニーのことは大好きだったが、ロンとはちがう。ハーマイオニーと親しくても、ロンと一緒のときほど笑うことはないし、図書館をうろうろする時間が多くなる。ハリーはまだ「呼び寄せ呪文」を習得していなかった。ハリーの中で、何かがストップをかけているようだった。ハーマイオニーは、理論を学べば役に立つと主張した。そこで、二人は昼休みを、本に没頭して過ごすことが多かった。

ビクトール・クラムも、しょっちゅう図書館に入り浸っていた。いったい何をしているのか、ハリーはいぶかった。勉強しているのだろうか？　それとも、第一の課題をこなすのに役立ちそうなものを探しているのだろうか？

ハーマイオニーはクラムが図書館にいることで、しばしば文句を言った――何もクラムが二人の邪魔をしたわけではない。しかし、女子学生のグループがしょっちゅうやってきて、忍び笑いをしながら、本棚の陰からクラムの様子をうかがっていた。ハーマイオニーはその物音で気が散るというのだ。

「あの人、ハンサムでもなんでもないじゃない！」

クラムの険しい横顔をにらみつけて、ハーマイオニーがプリプリしながらつぶやいた。

「みんなが夢中なのは、あの人が有名だからよ　ウォンキー・フェイントとかなんとかいうのができない人だったら、みんな見向きもしないのに――」

「ウロンスキー・フェイント」ハリーは唇をかんだ。クィディッチ用語を正したいのも確かだが、それとは別に、ハーマイオニーがウォンキー・フェイントと言うのを聞いたら、ロンがどんな顔をするかと思うと、また胸がキュンと痛んだのだ。

不思議なことに、何かを恐れて、なんとかして時の動きを遅らせたいと思うときにかぎって、時は容赦なく動きを速める。第一の課題までの日々が、誰かが時計に細工をして二倍の速さにしたかのように流れ去っていった。抑えようのない恐怖感が、「日刊予言者新聞」の記事に対する意地の悪いヤジと同じように、ハリーの行く所どこにでもついてきた。

第一の課題が行われる週の前の土曜日、三年生以上の生徒は全員、ホグズミード行きを許可された。ハーマイオニーは、ちょっと城から出たほうが気晴らしになると勧めた。ハリーも勧められるまでもなかった。

「ロンのことはどうする気？」

ハリーが聞いた。

「ロンと一緒に行きたくないの？」

「ああ……そのこと……」

ハーマイオニーはちょっと赤くなった。

「『三本の箒』で、あなたと私が、ロンに会うようにしたらどうかと思って……」

「いやだ」ハリーがにべもなく言った。

「まあ、ハリー、そんなバカみたいな――」

「僕、行くよ。でもロンと会うのはごめんだ。僕、透明マントを着ていく」

「そう、それならそれでいいけど……」

ハーマイオニーはくどくは言わなかった。

「だけど、マントを着てるときにあなたに話しかけるのは嫌いよ。あなたのほうを向いてしゃべってるのかどうか、さっぱりわからないんだもの」

そういうわけで、ハリーは寮で透明マントをかぶり、階下に戻って、ハーマイオニーと一緒にホグズミードに出かけた。

マントの中で、ハリーはすばらしい解放感を味わった。村に入るとき、ほかの生徒が二人を追い越したり、行きちがったりするのを、ハリーは観察できた。ほとんどが「**セドリック・ディゴリーを応援しよう**」のバッジを着けていたが、いつもとちがって、ハリーにひどい言葉を浴びせる者も、あのばかな記事に触れる生徒もいなかった。

「今度はみんな、**私を**ちらちら見てるわ」

クリームたっぷりの大きなチョコレートをほお張りながら「ハニーデュークス菓子店」から出てきたハーマイオニーが、不機嫌に言った。

「みんな、私がひとり言を言ってると思ってるのよ」

「それなら、そんなに唇を動かさないようにすればいいじゃないか」

「**あのねえ**、ちょっと『マント』を脱いでよ。ここなら誰もあなたにかまったりしないわ」

「そうかな?」ハリーが言った。「後ろを見てごらんよ」

リータ・スキーターと、その友人のカメラマンが、パブ「三本の箒」から現れたところだった。二人は、ヒソヒソ声で話しながら、ハーマイオニーのほうを見もせずにそばを通り過ぎた。ハリーは、リータ・スキーターのワニ革ハンドバッグでぶたれそうになり、あとずさりしてハニーデュークスの壁に張りついた。

二人の姿が見えなくなってから、ハリーが言った。

「あの人、この村に泊まってるんだ。第一の課題を見にきたのにちがいない」

そう言ったとたん、どろどろに溶けた恐怖感が、ハリーの胃にどっとあふれた。ハリーはそのことを口には出さなかった。ハリーもハーマイオニーも、第一の課題がなんなのか、これまであまり話題にしなかった。ハーマイオニーもそのことを考えたくないのだろうと、ハリーはそんな気がしていた。

「行っちゃったわ」

ハーマイオニーの視線はハリーの体を通り抜けて、ハイストリート通りのむこう端を見ていた。

「『三本の箒』に入って、バタービールを飲みましょうよ。ちょっと寒くない？……ロンには話しかけなくてもいいわよ！」

ハリーが返事をしないわけを、ハーマイオニーはちゃんと察して、いらいらした口調でつけ加えた。

「三本の箒」は混み合っていた。土曜の午後の自由行動を楽しんでいるホグワーツの生徒が多かったが、ハリーがほかではめったに見かけたことがないさまざまな魔法族もいた。ホグズミードは、イギリスで唯一の魔法ずくめの村なので、魔法使いのようにうまく変装できない鬼婆などにとっては、ここがちょっとした安息所なのだろう、とハリーは思った。

透明マントを着て混雑の中を動くのは、とても難しかった。うっかり誰かの足を踏みつけたりすれば、とてもややこしいことになりそうだ。ハーマイオニーが飲み物を買いにいっている間、ハリーは隅の空いているテーブルへそろそろと近づいた。パブの中を移動する途中、フレッド、ジョージ、リー・ジョーダンと一緒に座っているロンを見かけた。ロンの頭を、後ろから思いっきりこづいてやりたい、という気持ちを抑え、ハリーはやっとテーブルにたどり着いて腰かけた。

ハーマイオニーが、そのすぐあとからやってきて、透明マントの下からバタービールをすべり込ませた。

「ここにたった一人で座ってるなんて、私、すごくまぬけに見えるわ」

ハーマイオニーがつぶやいた。

「幸い、やることを持ってきたけど」

そして、ハーマイオニーはノートを取り出した。S・P・E・W会員を記録してあるノートだ。ハリーは、自分とロンの名前が、とても少ない会員名簿の一番上にのっているのを見た。ロンと二人で予言をでっち上げていたとき、ハーマイオニーがやってきて二人を会の書記と会計とに任命したのが、ずいぶん遠い昔のことのような気がした。

「ねえ、この村の人たちに、S・P・E・Wに入ってもらうように、私、やってみようかしら」

ハーマイオニーはパブを見回しながら考え深げに言った。

「そりゃ、いいや」

ハリーはあいまいにあいづちを打ち、マントに隠れてバタービールをぐいと飲んだ。

「ハーマイオニー。いつになったらＳ・Ｐ・Ｅ・Ｗなんてやつ、あきらめるんだい？」

「屋敷しもべ妖精が妥当な給料と労働条件を得たとき！」

ハーマイオニーが声を殺して言い返した。

「ねえ、そろそろ、もっと積極的な行動を取るときじゃないかって思いはじめてるの。どうやったら学校の厨房に入れるかしら？」

「わからない。フレッドとジョージに聞けよ」ハリーが言った。

ハーマイオニーは考えにふけって、だまり込んだ。ハリーは、パブの客を眺めながら、バタービールを飲んだ。みんな楽しそうで、くつろいでいた。すぐ近くのテーブルで、アーニー・マクミランとハンナ・アボットが、「蛙チョコレート」のカードを交換している。二人とも「**セドリック・ディゴリーを応援しよう**」バッジをマントにつけていた。そのむこう、ドアのそばに、チョウ・チャンがレイブンクローの大勢の友達と一緒にいるのが見えた。でも、チョウは「**セドリック**」バッジをつけていない……ハリーはちょっぴり元気になった……。

のんびり座り込んで、笑ったりしゃべったり、せいぜい宿題のことしか心配しなくてもよい人たち――自分もその一人になれるなら、ほかに何を望むだろう？　自分の名前が「炎のゴブレット」

から**出てきていなかったら**、いま、自分はどんな気持ちでここにいるだろう。まず、透明マントを着ていないはずだ。ロンは自分と一緒にいるだろう。代表選手たちが、火曜日に、どんなに危険極まりない課題に立ち向かうのだろうと、三人で楽しくあれこれ想像していただろう。どんな課題だろうが、きっと待ち遠しかっただろう。代表選手がそれをこなすのを見物するのが……スタンドの後方にぬくぬくと座って、みんなと一緒にセドリックを応援するのが……。

　ほかの代表選手はどんな気持ちなんだろう。最近セドリックを見かけると、いつもファンに取り囲まれ、神経をとがらせながらも興奮しているように見えた。フラー・デラクールも廊下でときどきちらりと姿を見たが、いつもと変わらず、フラーらしく高慢で平然としていた。そして、クラムは、ひたすら図書館に座って本に没頭していた。

　ハリーはシリウスのことを思った。すると、胸をしめつけていた固い結び目が、少しゆるむような気がした。あと十二時間と少しで、シリウスと話せる。談話室の暖炉のそばで二人が話をするのは、今夜だった――なんにも手ちがいが起こらなければだが。最近は何もかも手ちがいだらけだったけど……。

「見て、ハグリッドよ！」ハーマイオニーが言った。

　ハグリッドの巨大なもじゃもじゃ頭の後頭部が――ありがたいことに、束ね髪にするのをあきらめていた――人混みの上にぬっと現れた。こんなに大きなハグリッドを、自分はどうしてすぐに見つけられなかったのだろうと、ハリーは不思議に思った。しかし、立ち上がってよく見ると、ハグリッドが体をかがめて、ムーディ先生と話をしているのがわかった。

ハグリッドはいつものように、巨大なジョッキを前に置いていたが、ムーディは自分の携帯用酒瓶から飲んでいた。粋な女主人のマダム・ロスメルタは、これが気に入らないようだった。ハグリッドたちの周囲のテーブルから、空いたグラスを片づけながら、ムーディをうさんくさそうに見ていた。たぶん、自家製の蜂蜜酒が侮辱されたと思ったのだろう。しかし、ハリーはそうではないことを知っていた。「闇の魔術に対する防衛術」の最近の授業で、ムーディが生徒に話したのだ。闇の魔法使いは誰も見ていないときにやすやすとコップに毒を盛るので、ムーディはいつも、食べ物や飲み物を自分で用意するようにしていると。

ハリーが見ていると、ハグリッドとムーディは立ち上がって出ていきかけた。ハリーは手を振ったが、ハグリッドには見えないのだと気づいた。しかし、ムーディが立ち止まり、ハリーが立っている隅のほうに「魔法の目」を向けた。ムーディは、ハグリッドの背中をチョンチョンとたたき（ハグリッドの肩には手が届かない）、何事かささやいた。それから二人は引き返して、ハリーとハーマイオニーのテーブルにやってきた。

「元気か、ハーマイオニー？」

ハグリッドが大声を出した。

「こんにちは」

ハーマイオニーもニッコリ挨拶した。

ムーディは、片足を引きずりながらテーブルを回り込み、体をかがめた。ハリーが、ムーディはＳ・Ｐ・Ｅ・Ｗのノートを読んでいるのだろうと思っていると、ムーディがささやいた。

「いいマントだな、ポッター」

ハリーは驚いてムーディを見つめた。こんな近くで見ると、鼻が大きくそぎ取られているのがますますはっきりわかった。ムーディはニヤリとした。

「先生の目――あの、見える――？」

「ああ、わしの目は透明マントを見透かす」

ムーディが静かに言った。

「そして、時には、これがなかなか役に立つぞ」

ハグリッドもニッコリとハリーのほうを見下ろしていた。ハグリッドにはハリーが見えないことは、わかっていた。しかし、当然、ムーディが、ハリーがここにいると教えたはずだ。

今度はハグリッドが、Ｓ・Ｐ・Ｅ・Ｗノートを読むふりをして、身をかがめ、ハリーにしか聞こえないような低い声でささやいた。

「ハリー、今晩、真夜中に、俺の小屋に来いや。そのマントを着てな」

身を起こすと、ハグリッドは大声で、「ハーマイオニー、おまえさんに会えてよかった」と言い、ウィンクして去っていった。ムーディもあとについていった。

「ハグリッドったら、どうして真夜中に僕に会いたいんだろう？」ハリーは驚いていた。

「会いたいって？」ハーマイオニーもびっくりした。

「いったい、何を考えてるのかしら？　ハリー、行かないほうがいいかもよ……」

ハーマイオニーは神経質に周りを見回し、声を殺して言った。

「シリウスとの約束に遅れちゃうかもしれない」

確かに、ハグリッドの所に真夜中に行けば、シリウスと会う時間ぎりぎりになってしまう。ハーマイオニーは、ヘドウィグを送ってハグリッドに行けないと伝えてはどうかと言った――もちろん、ヘドウィグがメモを届けることを承知してくれればの話だが――しかし、ハグリッドの用事がなんであれ、ハリーは急いで会ってくるほうがよいように思った。ハグリッドがハリーに、そんなに夜遅く来るように頼むなんて、初めてのことだった。いったいなんなのか、ハリーはとても知りたかった。

その晩、早めにベッドに入るふりをしたハリーは、十一時半になると、透明マントをかぶり、こっそりと談話室に戻った。寮生がまだたくさん残っていた。クリービー兄弟は「**セドリックを**

応援しよう」バッジを首尾よくごっそり手に入れ、魔法をかけて「**ハリー・ポッターを応援しよう**」に変えようとしていた。しかし、これまでのところ、「**汚いぞ、ポッター**」で文字の動きを止めるのが精いっぱいだった。ハリーはそっと二人のそばを通り抜け、肖像画の穴の所で時計を見ながら、一分くらい待った。すると、計画どおり、ハーマイオニーが外から「太った婦人」を開けてくれた。ハーマイオニーとすれちがいざま、ハリーは「ありがと！」とささやき、城の中を通り抜けていった。

校庭は真っ暗だった。ハリーはハグリッドの小屋に輝く灯りを目指して芝生を歩いた。ボーバトンの巨大な馬車も明かりがついていた。ハグリッドの小屋の戸をノックしたとき、ハリーはマダム・マクシームが馬車の中で話している声を聞いた。

「ハリー、おまえさんか？」

戸を開けてきょろきょろしながら、ハグリッドが声をひそめて言った。

「うん」

ハリーは小屋の中にすべり込み、マントを引っ張って頭から脱いだ。

「なんなの？」

「ちょっくら見せるものがあってな」ハグリッドが言った。

ハグリッドはなんだかひどく興奮していた。服のボタン穴に育ちすぎたアーティチョークのような花を挿している。車軸用のグリースを髪につけることはあきらめたらしいが、まちがいなく髪をとかしつけようとしたらしい――欠けた櫛の歯が髪にからまっているのを、ハリーは見てしまった。

「何を見せたいの？」

ハリーは、スクリュートが卵を産んだのか、それともハグリッドがパブで知らない人から、また三頭犬を買ったのかと、いろいろ想像してこわごわ聞いた。

「一緒に来いや。だまって、マントをかぶったまんまでな」

ハグリッドが言った。

「ファングは連れていかねえ。こいつが喜ぶようなもんじゃねえし……」

「ねえ、ハグリッド、僕、あまりゆっくりできないよ……午前一時までに城に帰っていないといけないんだ――」

しかし、ハグリッドは、聞いていなかった。小屋の戸を開けてずんずん暗闇の中に出ていった。ハリーは急いであとを追ったが、ハグリッドがハリーをボーバトンの馬車のほうに連れていくのに気づいて驚いた。

「ハグリッド、いったい――？」

「シーッ！」

ハグリッドはハリーをだまらせ、金色の杖が交差した紋章のついた扉を三度ノックした。

マダム・マクシームが扉を開けた。シルクのショールを堂々たる肩に巻きつけている。ハグリッドを見て、マダムはにっこりした。

「あぁ、アグリッド……時間でーすか？」

「ボング・スーワー（ボンソワール）」

ハグリッドがマダムに向かって笑いかけ、マダムが金色の踏み段を下りるのに手を差し伸べた。

マダム・マクシームは後ろ手に扉を閉め、ハグリッドがマダムに腕を差し出し、二人はマダムの巨大な天馬が囲われているパドックを回り込んで歩いていった。ハリーは何がなんだかわからないまま、二人に追いつこうと走ってついていった。ハグリッドはハリーにマダム・マクシームを見せたかったのだろうか？　マダムならハリーはいつだって好きなときに見ることができるのに……マダムを見落とすのはなかなか難しいもの……。

しかし、どうやら、マダム・マクシームもハリーと同じもてなしにあずかるらしい。しばらくしてマダムがつやっぽい声で言った。

「アグリッド、いったいわたしを、どーこにつれていくのでーすか？」

「きっと気に入る」

ハグリッドの声は愛想なしだ。

「見る価値ありだ、ほんとだ。たーだ——俺が見せたってことは誰にも言わねえでくれ、いいかね？　あなたは知ってはいけねえことになってる」

「もちろーんです」

マダム・マクシームは長い黒いまつげをパチパチさせた。

そして二人は歩き続けた。そのあとを小走りについていきながら、ハリーはだんだん落ち着かなくなってきた。腕時計をひんぱんにのぞき込んだ。ハグリッドの気まぐれなくわだてのせいで、ハリーは、シリウスに会いそこねるかもしれない。もう少しで目的地に着くのでなければ、まっすぐに城に引き返そう。ハグリッドは、マダム・マクシームと二人で月明かりのお散歩としゃれ込めばいい……。

しかし、その時――禁じられた森の周囲をずいぶん歩いたので、城も湖も見えなくなっていたが――ハリーは何か物音を聞いた。前方で男たちがどなっている……続いて耳をつんざく大咆哮……。

ハグリッドは木立を回り込むようにマダム・マクシームを導き、立ち止まった。ハリーも急いでついていった――一瞬、ハリーはたき火を見たのだと思った。男たちがその周りを跳び回っているのを見たのだと――次の瞬間、ハリーはあんぐり口を開けた。

ドラゴンだ。

見るからに獰猛な四頭の巨大な成獣が、分厚い板で柵をめぐらした囲い地の中に、後脚で立ち上がり、吼え猛り、鼻息を荒らげている――地上十五、六メートルもの高さに伸ばした首の先で、カッと開いた口は牙をむき、暗い夜空に向かって火柱を噴き上げていた。長い鋭い角を持つ、シルバーブルーの一頭は、地上の魔法使いたちに向かって唸り、牙を鳴らしてかみつこうとしている。すべすべしたうろこを持つ緑の一頭は、全身をくねらせ、力のかぎり脚を踏み鳴らしている。赤い一頭は、顔の周りに奇妙な金色の細いとげの縁取りがあり、キノコ形の火炎を吐いている。ハリーたちに一番近い所にいた巨大な黒い一頭は、ほかの三頭に比べるとトカゲに似ている。

一頭につき七、八人、全部で少なくとも三十人の魔法使いが、ドラゴンの首や足に回した太い革バンドに鎖をつけ、その鎖を引いてドラゴンを抑えようとしていた。怖いもの見たさに、ハリーはずっと上を見上げた。黒ドラゴンの目が見えた。猫のように縦に瞳孔の開いたその目が、怒りからか、恐れからか――ハリーにはどちらともわからなかったが――飛び出している……そして恐ろしい音を立てて暴れ、悲しげに吼え、ギャーッギャーッとかん高い怒りの声を上げていた……。

「離れて、ハグリッド！」

柵のそばにいた魔法使いが、握った鎖を引きしめながら叫んだ。

「ドラゴンの吐く炎は、六、七メートルにもなるんだから！　このホーンテールなんか、その倍も噴いたのを、僕は見たんだ！」

「きれいだよなあ？」ハグリッドがいとおしそうに言った。

「これじゃだめだ！」別の魔法使いが叫んだ。

「一、二の三で『失神の呪文』だ！」

ハリーは、ドラゴン使いが全員杖を取り出すのを見た。

「ステューピファイ！　まひせよ！」

全員がいっせいに唱えた。「失神の呪文」が火を吐くロケットのように、闇に飛び、ドラゴンのうろこに覆われた皮に当たって火花が滝のように散った――。

ハリーの目の前で、一番近くのドラゴンが、後脚で立ったまま危なっかしげによろけた。両あごはワッと開けたまま、吼え声が急に消え、鼻の穴からは突然炎が消えた――まだくすぶってはいたが――それから、ゆっくりとドラゴンは倒れた――筋骨隆々の、うろこに覆われた黒ドラゴンの数トンもある胴体がドサッと地面を打った。その衝撃で、ハリーの後ろの木立が激しく揺れ動いた。

ドラゴン使いたちは、杖を下ろし、それぞれ担当のドラゴンに近寄った。一頭一頭が小山ほどの大きさだ。ドラゴン使いは急いで鎖をきつくしめ、しっかりと鉄の杭に縛りつけ、その杭を、杖で地中に深々と打ち込んだ。

「近くで見たいかね？」

ハグリッドは興奮して、マダム・マクシームに尋ねた。二人は柵のすぐそばまで移動し、ハリーもついていった。ハグリッドに、それ以上近寄るなと警告した魔法使いがやってきた。そしてハリーは、初めて、それが誰なのか気づいた――チャーリー・ウィーズリーだった。

「大丈夫かい？　ハグリッド？」

チャーリーがハアハア息をはずませている。

「ドラゴンはもう安全だと思う――こっちに来る途中『眠り薬』でおとなしくさせたんだ。暗くて静かな所で目覚めたほうがいいだろうと思って――ところが、見てのとおり、連中は機嫌が悪いのなんのって――」

「チャーリー、どの種類を連れてきた？」

ハグリッドは、一番近いドラゴン――黒ドラゴン――をほとんど崇めるような目つきでじっと見ていた。黒ドラゴンはまだ薄目を開けていた。しわの刻まれた黒いまぶたの下でギラリと光る黄色い筋を、ハリーは見た。

「こいつはハンガリー・ホーンテールだ」チャーリーが言った。

「むこうのはウェールズ・グリーン普通種、少し小型だ――スウェーデン・ショート－スナウト種、あの青みがかったグレーのやつ――それと、中国火の玉種、あの赤いやつ」

チャーリーはあたりを見回した。マダム・マクシームが、「失神」させられたドラゴンをじっと見ながら、囲い地の周りをゆっくり歩いていた。

「あの人を連れてくるなんて、知らなかったぜ、ハグリッド」

チャーリーが顔をしかめた。

「代表選手は課題を知らないことになってる――あの人はきっと自分の生徒にしゃべるだろう？」

「あの人が見たいだろうって思っただけだ」

ハグリッドはうっとりとドラゴンを見つめたままで、肩をすくめた。

「ハグリッド、まったくロマンチックなデートだよ」チャーリーがやれやれと頭を振った。

「四頭……」

ハグリッドが言った。

「そんじゃ、一人の代表選手に一頭っちゅうわけか？　何をするんだ――戦うのか？」

「うまく出し抜くだけだ。たぶん」

チャーリーが言った。

「ひどいことになりかけたら、僕たちが控えていて、いつでも『消火呪文』をかけられるようになっている。営巣中の母親ドラゴンが欲しいという注文だった。なぜかは知らない……でも、これだけは言えるな。ホーンテールに当たった選手はお気の毒さま。狂暴なんだ。しっぽのほうも正面と同じぐらい危険だよ。ほら」

チャーリーはホーンテールの尾を指差した。ハリーが見ると、長いブロンズ色のとげが、しっぽ全体に数センチおきに突き出していた。

その時、チャーリーの仲間のドラゴン使いが、灰色の花崗岩のような巨大な卵をいくつか毛布にくるみ、五人がかりで、よろけながらホーンテールに近づいてきた。五人はホーンテールのそばに、注意深く卵を置いた。ハグリッドは、欲しくてたまらなそうなうめき声をもらした。

「僕、ちゃんと数えたからね、ハグリッド」

チャーリーが厳しく言った。それから、「ハリーは元気？」と聞いた。

「元気だ」ハグリッドはまだ卵に見入っていた。

「こいつらに立ち向かったあとでも、まだ元気だといいんだが」

ドラゴンの囲い地を見やりながらチャーリーが暗い声を出した。

「ハリーが第一の課題で何をしなければならないか、僕、おふくろにはとっても言えない。ハリーのことが心配で、いまだって大変なんだ……」

チャーリーは母親の心配そうな声をまねした。

「**『どうしてあの子を試合に出したりするの！　まだ若すぎるのに！　子供たちは全員安全だと思っていたのに。年齢制限があると思っていたのに！』**ってさ。『日刊予言者新聞』にハリーのことがのってからは、もう涙、涙だ。**『あの子はいまでも両親を思って泣くんだわ！　ああ、かわいそうに。知らなかった！』**」

ハリーはこれでもう充分だと思った。ハグリッドは僕がいなくなっても気づかないだろう。マダム・マクシームと四頭のドラゴンの魅力で手いっぱいだ。ハリーはそっとみんなに背を向け、城に向かって歩きはじめた。

これから起こることを見てしまったのが、喜ぶべきことなのかどうか、ハリーにはわからなかった。たぶん、このほうがよかったのだ。最初のショックは過ぎた。火曜日にはじめてドラゴンを見たなら、全校生の前でばったり気絶してしまったかもしれない……どっちにしても気絶するかもしれないが……敵は十五、六メートルもある、うろことげに覆われた、火を吐くドラゴンだ。ハリーの武器といえば、杖だ——そんな杖など、いまや細い棒切れほどにしか感じられない——しかも、ドラゴンを出し抜かなければならない。みんなの見ている前で。いったい**どうやって？**

ハリーは禁じられた森の端に沿って急いだ。あと十五分足らずで暖炉のそばに戻って、シリウスと話をするのだ。シリウスと話したい。こんなに強く誰かと話をしたいと思ったことは、一度もない——その時、出し抜けにハリーは何か固いものにぶつかった。仰向けにひっくり返り、めがねがはずれたが、ハリーはしっかりと透明マントにしがみついていた。近くで声がした。

「アイタッ！　誰だ？」

ハリーはマントが自分を覆っているかどうかを急いで確かめ、じっと動かずに横たわって、ぶつかった相手の魔法使いの黒いシルエットを見上げた。山羊ひげが見えた……カルカロフだ。

「誰だ？」

カルカロフが、いぶかしげに暗闇を見回しながらくり返した。ハリーは身動きせず、だまっていた。一分ほどして、カルカロフは、何か獣にでもぶつかったのだろうと納得したらしい。犬でも探すように、腰の高さを見回した。それから、カルカロフは再び木立に隠れるようにして、ドラゴンのいたあたりに向かってそろそろと進みはじめた。

ハリーは、ゆっくり、慎重に立ち上がり、できるだけ物音を立てないようにしながら、暗闇の中をホグワーツへと急げるだけ急いだ。

カルカロフが何をしようとしていたか、ハリーにはよくわかっていた。こっそり船を抜け出し、第一の課題がなんなのかを探ろうとしたのだ。もしかしたら、ハグリッドとマダム・マクシームが禁じられた森のほうへ向かうのを目撃したのかもしれない――あの二人は遠くからでもたやすく目につく……それに、カルカロフはいまやただ人声のするほうに行けばよいのだ。カルカロフもマダム・マクシームと同じに、何が代表選手を待ち受けているかを知ることになるだろう。すると、火曜日にまったく未知の課題にぶつかる選手は、セドリックただ一人ということになる。

城にたどり着き、正面の扉をすり抜け、大理石の階段を上りはじめたハリーは、息も絶え絶えだったが、速度をゆるめるわけにはいかない……あと五分足らずで暖炉の所まで行かなければ……。

「たわごと！」

ハリーは、穴の前の肖像画の額の中でまどろんでいる「太った婦人」に向かってゼイゼイと呼びかけた。

「ああ、そうですか」

婦人は目も開けずに、眠そうにつぶやき、前にパッと開いてハリーを通した。ハリーは穴を這い登った。談話室には誰もいない。においもいつもと変わりない。ハリーとシリウスを二人っきりにするために、ハーマイオニーがクソ爆弾を爆発させる必要はなかったということだ。

ハリーは透明マントを脱ぎ捨て、暖炉の前のひじかけ椅子に倒れ込んだ。部屋は薄暗く、暖炉の炎だけが明かりを放っていた。クリービー兄弟がなんとかしようとがんばっていた「**セドリック・ディゴリーを応援しよう**」バッジが、そばのテーブルで、暖炉の火を受けてチカチカしていた。いまや、「**ほんとに汚いぞ、ポッター**」に変わっていた。暖炉の炎を振り返ったハリーは、飛び上がった。

シリウスの生首が炎の中に座っていた。ウィーズリー家のキッチンで、ディゴリー氏がまったく同じことをするのを見ていなかったら、ハリーは縮み上がったにちがいない。怖がるどころか、ここしばらく笑わなかったハリーが、久しぶりにニッコリした。ハリーは、急いで椅子から飛び降り、暖炉の前にかがみ込んで話しかけた。

「シリウスおじさん――元気なの？」

シリウスの顔は、ハリーの覚えている顔とちがって見えた。さよならを言ったときは、シリウスの顔はやせこけ、目が落ちくぼみ、黒い長髪がもじゃもじゃとからみついて、顔の周りを覆っていた――でもいまは、髪をこざっぱりと短く切り、顔は丸みを帯び、あの時より若く見えた。ハリーがたった一枚だけ持っているシリウスのあの写真、両親の結婚式のときの写真に近かった。

「私のことは心配しなくていい。君はどうだね？」シリウスは真剣な口調だった。

「僕は――」

ほんの一瞬、「元気です」と言おうとした――しかし、言えなかった。せきを切ったように言葉がほとばしり出た。ここ何日か分の穴埋めをするように、ハリーは一気にしゃべった――自分の意思でゴブレットに名前を入れたのではないと言っても、誰も信じてくれなかったこと、リータ・スキーターが「日刊予言者新聞」でハリーについて嘘八百を書いたこと、廊下を歩いていると必ず誰かがからかうこと――そして、ロンのこと。ロンがハリーを信用せず、やきもちを焼いている……。

「……それに、ハグリッドがついさっき、第一の課題がなんなのか、僕に見せてくれたの。ドラゴンなんだよ、シリウス。僕、もうおしまいだ」

ハリーは絶望的になって話し終えた。

シリウスは憂いに満ちた目でハリーを見つめていた。アズカバンがシリウスに刻み込んだまなざしが、まだ消え去ってはいない――死んだような、憑かれたようなまなざしだ。シリウスはハリーがだまり込むまで、口をはさまずしゃべらせたあと、口を開いた。

「ドラゴンは、ハリー、なんとかなる。しかし、それはちょっとあとにしよう——あまり長くはいられない……この火を使うのに、とある魔法使いの家に忍び込んだのだが、家の者がいつ戻ってこないともかぎらない。君に警告しておかなければならないことがあるんだ」

「なんなの？」

ハリーは、ガクンガクンと数段気分が落ち込むような気がした……ドラゴンより悪いものがあるんだろうか？

「カルカロフだ」

シリウスが言った。

「ハリー、あいつは『死喰い人』だった。それが何か、わかってるね？」

「ええ——えっ？——あの人が？」

「あいつは逮捕された。アズカバンで一緒だった。しかし、あいつは釈放された。ダンブルドアが今年『闇祓い』をホグワーツに置きたかったのは、そのせいだ。絶対まちがいない——あいつを監視するためだ。カルカロフを逮捕したのはムーディだ。そもそもムーディがやつをアズカバンにぶち込んだ」

「カルカロフが釈放された？」

ハリーはよく飲み込めなかった。脳みそが、また一つショックな情報を吸収しようとしてもがいていた。

「どうして釈放したの？」

「魔法省と取引をしたんだ」

シリウスが苦々しげに言った。

「自分が過ちを犯したことを認めると言った。そしてほかの名前を吐いた……自分のかわりにずいぶん多くの者をアズカバンに送った……言うまでもなく、あいつはアズカバンでは嫌われ者だ。そして、出獄してからは、私の知るかぎり、自分の学校に入学する者には全員に『闇の魔術』を教えてきた。だから、ダームストラングの代表選手にも気をつけなさい」

「うん。でも……カルカロフが僕の名前をゴブレットに入れたっていうわけ？　だって、もしカルカロフの仕業なら、あの人、ずいぶん役者だよ。カンカンに怒っていたように見えた。僕が参加するのを阻止しようとした」

ハリーは考えながらゆっくり話した。

「やつは役者だ。それはわかっている」

シリウスが言った。

「何しろ、魔法省に自分を信用させて、釈放させたやつだ。さてと、『日刊予言者新聞』にはずっと注目してきたよ、ハリー――」

「シリウスおじさんもそうだし、世界中がそうだね」ハリーは苦い思いがした。

「――そして、スキーター女史の先月の記事の行間を読むと、ムーディがホグワーツに出発する前の晩に襲われた。いや、あの女が、またから騒ぎだったと書いていることは承知している」

ハリーが何か言いたそうにしたのを見て、シリウスが急いで説明した。

「しかし、私はちがうと思う。誰かが、ムーディがホグワーツに来るのを邪魔しようとしたのだ。ムーディが近くにいると、仕事がやりにくくなるということを知っているヤツがいる。ムーディの件は誰も本気になって追及しないだろう。マッドーアイは、侵入者の物音を聞いたと、あんまりしょっちゅう言いすぎた。しかし、そうだからといってムーディがもう本物を見つけられないというわけではない。ムーディは魔法省始まって以来の優秀な闇祓いだった」

「じゃ……シリウスおじさんの言いたいのは？」

ハリーはそう言いながら考えていた。

「カルカロフが僕を殺そうとしているってこと？　でも――なぜ？」

シリウスは戸惑いを見せた。

「近ごろどうもおかしなことを耳にする」

シリウスも考えながら答えた。

「死喰い人の動きが最近活発になっているらしい。クィディッチ・ワールドカップで正体を現しただろう？　誰かが『闇の印』を打ち上げた……それに――行方不明になっている魔法省の魔女職員のことは聞いているかね？」

「バーサ・ジョーキンズ？」

「そうだ……アルバニアで姿を消した。ヴォルデモートが最後にそこにいたといううわさのある場所ずばりだ……その魔女は、三校対抗試合が行われることを知っていたはずだね？」

「ええ、でも……その魔女がヴォルデモートにばったり出会うなんて、ちょっと考えられないでしょう？」ハリーが言った。

「いいかい。私はバーサ・ジョーキンズを知っていた」

シリウスが深刻な声で言った。

「私と同じ時期にホグワーツにいた。君の父さんや私より二、三年上だ。とにかく愚かな女だった。知りたがり屋で、頭がまったくからっぽ。これは、いい組み合わせじゃない。ハリー、バーサなら、簡単に罠にはまるだろう」

「じゃ……それじゃ、ヴォルデモートが試合のことを知ったかもしれないって？　そういう意味なの？　カルカロフがヴォルデモートの命を受けてここに来たと、そう思うの？」

「わからない」

シリウスは考えながら答えた。

「とにかくわからないが……カルカロフは、ヴォルデモートの力が強大になって、自分を護ってくれると確信しなければ、ヴォルデモートの下に戻るような男ではないだろう。しかし、ゴブレットに君の名前を入れたのが誰であれ、理由があって入れたのだ。それに、試合は、君を襲うには好都合だし、事故に見せかけるにはいい方法だと考えざるをえない」

「僕のいまの状況から考えると、ほんとうにうまい計画みたい」

ハリーが力なく言った。

「自分はのんびり見物しながら、ドラゴンに仕事をやらせておけばいいんだもの」

「そうだ——そのドラゴンだが」シリウスは早口になった。

「ハリー、方法はある。『失神の呪文』を使いたくても、使うな——ドラゴンは強いし、強力な魔力を持っているから、たった一人の呪文でノックアウトできるものではない。半ダースもの魔法使いが束になってかからないと、ドラゴンは抑えられない——」

「うん。わかってる。さっき見たもの」ハリーが言った。

「しかし、それが一人でもできる方法があるのだ。簡単な呪文があればいい。つまり——」

しかし、ハリーは手を上げてシリウスの言葉をさえぎった。心臓が破裂しそうに、急にドキドキしだした。背後の螺旋階段を誰かが下りてくる足音を聞いたのだ。

「行って！」

　ハリーは声を殺してシリウスに言った。

「**行って！**　誰か来る！」

　ハリーは急いで立ち上がり、暖炉の火を体で隠した――ホグワーツの城内で誰かがシリウスの顔を見ようものなら、何もかもひっくり返るような大騒ぎになるだろう――魔法省が乗り込んでくるだろう――ハリーは、シリウスの居場所を問い詰められるだろう――。

　背後で**ポン**と小さな音がした。それで、シリウスがいなくなったのだとわかった――ハリーは螺旋階段の下を見つめていた――午前一時に散歩を決め込むなんて、いったい誰だ？　ドラゴンをうまく出し抜くやり方を、シリウスがハリーに教えるのを邪魔したのは誰なんだ？

　ロンだった。栗色のペーズリー柄のパジャマを着たロンが、部屋の反対側で、ハリーと向き合ってぴたりと立ち止まり、あたりをきょろきょろ見回した。

「誰と話してたんだ？」

　ロンが聞いた。

「君には関係ないだろう？」

　ハリーが唸るように言った。

「こんな夜中に、何しにきたんだ？」

「君がどこに――」

ロンは途中で言葉を切り、肩をすくめた。

「別に。僕、ベッドに戻る」

「ちょっとかぎ回ってやろうと思ったんだろう？」

ハリーがどなった。ロンは、ちょうどどんな場面にでくわしたのか知るはずもないし、わざとやったのではないと、ハリーにはよくわかっていた。しかし、そんなことはどうでもよかった――ハリーは、いまこの瞬間、ロンのすべてが憎らしかった。パジャマの下から数センチはみ出している、むき出しのくるぶしまでが憎たらしかった。

「悪かったね」

ロンは怒りで顔を真っ赤にした。

「君が邪魔されたくないんだってこと、認識しておくべきだったよ。どうぞ、次のインタビューの練習を、お静かにお続けください」

ハリーは、テーブルにあった「**ほんとに汚いぞ、ポッター**」バッジを一つつかむと、力まかせに部屋のむこう側に向かって投げつけた。バッジはロンの額に当たり、跳ね返った。

「そーら」

ハリーが言った。

「火曜日にそれをつけていけよ。うまくいけば、たったいま、君も額に傷痕ができたかもしれない……。傷が欲しかったんだろう？」

ハリーは階段に向かってずんずん歩いた。ロンが引き止めてくれないかと、半ば期待していた。ロンにパンチを食らわされたいとさえ思った。しかし、ロンはつんつるてんのパジャマを着て、ただそこに突っ立っているだけだった。ハリーは、荒々しく寝室に上がり、長いこと目を開けたままベッドに横たわり、怒りに身を任せていた。

ロンがベッドに戻ってくる気配はついになかった。

第二十章　第一の課題

日曜の朝、起きて服を着はじめたものの、ハリーは上の空で、足に靴下をはかせるかわりに帽子をかぶせようとしていたことに気づくまで、しばらくかかった。やっと、体のそれぞれの部分にあてはまる服を身に着け、ハリーは急いでハーマイオニーを探しに部屋を出た。

ハーマイオニーは大広間のグリフィンドール寮のテーブルで、ジニーと一緒に朝食をとっていた。ハリーは、むかむかしてとても食べる気になれず、ハーマイオニーがオートミールの最後のひとさじを飲み込むまで待って、それからハーマイオニーを引っ張って校庭に出た。湖のほうへ二人でまた長い散歩をしながら、ハリーはドラゴンのこと、シリウスの言ったことをすべてハーマイオニーに話して聞かせた。

シリウスがカルカロフを警戒せよと言ったことは、ハーマイオニーを驚かせはしたが、やはり、ドラゴンのほうがより緊急の問題だというのがハーマイオニーの意見だった。

「とにかく、あなたが火曜日の夜も生きているようにしましょう」

ハーマイオニーは必死の面持ちだった。

「それからカルカロフのことを心配すればいいわ」

ドラゴンを抑えつける簡単な呪文とはなんだろうと、いろいろ考えて、二人は湖の周りを三周もしていた。まったく何も思いつかなかった。そこで二人は図書館にこもった。ハリーは、ここで、ドラゴンに関するありとあらゆる本を引っ張り出し、二人で山と積まれた本に取り組みはじめた。

「**鉤爪を切る呪文……くさった鱗の治療**……だめだ。こんなのは、ドラゴンの健康管理をしたがるハグリッドみたいな変わり者用だ……」

「『**ドラゴンを殺すのは極めて難しい。古代の魔法が、ドラゴンの分厚い皮に浸透したことにより、最強の呪文以外は、どんな呪文もその皮を貫くことはできない**』……だけど、シリウスは簡単な呪文が効くって言ったわよね……」

「それじゃ、簡単な呪文集を調べよう」

ハリーは『ドラゴンを愛しすぎる男たち』の本をポイッと放った。

ハリーは呪文集をひと山抱えて机に戻り、本を並べて次々にパラパラとページをめくりはじめた。ハーマイオニーはハリーのすぐ脇で、ひっきりなしにブツブツ言っていた。

「ウーン、『取り替え呪文』があるけど……でも、取り替えてどうにかなるの？　牙のかわりにマシュマロか何かに取り替えたら、少しは危険でなくなるけど……問題は、さっきの本にも書いてあったように、ドラゴンの皮を貫くものがほとんどないってことなのよ……変身させてみたらどうかしら。でも、あんなに大きいと、あんまり望みないわね。マクゴナガル先生でさえだめかも……もっとも、**自分自身に**呪文をかけるっていう手があるじゃない？　自分にもっと力を与えるのはどう？　だけど、**そういうのは**簡単な呪文じゃないわね。つまり、まだそういうのは授業で一つも習ってないもの。私はＯ・Ｗ・Ｌの模擬試験をやってみたから、そういうのがあるって知ってるだけ……」

「ハーマイオニー」ハリーは歯を食いしばって言った。

「ちょっとだまっててくれない？　僕、集中したいんだ」

しかし、いざハーマイオニーが静かになってみれば、ハリーの頭の中は真っ白になり、ブンブンという音で埋まってしまい、集中するどころではなかった。ハリーは救いようのない気持ちで、本の索引をたどっていた。

「『忙しいビジネス魔ンのための簡単な呪文――即席頭の皮はぎ』……でもドラゴンは髪の毛がないよ……**胡椒入りの息**……これじゃ、ドラゴンの吐く火が強くなっちゃう……**角のある舌**……ばっちりだ。これじゃ敵にもう一つ武器を与えてしまうじゃないか……」

「ああ、いやだ。**また**あの人だわ。どうして自分のボロ船で読書しないのかしら？」

ハーマイオニーがいらいらした。ビクトール・クラムが入ってくるところだった。いつもの前かがみで、むっつりと二人を見て、本の山と一緒に遠くの隅に座った。

「行きましょうよ、ハリー。談話室に戻るわ……。あの人のファンクラブがすぐ来るわ。ピーチクパーチクって……」

そして、そのとおり、二人が図書館を出るとき、女子学生の一団が、忍び足で入ってきた。中の一人は、ブルガリアのスカーフを腰に巻きつけていた。

ハリーはその夜、ほとんど眠れなかった。月曜の朝目覚めたとき、ハリーは初めて真剣にホグワーツから逃げ出すことを考えた。しかし、朝食のときに大広間を見回して、ホグワーツ城を去るということが何を意味するかを考えたとき、ハリーはやはりそれはできないと思った。ハリーがいままでに幸せだと感じたのは、ここしかない……そう、両親と一緒だったときも、きっと幸せだったろう。しかし、ハリーはそれを覚えていない。

ここにいてドラゴンに立ち向かうほうが、ダドリーと一緒のプリベット通りに戻るよりはましだ。それがはっきりしただけで、ハリーは少し落ち着いた。無理やりベーコンを飲み込み（ハリーののどは、あまりうまく機能していなかった）、ハリーとハーマイオニーが立ち上がると、ちょうどセドリック・ディゴリーもハッフルパフのテーブルを立つところだった。

セドリックはまだドラゴンのことを知らない……マダム・マクシームとカルカロフが、ハリーの考えるとおり、フラーとクラムに話をしていたとすれば、代表選手の中でただ一人知らないのだ。

セドリックが大広間を出ていくところを見ていて、ハリーの気持ちは決まった。

「ハーマイオニー、温室で会おう。先に行って。すぐ追いつくから」ハリーが言った。

「ハリー、遅れるわよ。もうすぐベルが鳴るのに――」

「追いつくよ。オッケー？」

ハリーが大理石の階段の下に来たとき、セドリックは階段の上にいた。六年生の友達が大勢一緒だった。ハリーはその生徒たちの前でセドリックに話をしたくなかった。みんな、ハリーが近づくといつも、リータ・スキーターの記事を持ち出す連中だった。ハリーは間をあけてセドリックのあとをつけた。すると、セドリックが「呪文学」の教室への廊下に向かっていることがわかった。そこで、ハリーはひらめいた。一団から離れた所で、ハリーは杖を取り出し、しっかりねらいを定めた。

「ディフィンド！　裂けよ！」

セドリックの鞄が裂けた。羊皮紙やら、羽根ペン、教科書がバラバラと床に落ち、インク瓶がいくつか割れた。

「かまわないで」

友人がかがみ込んで手伝おうとしたが、セドリックは、まいったなという声で言った。

「フリットウィックに、すぐ行くって伝えてくれ。さあ行って……」

ハリーの思うつぼだった。杖をローブにしまい、ハリーはセドリックの友達が教室へと消えるのを待った。そして、二人しかいなくなった廊下を、急いでセドリックに近づいた。

「やあ」

インクまみれになった『上級変身術』の教科書を拾い上げながら、セドリックが挨拶した。

「僕の鞄、たったいま、破れちゃって……まだ新品なんだけど……」

「セドリック、第一の課題はドラゴンだ」

「えっ？」セドリックが目を上げた。

「ドラゴンだよ」

ハリーは早口でしゃべった。フリットウィック先生がセドリックはどうしたかと見に出てきたら困る。

「四頭だ。一人に一頭。僕たち、ドラゴンを出し抜かないといけない」

セドリックはまじまじとハリーを見た。ハリーが土曜日の夜以来感じてきた恐怖感が、いまセドリックのグレーの目にちらついているのを、ハリーは見た。

「確かかい？」セドリックが声をひそめて聞いた。

「絶対だ。僕、見たんだ」ハリーが答えた。

「しかし、君、どうしてわかったんだ？　僕たち知らないことになっているのに……」

「気にしないで」

ハリーは急いで言った――ほんとうのことを話したら、ハグリッドが困ったことになるとわかっていた。

「だけど、知ってるのは僕だけじゃない。フラーもクラムも、もう知っているはずだ――マダム・マクシームとカルカロフの二人も、ドラゴンを見た」

セドリックはインクまみれの羽根ペンや、羊皮紙、教科書を腕いっぱいに抱えて、すっと立った。破れた鞄が肩からぶら下がっている。セドリックはハリーをじっと見つめた。当惑したような、ほとんど疑っているような目つきだった。

「どうして、僕に教えてくれるんだい？」セドリックが聞いた。

ハリーは信じられない気持ちでセドリックを見た。セドリックだって自分の目であのドラゴンを見ていたなら、絶対にそんな質問はしないだろうに。最悪の敵にだって、ハリーはなんの準備もなくあんな怪物に立ち向かわせたりはしない――まあ、マルフォイやスネイプならどうかわからないが……。

「だって……それがフェアじゃないか？」

ハリーは答えた。

「もう僕たち全員が知ってる……これで足並みがそろったんじゃない？」

セドリックはまだ少し疑わしげにハリーを見つめていた。その時、聞き慣れたコツッ、コツッという音がハリーの背後から聞こえた。振り向くと、マッド-アイ・ムーディが近くの教室から出てくる姿が目に入った。

「ポッター、一緒に来い」

ムーディが唸るような声で言った。

「ディゴリー、もう行け」

ハリーは不安げにムーディを見た。二人の会話を聞いたのだろうか？

「あの――先生。僕、『薬草学』の授業が――」

「かまわん、ポッター。わしの部屋に来てくれ……」

ハリーは、今度は何が起こるのだろうと思いながら、ムーディについていった。ハリーがどうしてドラゴンのことを知ったか、ムーディが問いただしたいのだとしたら？　ムーディはハグリッドのことをダンブルドアに告げ口するのだろうか？　それとも、ハリーをケナガイタチに変えてしまうだけだろうか？　まあ、イタチになったほうが、ドラゴンを出し抜きやすいかもしれないな、とハリーはぼんやり考えた。小さくなったら、十五、六メートルの高さからはずっと見えにくくなるし……。

ハリーはムーディの部屋に入った。ムーディはドアを閉め、向きなおってハリーを見た。「魔法の目」も、普通の目も、ハリーに注がれた。

「いま、おまえのしたことは、ポッター、非常に道徳的な行為だ」ムーディは静かに言った。

ハリーはなんと言ってよいかわからなかった。こういう反応はまったく予期していなかった。

「座りなさい」

ムーディに言われてハリーは座り、あたりを見回した。

この部屋には、これまで二人のちがう先生のときに、何度か来たことがある。ロックハート先生のときは、壁にべたべた貼られた先生自身の写真がニッコリしたり、ウィンクしたりしていた。ルーピンがいたときは、先生がクラスで使うために手に入れた、新しい、なんだかおもしろそうな闇の生物の見本が置いてあったものだった。しかし、いま、この部屋は、とびっきり奇妙なものでいっぱいだった。ムーディが闇祓い時代に使ったものだろうとハリーは思った。

机の上には、ひびの入った大きなガラスの独楽のようなものがあった。それが「かくれん防止器」だとハリーはすぐにわかった。ムーディのよりはずっと小さいが、ハリーも一つ持っていたからだ。隅っこの小さいテーブルには、ことさらにくねくねした金色のテレビアンテナのようなものが立っている。かすかにブーンと唸りを上げていた。ハリーのむかい側の壁にかかった鏡のようなものは、部屋を映してはいない。影のようなぼんやりした姿が、中でうごめいていた。どの姿もぼやけている。

「わしの『闇検知器』が気に入ったか？」

ハリーを観察していたムーディが聞いた。

「あれはなんですか？」

ハリーは金色のくねくねアンテナを指差した。

「秘密発見器だ。何か隠しているものや、うそを探知すると振動する……ここでは、もちろん、干渉波が多すぎて役に立たない——生徒たちが四方八方でうそをついている。なぜ宿題をやってこなかったかとかだがな。ここに来てからというもの、ずっと唸りっぱなしだ。かくれん防止器も止めておかないといけなくなった。ずっと警報を鳴らし続けるのでな。こいつは特別に感度がよく、半径二キロの事象を拾う。もちろん、子供のガセネタばかりを拾っているわけではないはずだが」

ムーディは唸るように最後の言葉をつけ足した。

「それじゃ、あの鏡はなんのために？」

「ああ、あれは、わしの『敵鏡』だ。こそこそ歩き回っているのが見えるか？　やつらの白目が見えるほどに接近してこないうちは、安泰だ。見えたときには、わしのトランクを開くときだ」

ムーディは短く乾いた笑いをもらし、窓の下に置いた大きなトランクを指差した。七つの鍵穴が一列に並んでいる。いったい何が入っているのかと考えていると、ムーディが問いかけてきたので、ハリーは突然現実に引き戻された。

「すると……ドラゴンのことを知ってしまったのだな？」

　ハリーは言葉に詰まった。これを恐れていた――しかし、ハリーはセドリックにも言わなかったし、ムーディにもけっして言わないつもりだ。ハグリッドが規則を破ったなどと言うものか。

「大丈夫だ」

　ムーディは腰を下ろして、木製の義足を伸ばし、うめいた。

「カンニングは三校対抗試合の伝統で、昔からあった」

「僕、カンニングしてません」

　ハリーはきっぱり言った。

「ただ――偶然知ってしまったんです」

　ムーディはニヤリとした。

「お若いの、わしは責めているわけではない。はじめからダンブルドアに言ってある。ダンブルドアはあくまでも高潔にしていればよいが、あのカルカロフやマクシームは、けっしてそういうわけにはいくまいとな。連中は、自分たちが知るかぎりのすべてを、代表選手にもらすだろう。連中は勝ちたい。ダンブルドアを負かしたい。ダンブルドアも普通のヒトだと証明してみせたいのだ」

　ムーディはまた乾いた笑い声を上げ、「魔法の目」がぐるぐる回った。あまりに速く回るので、ハリーは見ていて気分が悪くなってきた。

「それで……どうやってドラゴンを出し抜くか、何か考えはあるのか？」ムーディが聞いた。

「いえ」ハリーが答えた。

「フム。わしは教えんぞ」

ムーディがぶっきらぼうに言った。

「わしは、ひいきはせん。わしはな。おまえにいくつか、一般的なよいアドバイスをするだけだ。その第一は——**自分の強みを生かす試合をしろ**」

「僕、なんにも強みなんてない」ハリーは思わず口走った。

「なんと」ムーディが唸った。「おまえには強みがある。わしがあると言ったらある。考えろ。おまえが得意なのはなんだ？」

ハリーは気持ちを集中させようとした。僕の得意なものは**なんだっけ？**　ああ、簡単じゃないか、まったく——。

「クィディッチ」ハリーはのろのろと答えた。「それがどんな役に立つって——」

「そのとおり」

ムーディはハリーをじっと見すえた。「魔法の目」がほとんど動かなかった。

「おまえは相当の飛び手だと、そう聞いた」

「うーん、でも……」ハリーも見つめ返した。

「箒は許可されていません。杖しか持てないし――」

「二番目の一般的なアドバイスは」

ムーディはハリーの言葉をさえぎり、大声で言った。

「効果的で簡単な呪文を使い、**自分に必要なものを手に入れる**」

ハリーはキョトンとしてムーディを見た。自分に必要なものってなんだろう？

「さあさあ、いい子だ……」ムーディがささやいた。

「二つを結びつけろ……そんなに難しいことではない……」

ついに、ひらめいた。ハリーが得意なのは飛ぶことだ。ドラゴンを空中で出し抜く必要がある。それには、ファイアボルトが必要だ。そして、そのファイアボルトのために必要なのは――。

「ハーマイオニー」

十分後、第三温室に到着したハリーは、スプラウト先生のそばを通り過ぎるときに急いで謝り、ハーマイオニーに小声で呼びかけた。

「ハーマイオニー――助けてほしいんだ」

「ハリーったら、私、これまでだってそうしてきたでしょう？」

ハーマイオニーも小声で答えた。剪定中のブルブル震える「蝶々潅木」の上から顔をのぞかせたハーマイオニーは、心配そうに目を大きく見開いていた。

「ハーマイオニー、『呼び寄せ呪文』をあしたの午後までにちゃんと覚える必要があるんだ」

そして、二人は練習を始めた。昼食を抜いて、空いている教室に行き、ハリーは全力を振りしぼり、いろいろなものを教室のむこうから自分のほうへと飛ばせてみた。まだうまくいかなかった。本や羽根ペンが、部屋を飛ぶ途中で腰砕けになり、石が落ちるように床に落ちた。

「集中して、ハリー、**集中して……**」

「これでも集中してるんだ」

ハリーは腹が立った。

「なぜだか、頭の中に恐ろしい大ドラゴンがポンポン飛び出してくるんだ……よーし、もう一回……」

ハリーは「占い学」をサボって練習を続けたかったが、ハーマイオニーは「数占い」の授業を欠席することをきっぱり断った。ハーマイオニーなしで続けても意味がない。そこでハリーは、一時間以上、トレローニー先生の授業にたえなければならなかった。授業の半分は火星と土星のいま現在の位置関係が持つ意味の説明に費やされた。七月生まれの者が、突然痛々しい死を迎える危険性がある位置だという。

「ああ、そりゃいいや」

とうとうかんしゃくを抑えきれなくなって、ハリーが大声で言った。

「長引かないほうがいいや。僕、苦しみたくないから」

ロンが一瞬噴き出しそうな顔をした。ここ何日ぶりかで、ロンは確かにハリーの目を見た。しかし、ロンに対する怒りがまだ収まらないハリーは、それに反応する気にならなかった。それから授業が終わるまで、ハリーはテーブルの下で杖を使い、小さなものを呼び寄せる練習をした。ハエを一匹、自分の手の中に飛び込ませることに成功したが、自分の「呼び寄せ呪文」の威力なのかどうか自信がなかった――もしかしたら、ハエがバカだっただけなのかもしれない。

「占い学」のあと、ハリーは無理やり夕食を少しだけ飲み込み、先生たちに会わないように透明マントを使って、ハーマイオニーと一緒に空いた教室に戻った。

練習は真夜中すぎまで続いた。ピーブズが現れなかったら、もっと長くやれたかもしれない。ピーブズは、ハリーが物を投げつけてほしいのだと思ったというふりをして、部屋のむこうからハリーに椅子を投げつけはじめた。物音でフィルチがやってこないうちに、二人は急いで教室を出て、グリフィンドールの談話室に戻ってきた。ありがたいことに、そこにはもう誰もいなかった。

午前二時、ハリーは山のようにいろいろなものに囲まれ、暖炉のそばに立っていた――本、羽根ペン、逆さまになった椅子が数脚、古いゴブストーン・ゲーム一式、それにネビルのヒキガエル、トレバーもいた。最後の一時間で、ハリーはやっと「呼び寄せ呪文」のコツをつかんだ。

「よくなったわ、ハリー。ずいぶんよくなった」

ハーマイオニーはつかれきった顔で、しかしとてもうれしそうに言った。

「うん、これからは僕が呪文をうまく使えなかったときに、どうすればいいのかわかったよ」

ハリーはそう言いながらルーン文字の辞書をハーマイオニーに投げ返し、もう一度練習することにした。

「ドラゴンが来るって、僕を脅せばいいのさ。それじゃ、やるよ……」

ハリーはもう一度杖を上げた。

「アクシオ！　辞書よ来い！」

重たい辞書がハーマイオニーの手を離れて浮き上がり、部屋を横切ってハリーの手に収まった。

「ハリー、あなた、できたわよ。ほんと！」ハーマイオニーは大喜びだった。

「あしたうまくいけば、だけど」ハリーが言った。

「ファイアボルトはここにあるものよりずっと遠い所にあるんだ。城の中に。僕は外で、競技場にいる……」

「関係ないわ」ハーマイオニーがきっぱり言った。

「ほんとに、ほんとうに集中すれば、ファイアボルトは飛んでくるわ。ハリー、私たち、少しは寝たほうがいい……あなた、睡眠が必要よ」

ハリーはその夜、「呼び寄せ呪文」を習得するのに全神経を集中していたので、言い知れない恐怖感も少しは忘れていた。翌朝にはそれがそっくり戻ってきた。学校中の空気が緊張と興奮で張りつめていた。授業は半日で終わり、生徒がドラゴンの囲い地に出かける準備の時間が与えられた——もちろん、みんなは、そこに何があるのかを知らなかった。

ハリーは周りのみんなから切り離されているような奇妙な感じがした。がんばれと応援していようが、すれちがいざま**「ティッシュひと箱用意してあるぜ、ポッター」**と憎まれ口をたたこうが、同じことだった。神経が極度にたかぶっていた。ドラゴンの前に引き出されたら、理性など吹き飛んで、誰かれ見境なく呪いをかけはじめるのではないかと思った。

時間もこれまでになくおかしな動き方をした。ボタッボタッと大きな塊になって時が飛び去り、ある瞬間には一時間目の「魔法史」で机の前に腰かけたかと思えば、次の瞬間は昼食に向かっていた……そして（いったい午前中はどこに行ったんだ？　ドラゴンなしの最後の時間はどこに？）、マクゴナガル先生が大広間にいるハリーの所へ急いでやってきた。大勢の生徒がハリーを見つめている。

「ポッター、代表選手は、すぐ競技場に行かないとなりません……第一の課題の準備をするのです」

「わかりました」

立ち上がると、ハリーのフォークがカチャリと皿に落ちた。

「がんばって！　ハリー！」

ハーマイオニーがささやいた。

「きっと大丈夫！」

「うん」ハリーの声は、いつもの自分の声とまるでちがっていた。

ハリーはマクゴナガル先生と一緒に大広間を出た。先生もいつもの先生らしくない。事実、ハーマイオニーと同じくらい心配そうな顔をしていた。石段を下りて十一月の午後の寒さの中に出てきたとき、先生はハリーの肩に手を置いた。

「さあ、落ち着いて」先生が言った。

「冷静さを保ちなさい……手に負えなくなれば、事態を収める魔法使いたちが待機しています。……大切なのは、ベストを尽くすことです。そうすれば、誰もあなたのことを悪く思ったりはしません……大丈夫ですか？」

「はい」

ハリーは自分がそう言うのを聞いた。

「はい、大丈夫です」

マクゴナガル先生は、禁じられた森の縁を回り、ハリーをドラゴンのいる場所へと連れていった。しかし、囲い地の手前の木立に近づき、はっきり囲い地が見える所まで来たとき、ハリーはそこにテントが張られているのに気づいた。テントの入口がこちら側を向いていて、ドラゴンはテントで隠されていた。

「ここに入って、ほかの代表選手たちと一緒にいなさい」

マクゴナガル先生の声がやや震えていた。

「そして、ポッター、あなたの番を待つのです。バグマン氏が中にいます……バグマン氏が説明します――手続きを……。がんばりなさい」

「ありがとうございます」

ハリーはどこか遠くで声がするような、抑揚のない言い方をした。先生はハリーをテントの入口に残して去った。ハリーは中に入った。

フラー・デラクールが片隅の低い木の椅子に座っていた。いつもの落ち着きはなく、青ざめて冷や汗をかいていた。ビクトール・クラムはいつもよりさらにむっつりしていた。これがクラムなりの不安の表し方なのだろうと、ハリーは思った。セドリックは往ったり来たりをくり返していた。ハリーが入っていくと、セドリックはちょっとほほえんだ。ハリーもほほえみ返した。まるでほほえみ方を忘れてしまったかのように、顔の筋肉がこわばっているのを感じた。

「ハリー！　よーし、よし！」

バグマンがハリーのほうを振り向いて、うれしそうに言った。

「さあ、入った、入った。楽にしたまえ！」

青ざめた代表選手たちの中に立っているバグマンは、なぜか、大げさな漫画のキャラクターのような姿に見えた。今日もまた、昔のチーム、ワスプスのユニフォームを着ていた。

「さて、もう全員集合したな――話して聞かせる時が来た！」

バグマンが陽気に言った。

「観衆が集まったら、私から諸君一人一人にこの袋を渡し」――バグマンは紫の絹でできた小さな袋を、みんなの前で振って見せた――「その中から、諸君はこれから直面するものの小さな模型を選び取る！　さまざまな――エー――ちがいがある。それから、何かもっと諸君に言うことがあったな……ああ、そうだ……諸君の課題は、**金の卵を取ることだ！**」

ハリーはちらりとみんなを見た。セドリックは一回うなずいて、バグマンの言ったことがわかったことを示した。それから、再びテントの中を往ったり来たりしはじめた。少し青ざめて見えた。フラー・デラクールとクラムは、まったく反応しなかった。口を開けば吐いてしまうと思ったのだろうか。確かに、ハリーはそんな気分だった。しかし、少なくとも、ほかのみんなは、自分から名乗り出たんだ……。

それからすぐ、何百、何千もの足音がテントのそばを通り過ぎるのが聞こえた。足音の主たちは興奮して笑いさざめき、冗談を言い合っている……。ハリーはその群れが、自分とは人種がちがうかのような感じがした。そして——ハリーにはわずか一秒しかたっていないように感じられたが——バグマンが紫の絹の袋の口を開けた。

「レディ・ファーストだ」

バグマンは、フラー・デラクールに袋を差し出した。

フラーは震える手を袋に入れ、精巧なドラゴンのミニチュア模型を取り出した——ウェールズ・グリーン種だ。首の周りに「2」の数字をつけている。フラーがまったく驚いたそぶりもなく、かえって決然と受け入れた様子から、ハリーは、やっぱりマダム・マクシームが、これから起こることをすでにフラーに教えていたのだとわかった。

クラムについても同じだった。クラムは真っ赤な中国火の玉種を引き出した。首に「3」がついている。クラムは瞬き一つせず、ただ地面を見つめていた。

セドリックが袋に手を入れ、首に「1」の札をつけた、青みがかったグレーのスウェーデン・ショート－スナウト種を取り出した。残りが何か知ってはいたが、ハリーは絹の袋に手を入れた。出てきたのは、ハンガリー・ホーンテール、「4」の番号だった。ハリーが見下ろすと、ミニチュアは両翼を広げ、ちっちゃな牙をむいた。

「さあ、これでよし！」バグマンが言った。

「諸君は、それぞれが出会うドラゴンを引き出した。番号はドラゴンと対決する順番だ。いいかな？　さて、私はまもなく行かなければならん。解説者なんでね。ディゴリー君、君が一番だ。ホイッスルが聞こえたら、まっすぐ囲い地に行きたまえ。いいね？　さてと……ハリー……ちょっと話があるんだが、いいかね？　外で？」

「えーと……はい」

ハリーは何も考えられなかった。立ち上がり、バグマンと一緒にテントの外に出た。バグマンはちょっと離れた木立へと誘い、父親のような表情を浮かべてハリーを見た。

「気分はどうだね、ハリー？　何か私にできることはないか？」

「えっ？　僕――いいえ、何も」

「作戦はあるのか？」

バグマンが、共犯者同士でもあるかのように声をひそめた。

「なんなら、その、少しヒントをあげてもいいんだよ。いや、なに」

バグマンはさらに声をひそめた。

「ハリー、君は、不利な立場にある……何か私が役に立てば……」

「いいえ」

ハリーは即座に言ったが、それではあまりに失礼に聞こえると気づき、言いなおした。

「いいえ――僕、どうするか、もう決めています。ありがとうございます」

「ハリー、誰にも**バレやしないよ**」バグマンはウィンクした。

「いいえ、僕、大丈夫です」

言葉とはうらはらに、ハリーは、どうして僕はみんなに、「大丈夫だ」と言ってばかりいるんだろうといぶかった――こんなに「大丈夫じゃない」ことが、これまでにあっただろうか。

「作戦は練ってあります。僕――」

どこかでホイッスルが鳴った。

「こりゃ大変。急いで行かなきゃ」バグマンはあわてて駆けだした。

ハリーはテントに戻った。セドリックがこれまでよりも青ざめて中から出てきた。ハリーはすれちがいながら、がんばってと言いたかった。しかし、口をついて出てきたのは、言葉にならないかすれた音だった。

ハリーはフラーとクラムのいるテントに戻った。数秒後に大歓声が聞こえた。セドリックが囲い地に入り、あの模型の生きた本物版と向き合っているのだ……。

そこに座って、ただ聞いているだけなのは、ハリーが想像したよりずっとひどかった。セドリックがスウェーデン・ショートースナウトを出し抜こうと、いったい何をやっているのかはわからないが、観客は、まるで全員の頭が一つの体につながっているかのように、いっせいに悲鳴を上げ……叫び……息をのんでいた。クラムはまだ地面を見つめたままだ。今度はフラーがセドリックの足跡をたどるように、テントの中をぐるぐる歩き回っていた。バグマンの解説が、ますます不安感をあおった……聞いていると、ハリーの頭に恐ろしいイメージが浮かんでくる。「おぉぉう、危なかった、危機一髪」……「これは危険な賭けに出ました。これは！」……「**うまい**動きです――残念、だめか！」

そして、かれこれ十五分もたったころ、ハリーは耳をつんざく大歓声を聞いた。まちがいなく、セドリックがドラゴンを出し抜いて、金の卵を取ったのだ。

「ほんとうによくやりました！」バグマンが叫んでいる。

「さて、審査員の点数です！」

しかし、バグマンは点数を大声で読み上げはしなかった。審査員が点数を掲げて、観衆に見せているのだろうと、ハリーは想像した。

「一人が終わって、あと三人！」ホイッスルがまた鳴り、バグマンが叫んだ。

「ミス・デラクール。どうぞ！」

フラーは頭のてっぺんからつま先まで震えていた。ハリーはいままでよりフラーに対して親しみを感じながら、フラーが頭をしゃんと上げ、杖をしっかりつかんでテントから出ていくのを見送った。ハリーはクラムと二人取り残され、テントの両端で互いに目を合わせないように座っていた。

同じことが始まった……「おー、これはどうもよくない！」バグマンの興奮した陽気な叫び声が聞こえてきた。「おー……危うく！　さあ慎重に……ああ、なんと、今度こそやられてしまったかと思ったのですが！」

それから十分後、ハリーはまた観衆の拍手が爆発するのを聞いた。フラーも成功したにちがいない。フラーの点数が示されている間の、一瞬の静寂……また拍手……そして、三度目のホイッスル。

「そして、いよいよ登場。ミスター・クラム！」

バグマンが叫び、クラムが前かがみに出ていったあと、ハリーはほんとうにひとりぼっちになった。

ハリーはいつもより自分の体を意識していた。心臓の鼓動が速くなるのを、指が恐怖にピリピリするのを、ハリーははっきり意識した……しかし、同時に、ハリーは自分の体を抜け出したかのように、まるで遠く離れた所にいるかのように、テントの壁を目にし、観衆の声を耳にしていた……。

「なんと大胆な！」

バグマンが叫び、中国火の玉種がギャーッと恐ろしい唸りをあげるのを、ハリーは聞いた。観衆が、いっせいに息をのんだ。

「いい度胸を見せました――そして――やった。卵を取りました！」

拍手喝采が、張りつめた冬の空気を、ガラスを割るように粉々に砕いた。クラムが終わったのだ――いまにも、ハリーの番が来る。

ハリーは立ち上がった。ぼんやりと、自分の足がマシュマロでできているかのような感じがした。ハリーは待った。そして、ホイッスルが聞こえた。ハリーはテントから出た。恐怖感が体の中でずんずん高まってくる。そして、いま、木立を過ぎ、ハリーは囲い地の柵の切れ目から中に入った。

目の前のすべてが、まるで色鮮やかな夢のように見えた。何百何千という顔がスタンドからハリーを見下ろしている。前にハリーがここに立ったときにはなかったスタンドが、魔法で作り出されていた。そして、ホーンテールがいた。囲い地のむこう端に、ひと胎の卵をしっかり抱えて伏せている。両翼を半分開き、邪悪な黄色い目でハリーをにらみ、うろこに覆われた黒いトカゲのような怪物は、とげだらけの尾を地面に激しく打ちつけ、硬い地面に、幅一メートルもの溝をけずり込んでいた。観衆は大騒ぎしていた。それが友好的な騒ぎかどうかなど、ハリーは知りもしなければ気にもしなかった。いまこそ、やるべきことをやるのだ……気持ちを集中させろ、全神経を完全に、たった一つの望みの綱に。

ハリーは杖を上げた。

「アクシオ！　ファイアボルト！」

ハリーが叫んだ。

ハリーは待った。神経の一本一本が、望み、祈った……もしうまくいかなかったら……もしファイアボルトが来なかったら……周りのものすべてが、蜃気楼のように、ゆらめく透明な壁を通して見えるような気がした。囲い地も何百という顔も、ハリーの周りで奇妙にゆらゆらしている……。

その時、ハリーは聞いた。背後の空気を貫いて疾走してくる音を。振り返ると、ファイアボルトが森の端からハリーのほうへ、ビュンビュン飛んでくるのが見えた。そして、囲い地に飛び込み、ハリーの脇でぴたりと止まり、宙に浮いたままハリーが乗るのを待った。観衆の騒音が一段と高まった……バグマンが何か叫んでいる……しかしハリーの耳はもはや正常に働いてはいなかった……聞くなんてことは重要じゃない……。

ハリーは片足をサッと上げて箒にまたがり、地面を蹴った。そして次の瞬間、奇跡とも思える何かが起こった……。

飛翔したとき、風が髪をなびかせたとき、ずっと下で観衆の顔が肌色の点になり、ホーンテールが犬ほどの大きさに縮んだとき、ハリーは気づいた。地面を離れただけでなく、恐怖からも離れたのだと……ハリーは自分の世界に戻ったのだ……。

クィディッチの試合と同じだ。それだけなんだ……またクィディッチの試合をしているだけなんだ。ホーンテールは醜悪な敵のチームじゃないか……。

ハリーは抱え込まれた卵を見下ろし、金の卵を見つけた。ほかのセメント色の卵にまじって光を放ち、ドラゴンの前脚の間に安全に収まっている。

「オーケー」ハリーは自分に声をかけた。「陽動作戦だ……行くぞ……」

ハリーは急降下した。ホーンテールの首がハリーを追った。ドラゴンの次の動きを読んでいたハリーは、それより一瞬早く上昇に転じた。そのまま突き進んでいたなら直撃されていたにちがいない場所めがけて火炎が噴射された……しかし、ハリーは気にもしなかった……ブラッジャーをさけるのとおんなじだ……。

「いやあ、たまげた。なんたる飛びっぷりだ！」

バグマンが叫んだ。観衆は声をしぼり、息をのんだ。

「クラム君、見てるかね？」

ハリーは高く舞い上がり、弧を描いた。ホーンテールはまだハリーの動きを追っている。長い首を伸ばし、その上で頭がぐるぐる回っている――このまま続ければ、うまい具合に目を回すかもしれない――しかし、あまり長くは続けないほうがいい。さもないと、ホーンテールがまた火を吐くかもしれない――。

ハリーは、ホーンテールが口を開けたとたんに急降下した。しかし、今度はいまひとつツキがなかった――炎はかわしたが、かわりに尾が鞭のように飛んできて、ハリーをねらった。ハリーが左にそれて尾をかわしたとき、長いとげが一本、ハリーの肩をかすめ、ローブを引き裂いた――。

ハリーは傷がずきずきするのを感じ、観衆が叫んだりうめいたりするのを聞いた。しかし傷はそれほど深くなさそうだ。……今度はホーンテールの背後に回り込んだ。その時、これなら可能性がある、と、あることを思いついた……。

ホーンテールは飛び立とうとはしなかった。卵を守る気持ちのほうが強かったのだ。身をよじり、翼を閉じたり広げたりしながら、恐ろしげな黄色い目でハリーを見張り続けていたが、卵からあまり遠くに離れるのが心配なのだ……しかし、なんとかしてホーンテールが離れるようにしなければ、ハリーは絶対に卵に近づけない……慎重に、徐々にやるのがコツだ……。

ハリーはあちらへひらり、こちらへひらり、ホーンテールがハリーを追い払おうとして炎を吐いたりすることがないように、一定の距離をとり、しかも、ハリーから目をそらさないように、充分に脅しをかけられる近さを保って飛んだ。ホーンテールは首をあちらへゆらり、こちらへゆらりと振り、縦長に切れ込んだ瞳でハリーをにらみ、牙をむいた……。

ハリーはより高く飛んだ。ホーンテールの首がハリーを追って伸びた。いまや伸ばせるだけ伸ばし、首をゆらゆらさせている。蛇使いの前の蛇のように……。

ハリーはさらに一メートルほど高度を上げた。ホーンテールはいらいらと唸り声を上げた。ホーンテールにとって、ハリーはハエのようなものだ。バシッとたたき落としたいハエだ。しっぽがまたバシリと鞭のように動いた。が、ハリーはいまや届かない高みにいる。……ホーンテールは炎を噴き上げた。ハリーがかわした……ホーンテールのあごがガッと開いた……。

「さあ来い」

ハリーは歯を食いしばった。じらすようにホーンテールの頭上をくねって飛んだ。

「ほーら、ほら、捕まえてみろ……立ち上がれ。そら……」

その時、ホーンテールが後脚で立った。ついに広げきった巨大な黒なめし革のような両翼は、小型飛行機ほどもある――ハリーは急降下した。ドラゴンが、ハリーがいったい何をしたのか、どこに消えたのかに気づく前に、ハリーは全速力で突っ込んだ。鉤爪のある前脚が離れ、無防備になった卵めがけて一直線に――ファイアボルトから両手を離した――ハリーは金の卵をつかんだ――。

猛烈なスパートをかけ、ハリーはその場を離れた。スタンドのはるか上空へ、ずしりと重たい卵を、けがしなかったほうの腕にしっかり抱え、ハリーは空高く舞い上がった。まるで誰かがボリュームを元に戻したかのように――初めて、ハリーは大観衆の騒音を確かにとらえた。観衆が声をかぎりに叫び、拍手喝采している。ワールドカップのアイルランドのサポーターのように――。

「やった！」バグマンが叫んでいる。

「やりました！　最年少の代表選手が、最短時間で卵を取りました。これでポッター君の優勝の確率が高くなるでしょう！」

ドラゴン使いが、ホーンテールを静めるのに急いで駆け寄るのが見えた。そして囲い地の入口に、急ぎ足でハリーを迎えにくるマクゴナガル先生、ムーディ先生、ハグリッドの姿が見えた。みんながハリーに向かって、こっちへ来いと手招きしている。遠くからでもはっきりとみんなの笑顔が見えた。鼓膜が痛いほどの大歓声の中、ハリーはスタンドへと飛び戻り、鮮やかに着地した。何週間ぶりかの爽快さ……最初の課題をクリアした。僕は生き残った……。

「すばらしかったです。ポッター！」

ファイアボルトを降りたハリーに、マクゴナガル先生が叫んだ――マクゴナガル先生としては、最高級のほめ言葉だ。ハリーの肩を指差したマクゴナガル先生の手が震えているのに、ハリーは気がついた。

「審査員が点数を発表する前に、マダム・ポンフリーに見てもらう必要があります……さあ、あちらへ。もうディゴリーも手当てを受けています……」

「やっつけたな、ハリー！」

ハグリッドの声がかすれていた。

「おまえはやっつけたんだ！　しかも、あのホーンテールを相手にだぞ。チャーリーが言ったろうが。あいつが一番ひどい――」

「ありがとう。ハグリッド」

ハリーは声を張り上げた。ハグリッドがハリーに前もってドラゴンを見せたなど、うっかりバラさないようにだ。

ムーディ先生もとてもうれしそうだった。「魔法の目」が、眼窩の中で踊っていた。

「簡単でうまい作戦だ、ポッター」唸るようにムーディが言った。

「よろしい。それではポッター、救急テントに、早く……」マクゴナガル先生が言った。

まだハァハァ息をはずませながら、囲い地から出たハリーは、二番目のテントの入口で心配そうに立っているマダム・ポンフリーの姿を見た。

「ドラゴンなんて！」

ハリーをテントに引き入れながら、マダム・ポンフリーが苦りきったように言った。テントは小部屋に分かれていて、キャンバス地を通して、セドリックだとわかる影が見えた。セドリックのけがはたいしたことはなさそうだった。少なくとも、上半身を起こしていた。マダム・ポンフリーはハリーの肩を診察しながら、怒ったようにしゃべり続けた。

「去年は吸魂鬼、今年はドラゴン、次は何を学校に持ち込むことやら？　あなたは運がよかったわ……傷は浅いほうです。……でも、治す前に消毒が必要だわ……」

マダム・ポンフリーは、傷口を何やら紫色の液体で消毒した。煙が出て、ピリピリしみた。マダム・ポンフリーが杖でハリーの肩を軽くたたくと、ハリーは、傷がたちまち癒えるのを感じた。

「さあ、しばらくじっと座っていなさい——**お座りなさい！**　そのあとで点数を見にいってよろしい」

マダム・ポンフリーはあわただしくテントを出ていったが、隣の部屋に行って話をするのが聞こえてきた。

「気分はどう？　ディゴリー？」

ハリーはじっと座っていたくなかった。まだアドレナリンではちきれそうだった。立ち上がり、外で何が起こっているのか見ようとしたが、テントの出口にもたどり着かないうちに、誰か二人が飛び込んできた――ハーマイオニーと、すぐ後ろにロンだった。

「ハリー、あなた、すばらしかったわ！」

ハーマイオニーが上ずった声で言った。顔に爪の跡がついている。恐怖でギュッと爪を立てていたのだろう。

「あなたって、すごいわ！　あなたって、ほんとうに！」

しかし、ハリーはロンを見ていた。真っ青な顔で、まるで幽霊のようにハリーを見つめている。

「ハリー」ロンが深刻な口調で言った。

「君の名前をゴブレットに入れたやつが誰だったにしろ――僕――僕、やつらが君を殺そうとしてるんだと思う」

この数週間が、溶け去ったかのようだった――まるで、ハリーが代表選手になったその直後にロンに会っているような気がした。

「気がついたってわけかい？」

ハリーは冷たく言った。

「ずいぶん長いことかかったな」

ハーマイオニーが心配そうに二人の間に立って、二人の顔を交互に見ていた。ロンがあいまいに口を開きかけた。ハリーにはロンが謝ろうとしているのがわかった。突然、ハリーは、そんな言葉を聞く必要がないのだと気づいた。

「いいんだ」ロンが何も言わないうちにハリーが言った。「気にするな」

「いや」ロンが言った。「僕、もっと早く――」

「**気にするなって**」ハリーが言った。

ロンがおずおずとハリーに笑いかけた。ハリーも笑い返した。

ハーマイオニーがワッと泣きだした。

「何も泣くことはないじゃないか！」ハリーはおろおろした。

「二人とも、ほんとに**大バカ**なんだから！」

ハーマイオニーは地団駄を踏みながら、ボロボロ涙を流し、叫ぶように言った。それから、二人が止める間もなく、ハーマイオニーは二人を抱きしめ、今度はワンワン泣き声を上げて走り去ってしまった。

「狂ってるよな」

ロンがやれやれと頭を振った。

「ハリー、行こう。君の点数が出るはずだ……」

金の卵とファイアボルトを持ち、一時間前にはとうてい考えられなかったほど意気揚々とした気分で、ハリーはテントをくぐり、外に出た。ロンがすぐ横で早口にまくし立てた。

「君が最高だったさ。誰もかなわない。セドリックはへんてこなことをやったんだ。グラウンドにあった岩を変身させた……犬に……ドラゴンが自分のかわりに犬を追いかけるようにしようとした。うん、変身としてはなかなかかっこよかったし、うまくいったとも言えるな。だって、セドリックは卵を取ったからね。でも火傷しちゃった――ドラゴンが途中で気が変わって、ラブラドールよりセドリックのほうを捕まえようって思ったんだな。セドリックはかろうじて逃れたけど。それから、あのフラーって子は、魅惑呪文みたいなのをかけた。恍惚状態にしようとしたんだろうな――うん、それもまあ、うまくいった。ドラゴンがすっかり眠くなって。だけど、いびきをかいたら、鼻から炎が噴き出して、スカートに火がついてさ――フラーは杖から水を出して消したんだ。それから、クラム――君、信じられないと思うよ。クラムったら、飛ぶことを考えもしなかった！　だけど、クラムが君の次によかったかもしれない。なんだか知らないけど呪文をかけて、目を直撃したんだ。ただ、ドラゴンが苦しんでのたうち回ったんで、本物の卵の半数はつぶれっちまった――審査員はそれで減点したんだ。卵にダメージを与えちゃいけなかったんだよ」

二人が囲い地の端までやってきたとき、ロンはやっと息をついた。ホーンテールはもう連れ去られていたので、ハリーは五人の審査員が座っているのを見ることができた――囲い地のむこう正面に設けられた、金色のドレープがかかった一段と高い席に座っている。

「一〇点満点で各審査員が採点するんだ」

ロンが言った。ハリーが目を凝らしてグラウンドのむこうを見ると、最初の審査員――マダム・マクシーム――が杖を宙に上げていた。長い、銀色のリボンのようなものが杖先から噴き出し、ねじれて大きな8の字を描いた。

「よし、悪くないぜ！」

ロンが言った。観衆が拍手している。

「君の肩のことで減点したんだと思うな……」

クラウチ氏の番だ。「9」の数字を高く上げた。

「いけるぞ！」

ハリーの背中をバシンとたたいて、ロンが叫んだ。

次は、ダンブルドアだ。やはり「9」を上げた。観衆がいっそう大きく歓声を上げた。

ルード・バグマン――「**10**」。

「一〇点？」

ハリーは信じられない気持ちだった。

「だって……僕、けがしたし……なんの冗談だろう？」

「文句言うなよ、ハリー」ロンが興奮して叫んだ。

そして、今度は、カルカロフが杖を上げた。一瞬間を置いて、やがて杖から数字が飛び出した――「4」。

「**なんだって？**」ロンが怒ってわめいた。

「**四点？** ひきょう者、えこひいきのクソッタレ。クラムには一〇点やったくせに！」

ハリーは気にしなかった。たとえカルカロフが零点しかくれなくても気にしなかったろう。ロンがハリーのかわりに憤慨してくれたことのほうが、ハリーにとっては一〇〇点の価値があった。もちろんハリーはロンにそうは言わなかったが、囲い地を去るときのハリーの気分は、空気よりも軽やかだった。それに、ロンだけではなかった……観衆の声援もグリフィンドールからだけではなかった。その場に臨んで、ハリーが立ち向かったものがなんなのかを見たとき、全校生の大部分が、セドリックばかりでなく、ハリーの味方にもなった……スリザリンなんかどうでもよかった。ハリーはもう、スリザリン生になんと言われようががまんできる。

「ハリー、同点で一位だ！ 君とクラムだ！」

学校に戻りかけたとき、チャーリー・ウィーズリーが急いでやってきて言った。

「おい、僕、急いで行かなくちゃ。行って、おふくろにふくろうを送るんだ。結果を知らせるって約束したからな——しかし、信じられないよ！——あ、そうだ——君に伝えてくれって言われたんだけど、もうちょっと残っていてくれってさ……バグマンが、代表選手のテントで、話があるんだそうだ」

ロンが待っていると言ったので、ハリーは再びテントに入った。テントが、いまはまったくちがったものに見えた。親しみがこもり、歓迎しているようだ。ハリーは、ホーンテールをかいくぐっていたときの気持ちを思い浮かべ、対決に出ていくまでの、長い待ち時間の気持ちと比べてみた。……比べるまでもない。待っていたときのほうが、計り知れないほどひどい気持ちだった。

フラー、セドリック、クラムが一緒に入ってきた。

セドリックの顔の半分を、オレンジ色の軟膏がべったりと覆っていた。それが火傷を治しているのだろう。セドリックはハリーを見てニッコリした。

「よくやったな、ハリー」

「君も」ハリーもニッコリ笑い返した。

「**全員**、よくやった！」

ルード・バグマンがはずむ足取りでテントに入ってきた。まるで自分がたったいまドラゴンを出し抜いたかのようにうれしそうだ。

「さて、簡潔に話そう。第二の課題まで、充分に長い休みがある。第二の課題は、二月二十四日の午前九時半に開始される――しかし、それまでの間、諸君に考える材料を与える！　諸君が持っている金の卵を見てもらうと、開くようになっているのがわかると思う……蝶番が見えるかな？　その卵の中にあるヒントを解くんだ――それが第二の課題が何かを教えてくれるし、諸君に準備ができるようにしてくれる！　わかったかな？　大丈夫か？　では、解散！」

ハリーはテントを出て、ロンと一緒に、禁じられた森の端に沿って帰り道をたどった。二人は夢中で話した。ハリーはほかの選手がどうやったか、もっとくわしく聞きたかった。ハリーが最初にドラゴンが吼えるのを隠れて聞いたその木立を回り込んだとき、木陰から魔女が一人飛び出した。

リータ・スキーターだった。今日は派手な黄緑色のローブを着ていて、手に持った自動速記羽根ペンが、ローブの色に完全に隠されていた。

「おめでとう、ハリー！」

リータはハリーに向かってニッコリした。

「一言いただけないかな？　ドラゴンに向かったときの感想は？　点数の公平性について、**いま現在**、どういう気持ち？」

「ああ、一言あげるよ」

ハリーは邪険に言った。

「**バイバイ**」

そして、ハリーは、ロンと連れ立って城(しろ)への道を歩いた。

下巻につづく

作者紹介

J.K.ローリング

「ハリー・ポッター」シリーズで数々の文学賞を受賞し、多くの記録を打ち立てた作家。世界中の読者を夢中にさせ、80以上の言語に翻訳されて5億部を売り上げるベストセラーとなったこの物語は、8 本の映画も大ヒット作となった。また、副読本として『クィディッチ今昔』『幻の動物とその生息地』(ともにコミックリリーフに寄付)、『吟遊詩人ビードルの物語』(ルーモスに寄付)の３作品をチャリティのための本として執筆しており、『幻の動物とその生息地』から派生した映画の脚本も手掛けている。この映画はその後5部作シリーズとなる。さらに、舞台『ハリー・ポッターと呪の子 第一部・第二部』の共同制作に携わり、2016 年の夏にロンドンのウエストエンドを皮切りに公演がスタート。2018年にはブロードウェイでの公演も始まった。2012 年に発足したウェブサイト会社「ポッターモア」では、ファンはニュースや特別記事、ローリングの新作などを楽しむことができる。また、大人向けの小説『カジュアル・ベイカンシー　突然の空席』、さらにロバート・ガルブレイスのペンネームで書かれた犯罪小説「私立探偵コーモラン・ストライク」シリーズの著者でもある。児童文学への貢献によりOBE(大英帝国勲章)を受けたほか、コンパニオン・オブ・オーダーズ勲章、フランスのレジオンドヌール勲章など、多くの名誉章を授与され、国際アンデルセン賞をはじめ数多くの賞を受賞している。

訳者紹介
松岡 佑子（まつおか・ゆうこ）
翻訳家。国際基督教大学卒、モントレー国際大学院大学国際政治学修士。日本ペンクラブ会員。スイス在住。訳書に「ハリー・ポッター」シリーズ全7巻のほか、「少年冒険家トム」シリーズ全3巻、『ブーツをはいたキティのおはなし』、『ファンタスティック・ビーストと魔法使いの旅』、『とても良い人生のために』（以上静山社）がある。

ハリー・ポッターと炎（ほのお）のゴブレット 上

2020年3月10日　第1刷発行

著者　J.K.ローリング
訳者　松岡佑子
発行者　松岡佑子
発行所　株式会社静山社
〒102-0073　東京都千代田区九段北1-15-15
電話・営業　03-5210-7221
https://www.sayzansha.com

日本語版デザイン　坂川栄治+鳴田小夜子（坂川事務所）
日本語版装画・挿画　佐竹美保
組版　アジュール
印刷・製本　中央精版印刷株式会社

Published by Say-zan-sha Publications, Ltd.
ISBN978-4-86389-523-2 Printed in Japan